Enuma Elisch

Nicole Schmidt

Enuma Elisch

Eine Neuerzählung

Bibliografische Information der Deutschen Nationalbibliothek:
Die Deutsche Nationalbibliothek verzeichnet diese Publikation in der Deutschen Nationalbibliografie; detaillierte bibliografische Daten sind im Internet über http://dnb.dnb.de abrufbar.

© 2017 Nicole Schmidt

Herstellung und Verlag: BoD – Books on Demand, Norderstedt

ISBN: *978-3-7431-7744-4*

Inhaltsverzeichnis

„Tafel" steht hier einfach nur für „Kapitel", Kapitelnummern stimmen nicht mit den Tafeln des Mythos überein.

Textfassung	7
Prolog	8
Tafel 1	9
Tafel 2	23
Tafel 3	50
Tafel 4	64
Tafel 5	83
Tafel 6	100
Tafel 7	121
Tafel 8	146
Tafel 9	171
Tafel 10	187
Tafel 11	210
Tafel 12	225
Tafel 13	250
Tafel 14	271
Tafel 15	297
Epilog	317

Textfassung

Diese Fantasy-Bearbeitung des babylonischen Schöpfungsmythos erhebt keinen literaturwissenschaftlichen Anspruch. Sie werden aus diesem Werk auch nichts über Sprache oder Geschichte der Zweistromlandkulturen erfahren.
Wer die Helden und wer die Schurken sind sowie die Frage, wie man einen Urgott tötet, der gleichzeitig ein Ozean ist, wird einzig und allein durch die Augen einer Einzelperson gesehen, die keinen Stadtgott zu verherrlichen, nicht für die Aufrechterhaltung der staatlichen Ordnung zu sorgen und auch keine Studenten fundiert zu unterweisen hat, sondern die diesen Text schreibt, um bei ihren Lesern Neugier auf einen vielleicht weniger bekannten Sagenkreis zu wecken.

Meine Neuerzählung stützt sich vornehmlich auf
"The Epic of Creation" (mit Anleihen bei „Atrahasis")
In: Oxford World´s Classics Myths of Mesopotamia; Ed. Stephanie Dalley; Oxford University Press, revised edition, 2000

In dem genannten Buch finden Sie auch einen Einstieg in die Geschichte und Bedeutung des Epos, den ich hier nicht laienhaft nachplappern will. Stattdessen einige Worte zu meiner Bearbeitung:
Von Anfang an war klar, dass ich die fünfzig Namen, die Marduk am Ende des Epos verliehen werden, als eigenständige Waffengefährten des Gottes agieren lassen würde. Da jedem Namen nur ein bis zwei Sätze gewidmet sind, bleiben diese Statisten entsprechend eindimensional. Größeres Augenmerk lag auf der Entwicklung einer in sich stimmigen Fantasywelt, die auch Nichtkenner der Vorlage unterhalten soll, sowie die Einbindung der Hauptfiguren des Epos in diese Welt unter Bewahrung ihres ursprünglichen Charakters.

Prolog

Warum kämpfen wir? Wofür leiden wir? Um der Liebe willen vielleicht? In der gröbsten noch zutreffenden Verallgemeinerung lautet die Antwort: Um zu Überleben. Das trifft für den Soldaten im Feld ebenso zu wie für den zahnlosen Greis, der sich abmüht, seine Nahrung zu zerkleinern. Und da wir wissen, in diesem Kampf letzten Endes auf verlorenem Posten zu stehen, steigt irgendwann das Bedürfnis in uns auf, Nachschub an die Front zu holen.

Dreht sich nicht alles in unserer Existenz darum, erfolgreich zur Paarung zu gelangen? Wir zeugen Nachkommen und verdammen sie dazu, den Krieg an unserer Stelle weiterzuführen.

Aber spätestens wenn diese Kinder auf der Welt sind, verwandeln sie sich in Konkurrenten um die überlebensnotwendigen Ressourcen. In anderen Worten: Die so heiß herbeigesehnten Verbündeten werden zu Kriegsgegnern. Und es vergeht nicht viel Zeit, da werden sich die heranwachsenden Kinder dieser Tatsache bewusst...

Tafel 1

Manchmal lag Lahmu nächtelang wach, ohne in den Schlaf finden zu können, den seine Art doch so nötig hatte. Er warf sich auf seinem Lager hin und her, bis er entweder schweißgebadet aufstehen und sich reinigen musste, oder vor Erschöpfung in einen todesähnlichen Schlaf fiel, aus dem er für einen weiteren Tag, dem unweigerlich eine erneute unruhige Nacht folgte, erwachen würde. Lahmu versuchte verzweifelt, sich an früher zu erinnern, an eine Zeit, in der es nicht nur keine Betten für ihn gegeben hatte, sondern noch nicht einmal eine Notwendigkeit für dieses Konzept existierte. Andere hatten dessen Raum eingenommen, andere Irgendwasse, für die Lahmu keine Begrifflichkeit mehr besaß.

Der Urgeborene fragte sich, welche Art der Wahrnehmung er und die seinen mit dem Übertritt in diese Welt verloren hatten. Sinne verglich der Unsterbliche mit Werkzeugen, aber es war eine Sache, einen Gegenstand nicht mehr benutzen können, weil man sich an der Hand verletzt hatte oder weil er einem weggenommen worden war. Jener Sinn, den Lahmu vermisste, hatte nicht einmal mehr einen Abdruck hinterlassen, aus dem man Rückschlüsse auf sein Aussehen, geschweige denn seine Handhabung, zu ziehen vermochte.

An solchen Tagen schlich sich der Zweifel in Lahmus Geist, Zweifel darüber, sich tatsächlich einst durch den Weltenozean bewegt zu haben, aus dem alles hervorgegangen war. Denn um diese Welt zu schaffen, in welcher die Menschen Jahraus und Jahrein Preislieder auf ihre Götter sangen, hatte die alte Welt untergehen müssen. Dieser Verlustschmerz war Lahmus letzter Anhaltspunkt, dass da einmal etwas anderes gewesen sein musste. Es handelte sich um den einzigen Schmerz, den von Asarluhi bekämpfen zu lassen ihm nicht einmal im Traum eingefallen wäre. Lahmu kultivierte seine Pein bis zu dem Punkt, an dem sie ihm half, zu verdrängen, dass er zu jenen gehörte, die zugelassen hatten, dass die Alte Welt nicht mehr existierte...

*

Am Anfang aller Dinge standen Tiamat und Apsu, die Urgötter, die Weltenozeane. Sie entstanden gemeinsam und weil das so war, konnten sie nicht anders sein als von einander verschieden, wenngleich einander in ihrer Macht ebenbürtig. Wo Tiamat nicht war, da war Apsu und wo Apsu endete, da begann Tiamat. Etwas anderes existierte nicht in dieser Welt endlosen Wassers.
Da war kein Himmel.
Da war keine Erde.
Da war kein Bewusstsein dessen, dass „es gab noch kein" die stilistisch elegantere Alternative dargestellt hätte.
Aber da war Bewusstsein: Apsu.
Da war eine Alternative zu seinem Bewusstsein: Tiamat.
Und da war Stil, Tiamat besaß ihn, dessen war sich Apsu ganz sicher.

*

Tiamat und Apsu... woher kamen diese Namen? Lahmu war sich sicher, dass zu Zeiten des Urgötterpaares niemand gesprochen hatte. Sein Problem bestand darin, dass er sich mittlerweile so an die artikulierte Sprache gewöhnt hatte, dass er selbst in Worten dachte. Auch nur zu versuchen, für einige Minuten ohne auszukommen, jagte dem Erstgeborenen der Urgötter einen Schauder über den Rücken. Ein Rücken war nun wieder etwas, das er von Anfang an besessen hatte, seit dem Moment, an dem er aus Apsu und Tiamat ausgetreten war.

*

Apsu lag neben Tiamat. In ihrer Existenzform blieb den Urgöttern gar nichts anderes übrig, ließ sich doch das eigene Selbst nur dadurch definieren, dass man es als von dem benachbarten verschieden erkannte. Ihre Wasser waren einander so ähnlich, dass es ihnen leicht fiel, sich zu vermischen. Und sie waren unterschiedlich, dass sie sich vermischen *mussten*. Aber Tiamat konnte nicht in Apsu sein und Apsu nicht in Tiamat. An den Grenzen ihrer Leiber-Domänen entstand eine dritte Lebensform, ein brackiger Auswurf des Urgötterpaares und dabei doch etwas unendlich Wundervolles.

Tiamats Existenz hatte Apsu ermöglicht, zu sagen „Ich bin". Nun ermöglichte Apsus Sendung seines Wassers Tiamat zu sagen „Ich habe geschaffen!". Das Ergebnis des gemeinsamen Schaffens glich seinen Erzeugern, kannten sie doch nichts anderes als sich selbst und einander.

So kamen Lahmu und Lahamu ins Leben.

Im Gegensatz zu ihren Schöpfern besaßen die jüngeren Götter eine Gestalt. Diese Gestalt vermochten sie nicht abzulegen oder zu verändern, sie waren auf eine Form festgelegt. In ihren Körpern konnten sie sich frei durch die Ozeane bewegen, die ihre Eltern waren.

Apsu und Tiamat beobachteten ihre Kinder, die aus ihnen hervorgegangen waren. Beängstigend eingeschränkt erschienen ihnen die Leiber der beiden, weshalb die Schöpfer noch zögerten, zu realisieren, was die Existenz dieser Körper für die bedeutete.

So lagen die Partner weiter beisammen.

Lahmu und Lahamu aber wuchsen heran und erkundeten ihren Lebensraum. Kaum hatten sie herausgefunden, was es mit ihrer Entstehung auf sich hatte, wiederholten sie den Vorgang.

Anshar und Kishar erschienen und wurden von ihren Eltern benannt. Von diesem Paar kamen Anu und Nammu und schließlich der kleine Ea, doch das waren nur die Herausragendsten unter den jüngeren Göttern. Bisweilen schien es Tiamat und Apsu, als wimmele das gesamte Meer von den Früchten ihrer Verbindung.

Unter allen diesen Kreaturen war Tiamat Apsu nach wie vor die Liebste. Er suchte beharrlich ihre Nähe. Es genügte ihm nicht, neben ihr zu liegen, es verlangte ihn danach, mit seinen Wassern in die ihren einzudringen!

*

„Sieh dir unsere Kinder an", hauchte Tiamat Apsu zu. Gleichmäßige, sanft ausrollende Wellen trugen ihre Gefühle bis an den Rand ihrer Domäne, wo Apsu sie empfing.

„Ich finde diese Wesen ziemlich beschränkt", gestand der Urgott seiner Gemahlin. "Sie sind aus uns hervorgegangen und doch können sie nirgendwo anders als in uns sein."

„Dennoch sind sie viel freier als wir. Sie können ihre Welt erkunden und weil wir endlos sind, endet die Reise nie. Wir hingegen können nur immer neue Kinder produzieren."

Es sollte sich um die letzten Worte handeln, die Tiamat auf lange Zeit zu ihrem Gatten sprach.

Apsu brütete vor sich hin. Wieso genügte er Tiamat nicht mehr? Hatte er ihr nicht stets alles von sich gegeben? Wie sollte er ihr etwas bieten, das er nicht war? Bereit dazu wäre er gewesen, alles, alles um Tiamat glücklich zu machen! Aber woher sollte der Urgott dieses Andere nehmen? Hilflosigkeit und Wut stiegen in Apsu auf. Wo seine Wasser vorher altbekannten Pfaden gefolgt waren, bildeten sich mächtige neue Strömungen, deren Verlauf unvorhersehbar war und die denjenigen, der hinein geriet, nicht nur unbarmherzig an einen fernen Ort, sondern unmittelbar in das düstere Gefühlsleben des Urgottes hineinzog.

*

Weit entfernt von derartig mystischen Vorgängen und doch mitten darin, ließ sich der Knabe Ea vernehmen: „Das Wasser wird ungemütlich."

„Schwimmen wir rüber?" erkundigte sich sein Altersgenosse Namru.

„Nach Tiamat? Nein, das würde uns keine Erleichterung bringen. Damkina und ich kommen gerade von dort. Der Ozean ist nicht so düster und aufgewühlt wie hier, aber dafür regt sich drüben keine einzige Welle."

Damkina spielte mit ihren Händen im Wasser bis sich kleine Strömungen bildeten. Die Schwimmhäute zwischen Damkinas Fingern verdrängten das Wasser oder ließen es nach ihrem Willen tanzen. Die Kindgöttin beobachtete, wie das Ergebnis ihres Fingerspiels gegen die Eigenbewegung der Wasser Apsus anstürmte. Immer wieder forderte sie die Strömung heraus. Im Salzwasserozean, der Tiamat war, gab es zurzeit keine solche Eigenbewegung. Nicht nur musste dort jede noch so geringfügige Vorwärtsbewegung einem irgendwie zähflüssig gewordenen Wasser abgetrotzt werden, auch das Atmen fiel schwer.

„Tiamat ist stumm?" hakte Namru ungläubig nach.

Ea bestätigte durch ein kurzes Nicken. „Das ist genauso schlimm wie Apsus Unruhe", erklärte er.

Damkina legte ihre Arme um den Körper, als wolle sie ihn vor ihrem heimatlichen Element schützen. „Was nützt es, überall hingehen zu können, wenn es nirgendwo mehr schön ist?" klagte sie. „Dann möchte man am liebsten nirgendwo sein, aber das geht ja nicht, weil man immer irgendwo sein muss und... und das Ganze so blöd ist! Als sei man in einen Gedankenstrudel Vater Apsus reingefallen."

Mummu verließ die Gruppe der jüngsten Götter. Er hatte sich nicht an ihrer Unterhaltung beteiligt und fand überdies, dass Worte hier keinen Zweck erfüllten. Der junge Ea schaffte es schon ganz gut allein, seine Altersgefährtin zu trösten. Mummu schmunzelte, während er sich seinen Weg durch den Apsu bahnte. Ea wurde unerbittlich älter und würde schon bald neue Wege entdecken, sich um Damkina zu kümmern. Der Gedanke gefiel dem Gott, der selbst nicht der Linie Apsu - Lahmu - Anshar - Anu entstammte, sondern während einer späteren Vermischung direkt aus dem Urgötterpaar hervorgegangen war. Viele der Urgeborenen teilten dieses Schicksal, zwar Tiamat und Apsu ihre Eltern zu nennen, dabei aber nicht mehr Erfahrung als die restlichen Angehörigen der letzten beiden Generationen aufweisen zu können. Unter denen stellten sie Außenseiter dar, andererseits aber verstanden sie auch ihre Geschwister Lahmu und Lahamu nicht und blieben ihnen fremd.

*

Der Urgeborene ließ die Jüngeren immer weiter hinter sich zurück. Sein schuppenbedeckter Leib und die aus seinen Armen und Beinen herauswachsenden Flossen sorgten für ein rasches Vorankommen des Göttersohnes im Süßwasserozean.

Mummu war eine Weile geschwommen, da begegnete er Qingu, der wie er ein nachgeborener Sohn Tiamats war. Während es den Geschwistern, Neffen und Onkels bisweilen schwer fiel, Mummu von dem ihm umgebenden Ozean zu unterscheiden, so nichtssagend war sein Körper gestaltet, musste Qingu als auffallend hübscher Göttersohn gelten. Seine Züge waren einzigartig, unverwechselbar. Wo die Haut der meisten männlichen Götter dem Blau Apsus glich oder ins Graue hineinspielte, wies Qingu eine eher grünliche Färbung auf, die ihn näher an Tiamat heranrückte. Das war ungewöhnlich und hatte dem jungen Qingu bereits in seiner Kindheit viel Hohn seiner Neffen eingebracht. Er kompensierte dies durch besonders männliches Verhalten und es hieß, es sei nur eine Frage der Zeit, bevor Qingu sich selbst Tiamat mit einem Flirt auf den Lippen und dem Versprechen auf mehr in den Lenden nähern würde.

„Wohin schwimmst du?" warf Qingu dem Bruder anstelle einer Begrüßung entgegen. „Es ist gefährlich, sich aus einem sicheren Gebiet herauszubewegen. Bleib lieber hier und leiste mir Gesellschaft!"

„Die Gefahr kommt zu uns, Qingu", widersprach Mummu. „Vater achtet nicht darauf, ob sich einer von uns an den Orten aufhält, an denen er Gedankenstrudel erscheinen lässt."

„Auch wieder wahr", seufzte der Grünblaue. „Und wohin führt dich nun dein Weg?"

„Zu Vater Apsu."

Qingu prustete! Die aus dem Ozean gefilterte Luft entwich seinem Mund in Blasen. Die Kiemen an den Hälsen der Götterkinder waren zum Atmen gut, der Mund aber zum Sprechen - und zum Lachen!

„Wir befinden uns im Apsu, Bruder! Nur, weil er heute anders aussieht, als sonst..."

„Verspotte mich nur", erwiderte Mummu. „Aber schon bald wird meine Antwort auch für dich Sinn ergeben."

Qingu bemühte sich um eine ernste Miene. Es gelang ihm für die Dauer eines Schlagens der Wellen.

„Weißt du was?", schlug Mummu dem Bruder vor. „Schwimm so weit, bis du Damkina und die anderen Kinder triffst! Ich werde euch dann finden. Und Apsu bringe ich mit."

„Du bringst Apsu mit", wiederholte Qingu. „Mitten *im* Apsu. Sollte dir nicht weiter schwer fallen..."

*

Mummu wartete, bis sich der andere entfernt hatte. Genaugenommen war er deswegen so weit geschwommen: Um sich möglichst weit von allen anderen Göttern zu entfernen, bevor er sein Anliegen an Apsu herantrug.

„Vater!" rief Mummu in das aufgepeitschte Meer hinein. „Vater, sieh mich an!"

Für einen kurzen Moment schien das Wasser kälter zu werden, dann bildete sich eine Wasserhose. Mummu befand sich in der Mitte, er schwebte vom restlichen Ozean abgegrenzt im Apsu - und lächelte.

„Ich dachte mir, dass du einst darauf kommen würdest", erklärte er. „Du vermagst eine Menge mit deiner Domäne anzustellen, Vater."

„Ich vermag nicht genug, um die Domäne Tiamat von ihrem Kummer zu heilen", entgegnete Apsu. „Also bedeutet all mein Können nicht mehr als eure minderen Künste, Kind."

Unbeirrt sprach Mummu weiter: „Wir Kinder sind von dir, oh, Apsu. Alles, was du uns gegeben hast, musst du daher ebenfalls können. Komm, sieh mir zu!"

Inmitten der Wasserhose war der Ozean ruhig. Mummu fiel es leicht, in seinem wässrigen Gefängnis einen Purzelbaum zu schlagen, sich nach oben und unten zu schrauben, seine Arme und Beine weit vom Körper abzuspreizen und schließlich überdeutliche Atemzüge auszuführen, die ganze Wolken von Blasen erzeugten.

„Alles das kann ich, Apsu!" lockte Mummu.

Zuerst geschah gar nichts. Dann veränderte sich die Wasserhose. Sie bildete nun keinen Trichter mehr, sondern einen Ring, doch auch der brach auf, wurde zu einer Spirale, die sich um sich selbst drehte und schließlich neue Stränge ausbildete, die an Arme und Beine erinnerten.

‚Na also', dachte Mummu vergnügt.

Endlich stand vor ihm das Ebenbild seines Bruders Lahmu, doch Mummu wusste, es war genau andersherum: Lahmu stellte das Ebenbild des Mannes, den er gerade betrachtete, dar.

Apsu strich sich prüfend über den Hinterkopf. Im Wasser wallendes Haar befand sich dort, aber auch ein kleiner Kamm vom selben Aufbau wie die Arm- und Beinflossen der Kinder. Welchen Zweck erfüllte das Ding? Ließ es sich bewegen? Bewegte es sich in angemessenen Situationen von selbst? Der Urgott wandte sich mit seiner Neugier nicht an seinen Sohn. Er war bereit, auf alle seine Fragen selbst eine Antwort zu finden!

„Die Farbe des Körpers zu intensivieren, um nicht im Ozean unsichtbar zu erscheinen, war das Schwerste", meinte Apsu. Es handelte sich um die ersten Worte, die er jemals in seiner neuen Form gesprochen hatte.

„Dann ‚mach dich unsichtbar', Vater", riet Mummu. „Und wir erlauben uns einen Scherz mit den Jüngeren!"

Apsu schüttelte probeweise seinen Kopf. Er sah den Wellen zu, die seine Bewegung erzeugte, bis sie sich im Süßwasserozean verloren. Dass es sich bei diesem Ozean um ihn selbst handelte, verstörte Apsu in seiner neuen Gestalt nicht. Seine Avatarform hatte er so beschränkt angelegt, dass sie Dinge „die eben so waren" nicht weiter hinterfragte, um einer nicht aufzulösenden Verwirrung vorzubeugen.

„Nein, später. Zuerst möchte ich etwas tun, das ich mir sehr lange gewünscht habe", erklärte der Urgott Mummu. Dann schwamm er auf seinen Sohn zu, unbeholfen noch, doch geleitet von dem Wunsch, sein Vorhaben endlich auszuführen. Mummu konnte sich nicht erklären, worin dieses Vorhaben wohl bestehen mochte, bis ihn Apsu mit seinen tiefblauen Armen umfing. Nichts anderes als die Umarmung der Eltern hatte der Sohn des Urgottes sein Leben lang erfahren, doch auf diese

Weise vor den anderen ausgesondert zu werden, ließ einen ehrfürchtigen Schauer seinen Rücken herunterlaufen. Apsu umschloss Mummu eine lange Zeit auf diese neue Weise. „Ich will das mit jedem von euch tun!" versprach er dann.

Mummu schluckte schwer. „Ja", antwortete er. „Das wird wohl das Beste sein."

Anders als mit den Verwandten geteilt, fand der Gott-Mann, wäre diese Erfahrung nicht zu ertragen gewesen.

„Aber", fügte er schelmisch hinzu, „eigentlich wollte ich, dass du Tiamat diese Behandlung zukommen lässt."

„Mummu, mein Junge", erwiderte Apsu grinsend, „sei dir versichert, dass, wenn ich das tun werde, du nichts davon mitbekommen wirst und ich einige besondere... Griffe für diesen Anlass dir und deinen Brüdern, ja selbst deinen Schwestern, vorenthalten werde!"

Vater und Sohn lachten gemeinsam! Dann ließ Apsu die Kontrolle über seine Hautfarbe fahren, wurde für die Augen aller anderen eins mit dem Ozean und begleitete Mummu auf diese Weise unsichtbar gemacht zu dessen Treffen mit Qingu und den jüngsten der Kinder.

*

„Führe mich nun zu Tiamat", forderte der Urgott Mummu auf, nachdem er die Kinder ebenso umarmt hatte, wie es mit Mummu geschehen war. In seiner Avatarform empfand Apsu seine Nachkommen zwar noch immer primitiv, aber nicht mehr jämmerlich, hatte er doch nun für sich entdeckt, wie nützlich ihm so ein Körper sein konnte.

„Wir kommen alle mit!" rief Qingu überschwänglich. „Wir begleiten dich in den Salzwasserozean, Vater!" Die Vorfreude, in einem wiederhergestellten Tiamat-Ozean schwimmen zu können, stand ihm deutlich ins Gesicht geschrieben. Sie verlieh Qingus ohnehin attraktiven Zügen eine noch reizvollere Qualität.

„Das werdet ihr tun", stimmte Apsu zu. „Aber Mummu wird uns anführen, denn ich habe ihn für den guten Rat, den er mir schenkte, zu meinem Visier ernannt."

*

Dem Zug der Jüngsten schlossen sich andere Götter an, Urgeborene und ihre Nachkommen, Männer und Frauen, Jungen und Mädchen. Die Menge näherte sich dem Übergang vom Apsu in Tiamats trübes, stagnierendes Wasser.

Nachdem die Prozession zum Stillstand gekommen war, drängte sich Qingu durch die Leiber seiner Verwandten, bis er neben Mummu im Wasser schwebte.

„Mummu, Apsus Visier!" grinste er. „Du weißt jetzt also, wo du hingehörst?"

„Für einen Urgeborenen ist das wichtig", gab dieser zurück.

„Ja..."

Nachdenklich streckte Qingu seine Hand aus. Bevor sie die Grenze zu Tiamat berühren, gar durchbrechen konnte, hielt Lahmu den Grünblauen fest.

„Nicht! Dieser Moment ist für die beiden allein bestimmt!"

Enttäuschung, aber auch ein wenig Wut auf den älteren Bruder spiegelten sich in Qingus Miene.

„Es sei, wie du es sagst", knurrte er.

Damkina und Ea schwammen vergnügt um den ersten Sohn des Urgottpaares, ihren Ahn, herum. „Ach, Lahmu, sei nicht so streng! Qingu will doch nur Tiamat sehen", riefen die beiden. „Und sie wieder glücklich erleben! Wie wir alle!"

Mit einem Mal stockte Ea in seiner Bewegung aufgrund eines düsteren Gedankens, der ihm gekommen war. Anu und Anshar, sein Vater und Großvater, erschienen an der Seite des Jungen, als erahnten sie dessen Gedanken - oder vielleicht trugen sie sie ja unabhängig von Ea ebenfalls in ihren Herzen?

„Was passiert", sprach Anshar diesen Gedanken aus, „wenn Mutter Tiamat keinen Gefallen an dem Avatarspiel findet?"

„Nun, Mummu?" Herausfordernd verschränkte Qingu die Arme. „Lass uns an deiner neuen Weisheit teilhaben, oh, Wort in Apsus Ohr! Was wird dann geschehen?"

„Dann? Ganz einfach, Bruder: Dann hat sich Apsu bemüht."

„Umsonst."

„Nein", lachte Damkina. Sie drängte sich sehr nah an Ea, dem das zwar unerwartet, aber nicht unerwünscht geschah. „In der Liebe genügt es, sich bemüht zu haben. Das wird Tiamat einsehen."

Eas Hautfarbe wechselte zu einem tiefen Violett, als sein dunkelblaues Gesicht auf die Worte seiner Altersgefährtin hin ganz unvermittelt rot wurde. Die Farbe vertiefte sich noch, als Damkina Qingu fragte: „Wen liebst *du* eigentlich?!"

„Meine Schwester natürlich, wie wir alle!"

Prüfend bohrte sich Eas Blick in die Augen des in beiden Ozeanen bekannten Frauenhelden. ‚Wehe', schien dieser Blick zu warnen, ‚das stimmt nicht'!

*

Der Urgott bewegte sich mit Schwimmbewegungen durch den Salzwasserozean. Seine Gefühle wallten in dem zerbrechlichen Avatarkörper auf und ab. Apsu vermochte sie nicht zu beruhigen. Doch es gelang ihm die Emotionen zu bündeln, wenn schon nicht zu verbannen. Er kapselte sie ein und nannte es „Herz". Das Herz wusste genau, was es wollte, doch sein unruhiges Schlagen war nicht dazu angetan, Apsu auch zielsicher dorthin finden zu lassen oder mit Hindernissen umzugehen. Daher richtete der Urgott eine ähnliche, ebenfalls ständig aktive Steuerzentrale ein, die er als sein „Hirn" bezeichnete. Den winzigen Rest Wallung, der danach übrig blieb und sich nicht auflösen lies, verbannte er in die unteren Körperregionen, wo er sie als „Lust" einer Verwendung zuzuführen gedachte, nachdem ihn Herz und Hirn ans Ziel geführt hatten. Die Lust wog schwer, sie zog den Avatarkörper aus seiner Schwimmlage in die Senkrechte. Das erforderte einen neuen Bewegungsmodus von Apsu, doch hatte er das

Stehen und Gehen im Wasser bereits bei seinen Kindern beobachtet und vermochte es nachzuahmen.

So schritt Apsu, sein Innenleben geordnet, zuversichtlich durch Tiamat. Er hatte ihr ja so viel zu zeigen! Aber war es das auch, was seine Geliebte von ihm forderte? Oder hatte er an der falschen Stelle gesucht? Woher sollte der beschränkte Mummu wissen, was eine Urgöttin sich wünschte? Zwar, Apsus Avatarform hielt jeden seiner Ratschläge für weise, aber...

„Apsu!"

Der Urgott hielt inne. Die Wasser raunten seinen Namen!

Der Besucher erhob seine Stimme: „Ich bin hier!"

Seine Antwort erzeugte einen ansehnlichen Strudel, der den Apsus Körper erfasste. Hin und her geworfen von der Macht seiner eigenen Stimme musste er erst um sein Gleichgewicht ringen, bevor er es erneut versuchte. Diesmal gelang es dem Gott, seine Lautstärke zu beschränken.

„So hättest du mich nicht sehen sollen", knurrte er leise.

„Aber wieso denn?" fragten die Wasser. „Du bist wundervoll!"

„Und du kannst ebenfalls wie ich sein. Wundervoll - das bist du bereits jetzt." Apsu wies an seinem Körper herab. „So wie ich sein, meine ich."

„Ja, vielleicht könnte ich das", erwiderte Tiamat.

Apsu öffnete den Mund. „Aber...?" fragte er furchtsam.

„Aber ich möchte, dass *du* mir zeigst, wie es geht!"

Erleichterung durchströmte Apsu. Mit Herz, Hirn und Lust ging er an die von ihm erbetene Arbeit, einen kleinen Teil Tiamats abzugrenzen, der doch ihre Ganzheit erhalten sollte. Einiges davon konnte er nach seinem eigenen Vorbild gestalten, anderes variierte er nach seinem Gefallen und wieder andere Strukturen verbot oder verlangte Tiamat von dem Konstrukteur ihres Avatar-Leibes.

„Ich habe übrigens sofort gewusst, dass du es bist, der Grenze überschritt, und keiner unserer Kinder", eröffnete sie ihm, als sich zum ersten Mal ihre fülligen, lindgrünen Lippen öffneten, die so viel heller als der Rest ihres Gesichts waren. „Weil du als einziger nichts von mir in dir trägst."

Apsu seufzte. „Das macht mich dir sicher fremd..."
Tiamats glockenhelles Lachen breitete sich in alle Richtungen aus: „Darum will ich dich!"

*

Tiamats Lachen erreichte auch die Grenze zum Süßwasserozean, wo die Kinder der Urgötter noch immer warteten. Überschwenglich teilten diese ihre Freude. Ihre Sorgen hatten sich als unbegründet erwiesen! Tiamat zeigte sich überglücklich über Apsus neue Entdeckung!

Von nun an würde es dem Paar möglich sein, sich einmal im Süß-, und dann wieder im Salzwasserozean zu treffen, an Orten, die ihnen bisher verschlossen geblieben waren.

„Mehr noch", neckte Tiamat ihren Gemahl, „auf diese Weise besteht nicht mehr die Gefahr der Vermischung unserer Wasser. Das bedeutet: Keine weiteren Kinder mehr!"

„Außer, du willst es", flüsterte Apsu liebevoll. „Dann verlasse ich dein Reich und kehre in meiner vollständigen Form an deine Grenzen zurück."

„Nein, verlass mich niemals!" rief Tiamat inbrünstig aus.

Sie stand vor ihrem Mann, angetan nur in ihr schönstes Grün, ihr Avatar eine Verkörperung der Wellen, jede ihrer Bewegungen ein Spiegel des Spiels der Strömungen. Apsu stürzte sich in diese Tiefen, um zu holen, was sie ihm versprachen. Er spülte über Tiamat hinweg in einem Liebesakt, in dem ihre Avatarleiber zuerst noch unbeholfen, dann immer inniger zu einer Synchronizität fanden, die ihren voneinander getrennten Domänen-Körpern nicht gegeben gewesen war. Anschmiegen, miteinander wiegen, bis sich Teile ihrer selbst ganz von selbst hoben und senkten, all das war Apsu und Tiamat nichts Neues. Aber zum ersten Mal konnten sie ungebremst ineinander fließen und dabei glauben, sich nie wieder trennen zu müssen.

*

Die folgende Zeit brachte viele neue Spiele für Alt und Jung. Um etwas Neues zu sehen, musste sich niemand mehr in die entfernteste Ferne begeben. Mitten in Tiamat entstand ein großer Palast, den die Götterkinder für ihre Mutter bauten. Apsu nannte ihn Aduruna und machte ihn seiner Gemahlin zum Geschenk. Für ihn und alles anderen Besucher standen jederzeit Gästequartiere bereit.

Die ältesten der Urgeborenen zeigten sich skeptisch. Zu beengt erschien ihnen Aduruna. Lahmu, Anshar und ihre Gemahlinnen hielten sich fern von dem Bau. Verständnislos zogen sie sich zurück, nachdem ihnen Ea auch noch eröffnete, dass so manche Kammer im Inneren des Palastes lediglich Luft und trockenen Boden anstelle von Wasser enthielt.

Doch ihre Nachkommen und jüngeren Brüder, allen voran Qingu und Mummu, aber auch der nur unwesentlich ältere Anu, fanden die Befürchtungen der Älteren unbegründet. Ganz im Gegenteil ermöglichten es ihnen die neuen Grenzen, ihre Phantasie erst richtig in Gang zu setzen. Auch Ea beteiligte sich voller Begeisterung am Erkunden der Möglichkeiten, obwohl Damkina wirklich mit jedem Tag interessanter wurde...

Tafel 2

An einem dieser mit Entdeckungen angefüllten Tage schleppte sich Apsu nur so durch Aduruna. Wie so oft zuvor hatte der Urgott die Belastbarkeit seines Avatarkörpers überschätzt. Zu viele neue Bilder hatte er den Wänden des Palastes hinzugefügt ohne seinem Leib Ruhe zu gönnen. Nun war er so erschöpft, dass er noch nicht einmal sehen konnte, wie sein Werk bei Tiamat ankam.

„Lass dir den Kopf nicht schwer werden", erklärte die Göttin, ein Lächeln auf ihren Lippen. „Bevor es dir nicht besser geht, werfe ich keinen Blick auf deine Bilder, Liebling! Die wollen wir in keiner anderen Weise als gemeinsam betrachten"

Der junge Qingu erhob sich von den Kissen, auf denen er nahe bei seiner Mutter gesessen hatte. „Ich gehe und verschleiere die neuen Kunstwerke!" bot er eifrig an. „So fällt dein Auge nicht versehentlich auf sie!"

Die Eltern bedankten sich und akzeptierten das Angebot.

Qingu führte seinen Auftrag gewissenhaft aus. Er scheuchte die anderen Gäste im Palast fort von jenen Räumen, in denen Apsu seine Werke schuf. Niemand außer Tiamat sollte sie als erster betrachten. Nicht immer sahen die Jüngeren ein, bestimmte Säle plötzlich nicht betreten zu dürfen, aber mit Visier Mummus Unterstützung schaffte es Qingu schließlich, sich den nötigen Freiraum zu schaffen. Endlich stand er vor den Kunstwerken. Ein Schauer kroch Qingus Rücken herab, als er endgültig begriff, dass es nun er war, der als erster die Tiamat zugedachten Stücke beschauen durfte.

Apsus Schöpfungen bildeten Dinge ab, die im Ozean vorkamen, die Wellen, den Palast und seine Kinder. Aber wo die göttlichen Kinder ihre Umgebung stets in dem von den derzeitigen Gefühlen ihrer Eltern bestimmten Lichtverhältnissen wahrnehmen mussten, stand Apsu als der Quelle dieser Gefühle frei, jeden möglichen Zustand im Bild festzuhalten. In mehreren nebeneinander gestaffelten Gemälden betrachtete Qingu nun Erscheinungsformen seiner Welt, die in Wirklichkeit nie gleichzeitig existieren konnten. Es sah all die Möglichkeiten des Seins, aber jede einzelne ins Bild gebannte Emotion seines Vaters fand er auch in sich angelegt. Wirklich jede, gestand sich der Urgeborene ein - bis hin zu einer über Verehrung hinausgehende Liebe zu Tiamat.

Bevor Qingu jedes Gemälde, jedes Relief und jede Statue zudeckte, studierte er jedes einzelne Werk aufs Genaueste, in der Hoffnung, die unter Apsus Händen entstandenen Dinge könnten ihm eine Antwort auf die Frage vermitteln, was dieser ihm eigentlich voraus haben sollte. Als dem Urgeborenen nichts einfallen wollte, umschlang er die Kunstwerke besonders fest und wünschte sich dabei, Tiamat würde ihre Perfektion nie zu Gesicht bekommen.

*

Die jüngsten Götter interessierten sich nur wenig für Apsus Schöpfungen. Mit sich und den eigenen Spielen beschäftigt lärmten sie durch Aduruna wie an jedem Tag. Qingus zwischen den Betrachtungen von Apsus Kunst halbherzig geblaffte Ermahnungen vermochten sie nicht zum Schweigen zu bringen. Selbst Mummu besaß keine Autorität gegenüber der Bande. Seine Aufgabe beschränkte sich darauf, Apsu Ratschläge zu unterbreiten. In jenen Tagen aber hatte der Urgeborene keine zu bieten.

*

„Es ist so laut im Palast! Ich will nicht wissen, was im Nebenraum geschieht, ich will, dass es aufhört!" jaulte der auf einem breiten Bett in seiner Gästesuite in Aduruna ruhende Apsu. Trotz seiner Erschöpfung, die sich mittlerweile schmerzhaft im Kopf festgesetzt hatte, sein Herz zu schweren Schlägen nötigte und aufgrund derer selbst die Lust ermattet darniederlag, sprang er auf und stürmte ins benachbarte Zimmer.

„Ruhe! Jetzt ist sofort Ruhe!" brüllte der Urgott.

Ea und seine Freunde hielten in ihrem Tun inne. Sie saßen auf dem Boden oder in kunstvoll aus Korallenstein geformten Sesseln. Korallum war überhaupt das erste Baumaterial, das das Urgötterpaar aus seinen Domänen hatte auskristallisieren lassen. Doch ihre Verwendungsmöglichkeiten endeten nicht bei Möbeln. Kombiniert mit anderen Materialien ließ es sich in die vielfältigsten Werkzeuge, Spielzeuge oder Musikinstrumente verwandeln, wie die Kinder herausgefunden hatten.

Der halbwüchsige Ea wandte der Avatargestalt sein Gesicht zu. „Aber mein Ahn, hast du denn alles vergessen, was du einst wusstest?" erkundigte er sich verstimmt. „Das ist Musik aus Wassersteinen. Das geht gar nicht leise!"

„Ich habe Kopfschmerzen", stöhnte Apsu.

„Aha", lies sich eine Stimme in seinem Rücken vernehmen. Dort stand Qingu im Türrahmen. Der Urgeborene zuckte die Schultern und kam tiefer in den Raum hinein. Er wählte aus den Instrumenten ein spiralförmiges Horn aus, mit dem er sich der kleinen Kappelle zugesellte.

Angesichts von soviel Unverfrorenheit entriss Apsu seinem Sohn wütend dessen Musikinstrument. Mit Schwung schleuderte er es durch die Wand des Palastes in den Ozean hinaus! So rasch hatte Apsu zugegriffen und den Wurf ausgeführt, dass selbst das Licht nicht hinterherkam. Als das Spiralhorn durch den Raum flog, sah es daher so aus, als umklammerten Qingus abgerissene Finger das Instrument noch immer.

Grünliches Wasser drang durch das Loch in der Mauer ins Innere, sickerte über die Dielen in die aus unbelebten Fasern gewebten Teppiche hinein und spritzte auch auf die Musizierenden.

„Er macht das schöne Haus kaputt, das wir Mutter Tiamat gebaut haben!" rief Damkina empört. Doch sie verweilte nicht lange in ihrer Entrüstung, sondern beeilte sich, gemeinsam mit den anderen Schwestern der Götter das Leck wieder zu verschließen.

„Dass uns so ein bisschen Wasser stören sollte", grinste Ea. „Einst haben wir im offenen Meer gelebt."

„Ja, aber jetzt nicht mehr!" Damkina drückte dem Bruder einen Kuss auf die Stirn. „Mein schöner Barbar..."

Qingu bewegte indessen prüfend seine Finger. Jeder einzelne befand sich noch dort, wo er hingehörte. Dennoch war ein Abbild von ihnen mit dem Horn durch die Wand geflogen. Dieser Umstand faszinierte den Gott außerordentlich und er nahm sich vor, so bald wie möglich herauszufinden, was aus dem Spiralhorn geworden war. Sicher würde man einiges damit anfangen können und er wollte herausfinden, was alles dazugehörte! Dass es aber ausgerechnet Apsu gewesen sein sollte, der den Anstoß zu diesem Experiment gegeben hatte, wollte Qingu nicht schmecken.

„Tiamat wird von deiner Zerstörungswut erfahren", meinte der Urgeborene zu Apsu. „Wir sind geschaffene Wesen, wir können daher auch nur in begrenztem Maße selbst schaffen. Das mag dir gegen deine Kunst lächerlich erscheinen, aber es wäre nett, wenn du respektiertest, was wir erbauen."

Mit diesen Worten wandte sich Qingu ab.

*

Der Urgeborene musste sich nicht weit von Aduruna entfernen, um sein fortgeschleudertes Instrument wiederzufinden. Das zu einer Spirale gewundene Horn trieb in einiger Entfernung im Tiamat. Qingu schwamm näher heran. Als er das Objekt aber zu greifen versuchte, wechselte dieses seine Richtung! Erneut griff Qingu zu und wieder wich ihm sein Instrument aus. Die Erinnerung seiner Finger zappelten dabei im Wasser. Doch, nein, korrigierte sich Qingu, sie zappelten nicht zu der Bewegung, sie waren überhaupt erst dafür verantwortlich!

Vorsichtig streckte der Gott seine Hand aus. Seine echten Fingerspitzen berührten die durchscheinenden.

„Was tust du da, mein Sohn?"

Erfreut fuhr Qingu herum, als er die Stimme seiner Mutter erkannte.

„Ich spiele, Mutter", antwortete er. „Und, schau!, mein Spielzeug spielt auch mit mir. Es ist kein Bruder, es ist kein Gegenstand, bitte, Mutter Tiamat, was ist es denn?"

Tiamats Avatarform schwamm an Qingu vorbei. Der Urgeborene seufzte wohlig. Aller Zorn fiel von ihm ab, als ihn die Wellen streiften, die sonst Apsu vorbehalten waren. Wie sehr er sich doch danach sehnte, dass es für immer die seinen wären!

Aber der Moment ging vorüber und Tiamat wandte ihre Aufmerksamkeit dem Horn mit den Fingern zu. Sie kicherte ob des Anblicks, der sich ihr bot. Das Abbild von Qingus Fingern versuchte, nach etwas zu greifen, wie es sich für eine Hand gehörte, doch da es nur Wasser berührte, sorgte das Gezappel für Antrieb.

Tiamat konzentrierte sich auf jenen Teil des Salzwasserozeans, auf den sie schaute, die Stelle ihres wahren Leibes, an welcher das eigenwillige Horn schwamm. Sogleich meinte sie, die Bewegung der Finger als ein Kitzeln auf der Haut ihres Avatarkörpers zu spüren.

Die Urgöttin tippte das eigenwillige Objekt an. Sogleich nahmen Qingus Finger fleischliche Gestalt an und auf jeder Seite des einstigen Musikinstruments wuchs ein Auge, wie die Schöpferin es auch ihren göttlichen Kindern auf jeder Kopfseite mitgegeben hatte.

„Jetzt weiß es immer, wohin es geht", meinte Tiamat mit einem Schmunzeln im Gesicht.

Doch sein neuer Sinn schien dem Tierchen noch unheimlich zu sein. Es blickte in eine Richtung, bewegte sich aber hektisch in die entgegengesetzte.

„Ich denke, das müssen wir noch üben", kommentierte die Urgöttin den Vorgang. „Wenn du möchtest, Qingu, mache ich deinem Horn eine Schwester. Dann hast du bald viele davon, mit denen du spielen kannst."

„Das würde mir gefallen", gestand der Urgeborene. Dann hauchte er beinahe andächtig: „Es ist so schön. Wie alles, was von dir kommt!"

„Danke, Qingu. Du schmeichelst mir. Aber den Kopffüßer haben wir gemeinsam ins Leben gerufen."

„Vielleicht können wir ja mal wieder etwas ähnliches erschaffen?"

„Das können wir sogar sehr gern", antwortete Tiamat und Qingu strahlte!

*

In den Tagen, die der Schöpfung des ersten Lebewesens folgten, schloss sich Qingu wieder enger seiner Schwester an. Natürlich hatte er ihr als erster das wundervolle Geschenk zeigen wollen, das ihm Tiamat gemacht hatte. Und er wurde nicht müde, jedem zu erzählen, welchen Anteil er selbst an dieser Schöpfung gehabt hatte. Endlich fühlte er sich Apsu ebenbürtig. Was sollte es jetzt noch geben, dass den Götterkönig vor ihm, Qingu, auszeichnete? Tiamat musste das ebenso sehen, fand der Urgeborene. Immerhin hatte sie nur ihm, ihrem Sohn, nicht aber ihrem Gemahl, ein derartiges Geschenk gemacht!

*

„Du hast den aufsässigen Jungen auch noch beschenkt!" beschwerte sich Apsu bei seiner Gemahlin. „Getröstet hast du Eas Bande, wieder und wieder, wenn ich sie für ihren Lärm strafte, ganz so, als seien in Wahrheit sie die Geschädigten gewesen!"
„Und ich werde das auch immer wieder tun", erwiderte Tiamat mit leiser, aber fester Stimme. „Da wir uns ja gelobt haben, keine weiteren Kinder zu zeugen, sind sie alles, was uns bleibt."
„Vermisst du das Zeugen so sehr?" erkundigte sich Apsu.
„Ich weiß nicht..."
Tiamat drängt auf einen Themenwechsel. Sie war sich noch nicht sicher, was sie von ihrer neu entdeckten Fähigkeit halten sollte, Gegenständen in Lebewesen umzuwandeln. Diese Tiere waren keine Kinder, aber etwas überaus ähnliches. Es bereitete ihr Freude, durch ihren Palast zu spazieren und sich dabei weitere Formen auszudenken. Aber wieweit sollte sie dabei gehen? Wie weit durfte sie gehen? Würde bald der gesamte Ozean von den kleinen Kreaturen wimmeln? Und wenn ja, welche Probleme würde das mit sich bringen? War

Tiamat ehrlich zu sich selbst, so musste sie zugeben, dass bereits ihre göttlichen Kinder mit ihrem Lärm kaum mehr zu bändigen waren. Die älteren aber hatten sich ja in entfernte Winkel der beiden Weltenozeane zurückgezogen. Sie waren ihren Eltern keine Hilfe mehr.

In Gedanken versunken näherte sich Tiamat dem Raum, der zu ihrer Rechten vom langen Flur abzweigte. Hier bewahrte das Urgötterpaar die schönsten von Apsus Kunstwerken auf. In der festen Absicht, etwas zu ihrer Freude zu verwandeln, das außerdem von ihrem Gemahl stammte, es ihm vorzuführen und das Band zu ihm dadurch wieder zu stärken, zog sie den Vorhang auf.

Kurz darauf hallte ein Schrei durch Aduruna. Der Schall erreichte das Tor, um sich als mächtige Welle durch den Ozean weiter auszubreiten. Einige der draußen spielenden Götterkinder wurden durchgeschüttelt und beschlossen, sich lieber im Inneren eine Beschäftigung zu suchen.

Auch Qingu, der gerade mit weiteren Lebensformen experimentiert hatte, eilte zum Palast. Er suchte seine Herrin Tiamat.

Mit den Worten „Nicht weiter!" hielt Mummu den Eindringling auf.

„Wieso nicht?"

„Der Herr und die Herrin wollen allein sein. Es gab... Schwierigkeiten in Aduruna."

Qingu lächelte entwaffnend.

„Deine Rede ist seltsam, aber sicher wird mir das, was dahinter steht, weniger seltsam vorkommen, wenn du es mich sehen lässt..."

Doch mit welchen klugen Worten oder Schmeicheleien es der Urgeborene auch versuchte, Apsus Minister lies an diesem Tag niemand zu dem Götterpaar vordringen. Tiamat und Apsu blieben unter sich und niemand erfuhr, was die Urgöttin in dem Gemach gesehen hatte, das ihren Zorn so erregt haben mochte.

*

Wieder verging Zeit. Apsus verlies Aduruna nur noch selten. Nachdem jemand die meisten seiner Kunstwerke zerstört hatte, verbrachte er seine Tage damit, neue zu entwerfen und auszuführen. Jene, die Qingu verhüllt hatte, waren noch intakt, doch alle älteren waren der Zerstörungswut eines Unbekannten zum Opfer gefallen.

„Was, wenn du es nun in deinem Schmerz rasend selbst getan hast?" wagte Mummu zu fragen.

„Mein Zorn gehört zu mir!" brüllte Apsu.

Mummu nickte ernst, dann gab er zu bedenken: „Nicht aber die Raserei."

„Das ist wahr. Also kann ich es nicht selbst getan haben. Mummu, mein Sohn, du wirst mir den Schuldigen finden, damit mein zielgerichteter Zorn ihn oder sie treffen kann!"

Mit diesem Auftrag schickte Apsu seinen Visier fort und widmete sich erneut seinen Werken.

Tiamat freute sich auf jedes neue Stück, doch da sie ihren Gemahl während des Entstehungsprozesses nicht stören wollte, gesellte sie sich Qingu, dessen Schwester und einigen weiteren Urgeborenen zu, die im Wasser vor dem Palast mit den Lebewesen spielten. Sie zeigte den Kindern neue Techniken, die man an den selbstbeweglichen Körpern verankern konnte und lobte die anderen Götter, wann immer diese von sich aus mit einer eigenen Idee aufwarten konnten.

So viele Geschenke empfing Tiamat in diesen Tagen aus den Händen Apsus und ihrer Kinder, dass sie das Zeugen nicht mehr vermisste. Andere zu lehren, wie man es anstellte und dann die Ergebnisse ihrer Bemühungen zu schauen erfüllte sie ebenso sehr.

Besonders Qingu strengte sich an und schien nur dann seinerseits zufrieden zu sein, wenn sein Werk einmal größere Anerkennung einbrachte, als die Kunst Apsus.

„Er leidet noch immer", gestand Tiamat den Kindern.

„Warum eigentlich? Was ist im Palast vorgefallen, dass Minister Mummu seine Stirn jeden Tag in Falten legt, als wolle er einer ganzen Kolonie von Polypen darin Heimat bieten?"

„Jemand hat die Gemälde und Statuen meines Gemahls zerstört. Deine, Qingu, wurde regelrecht pulverisiert."

„Es sind doch nur Dinge", wiegelte der Urgeborene ab. Für diese weise Antwort in den Arm genommen zu werden, war ihm die

Anstrengung wert, in aller Heimlichkeit all die Kunstgegenstände zerstört zu haben. Natürlich hatte Qingu die Staue, die ihn zeigte, besonders gründlich vernichtet. Wie konnte Apsu es wagen, ihn dergestalt nachzubilden, als sei er nur eine Mauer im Palast unter den Wellen! Wie konnte er sich wagen, jede Nacht mit Tiamat zu liegen, sie Qingu vorzuenthalten und dann auch noch sein Bild in seine Kammer zu stellen?!

Doch all diese Gedanken ihres Sohnes blieben Tiamat verschlossen.

*

Nicht nur Apsu, auch Tiamat selbst litt unter dem Aufruhr, den die Kinder des Urgötterpaares beinahe täglich in den Palast hereintrugen. Aber vielleicht meinten sie es ja gar nicht böse? Möglicherweise waren sie bloß so gedankenlos wie die Lebewesen, die ohne Ziel, aber dafür voller Lebensfreude, im Salzwasserozean herumschwammen? Ja, wenn man es genau durchdachte, konnte es gar nicht anders sein, dachte Tiamat bei sich. Bei beiden Schöpfungen handelte es sich um ihr eigenes Werk, also mussten sie einander sehr ähnlich sein. Aber die Lebewesen waren stumm und taub, Ea hingegen sah und hörte sehr gut und war in der Lage, Schlussfolgerungen aus dem Gehörten zu ziehen. Daher trat Tiamat auf den Urenkel zu und bat ihn, Aduruna für eine Weile zu verlassen.

„Das oder ein wenig leiser sein, erbitte ich mir von dir. Bis es mir wieder besser geht."

„Ich spiele immer hier!" emporte sich Ea. „Seit der Palast steht und ich noch ein Knabe war, ist das mein Zimmer!"

„Das weiß ich doch, Liebling. Aber so geht es nicht mehr weiter."

Es sortierte seine Musikinstrumente, als wolle er sie geordnet hinterlassen, bevor er Aduruna verlies. „Wer sagt denn, dass ich es sein muss, der geht?" fragte er dabei, ohne seine Ahnfrau direkt anzusehen. „Du musst nicht hier sein, Mutter Tiamat! Lege deine Form ab und sei wieder das Wasser! Du kannst das, dir fällt das ganz leicht, aber wir deine Kinder können nur in körperlicher Form existieren!"

„Du..."
Ea trat auf seine Ahnherrin zu.
„Du weißt, dass ich Recht habe", meinte er lächelnd. „Eine so einfache Lösung!"
„Ja", murmelte Tiamat. „So einfach. Einfach so..."
Und dann verließ sie die schützenden Mauern.

*

In Avatarform durch Tiamat treibend fand Apsu seine Gemahlin so. Sie hielten sich an den Händen, schaukelten im Wasser auf uns nieder und bewunderten, wie schön Aduruna auch von außen aussah. Tiamats Schmerzen verebbten.

„Eigentlich war dieser Ausflug Eas Idee", gestand sie ihrem Partner. „Er ist sehr klug."

„So, ist er das? Klüger als mein Mummu?"

Apsu lies sich das Gespräch Wort für Wort wiederholen. Kaum hatte seine Gemahlin zuende gesprochen, das schoss der Urgott voller Wut auf den Palast zu. Doch dort versperrten ihm Nibiru, Zisi und Asar-Alim-Nuna den Weg ins Innere und zu Ea.

„Vater Apsu!" sprach Zisi auf den Urgott ein, während die anderen beiden den Weg weiterhin blockierten. „Hier kannst du nicht hinein, nicht zu dieser Stunde! Wir musizieren und das können du und unsere Mutter Tiamat doch nicht ertragen!"

Schon öffnete Apsu seinen Mund zum Schrei, da erblickte er seinen Sohn Mummu hinter den drei Nachfahren der weit verzweigten Lahmu-Linie. ‚Keine Raserei' rief sein Anblick dem Urgott in Erinnerung.

Mummu schritt auf den Ausgang des Palastes zu. Die Wachen teilten sich vor ihm und ließen Apsus Visier zu seinem Herrn hinaus.

Mummu drehte sich noch einmal um.

„Qingu! Kommst du auch?" rief er über seine Schulter in den Gang hinein.

Als keine Reaktion aus dem Inneren Adurunas erfolgte, rief Mummu ein zweites Mal.

Erst, nachdem Mummu ein drittes Mal gerufen hatte und schon aufgeben wollte, antwortete ihm Qingus Stimme: „Ich bin doch hier."
Die Götter sahen sich um. Der Urgeborene hockte auf einem Fenstersims, halb im Wasser und halb im Palast. Nun ließ er sich vollends in den Ozean gleiten.

„Ich bitte nicht die Jüngeren darum, durch ihr Portal ein- und ausgehen zu dürfen", erklärte Qingu überheblich, wobei schwer zu sagen war, ob seine Geringschätzung nun Apsu und dem Bruder oder den Lahmuskindern galt. „Nicht, solange ein Fenster denselben Zweck erfüllt."

Mummu packte den Bruder bei dessen Oberarm.

„Aber wir wollen ja gar nicht hinein! Zumindest nicht jetzt!" schärfte er ihm ein. „Wir wollen zu unserer Mutter schwimmen, für sie da sein und gemeinsam Rat halten!"

Qingu nickte. „Ich komme mit euch", erklärte er.

*

Eas Argument fand raschen Anklang bei den Göttern. Sie brachten es von nun an immer wieder vor, wenn sich Apsu oder Tiamat über den Lärm im Palast beklagten. Wieder und wieder schlossen sie ihre Eltern aus den Sälen aus, da diese ja problemlos in den Weltenozeanen, die ihre eigentlichen Leiber waren, existieren konnten, sie hingegen nicht.

„Jemand hat das allen weitergetragen", knurrte Mummu, während er mit seinem Bruder Qingu gemeinsam außen um den Palast herumschwamm. „Jemand, der Tiamats und Eas Gespräch vorher belauscht hat. Ein heimlicher Beobachter!"

„Ja, kann sein", erwiderte der andere unverbindlich.

Mummu bremste seine Bewegung. „Das ist nicht gut, Bruder! Sieh nur, dort unten!"

Die beiden Urgeborenen wandten ihre Aufmerksamkeit den Vorgängen am Portal zu ihren Füßen zu. Dort erbat Apsu Einlass in das Gebäude. Es dauerte eine Weile, bis der Avatar des Urgottes den

Palastwachen überzeugend auseinandergesetzt hatte, weshalb sie seinem Ansinnen nachgeben sollten.

„Das hat es vorher noch nie gegeben!" zischte Mummu. Sein Atem war so heiß vor Wut, dass er das Wasser zum Kochen brachte. „Mich lassen sie schon gar nicht mehr allein ein, wenn ich ohne meinen Herrn erscheine. Und Mutter Tiamat..."

„...ist schon drin", unterbrach Qingu den Bruder mit einem Schmunzeln in den Mundwinkeln. „Die Fenster, weißt du? Komm, dann besuchen wir sie zusammen mit Vater Apsu in ihren Gemächern!"

Doch der Minister wehrte ab: „Nein. Lass ihnen ihre Zweisamkeit!"

*

„Schön, dich noch hier vorzufinden", begrüßte Apsu seine Gemahlin. „In deinem eigenen Palast..."

Tiamat umfing ihren heimgekehrten Gatten, liebkoste ihn, neckte ihn und vermochte dennoch nicht die Düsternis aus seinen Gedanken zu vertreiben. Waren es denn nicht auch die ihren?

„Ich fühle mich nur noch wie ein tolerierter Gast", vertraute sie dem Urgott an. „Unsere Nachkommen haben Aduruna in ihren Besitz genommen."

„Das geht mir ebenso..."

Apsu nuschelte seine Worte in Tiamats Haar, das hier im Trockenen so kraftlos herunterhing. Seine Lust wollte mehr, doch das Herz teilte ihm mit, dass es jetzt nicht um seine Bedürfnisse ging, sondern darum, Tiamat zu trösten. Apsus Hirn aber wusste beizusteuern, dass nicht Trost, sondern einzig eine Lösung des Problems wieder zu einem Zustand führen würde, in dem auch die drängende Lust nicht zu kurz kam.

„Die Kinder müssen verschwinden!" brach es aus ihm hervor.

Tiamat schüttelte den Kopf.

„Aus Aduruna? Sie werden sich keinen anderen Palast bauen wollen, da sie ja schon unseren haben."

„Nein! Aus uns! Aus den Ozeanen verschwinden müssen sie! Endgültig! Für immer!"

Durch das Fenster schwappte grünliches Meerwasser in den Raum. Apsu und Tiamat standen in einer Pfütze, bevor sie es sich versahen.

„Das Wichtigste am Lauschen ist, dass man es heimlich tut!" rügte der vor dem Fenster im Wasser schwebende Qingu seinen Bruder Mummu. Doch der strampelte mit Armen und Beinen und jede seiner Bewegungen spülte weiteres Wasser in den Palast. Qingu versetzte dem Minister einen Stoß, so dass dieser durch die Fensteröffnung ins Gebäudeinnere stürzen musste. Mit einem dumpfen Geräusch und unter weiteren Spritzern kam der Urgeborene auf dem Boden von Tiamats Heim auf. Deutlich eleganter schlängelte sich hingegen Qingu in den Raum.

„Verzeiht", murmelte Mummu betreten. „Was wir gehört haben, hat mir die Orientierung geraubt. Aber jetzt sehe ich wieder klar."

„Das geht mir allerdings ebenso", knurrte Apsu. An seine Gemahlin gewandt wiederholte er seine Absicht, die Kinder aus den Ozeanen und damit in die Nichtexistenz zu verbannen. „Es war ein Fehler, sie so lange in unserer Nähe zu behalten. Wir haben sie gezeugt und durch sie gelernt, wozu wir fähig sind. Aber jetzt benötigen wir sie nicht mehr als Vorbild für unsere Avatarkörper."

Tiamat schlug ihre Hände vor den Mund. „Apsu!"

Qingu versuchte, an die Seite seiner Mutter zu gelangen, doch Apsu streckte abweisend die Hand vor seinen Körper, um den Weg des Sohnes zu blockieren.

Mummu rappelte sich auf und ergriff im Aufstehen Qingus Beine, dann auch seine Arme. Er hielt den Bruder fest, so dass dieser sich nicht entgegen Apsus Willen der Urgöttin nähern konnte.

Der Avatar des Süßwasserozeans ließ seinen Blick auf den beiden jungen Männern ruhen.

„Vielen Dank, mein Minister", sprach er zu Mummu, um sich dann dem Festgehaltenen zuzuwenden: „Erinnerst du dich noch an unser Gespräch, als ich dein Spiralhorn durch die Mauer warf?"

Qingu wusste nicht, was er darauf erwidern hätte sollen. Apsus Frage enthielt eine weitere, die der Urgeborene sich nicht zu erschließen vermochte. Daher nickte er nur knapp.

„Du warst so stolz auf eure Kunst, nachzubilden, Qingu. Ganz so, als mache es dich zu mehr als... Abschaum!"

Qingu wand sich in Mummus Griff. Abschaum der Begegnung zweier Urgötter, ja, das und nichts anderes war es ja tatsächlich. Doch die kurze, beredte Pause, die Apsu vor dem Wort eingefügt hatte, fügte der Information eine Wertung hinzu. Qingu stellte in den Augen seines Vaters nicht einfach „Abschaum", sondern „nur Abschaum" dar. Der Urgott wollte, dass sein Sohn das verstand, wollte gezielt verletzten. Qingu versuchte, seinen Kopf zu drehen, um einen Blick in Mummus Augen zu erhaschen. Fühlte der Bruder den Schmerz denn gar nicht? Schlimmer noch, wollte der Minister sich wirklich einfach so auslöschen lassen, seine Geschwister und Neffen womöglich noch festhalten, wie er ihn gerade festhielt, bis Apsu sich jeden einzelnen vorgenommen hatte?

„Mummu!" jammerte Qingu. „Er will uns aus den Ozeanen verbannen! Begreifst du denn nicht, was das bedeutet? Unser Ende! Wir werden verschwinden! Nicht mehr da sein!"

„Ich bin kein Geschaffener!" brüllte Apsu. „Ich schaffe, daher kann ich auch zerstören!"

Qingus Muskeln erschlafften. Er sackte im Griff seines Bruders zusammen und da dieser nicht mit einer solche Reaktion gerechnet hatte, verlor er seine Gewalt über den Gefangenen. Qingu brach gänzlich auf dem Boden zusammen. Sein Gesicht kam in der Pfütze zu liegen. Das Wasser benetzte seine Lippen. Es schmeckte salzig...

„Tiamat", wisperte Qingu. Er rollte sich auf die andere Körperseite, richtete sich in hockende Haltung auf und hob den Kopf. Die salzige Flüssigkeit, durch die er während dieser Bewegung sein Gesicht geschleift hatte, troff nun aus seinen Augen. Erstmalig weinte ein Gott und von diesem Moment an würde er immer wieder dazu fähig sein. Im Weinen flossen die Wasser Tiamats aus ihm heraus, aber auch über seine Haut. Der Akt brachte einen seltsamen Trost mit sich.

„Wie kannst du ihn lieben, Mutter!" schluchzte Qingu. „Er will uns alle töten!"

Tiamat beugte sich über den Grünblauen.

„Qingu! Qingu, mein Sohn! Das ist doch Unsinn! Niemand wird euch etwas antun!"

Wieder und wieder streichelte die Göttin zärtlich über Qingus Haarschopf, Wangen und Lippen. Erst als seine Tränen verebbten, wandte Tiamat sich ihrem Gemahl zu.

„In deinen Wassern schwimmt kein Leben", erklärte sie. „Du fühlst es nicht in dir, daher kannst du auch nicht wissen, was du sagst, wenn du verlangst, die Kinder abzu-schaffen."

Apsu lächelte. Mummus Treue und Qingus Verzweiflung hatten ihm eine bisher unbekannte Genugtuung verschafft. In dieser Stimmung war er bereit, seiner Gemahlin entgegenzukommen.

„Du sprichst du Wahrheit", erklärte der Urgott. „Das Leben spüre ich nicht in mir. Aber ich fühle dein Leid. Die Kinder tun es nicht, aber ich. Mir bist du Wichtigste in der Welt und deswegen will ich mein Vorhaben aufschieben."

Der noch immer am Boden hockende Qingu streckte seine Hand nach oben aus. Mummu ergriff sie und drückte sie fest. ‚Doch, ich habe ebenfalls Angst gehabt', vermittelte diese Geste dem Grünblauen.

Doch noch war die Krise nicht ausgestanden. Apsu richtete seine Hand auf die Brüder. „Im Apsu ist von dieser Stunde an kein Abschaum mehr willkommen! Wisst das und tragt es euren Verwandten in allen Generationen weiter!"

*

„Am Apsu haben sie kein Interesse!"
„Wie bitte?"

In Begleitung seines Visiers Mummu verlies Apsu am Ende seines Besuchs bei Tiamat den Palast. Was der Minister zu sagen hatte, lies seinen Herrn allerdings stocken.

„Erklär dich!" forderte er.

„Die Strafe, die du über deine Kinder verhängt hast", kam Mummu auf das Tage zurückliegende Urteil zu sprechen, „schreckt sie nicht. Am Aufenthalt im Apsu haben sie kein Interesse. Nur am Palast."

„Das ist leider wahr", seufzte Apsu.

„Mutter Tiamat dauert mich", erklärte Mummu. „Aber wie ich ihr helfen könnte, weiß ich nicht."

Der Urgeborene wählte seine Worte mit Vorsicht. Seine Gefühle als Sohn Tiamats waren die eine Sache, wie er sie dem Vater vortrug eine ganz andere. Apsu erfreute sich an der Unterordnung seiner Kinder, daher durfte Mummu auch nur jene Gefühle frei schildern, die nicht infrage stellten, dass es ohne Zweifel der Vater war, der am stärksten litt, am innigsten liebte und von allen Göttern im Salzwasserozean am mächtigsten war.

„Aber du wusstest es bereits kurz nach deiner Ankunft", fuhr Mummu fort. „Und solltest bei deinem einmal gefassten Plan bleiben."

Eine einzelne Träne rann Apsus Wange herunter. „Mein Sohn! Mein wohlgeratener Sohn!" lobte er den Visier. „Mein Sohn, der so anders ist als die Brut der Lahmuskinder!"

„Ich bin nicht der einzige", wagte Mummu zu erwidern. „Urgeborene jeden Alters stehen auf Tiamats Seite. Aber unsere Worte gehen vor dem Lärmen von Eas degenerierter Bande unter. Selbst vereint kommt unsere Macht deiner nicht gleich."

Apsu bedeutete seinem Minister, den Lauf wieder aufzunehmen. „Diese meine Macht", fragte er, kaum, dass die beiden im offenen Wasser standen, „Warum rätst du mir zu, sie gegen euch zu entfesseln? Was erhoffst du dir davon?"

Mummu starrte in den Salzwasserozean, als wolle er seine Tiefen ausloten und den Apsu dahinter finden. Aber hatte er beides nicht längst zur Genüge getan? Das Wesen beider hatte doch seit jeher wie der geöffnete und auseinandergezogene Doppelstrang aus dem Inneren jedes Lebewesens vor ihm gelegen! Der Urgeborene öffnete seine Hände. Schloss sie zu Fäusten. Presste das salzige Wasser Tiamats hindurch.

„Zu überleben", stieß er schließlich hervor. „Noch zaudert Tiamat, gegen ihre Schöpfung vorzugehen. Doch auch ihre Geduld hat Grenzen und wenn sie losschlägt, dann wird das blind vor Wut und hemmungslos geschehen. Unterschiedslos würden wir dann alle ausradiert. Du hingegen handelst nach Berechnung, weißt Freund und Feind voneinander zu unterscheiden."

Mummu blickte auf. „Deswegen sage ich, der Schlag gegen die Lahmuskinder sollte jetzt geführt werden, da wir noch klaren Verstandes sind!"

Apsus Zustimmung drückte sich allein in seiner Miene aus.

*

Ea umkreiste unterdessen immer wieder einen Haufen Material, der sich in seinem Zimmer in Aduruna türmte. Worum es sich einmal gehandelt hatte, war nicht mehr erkennbar.

„Ach, du Ärmster!" entfuhr es der eintretenden Damkina. „Was hast du zu erschaffen versucht, das nicht funktioniert hat?"

Ihr Jünglingsgemahl blitzte die Schwestergöttin spitzbübisch an.

„Wer sagt denn, dass es nicht funktioniert habe?"

Damkina beugte sich über den Abfallberg. „Es ist nicht lebendig", gab sie die naheliegendste Antwort. „Und es ist sehr sperrig. Ich nehme daher an, dass du dieses Tier hier im Palast geschaffen hast. Das war überaus kurzsichtig, mein Lieber! Leben kann nun einmal nur im Wasser existieren!"

„Hätte ich Leben schaffen wollen, so wäre mein Experiment wohl missglückt", erwiderte Ea. „Aber das habe ich ja gar nicht."

„Natürlich nicht!" Damkinas schenkte dem Gefährten ein überlegen-mitleidiges Mädchenlächeln. Doch ihre Miene veränderte sich zu schierer Panik, als auf einmal doch noch Leben in den Schrott zu ihren Füßen kam! Die Göttin stürzte rücklings auf den hier mit lindgrünen Teppichen ausgekleideten Boden des Palastes und krabbelte im Krebsgang von der erwachenden Monstrosität.

„Ich habe es nicht geschaffen, sondern *gebaut*!" kommentierte Ea stolz sein Werk.

„Und was soll es darstellen?"

Ea gestikulierte wild mit den Armen. „Es stellt gar nichts dar! Es *ist* vielmehr etwas, etwas Neues!"

Endlich erinnerte sich der Erfinder einer besseren Verwendungsmöglichkeit für seine Extremitäten und half seiner Schwester auf.

„Halb Kunstwerk, halb Lebewesen", erläuterte er sein Konzept. „Etwas von unserem Ahn und etwas von unserer Ahnfrau. Gut, nicht?"

Damkina stupste die Nase ihres Gefährten mit ihrer. „Oder nicht gut", widersprach sie. „Das hängt davon ab, was es tut!"

„Meine Erfindung tut nur dann etwas, wenn wir es ihr befehlen." Ea ergriff die Hand seiner Frau. Er führte sie zu einem Hebel. „Hier! Lass sie darauf ruhen!"

Damkina lies es sich gefallen. Sie protestierte auch nicht, als Ea ihre Kopf sanft auf eine gläserne Kugel zuschob, die er auf sein Werk montiert hatte. Durch die Sphäre betrachtet erschien alles, was da im Ozean vor dem Fenster geschah, vergrößert.

„Zieh den Hebel zu dir, wenn du ein Tierchen siehst!" forderte Ea Damkina auf.

Gesagt, getan. Damkina wartete, bis sich ein grellgrüner Wasserfrosch in die Nähe des Palastes verirrte. Dann zog sie den Hebel!

Unter einer Geräuschentfaltung, die der durch Wassersteinmusik erzeugten in nichts nachstand lösten sich Klammern im Inneren der Erfindung Eas. Eine Stange fuhr aus ihr aus, um die ein Seil gewickelt war. Am Ende dieses Seils befand sich eine metallische Klaue. Das Seil wickelte sich in Gedankenschnelle von der Stange, um dem durch diese vorgezeichneten Weg weiter zu folgen. Als kein weiteres Seil mehr abzurollen war, fiel die Schnur aber nicht schlaff zu Boden, sondern blieb straf, mit einem Anker draußen vor dem Fenster verbunden.

Mit seinem Werk zufrieden griff Ea nach dem Seil. „Komm! Lass es uns gemeinsam einholen!" forderte er Damkina auf.

Neugierig folgte die Göttin der Aufforderung. Stück für Stück zogen die beiden das Seil zu sich in den Palast. Kurz vor dem Ende lies Ea los. Er lief zum Fenster, streckte seine Hände aus und empfing die

Kralle persönlich. Darinnen strampelte nun der von Damkina entdeckte Frosch mit seinen Schwimmbeinen. Ea befreite das Tier aus seinem Gefängnis und kehrte zu seiner Gefährtin zurück. Er legte ihr seinen Fang in die Hände.

„Jetzt müssen wir Aduruna nie wieder verlassen, Damkina!" erklärte der Erfinder stolz. „Wir holen uns einfach alles, was wir haben möchten!"

„Das ist lustig", meinte Damkina. „Aber auch ein wenig erschreckend."

Ea winkte ab. „Das ist alles Neue am Anfang."

Die beiden ließen den Frosch in Eas Zimmer frei.

„Wo diese Apparatur jetzt hier steht, benötige ich ein neues Zimmer zum Wohnen", überlegte der Gott laut.

Damkina beobachtete indessen das gefangene Tier. Der Aufenthalt im Palastinneren schien ihm nicht gut zu bekommen. Schon wurde seine Haut faltig, als sie immer mehr austrocknete.

„Ea!" kreischte Damkina. „Wir müssen das Tier sofort wieder freilassen! Es stirbt sonst!"

„Nein, warte noch!"

„Warte" und immer wieder „Warte" - Damkina wusste nicht, weshalb sie sich jedes Mal wieder aufhalten lies, wenn sie der Meinung war, dass spätestens jetzt der Zeitpunkt gekommen sei, den Frosch zurück ins Wasser zu setzen. Doch Ea wollte die Metamorphose von Frosch zu Nicht-Frosch in ihrer Gänze miterleben. Sein heimatliches Element blieb dem Tier verschlossen. Das Licht Tiamats wich mehr und mehr aus ihm Am Ende des Tages hatte sich das Wesen in etwas anderes verwandelt. Größer, fetter und nicht mehr grün, sondern bräunlich vollführte er Sprünge anstelle von Schwimmzügen.

„Siehst du, Damkina?" freute sich Ea. „Mutter Tiamats Leben findet immer einen Weg, weiterzumachen, auch dann, wenn alle Hoffnung verloren scheint. Es kann sogar außerhalb des Wassers existieren."

Damkina hob die Erdkröte in die Höhe. Sie rümpfte die Nase. „Aduruna ist groß genug für alle, aber nicht jeder Gast darin muss auch in meiner Nähe wohnen. Lass uns sehen, ob wir nicht etwas hübscheres zustandebringen!"

*

Eas Erfindertätigkeit erfüllte den Jünglingsgott mit Stolz. Als die anderen Götter ihn wie so oft zuvor zu ihren Spielen einluden, lehnte er ab. An diesem Tag hatte er ihnen etwas zu zeigen!

Eas Freunde versammelten sich um die Apparatur und jeder wollte sie einmal ausprobieren. Es stellte sich heraus, dass das Zusammenspiel von Glaskugel und Hebel exakt abgemessen werden musste, um einen Fang einzuholen. Nicht jeder zeigte hier dasselbe Geschick...

Es war Gibil, dessen Lippen sich in Vorfreude kräuselten, als er eine ganze besondere Beute im Weltenozean ausmachte. Doch kein Wort kam dem Gott über diese Lippen, worauf er es abgesehen habe. Ein kurzes Zucken des Handgelenks, dann ruckte die Apparatur an und feuerte ihr Geschoss wie so viele Male zuvor ab. Doch diesmal mussten alle zupacken, um das Seil wieder einzuholen.

„Was hast du da am Haken?" ächzte Ea. „Ein Stück vom Palast selbst?!"

Er sollte seine Antwort sogleich erhalten: Von der um sein Fußgelenk geschlungenen Kralle unerbittlich gezogen fand sich Visier Mummu als Beute im Kreis der Angler wieder.

„Ihr!" zischte der Urgeborene. „Wer auch sonst..."

„Ja, nicht wahr?" lachte Ea. „Wer auch sonst? Wo hast du deine Weisheit gelassen, dass es dir nicht gleich eingefallen wäre?"

Schallendes Gelächter begleitete Mummus Versuche, sich zu befreien. Endlich kappte Iruga das Seil. Lugal-Durmah öffnete die Kralle und so war der Gefangene entlassen. Doch die Wut über den erneuten Streich der Jüngeren wollte den Minister nicht so leicht verlassen.

„Es wird Zeit, dass Apsu mit euch allen aufräumt!" schrie er ihnen wütend entgegen. „Er fegt euch aus den Weltenozeanen, bis keiner mehr übrig ist! Und wenn ich die Erinnerung an eure Existenz auch nicht ablegen werde können, so werde ich euch auf keinen Fall vermissen!"

Mit diesen Worten humpelte der Urgeborene auf das Fenster zu, zog sich am Sims nach oben und lies sich in den Salzwasserozean fallen. Tiamats Strömungen nahmen sich des Verwundeten an und trugen ihn in Sicherheit.

Die Götter aber standen wie erstarrt über Eas Angelmaschine.

„Das kann nicht sein Ernst sein", hauchte der Erfinder. Er warf sich herum, stieß die Umstehenden zur Seite und hastete in den Gang hinaus.

„Qingu!!!"

*

„Qingu!" rief Ea erneut, während er die Freitreppe in die nächste Etage hinaufstürmte. Der Gesuchte erwartete ihn bereits. Auf dem Treppenabsatz stehend warf er Ea entgegen: „Du lärmst schon wieder, mein Bester."

„Ja, das tue ich! Weil ich es bald nicht mehr kann und du auch nicht und keiner von uns! Außer, wir tun etwas dagegen..."

Qingu legte dem Jüngeren beschwichtigend die Hand auf dessen Schulter. „Falls du von Apsus Vorhaben, uns alle in die Nichtexistenz zu verbannen, erfahren haben solltest, so wisse, dass er diesen Plan hat fallen lassen. Tiamat hat für uns gebeten und Vater Apsu nachgegeben."

„Und es sich anders überlegt!"

Hastig berichtete Ea, was vorgefallen war.

„Mummus Worte klangen nicht, als bezögen sie sich auf ein zurückgenommenes Urteil Apsus", schloss er. „Die Bedrohung ist real."

Qingu biss sich auf die Unterlippe. Wieso sein Körper das tat, blieb dem Urgeborenen unklar. Vielleicht musste er sich Schmerz zufügen, um die Betäubung in seinem Inneren zu bekämpfen.

„Ich kann euer Treiben ebenfalls nicht gutheißen", sprach er. „Ihr tut Mutter Tiamat weh, hindert sie am Schlafen und verbannt sie aus ihrem eigenen Heim."

Ea nickte. Obgleich er Qingu als seinen Freund betrachtete, würden die beiden die Welt doch nie aus derselben Perspektive sehen. Zu unterschiedlich waren ihre Voraussetzungen als Lahmusabkömmling und Urgeborener.

„Du magst es für die beste Lösung halten, wenn wir alle verschwänden. Aber, Qingu", fragte Ea listig, „kannst du die Vorstellung ertragen, dass Apsu dann für immer bei Tiamat liegt?"

Minutenlang schwieg der Urgeborene. „Du willst Apsu zuvorkommen?" fragte er dann.

„Ja."

„Du glaubst, einen Urgott eigenhändig vernichten zu können?!"

„Eigentlich hatte ich dabei auf deine Hilfe gebaut."

„Nein, Ea!"

„Aber...!"

„Still! Halt einmal in deiner Existenz einfach nur deinen Mund, verstanden?! Und dann hör mir zu: Ich werde dir bei was immer du in Bezug auf diese Angelegenheit vorhast, nicht im Weg stehen. Dieses Heraushalten und mein Schweigen über deine Pläne sind alles, was ich dir an Entgegenkommen bieten kann. Stehst du Apsu erst gegenüber, trägst du allein die Verantwortung für alles, was danach geschieht!"

„Oh, ich habe nicht vor, ihm *gegenüberzutreten*, mein edelmütiger Freund", meinte Ea grinsend.

*

Ea vollbrachte sein Werk in aller Heimlichkeit. Er fügte seinen Plan zusammen. Tief im Inneren des Palastes wob er seinen Zauber. Ea wob den Zauber, den nur er zustande brachte.

Genaugenommen fügte der Lahmusabkömmling keinen Schlachtplan zusammen, sondern Teile einer neuen seiner einzigartigen Kreationen, die er Maschinen nannte. Und Zauber gehörte zu jenen Worten, welche erst in späteren Epochen für diese Werke aufkamen, als die Götter sich der Alten Welt mehr und mehr entfremdeten. Aber an diesem Tag begann die große Veränderung, obwohl die Geschichte hier ebensogut ein gutes Ende hätte nehmen können.

Ea lud Minister Mummu in seine Gemächer ein. „Ich bin dir etwas schuldig, für unseren Streich neulich", erklärte der Lahmusabkömmling Apsus Visier. Dann setzte er seine Maschine vor dessen Augen in Gang. Räder drehten sich gegen andere Räder, verbunden durch Zähne aus Stein. Jedes Einzelteil war mit mindestens einem weiteren verbunden, dessen Bewegung es bedingte und durch dessen Drehung die seine bedingt wurde. Und obwohl sich die Bauteile aufs Haar genau glichen, wirkte doch jedes in eine andere Richtung, in die es seine Kräfte freisetzte.

Wie ein Fischschwarm eine höhere Intelligenz aufwies, als die Summe der einzelnen Tiere erlauben sollte, so wuchs manifestierte auch Eas Erfindung größere Macht, als man anhand der kleinen, für sich allein harmlosen, Räder vermuten durfte.

Das Ganze ging nicht geräuschlos vonstatten, doch produzierte die Maschine eine andere Art Laut als die vorherigen. Ea hatte die aus dem Musizieren gewonnenen Erkenntnisse mit denen aus seiner Bastelarbeit kombiniert. Die neue Maschine erfüllte keinen anderen Zweck, als diese neuartigen Geräusche zu produzieren. Gleichmäßig, nicht ratternd, weder laut noch leise, schnurrten die Räder im Gleichklang. Die Töne wirkten übten eine merkwürdig beruhigende Wirkung auf die Palastbewohner aus.

„Ich könnte hier und jetzt schlummern", gähnte Mummu wohlig. Doch der Minister riss sich zusammen. Schläfrig lächelte er den Lahmusabkömmling an: „Stell deine Maschine Vater Apsu vor! Ich bin mir sicher, er wird sich dankbar zeigen und von seinen Vernichtungsplänen ablassen!"

„So? Glaubst du das?"

Mummu trat auf Ea zu. Er lächelte noch immer.

„Ja! Ja, das glaube ich, Ea, Anus Sohn. Ich würde ausgelassen jubeln, käme der Schlaf nicht so willkommen über mich. Warum dagegen ankämpfen? Ich lasse es geschehen. Sobald ich dich Apsu gemeldet habe, lausche ich deiner Erfindung, bis sich meine Augen schließen und wenn ich erwache, dann wird wieder Frieden herrschen.

Ich gratuliere dir, mein Junge, und danke dir. Heute bist du erwachsen geworden."

Ea stieß Mummu verschwörerisch in die Seite. „Dann eile zu Vater Apsu! Je schneller du mir eine Audienz verschaffst, umso eher kannst du auf dein Ruhelager finden!"

*

Mummu bereitete alles für Eas Ankunft in Apsus Gemächern vor. Dann nahm er auf seinem Sessel neben dem des Urgottes Platz und erlaubte seinen Lidern, über die Augen zu fallen. Mummus Körper kuschelte sich ganz von selbst in die fließenden Stoffe der Polsterung.

Freudiges Erstaunen stahl sich wider Willen in Apsus Gesicht.

„Nur weiter!" forderte er Ea auf, nachdem er gesehen hatte, welche Wirkung dessen Maschine auf seinen Minister ausübte.

Der Jüngling reagierte nicht.

„Weiter!" forderte Apsu, seinen Befehl diesmal durch eine Geste untermalend.

Ea verneigte sich tief. Dann stellte er seine Maschine auf volle Leistung ein...

*

In Tiamats Gemächern sank die Urgöttin nicht lange nach Mummu ebenfalls in tiefen Schlaf. Qingu fing ihre Avatarform auf. Der Urgeborene bettete seine Herrin auf ein Lager. Nachdem er sich Zeit genommen hatte, die Tür mit einem Perlenvorhang zu verschließen, hockte er sich auf die Kante der Bettstatt. Von dort aus bewunderte er Tiamats wohlgeformten Körper. Schlank und hochgewachsen hatte er sie in Erinnerung, nicht vom Schlafmangel und der rastlosen Wanderung durch den Ozean ausgezehrt.

Qingu versuchte, Kontrolle über seinen eigenen Körper auszuüben. Was immer die Müdigkeit aller Palastbewohner ausgelöst hatte, musste auf Eas Plan zurückgehen. Und obwohl Qingu dessen Ziel insgeheim gut hieß, durfte er dem Abkömmling Lahmus nicht trauen.

Er hatte wach zubleiben und seine Herrin zu beschützen, komme, was da wollte!
Qingu beugte sich über die Urgöttin. Er küsste sie auf die Stirn, flüsterte: „Ich beschütze dich, Mutter Tiamat!"
Doch kaum hatten die Worte Qingus Mund verlassen, fiel auch er in Schlaf. Über dem Avatarkörper der Urmutter sank Qingu nieder.

*

Ea gestattete sich ein erleichtertes Aufatmen, als nach Mummu und den restlichen Palastbewohnern endlich auch Vater Apsu in Schlaf gefallen war. Zwei kleine Tentakel entwichen seinen Ohren. Der Gott hob die Hand, um die unruhigen Gesellen wieder dorthin zurückzuschieben, wo er sie haben wollte.
„Du kannst später wieder frei schwimmen", rügte er das Tierchen. Zu dem die Extremitäten gehörten. Die eigene Stimme nahm der Gott dabei lediglich als Schwingung in der Schläfengrube wahr. Denn um nicht selbst der Wirkung seiner Erfindung zum Opfer zu fallen, hatte sich Ea vorsorglich einen Polypen in jedes Ohr gestopft.
Eine Weile betrachtete der Gott seinen schlafenden Vorfahren - seinen hilflosen Feind! Sollte er nach allem, was geschehen war, tatsächlich auf Apsus Vergebung bauen? Darauf hoffen, der Urgott erwache voll der Dankbarkeit, lenke ein und sähe von seinem Vernichtungsplan ab? Nein! Unter keinen Umständen durfte er, Ea, Damkina und seine Freunde diesem Risiko aussetzen!
Ea riss die Bespannung von einem freien Stuhl. Er band Mummu damit an Händen und Füßen. Während seiner Tätigkeit umschlang der Stoff Eas Körper, als wolle der Palast selbst sich seinem Vorhaben in letzter Sekunde widersetzen. Unwirsch schlug der Gott das störrische Gewebe zur Seite, bis es Ruhe gab. Unsicher blickte er an sich selbst herab.
„Nicht schlecht", meinte Ea bei sich, als er fand, dass die Stoffbahnen seinen Körper gerade so verhüllten, dass er interessanter wirkte. Ea beschloss, seinen neuen Zustand beizubehalten. Bisher war er einer unter vielen gewesen, nun sollte der Zierrat dazu beitragen, ihn von den anderen Göttern abzusetzen.

„Und nun wird es Zeit", echoten Eas Worte in seinen Schädelknochen. Niemand befand sich im Raum, der sie hören konnte. Niemand vernahm die letzten, hastigen Schritte, die Ea von Apsus Thronsessel trennten. Lautlos führte der Eindringling den letzten Schnitt, der Apsus Hals durchtrenne...

*

WAMM!

Dumpf dröhnte es in Mummus Ohren. Was das Dröhnen ausgelöst hatte, wusste er nicht, doch seine rechte Wange schmerzte plötzlich. Vermutlich hatte er sich an der steinernen Kante der Sessellehne gestoßen, als sein Kopf im Einschlafen zur Seite wegsackte.
Apsus Minister schlug seine Augen auf. Unter sich spürte er mehr Stoffbahnen, als ein normaler Sessel aufweisen sollte. Das Material bedeckte seinen ganzen Körper und über Mummu gebeugt stand Ea.
„Hast du mich zugedeckt, als ich einschlief?" fragte der Urgeborene. „Danke!"
„Ich habe dir etwas mitzuteilen", erklärte Ea.
„Dass wir Frieden haben?"
„Richtig!"
Triumphierend hielt der in die Fetzen der Thronbespannung gewandete Ea das Haupt des Avatarkörpers in die Höhe, der bis vor kurzem Apsu als Leib gedient hatte.
„Und zwar für immer!"
Mummu wollte aufspringen, wollte seine Hände um die unversehrte Kehle des Mörders legen, wollte irgendetwas tun, doch die Fesseln, die er nun als solche erkannte, hielten ihn zurück. Hilflos dem Jüngeren ausgeliefert, vermochte der Minister nur zu beobachten. Ein Schrei entschlüpfte seiner Kehle: „Nein!"
Ea schüttelte geringschätzig sein Haupt.
„Ehrlich, Mummu, gerade von dir hätte ich einen einfallsreicheren Kommentar erwartet. Das muss sich ändern, wenn du erst mir dienst!"

Zur Bekräftigung seiner Aussage schüttelte der neue Herr des Palastes auch gleich noch Apsus Haupt...

Tafel 3

Tiamat räkelte sich auf ihrem Lager. Wie herrlich still Aduruna heute doch war! Doch noch hatte ihr Avatarleib nicht die Ruhe gefunden, die er benötigte. Etwas hatte ihn aus dem Schlaf aufgeschreckt. Was war es gewesen? Das Blasen eines Horns? Die ausgelassenen Rufe der Jüngsten? Eine weitere von Eas Erfindungen?
Was immer es gewesen war, es war verklungen. Die Urgöttin lag weiterhin unter ihrem Gemahl und hatte unbewusst begonnen, ihn zu liebkosen. Doch etwas war anders. Tiamat vermochte Apsu nicht in seinem Leib zu spüren.
Missbilligend schnaubte die Göttin. Wie lange war es her, seit ihr Gemahl seinen Avatarleib verlassen und sich wieder mit dem Süßwasserozean verbunden hatte? Länger, als sie sich innerhalb eines Gedankens errechnen konnte und kürzer als die Ewigkeit, die Apsu versprochen hatte, an ihrer Seite zu verweilen.
„Du hast dich davon gemacht, während wir im Liebesspiel verweilten?!"
Ungestüm schob Tiamat den Liebhaber von sich.
„Ich... nein... würde mir nie einfallen!" verwehrte sich ihr Partner gegen den Vorwurf. „Mich davonzumachen, meine ich. Und das Liebesspiel natürlich auch nicht. Außer, du wolltest es..."
Angesichts dieser merkwürdigen Aussage richtete Tiamat nun nicht nur ihre göttlichen Sinne, sondern die physischen Augen ihres Avatarkörpers auf den neben ihr liegenden Gott. Sie erkannte, dass es sich um Qingu handelte. Einerseits erklärte das, weshalb sie nur Anklänge, nicht aber Apsus vollständige Persönlichkeit in seinem Männerkörper gespürt hatte, andererseits warf Qingus Anwesenheit eine Reihe weiterer Fragen auf.
Bevor die Urgöttin auch nur eine einzige davon stellen konnte, betraten zwei weitere ihrer Nachkommen, Suhgurim und Asar-Alim-Nuna, den Raum.

„Der Herr Adurunas wünscht euch zu sprechen, Mutter Tiamat und Onkel Qingu."

Qingu erhob sich von Tiamats Lager. Was er erblickte, musste er aus der Nähe betrachten, um sich sicher zu sein, keiner Täuschung erlegen zu sein. Tiamat sah es ebenfalls, wie dem Urgeborenen ihr Kichern verriet.

„Jungs!" entfuhr es ihm. „Wie seht ihr denn aus? Ihr solltet eure Schwestern bitten, euch von diesen Fasern zu befreien."

„Und Stillschweigen darüber bewahren, wie ihr sie euch zugezogen habt!" ergänzte Tiamat. „Kommt her, Kinder, dann löse ich diese Bänder von euch, damit ihr nicht so vor die Schwestern treten müsst."

„Das sind keine Bänder!" schnaubte Asar-Alim-Nuna. „Wenn unser aller Herr jemand zu binden wünscht, so ruft er Lugal-Durmah. Wir hingegen sind mit Gewändern angetan, die seine Wertschätzung unserer Dienste für ihn ausdrücken."

„Ich wusste, dass Apsu euch nicht leiden kann, aber dass es so schlimm ist...", erwiderte Qingu feixend. Dann konnten weder er noch Tiamat ihr Lachen zurückhalten. Zu fremd wirkten die beiden Götter in ihrer neuen Tracht. Wer in beiden Ozeanen würde wohl auf die Idee verfallen, sich freiwillig in Tücher einzuwickeln, bis man wirkte, als sei man durch ein Tangfeld geschwommen und habe dabei nicht genügend Acht gegeben, sich nicht darin zu verschlingen? Bänder hielten die Stücke zusammen und auf den Leibern der Götter. Mit Bändern hatten sie, als kein Platz mehr auf ihrer Schuppenhaut übrig war, weitere Stoffbahnen auf ihrem Rücken befestigt, die bei jedem Schritt hin und her schwangen. Vielfach geschlungene Bänder stützten die Gelenke, damit sie geschickter gehen und Ihre Stäbe sicherer halten konnten. Qingu kannte das Prinzip bereits. Aber wenn er seine Greiffähigkeit zu verbessern suchte, dann lud er eine Wasserschlange ein, sich um sein Handgelenk zu winden und wenn er sich schneller bewegen wollte, ließ er sich von einem großen Fisch tragen. Auf diese Weise erhielt er noch ein wenig Gesellschaft. Diese hatte der Urgott den Jüngeren offensichtlich während ihrer Strafe nicht zugestanden.

„Was hat das denn mit Apsu zu tun?" entgegnete Suhgurim. „Wir sprechen von Ea."

Der Gott griff unter seinen Umhang. Er holte etwas hervor, das er vor Qingu und Tiamat auf den Boden warf.
„Der Götterkönig meint, Apsus Herz solle dein bleiben", erklärte er dabei.
Eine Kugel aus mehrfach verschlungenen Fasern, die in jeder erdenklichen Schattierung von Blau glitzerten, rollte an Qingu vorbei auf die Urgöttin zu. Niemand musste ihm oder Tiamat erklären, was das bedeutete. Ea hatte Apsus Avatarform, in der dieser seine Gemahlin zu besuchen pflegte, zerstört!
Der Urgeborene schlug rasch die Augen nieder. Er senkte den Kopf als wolle er seiner Betroffenheit Ausdruck verleihen, dabei sollte doch nur niemand sein triumphierendes Lächeln sehen.
Tiamat trat auf ihren Sohn zu. Sie legte ihm von hinten die Hände auf die Schultern, blickte über Qingus Kopf hinweg auf die Lahmusabkömmlinge und zischte: „Das verzeiht er euch nie und für alles, was von nun an geschieht, ist euer Anführer Ea allein verantwortlich!"
Tiamat legte ihren Kopf auf Qingus Schultern. „Ich verlasse euch kurz", flüsterte sie ihm ins Ohr. „Und begebe mich zum Apsu."
Tiamats Avatarleib erschlaffte. Kraftlos sank er an Qingus Körper herab, der ihn erst zu stützen versuchte und dann liebevoll umfing.
„Ea wird ungeduldig", drängte Asar-Alim-Nuna. „Er verlangt euch zu sehen!"
Qingu hielt Tiamat fest in seinen Armen. Für die beiden Götter mit ihren Waffen hatte er nur Verachtung übrig.
„Ja - und? Wo bleibt er dann? Wenn Ea Mutter Tiamat unsere Herrin so dringend sehen möchte, müsste er sich doch eigentlich beeilen, herzukommen."

*

Tiamat bekam nichts von dem Wortwechsel ihrer Kinder mit. Sie war wieder vereint mit den Wassern, aus denen alles hervorgegangen war. So vieles hatte sich seitdem verändert, doc hatte die Urgöttin jetzt keine Muße, den Palast, das Spiel der Lebewesen oder das Treiben ihrer Kinder zu beobachten. Ihr Geist strebte auf die Grenze zwischen den Weltenozeanen zu. Sorge um Apsus Gemütszustand und Sorge um ihre Nachkommen trieb die Göttin voran. Apsu würde es nicht so einfach hinnehmen, dass Ea seinen Avatarleib zerstört hatte. Er würde toben. Aber wieso spürte Tiamat dann nicht bereits die Ausläufer dieses Zorns? Wieso fühlte sich die schmale Übergangszone so an, als befände sich dahinter alles in bester Ordnung? Als ruhe der Urgott zufrieden in sich selbst?

Tiamat erzeugte warme Wellen, die sie sanft gegen die Grenze ausrollen lies.

„Apsu? Liebling?"

Ein Zittern ging durch die Domäne Tiamat, als sie keine Antwort von der anderen Seite der Membran erhielt. Die Urgöttin intensivierte die Bewegung. Sie stieß soweit wie möglich in den Apsu vor, unfähig, die Grenze zu überwinden und zu sehen, was sich dahinter befand. Allein ihr Avatarkörper hätte das vermocht, doch den hatte sie ja in Qingus Obhut zurückgelassen.

Wieder uns wieder versuchte die Urgöttin, einen Kontakt zustande zu bringen.

„Wieso ignorierst du mich, mein Gemahl?" klagte sie. „Ich bin doch zu dir geeilt?"

Mit einem Mal stockte die Göttin. Die letzte Welle rollte aus. Tiamat kam zum Stillstand. Die Wasser schwiegen, stehend, trüb, lebensfeindlich.

Die innige Nähe zum Apsu hätte hervorbringen müssen, was eine solche Begegnung stets zur Folge gehabt hatte: Weiter Kinder. Doch kein winziger grüner Mädchenleib zappelte im Wasser und kein blauer oder grauer Bruder wartete auf der anderen Seite der Membran auf sie. Die einzige mögliche Erklärung dafür war, dass sich dort drüben nichts mehr befand, das hätte antworten können.

Apsu war ebenso in Schlaf gefallen wie sein Avatar und würde vielleicht nie mehr erwachen.

*

Die geballte Macht der Urgöttin fuhr innerhalb eines einzigen Herzschlages zurück in ihren beschränkten Leib. Die fleischliche Hülle konnte nicht alles davon aufnehmen und so flossen die Energien darüber hinaus in die Umgebung. Wie elektrisiert stand Qingu, hielt seine Herrin weiter und lies ihre Präsenz über sich hinwegspülen. Es fühlte sich gut an...
Die beiden Lakaien Eas wurden von den Füßen gefegt. Die Waffen entglitten ihren Händen und wurden dann in eine andere Richtung davon geblasen als die beiden Götter, hinaus aus dem Raum, in den Flur, bis sie gegen die nächste Wand prallten.
Den Winden folgte ein Wasserschwall, der bald den gesamten Palast ausfüllte. Wer immer davon berührt wurde, krümmte sich vor Schmerz und konnte nicht anders, als in die Außenwelt zu fliehen.
In allen Gemächern schreckten die Götter auf. In ihrer Pein floh jeder für sich allein, durch die Fenster, die Portale oder von Tiamats Brüllen erzeugten Durchbrüchen in den Wänden. Wer im Weg stand, wurde zur Seite gestoßen, zurück in die ätzende Flüssigkeit im Inneren Adurunas.
Draußen sah sie Welt anders, aber nicht freundlicher aus. Nie zuvor war den Göttern aufgefallen, wie viele Lebewesen sich bereits im Salzwasserozean tummelten. Auch diesen Tierchen fügte die aus Aduruna austretende Säure Schmerz zu, doch waren sie nicht umsonst Tiamats Kreaturen. Die Geschöpfe nahmen mit ihren Körpern auf, was ohnehin nicht zu stoppen war. In ihrem Inneren setzten Umwandlungsprozesse ein. Vorratsbehälter bildeten sich aus, Drüsen erschienen, die nach dem Vorbild des aufgenommenen weiteres Gift zu produzieren vermochten und Werkzeuge, mittels derer die tödliche Substanz in einen Körper injiziert werden konnte.
Solcherart bewehrt bedrängten die Lebewesen die Götter von allen Seiten!
Selbst jene, die in den entferntesten Winkeln Tiamats nichts von den Ereignissen der jüngsten Vergangenheit mitbekommen hatten, vermochten der Vergeltung der Urgöttin nicht zu entgehen.
„Tiamat ist wahnsinnig geworden", klagte Agilima . „Uns bleibt nur die Flucht!"

*

Wie viele der Lahmusabkömmlinge sich einzeln oder in Gruppen möglichst weit vom Palast fortbewegten, vermochte Ea nicht zu zählen. Ebenso wenig kannte er die Zahl derer, die es nicht schafften zu entkommen. Eigentlich wollte er die genaue Anzahl auch gar nicht kennen. Der Gott achtete allerdings darauf, dass die Überlebenden keinem anderen als ihm folgten.

Da die Onkel, Brüder, Vettern und selbst die jüngsten der Neffen aber begriffen hatten, dass die von Ea ausgeteilte Kleidung einen Schutz vor den Giftzähnen und der Säure boten, ordneten sie sich demjenigen bereitwillig unter, dessen Erfindungsgabe ihnen zumindest eine kleine Chance bot, Tiamats Vernichtungsschlag zu entrinnen.

Immer wieder schlugen Unterwasserwellen über den Lahmuskindern zusammen, rissen Strudel ihre Linien auseinander und stürzten sich die Kreaturen Tiamats auf die jüngeren Götter.

Eas Anhänger erschlugen die Angreifer zu hunderten. Doch unaufhaltsam brach die vielzangige, scharfzahnige und stachelbewehrte Brut selbst über solche ehrausragenden Kämpfer wie Suhrim, Zahgurim und Lugal-Ab-Dubur herein.

Der von den Ereignissen völlig überrumpelte Agilima tat sich mit Eas Gefolgsmann Malah zusammen. Gibil und Lugal-Ab-Dubur trugen die beiden auf, die Schalen der getöteten Tiere einzusammeln. Aus den Leibern der besiegten Kreaturen Tiamats errichteten die Lahmuskinder Wälle und Schilde, hinter denen die Flüchtenden mit ihren Schwestern Zuflucht finden konnte.

„Kinma! Merschakushu! Mummu!" rief Agilima, als er einem nach dem anderen einen fertiggestellten Schild aus der Haut von Haifischen in die Hand drückte. „Was ist denn überhaupt im Palast geschehen, das unsere Ahnfrau dermaßen aufgebracht hat?"

„Was kommt dir als erstes in den Sinn?" erwiderte Mummu. „Das und nichts anderes."

Apsus ehemaliger Visier konnte sich nicht lange mit dem Neffen austauschen. Auf ein Ziehen an der mit einem durch Mummus Nase gezogenen Ring befestigten Schnur hin musste der Urgeborene an Eas Seite eilen. Was Agilima bisher für einen besonders exotischen Auswuchs der von Ea erfundenen Bekleidung gehalten hatte, stellte in Wahrheit eine Fessel dar.

„Was geschehen ist?" wiederholte Malah. „Ea hat einen Kampf gegen Apsu gewonnen."

„Ja, danach sieht es auch ganz aus", höhnte Kinma. „Ganz toll gemacht, Leute..."

„So ist es", ließ sich Damkina vernehmen. „Und da mein Gemahl gewonnen hat, muss Apsu ihm gehorchen. Daher sucht uns Namru einen Weg in den Süßwasserozean, wo wir sicher sein werden."

„Gehorchen? Sich Ea unterordnen? Das klappt vielleicht mit Mummu, aber mit Vater Apsu?!"

Nicht alle Götter teilten Damkinas Überzeugung, doch was blieb ihnen anderes übrig, als dem Anführer und seiner Schwestergemahlin zu folgen? Die Flucht in den Apsu war der einzige Hoffnungsschimmer, der sich ihnen in Tiamats Fluten zeigte.

Ea, Malah und Sirsir experimentierten mit den Chitinplatten, Fischlederplanen und aus Knochen zusammengesetzten Gelenken, bis sie einen kleinen Palast gebaut hatten. Anstatt von Zinnen, Säulengängen und Gemächern wies dieser Palast einfach nur eine Außenhülle und einen Innenraum auf. Ea nannte ihn Boot, fügte Ruder hinzu und wies alle an, sich ins Innere zu begeben. Schon bald strebten mehrere dieser neuen Erfindung vom Palast unter den Wellen fort, auf den Apsu zu. Die Angriffe der Meereskreaturen prallten an der schützenden Hülle ab und verebbten schließlich gänzlich. Tiamat entließ ihre Kinder aus ihrem Reich.

*

„Sind wir... allein?" fragte Qingu mit bebender Stimme. Er fragte sich, wie viel Zeit seit Tiamats Rückkehr in ihren Körper wohl vergangen war? Einige Stunden vielleicht? Oder hatte er tagelang hier im Auge des Orkans gestanden? Vielleicht nur wenige Minuten?

So fruchtlos es auch schien, die Antwort auf diese Frage zu suchen, bis vor wenigen Sekunden hatte die dem Urgeborenen Ablenkung von der viel drängenderen Frage geboten, wie es nun weitergehen sollte. Doch nun hatte Qingus Neugier - oder sollte er es Resignation nennen? - über seine Angst gesiegt. Er musste wissen, wie die Zukunft aussehen würde.

Tiamat stand in Qingus Rücken. Durch ein Fenster schaute sie in den Salzwasserozean hinaus.

„Nein, nicht allein. Schau!"

Der Grünblaue trat an die Seite seiner Mutter. Vor dem Palast zogen Panzerschildkröten ihre Kreise. Sie beschützen etwas, das nach einem jugendlichen Zwillingspaar aussah, in ihrer Mitte. Nun, da die Wasser sich allmählich wieder aufklarten, brachen die Tiere ihre Formation auf und gaben die beiden Kinder frei. Sie hatten leichte Verätzungen erlitten, waren aber ansonsten unverletzt.

Ein Schlangendrache bewegte sich zielstrebig in Richtung Adurunas. Qingu erkannte, dass er einen Passagier auf seinem Rücken trug. Sowohl das Tier als auch sein Reiter sahen durch einen zurückliegenden Kampf mitgenommen aus.

„Das ist Muschuschu", erkannte Qingu. „Mit schweren Bisswunden, wie es aussieht. Durch Haifische, wenn ich mich irre."

„Du irrst dich nicht. Im Gegensatz zu Göttern scheinen die Lebewesen augenscheinlich eine Hemmung aufzuweisen, denjenigen, die an ihrer Schaffung beteiligt waren, Schaden zuzufügen oder zuzulassen, dass ihnen solcher zugefügt wird."

„Oder die Tiere haben ganz andere andere Kriterien."

Tiamat lächelte. „Ich bin gespannt darauf, diese zu erfahren. Lass alle Götter in den Palast ein, die es wünschen! Ich werde mir ihre Sicht auf die Ereignisse anhören."

„Soll ich Eas Angelmaschine einsetzen um die Verwundeten schneller hereinzuholen?"

„Nein. Zerstör sie! Wir haben treuer Verbündete als Maschinen. Wir besitzen die Lebewesen und den Ozean selbst, der ich bin. Die Wasser und die Tiere werden meine Einladung dorthin tragen, wo sie auf offene Ohren stößt."

*

Dass die tierischen Bewohner Tiamats unruhiger als sonst waren und der Ozean in ungewohnten Rhythmen schlug, nahmen die Flüchtlinge in ihren versiegelten Booten nicht wahr. Es hätte sie nur nervöser gemacht als sie es ohnehin bereits waren.
Nach der Hektik der vorangegangenen Schlacht verlief die mehrtägige Reise zu den Grenzen Tiamats in beinahe vollständiger Stille.
Zusammen mit Ea befanden sich noch zwei Dutzend weiterer Lahmusabkömmlinge und ihre Schwestern im größten der Schiffe. Einige von ihnen übernahmen aktive Rollen an Bord, die meisten aber versuchten, den Schock der zurückliegenden Ereignisse zu verarbeiten. Asarluhi kümmerte sich gleichermaßen um immer wieder entstehende Lecks im Schiffsrumpf wie um die Passagiere, Malah stand am Ruder und steuerte, wohin Namru ihn leitete. Kinma und seine Schwester tauschten sich im Flüsterton über etwas aus, von dem die anderen ausgeschlossen blieben.
Agaku suchte Mummu auf, der von seiner in Aduruna zurückgebliebenen Schwester getrennt einsam in einer dunklen Ecke hockte. Die Decke war hier niedriger, so dass Agaku sich ebenfalls bücken musste. Er stellte fest, dass Apsus Visier sich soweit von seinem neuen Herrn entfernt hatte, wie es ihm die an seinem Nasenring befestigte Schnur erlaubte.
Agaku hob seine Hand. Er führte sie auf die gespannte Leine zu, hielt jedoch inne, ohne sie zu berühren.
„Tut dir das weh?"
„Nicht so wie die Säure und die Bisse."
„Was, jetzt noch? Hat Asarluhi sich denn noch nicht darum gekümmert?"
Mummu schüttelte den Kopf. Dabei ließ er die gespannte Schnur außer acht, so dass der Nasenring schmerzhaft in sein Fleisch schnitt.
„Au!"
Mummu bäumte sich auf, schrie erneut und krümmte sich zusammen, bis Agaku ihn aus seiner Nische herauszog. Die Verbindungsleine zu Ea

hing nun lockerer. Agaku zog den Urgeborenen noch ein Stück weiter und drückte ihn über einer an dieser Stelle ausgebreiteten Stoffbahn zu Boden. In den hier herrschenden etwas besseren Lichtverhältnissen betrachtete er den geschundenen Körper des Onkels. Apsus Getreuer hatte dieselben schweren Verletzungen davongetragen wie die Flüchtlinge, doch hatte sich noch niemand aus Eas Gefolge ihrer angenommen.
Agaku fuhr über die etwas schmierige Innenwand des Bootes. Wie er es an diesem Tag schon oft getan hatte, kratzte er die heilsame Substanz von der Bordwand, fügte ihr etwas von sich hinzu und trug die entstandene Paste auf die Wunden des Urgeborenen auf.
„Du hast Glück, dass du der letzte bist, den ich versorge. Für die ersten meiner Patienten waren meine Versuche, ihnen zu helfen, schmerzhafter als die Verletzung", scherzte der Lahmusabkömmling dabei.
„Es ist ja nicht das erste Mal, dass du zu spät kommst", knurrte Mummu. „Du und die anderen, die nicht mit Ea gelärmt haben, aber auch nichts dagegen unternahmen. Jetzt sind wir alle unterschiedslos mit ihm als unserem neuen König geschlagen."

*

Qingu versetzte dem letzten Schrotthaufen, der von Eas Erfindungen übrig geblieben war, einen kräftigen Tritt. Wie alle anderen zuvor schwebte auch dieser nun im Salzwasserozean, wo ihn die Wellen nach und nach vom Palast forttragen würden. So würde er dahintreiben, bis die Wasser ihn nach und aufgelöst hätten.
„Aus meinen Augen, aber nicht aus meiner Herrin Leib", seufzte Qingu.
„Die Erinnerungen an diesen Tag werden uns noch lange begleiten, fürchte ich."
Der Grünblaue wandte sich um. In seinem Rücken standen Hand in Hand Mummus und die eigene Schwester, vereint in ihrer Trauer. Sie hoben ihre Hände, ohne einander loszulassen, bildeten einen Torbogen, durch den Qingu schritt und folgten ihm dann in die Große Halle. Sämtliche Flute und Säle waren infolge des Gefühlsausbruches

Tiamats neu gestaltet worden. Wo vormals viele Ecken und Winkel existiert hatten, prägten nun ovale Räume und röhrenförmige Gänge, deren glatte Wände mit geometrische Muster bildenden Mosaiken verziert waren, die Innenarchitektur. Durch diese Gänge bewegte man sich wahlweise gehend oder schwimmend, denn das Wasser war ins Innere Adurunas zurückgekehrt. Nichts erinnerte mehr an die Anwesenheit der Lahmusbrut - oder des Urgottes Apsu, ihres Erzeugers.

Trotz der Veränderung fand Qingu seinen Weg durch Aduruna mühelos. Wie hätte er sich auch verlaufen sollen, wo er doch wusste, was ihn am Ziel erwartete?

Tiamats kleines Gefolge, hauptsächlich jüngere Urgeborene, einige von ihnen gemeinsam mit ihren Kindern und Enkeln, und nur wenige Lahmusabkömmlinge, hatte sich bereits im Großen Saal versammelt, als Qingu das neue Herz der Domäne Tiamat erreichte. Hinter ihm streckten sich die beiden Frauen, reckten ihre Arme in die Höhe und passten sich dem Eingang an, so dass sie am Ende ein lebendes Portal bildeten. Ihre Gedanken hallten durch den Palast: „Wir schützen das Innere des Innersten Adurunas, die Mitte des Weltenozeans. Diese Aufgabe ist alles, was uns nach dem Verlust unserer Brüder noch bleibt."

„Sie bringen dieses Opfer aus freien Stücken für uns alle, also zaudere auch du nicht, auch du deinen neuen Platz einzunehmen", sprach jemand auf Qingu ein. Der Urgeborene machte sich nicht die Mühe, herauszufinden, um welchen seiner Verwandten es sich handelte. Nicht im entferntesten wäre es ihm in den Sinn gekommen, zu Zaudern, wie der andere anzunehmen schien! Befand er sich nicht am Ziel seiner Wünsche?

Stolz erhobenen Hauptes, seine wilde Freude unter der Maske ernster Würde verborgen, schritt der Grünblaue durch den Saal, auf die in seiner Mitte thronende Urgöttin zu.

„Mutter Tiamat hat einen großen Verlust erlitten, aber noch sind wir nicht verloren", sprachen die Götter und es war schwer, zu unterscheiden, wo eine Stimme anfing und die andere begann. Sie verbanden sich zu einem einzigen Rauschen, das dem der Wellen glich.

„Wir mussten uns von den Lahmuskindern trennen und unsere Gewinne sind keine, sondern nur Flickwerk über den Wunden, die der zurückliegende Konflikt geschlagen hat. Wir erwarten die Weisungen unserer Mutter, wie es nun weitergehen soll."
Qingu blickte Tiamat sehnsuchtsvoll in die grünen Augen.
„Es ist nicht gut, dass eine Frau allein bleibt", sprach das lebendige Tor in seinem Rücken. „Daher hat Mutter Tiamat einen neuen Gemahl gewählt, auf dass wieder Ordnung in unserer Domäne Einzug halte."
Die Urgöttin erhob sich von ihrem Thron. Sie hielt dem Grünblauen ihre ausgestreckte Hand entgegen. Zarte, von tiefgrünen Adern durchdrungene Häutchen spannten sich erwartungsvoll zwischen den Knochensträngen an ihren Unterarmen.
„Qingu - mein Mann."
Ohne ein Wort zu sprechen oder auch nur einen Gedanken zu verschwenden, setzte sich Qingu in Bewegung. Halb rennend, halb schwimmend überbrückte er die letzten Meter, die ihn von seiner Herrin trennten. Er umfasste ihre Arme, hielt inne, ließ sich von Tiamat an ihre Brust heranziehen und schlang dann seine Füße um ihre Knöchel. Ein Kranz aus Schuppen schloss sich wie eine auf ewig bindende Fessel um die Füße der beiden, als ihre Unterschenkelflossen einander liebkosten.
Allgemeines Getuschel erhob sich, als sich überall im Saal Götter zu ihren Nachbarn herüberbeugten. Doch da über den Weltenozean, der nun wieder den Palast durchdrang, jeder mit jedem verbunden war, blieb kein Geheimnis lange verborgen.
„Damit hat er genug zu tun und findet hoffentlich keine Zeit mehr, sich unseren Schwestern zu nähern", kommentierten Qingus Verwandte Tiamats Wahl eines neuen Gemahls.
Der Grünblaue lächelte ins Publikum. Was huldvoll und königlich hatte aussehen sollen, wandelte sich innerhalb von Sekunden in einen Ausdruck echter Zuneigung. Der neue Götterkönig erhob seine Stimme: „So vieles Verstörende liegt hinter uns. Ich verkünde eine Zeit der Ruhe und der Liebe..."
Was ihnen ihr neuer Herrscher noch verkünden wollte, darauf mussten die Götter vorerst noch warten. Denn mitten in Qingus Ansprache

drangen Tiamats Lebewesen in den Thronsaal ein. Sie kamen durch vom Boden bis zur Decke reichenden Fenster, aus den Gängen und sogar unter der Decke hervor.

Mit freudigen „Oh"s und „Ah"s begrüßten die versammelten Götter die willkommenen Eindringlinge. Kaum einer befand sich unter ihnen, der nicht an der Erschaffung mindestens eines dieser Wesen teilgehabt hatte. Die meisten Tiere aber verstanden sich als Tiamats Schöpfungen, daher strebten sie auch auf das Götterpaar zu.

Qingu schnippte spielerisch nach einem allzu aufdringlichen Fisch, einem fetten Exemplar mit breitem Maul und kurzen Flossen. Das Tier ließ sich dadurch nicht verunsichern. Es ging lediglich dazu über, an den Fingern des Götterkönigs zu knabbern.

„Überfriss dich nicht", warnte Qingu den Fisch, doch es war bereits zu spät. Das Tier krümmte sich zusammen, zuckte mit seinem Schwanz und streckte sich dann wieder. Es spie seinen Maulinhalt auf den Götterkönig.

„Buäh", entfuhr es dem Herrscherpaar wie aus einem Munde. Doch dann sahen sie genauer hin, was da von Qingus Hand troff: An jedem seiner Finger knabberte nun eine kleine Kopie des verfressenen Fisches. Qingu schloss seine Hand zu einer den unerwünschten Nachwuchs umschließenden Faust und hielt sie eine Weile ruhig. Dann öffnete er seine Faust wieder, um der Fischmutter zu zeigen, was sich in ihrem Inneren befand: Anstelle zerquetschter Kadaver kamen fünf in schönster Geborgenheit eingeschlummerte Fischjunge zum Vorschein. Qingu zog seine Hand zurück, doch das störte die Tiere nicht. Sie setzten ihre Träume einfach dort fort, wo sie im Wasser trieben.

Qingu und Tiamat nahmen gemeinsam auf dem breiten Thron Platz. Über den Köpfen der beiden wachte die Fischmutter über den Schlaf ihrer Kinder.

Qingu warf einen letzten Blick nach oben. „Ein paar Stunden werden wir Ruhe vor ihnen haben", meinte er hoffnungsvoll. „Aber nicht mehr."

„Du verstehst das Leben in einer Weise, wie *er* es nie tat", seufzte Tiamat.

„Ich weiß, dass es immer weitergeht, aber sich wenig um unsere Gefühle schert", erwiderte Qingu. „Es ist die Lust ohne die Liebe."
„Die Liebe...", wisperte Tiamat und dann küsste sie ihren Gemahl.

Tafel 4

Unterdessen erreichten die Flüchtlinge den Übergang vom Salzwasserozean zum Apsu. Im größten der Boote beschloss Mummu, die Existenz seines neuen Gebieters nicht länger zu ignorieren.
Mit den Worten „Und ich dachte bereits, ich hätte mir anstelle eines Ratgebers eine weitere Schwester ins Haus geholt, so, wie du die ganze Zeit über getrotzt hast!" empfing der auf einer riesigen Muschelschale thronende Ea den Urgeborenen. Huldvoll bedeutete er ihm, nicht länger zu stehen, sondern zu seinen Füßen Platz zu nehmen.
„Hast du den anderen eigentlich gesagt, dass Apsu Abschaum jeglicher Generation aus dem Süßwasserozean verbannt hat?" brummte Mummu.
„Nein, habe ich nicht. Wozu auch? Wer es noch nicht wusste, für den ist es irrelevant. Und wer im Palast war, als die Verbannung über uns gesprochen wurde, der hat auch meinen Sieg über Apsu miterlebt."
„Also meinst du das ernst? Du glaubst wirklich, dass Apsu sich dir beugen muss, nur, weil du seinen Avatar zerstört hast?"
„Ich gehe davon aus, dass Apsu schläft, aber sehr wohl weiß, wie die Dinge zwischen ihm und mir stehen. In diesem Wissen überquere ich die Grenze. Aber erst, wenn ihr alle in Sicherheit seid."
Ea winkte seinem Navigator und dem Steuermann.
„Namru! Malah! Lasst unser Boot ans Ende der Reihe zurückfallen! Falls Mutter Tiamat uns noch einmal zürnt, so will ich euch den Rücken frei halten."
Mummu studierte Eas Züge, während der Lahmusabkömmling diese Worte sprach.
„Zumindest meinst du das ehrlich", stellte er fest. „Du wendest dich dorthin, wo du die größere Gefahr für dein Volk vermutest und schickst deine Leute nur deswegen ins Verderben, weil du es in deiner

Überheblichkeit nicht sehen willst. Wer aber soll den Anfang machen?"
„Welchen Anfang?" ließ sich da eine Kinderstimme vernehmen.
Neben den beiden Männern stand ein Knabe, den Mummu nicht namentlich kannte. Die Züge des Jungen ähnelten allerdings Eas so frappierend, dass es nur um einen weiteren Sohn Anus handeln konnte.
„Wir berieten darüber, wer als erster die Grenze überquert, um Vater Apsu mitzuteilen, dass ich ihn als Götterkönig ablöse, kleiner Ellil", klärte Ea das Kind auf.
Ellils Knabengestalt streckte sich. „Das ist gut! Wenn euch noch keiner eingefallen ist, dann mache ich das!"
„Du möchtest uns beim Nachdenken behilflich sein?" schmunzelte Ea. „Schau, Mummu, dein Posten ist bereits in Gefahr, bevor ich deine Bestallung öffentlich verkünden konnte."
Ellil verzog das Gesicht. „Ach, Quatsch, beraten!" platzte es aus ihm heraus. „Ich gehe als erster rüber! Das meinte ich!"
„Nun, Ea?" forschte Mummu. „Wie sicher bist du dir deiner Sache jetzt noch, wenn die Unversehrtheit deines kleinen Bruders auf dem Spiel steht?"
„Unverändert, Visier. Aber so gern ich den Bengel habe, ich werde ihm jemand zur Seite stellen, der mit Worten ein wenig besser umgehen kann als er."
Ea erhob sich. Er ergriff seinen Bruder bei der Schulter und führte ihn zum Heck des Boots. Dort befand sich eine Ausstiegsluke, die er Herr des Gefährts mit zwei Scharnieren versehen hatte.
„Schwimm nach vorn, bis du Asar-Alims Boot findest!" wies er das Kind an. „Dann kündigt ihr beiden uns drüben bei Vater Apsu an!"
Der Anblick des Knaben, der so fröhlich und unbeschwert den Salzwasserozean durchpflügte, ließ die Hoffnung in die Herzen der in ihren Booten eingeschlossenen Flüchtlinge aufkeimen. So mancher Gott verlies die schützende Hülle, um sich mit seinen Verwandten an der Grenze zu versammeln. Ellil und Asar-Alim wurden von ihnen bejubelt, als kehrten sie bereits wieder zurück, anstatt sich gerade erst anzuschicken, die Membran zu durchqueren.

*

Jeder männliche Urgeborene hatte das Licht der Welt auf Apsus Seite der Membran erblickt. Er musste sie erst durchqueren, um seine Schwester zu finden. Ellil hingegen war von einer körperlichen Mutter geboren worden. Anus Schwester hatte sich entschieden, ihre Kinder im Süßwasserozean zu gebären. Der Knabe kannte den Apsu daher und nannte ihn seine eigentliche Heimat. Dem Avatar des Urgottes war Ellil nie begegnet. Er war darauf angewiesen, was ihm seine Eltern und Onkel Ea über Apsus Persönlichkeit erzählten. Diesen aber glaubte er jedes Wort.
So passierte Ellil voller Vorfreude auf die Begegnung mit dem überwundenen, unschädlich gemachten Feind die Grenze. Doch was er auf der anderen Seite vorfand, war kein lediglich etwas wässriger aussehendes Abbild des zerknirschten, fügsamen Mummu. Es war auch nicht das Gewässer, in dem er seine ersten Schwimmversuche unternommen hatte und schon gar kein ehrfurchteinflössender Urgott. Genaugenommen befand sich auf der anderen Seite der Membran überhaupt nichts.
„Asar-Alim! Wir haben uns verirrt! Das ist nicht der Apsu!" wollte Ellil rufen und: „Was ist das für ein merkwürdiger Ort?"
Doch etwas schnürte ihm die Kehle zusammen. Dieselbe Macht drückte auf jede Zelle seines Körpers. Ellil meinte, gleich platzen zu müssen. In seiner Pein vermochte er nicht einmal zu sagen, ob ihn die fremde Kraft nun zusammendrückte oder auseinander zog.
Ein Schatten bewegte sich auf die beiden Götter, den Mann und den Jungen, zu. Was immer es war, eine größere Gefahr als der Ort selbst konnte das Objekt nicht darstellen. Asar-Alim versuchte, sich auf das herannahende Ding zuzubewegen, doch es kam ihm zuvor. Die Wucht des Aufpralls schleuderte den Gott zurück nach Tiamat. Dass der kleine Ellil gerade nach der Hand seines Begleiters gegriffen hatte, rettete auch ihm das Leben.
Gierig sog der Junge das Wasser ein, das die beiden nun wieder umfing.

Asar-Alims Blut verteilte sich in einer großen Wolke um seinen Kopf, doch der erwachsene Gott lächelte nur.
Aus allen Richtungen schwammen seine Verwandten auf ihn zu, um Hilfe zu leisten und die Wasser unterstützten das Werk der Heiler.

*

Willenlos ließ Ellil sich ergreifen und zum Boot des selbsternannten Götterkönigs bringen. Er spürte die Fürsorglichkeit der Verwandten, doch sie bedeutete ihm nichts mehr. Was sollte ihm schon geschehen? Selbst, wenn Tiamat wieder Gift ausstieße, wäre das nicht zu vergleichen mit dem Chaos, welches auf der anderen Seite der Membran herrschte. Gegen Säure vermochte man sich durch Kleidung oder indem man in ein Boot stieg, schützen. Giftigen Meereskreaturen konnte man schwimmend entkommen. Die Hilflosigkeit, die der Knabe in der Leere gespürt hatte, war mit nichts zu vergleichen. Ihr vermochte er nicht zu begegnen. Jegliche mindere Gefahr war nicht mehr dazu geeignet, Ellil Furcht einzuflößen. Sein gesamtes Angstpotential benötigte der Knabe bereits für den Raum hinter der Membran.
„Unsinn", winkte Ea unwirsch ab. „Es handelt sich lediglich um eine neue Herausforderung. Du und ich werden sie meistern, wart´s nur ab! Doch dazu musst du mir genau beschreiben, was du und Asar-Alim im Apsu gesehen habt!"
„Da waren Felsen... dort, wo etwas war. Da flogen sie rum, aber nicht viele. Fast überall war nämlich eigentlich gar nichts und es war dunkel."
Ellil rieb sich nachdenklich am Kinn, wie er es von den Älteren gesehen hatte. Doch besaßen die meist einen bartelartigen Flaum dort unten, dessen Bewegung im Wasser der Weltenozeane sie beim Nachdenken störte und der daher durch diese Geste gezähmt werden musste. Ellil konnte damit noch nicht aufwarten.
„Überhaupt nichts", wiederholte der kleine Kundschafter. „Nicht mal Luft zum Einatmen."

Ea und Mummu tauschten sorgenvolle Blicke aus. In einiger Entfernung warteten die anderen Götter darauf, entweder in das Gespräch einbezogen zu werden oder eine Anweisung ihres Anführers zu erhalten.

„Kann es sein", überlegte Ea laut, „dass sich der Apsu verändert hat?"

„Er ist fort", flüsterte Mummu. „Mit Vater Apsu ist das geschehen, was er mit uns vorhatte: Er wurde aus der Welt verbannt. Deswegen hat Tiamat in Aduruna so getobt. Weil Apsu tot ist."

„Ja!" triumphierte Ea. Ein einziger, kurzer Laut und ein Ziehen seiner Arme vor die Brust genügten ihm, um seinen Aufstieg zum unangefochtenen Götterkönig zu feiern. Dann rief er seine Getreuen zusammen, denn es gab so vieles, was organisiert werden musste.

„Ellil und ihr Männer - ihr schwimmt von Boot zu Boot und verkündet, dass ich Apsu endgültig besiegt habe. Malah - dich muss ich bitten, unseren Kahn auf Kurs entlang der Membran zu halten und die Flotte anzuführen. Damkina - du und die anderen Schwestern, fertigt mir ein neues Gewand! Eines aus Kleidung und Bootspanzer, das mich umschließt, mir aber Bewegungsfreiheit lässt. Ich möchte mir den Ort meines Triumphes persönlich ansehen!"

Nachdem er seine Befehle erteilt hatte, befestigte Ea die Leine, an der er Mummu hielt, zu Malahs Füßen am Ruder.

„Gleich wieder da..."

„Kann drauf verzichten."

*

Eas Gewand für den Spaziergang im Raum, der keiner war, durch die Welt, die keine mehr war, schützte den Gott zuverlässig. Mehr noch, Damkina hatte etwas von ihrem Wesen in ihr Werk fließen lassen, ganz so, wie die Heiler die Materie der Weltenozeane anzureichern vermochten. Auf diese Weise hatten die Götter einst unter Anleitung ihrer Mutter Lebensformen geschaffen, nun ermöglichte die Technik einem von ihnen, sein Leben zu erhalten. Ea atmete zuerst die in seinem Helm eingeschlossene Luft und als dies verbraucht war, die pure Liebe seiner Schwester Damkina. Darüberhinaus benötigte er nur

seinen wachen Verstand, um die Bahnen der Gesteinsbrocken zu berechnen und ihnen rechtzeitig auszuweichen, wenn sie herannahten.
Nachdem Ea einige Male dieses Spiel gespielt hatte, begann es, ihm Spaß zu machen. Gezielt suchte er nun Regionen dichterer Bewegung auf. Dort stelle er sein Können wiederum auf die Probe. Der Gott fand ganze Felder, die sich aus Gesteinsbrocken, Staub und Eis zusammensetzten. Auch in diese wagte er sich vor.
Ea entdeckte eine Wolke, die aus winzigsten Körnchen bestand, den pulverisierten Überresten zweier kollidierter Asteroiden. Er schraubte sich in die Höhe, sprang mitten hinein und beobachtete dann aus einiger Entfernung, wie die Wolke das seinem Körperumriss entsprechende Loch von ganz allein wieder füllte.
„Der neue Apsu ist bei weitem unterhaltsamer als der alte", hielt der Jünglingsgott für sich fest. Als verstörend empfand er lediglich die von jedem Ort der Leere auch sichtbare Membran, die den Übergang in die Domäne Tiamat markierte. Wie konnte ein Ort gleichzeitig endlos sein und doch eine sich dermaßen klar abzeichnende Grenze besitzen? Und wie war es möglich, dass der Apsu Tiamat wie eine Kugel umfing, Tiamat aber wiederum auf der Außenhülle des Apsu lag? Als neuer Götterkönig, so fürchtete Ea, würde er über derartige Dinge Bescheid wissen müssen.
Um sich ohne Ablenkung mit diesem Problem beschäftigen zu können, steuerte der Gott einen der größten Felsen an. Hatte er das vorhin richtig gesehen, so befand sich sogar Luft in seinem Inneren und er würde seinen schweren Anzug ablegen können.

*

Ea sollte sich nicht geirrt haben. Kaum hatte er einen Fuß auf den riesigen Asteroiden gesetzt, das spürte er bereits, wie sich ihm Widerstand entgegensetzte, der nur von einem Gasgemisch stammen konnte, das es in der Leere nicht gab. Doch Ellils Bericht und seine eigenen Erfahrungen hatten den Erkunder vorsichtig gemacht. Behutsam griff Ea in eine Ausbuchtung seines Schutzanzuges. Hier drinnen führte er eine kleine Menge in Wasser getränkte Fasern mit sich, die den Lebewesen Tiamats als Nahrung dienten. Ea selbst benötigte keine aus körperfremden Stoffen gewonnene Energie, um seine Existenz aufrechtzuerhalten. Sie schadete ihm weder, noch unterstützte sie seinen Reifeprozess. Was der Gott zum Überleben benötigte, war die zusammen mit seiner Atemluft aus den Ozeanen gefilterte Essenz seiner Ahnen der Urgötter. Zumindest hatte er das bisher geglaubt. Während seines Ausfluges in den Apsu diente dem Erkunder stattdessen Damkinas Essenz als unerschöpfliche Nahrungsquelle und es stand zu vermuten, dass jeder andere Gott diese Rolle hätte übernehmen können.

Doch in sehr indirekter Weise vermochte das Phänomen der stofflichen Ernährung an diesem Tag Eas Leben zu retten. Denn zusammen mit dem kleinen Vorrat hatte der Gott mehrere Schnecken mit auf seine Expedition genommen. Eine von ihnen wählte er aus, löste sie vorsichtig von den Fasern und klebte sie sich an seine Rüstung. Nur Sekunden später musste er einen unschönen Flecken von seinem Anzug putzen. Was immer da draußen in der Leere herrschte, es verfügte auch hier noch über ausreichende Macht, das Tier mitsamt seinem Haus zu zerstören. Es war regelrecht implodiert.

„Apsus Hass hat den Schuft überlebt", zischte Ea wütend.

Er drang tiefer in den Asteroiden vor. Ein verwirrendes Netz aus Gängen und Kavernen breitete sich vor dem Entdecker aus. Schon bald konnte ihm auch das von der Membran ausgehende Licht keine Orientierung mehr bieten. Zu weit hatte sich der Gott von seinem Landepunkt entfernt, zu viele Biegungen und Abzweigungen der Tunnel hinter sich gebracht. Ihm blieb allein sein Tatsinn und die Tatsache, dass seine Finger in starren Chitinhandschuhen steckten, erschwerte ihm sein Unterfangen. Zwar erlaubten ihm eingebaute winzigste Scharniere die Bewegung der Fingerglieder, doch lediglich in beschränktem Maße. Seine Schwimmhäute lagen zerknittert im Handschuh und die unnatürlich eng anliegenden Flossen an seinen Gliedmaßen schmerzten bereits seit längerer Zeit.

Ea blieb stehen. Er lehnte sich gegen die Wand eines Ganges, fuhr mit seinen Händen an der Rüstung herab und holte erneut eine Schnecke

daraus hervor. Sekundenlang hielt der Erkunder den Atem an. Seine Kiemen filterten ohnehin längst kein Wasser mehr, sondern Damkinas ferne und doch so unmittelbare Präsenz.
Ea hielt seine Finger nah an der Stelle, an der er die Schnecke abgesetzt hatte. Nach einer Weile spürte er sie nicht mehr. Suchend tastete er auf seinem Schutzanzug herum. Er schmunzelte, als seine Finger plötzlich abrutschten und gegen ein kleines rundes Objekt stießen. War seine kleine Begleiterin also weitergekrochen und hatte ihre Schleimspur hinterlassen? Sollte sie nur! Erneut, diesmal mit Absicht, klopfte Ea gegen das Schneckenhaus. Es war noch immer intakt und das Tier befand sich bei bester Gesundheit.
Der Gott gestattete sich einen tiefen Seufzer und einen zweiten, nachdem er sich von seinem Helm befreit hatte.
„Ah...!"
Apsus Hass vermochte seinen Nachkommen nicht mehr zu erreichen und die Luft schmeckte nicht anders als sie es in Aduruna getan hatte. Zuerst genoss Ea das Gefühl, dann begann er, sich darüber zu wundern. Müsste die Luft in diesem weltleeren Raum nicht trocken schmecken? So wie in den innersten Kammern Adurunas, wenn es an der Zeit war, sie einmal wieder zu spülen? Aber das war sie eben nicht und dafür konnte es nur eine Erklärung geben!
„Wasser", wisperte Ea zu sich selbst. „Es muss hier irgendwo Wasser geben!"
Kaum hatte ihn diese Erkenntnis getroffen, gab es kein Halten mehr für den Gott. Ea stürmte durch die Gänge, stieß sich mit Händen und Füßen ab, um schneller vorwärts zukommen und vollführte Sprünge, von denen er daheim in Aduruna nie geglaubt hätte, fähig zu sein. Sein unter der Rüstung geschundener Körper schien beinahe gewichtslos zu sein.
Ea lies sich von seinen Instinkten als Wasserbewohner leiten. Immer wieder waren Umwege vonnöten, denn die in direkter Linie zu seinem Ziel führenden Schächte waren oft zu eng für seinen Körper. Endlich erreichte er eine Höhle, die Tiamats Palast unter Wellen mehrfach hätte aufnehmen können. Beinahe der komplette Boden war von Wasser bedeckt. Ea wusste nicht, ob es sich lediglich um eine Pfütze

oder ein tiefes Becken handelte, doch war er bereit, es herauszufinden!
Der Gott entledigte sich seines Schutzanzuges. Das er nicht wusste, wie viel Zeit seine Prüfung der so einladenden Wasserstelle in Anspruch nehmen würde, achtete er allerdings darauf, zumindest einige der leichteren Teile am Körper zu behalten, die ihn weiterhin mit Damkina und dem Boot verbinden würden. Die Helm und Rüstung verbindende Halskrause störte Ea nicht weiter und auch der Gürtel mochte sich als nützlich erweisen. Der Entdecker schlang das breite Band enger um seinen Leib.
Befreit von seiner Last dehnte Ea seine Glieder. Erst nach mehrfachen Versuchen gelang es ihm, seine Flossen zu entfalten. Nachdem die zarten Gespinste wider hergestellt waren, lief Ea zum Wasser. Er beugte sich nieder, tauchte seine Hände hinein und spritzte sich die letzten Reste des Apsu ins Gesicht, auf die Brust und auf die Arme. Mit einem Mal hielt der Gott in seiner Tätigkeit inne. Waren es nur die Wasserspritzer, die Bewegung in die Wasserfläche gebracht hatten? Oder schwamm dort unten ein Lebewesen, wie Ea sich einbildete?
„Finden wir es heraus", wisperte Ea zu sich selbst.

*

Der Gott wich zurück. Er kehrte zu seiner Rüstung zurück und machte sich daran, sie weiter zu zerlegen. Vier Gelenke baute er aus, um sie sich um die Ellenbogen und Knie zu schnallen. Dann konzentrierte sich Ea auf seine Macht, Dinge zu schaffen. Qingu galt als Tiamats gelehrigster Schüler, was die Erschaffung von Lebewesen anging. Ea hingegen hatte Apsus Kunstfertigkeit geerbt. Er arbeitete am besten mit Dingen, die es bereits gab, um ihnen neue Formen zu schenken. Es schien eine perfekte Gestalt für jede von Ea denkbare Funktion zu existieren - er musste sie lediglich durch ausprobieren herausfinden.
Nachdem Ea genügend Energie in seine Schutzkappen hatte fließen lassen, wandelten sie ihre Beschaffenheit. Dichter, schwerer, hingen sie an Eas Körper. Bevor ihr Gewicht den Schutzwert ad absurdum führen konnte, befahr Ea den Objekten, sich auszudehnen. Doch

anstelle eine einfache Vergrößerung herbeizuführen, die ihm nicht mehr gepasst hätte, zwang der Gott seine Gelenkschützer in eine neue Form. Er streckte seine Beine und spannte die Beinflossen, bis seine Knieschoner sich parallel zu diesen streckten. Scharfkantig, in eine bösartige Spitze endend, reckten sich die Pseudoflossen nach unten. Seinen Ellenbogenschonern lies der Gott dieselbe Behandlung zukommen, doch diesmal änderte er die Richtung: Die aus ihnen erwachsenden Klingen richteten sich nach vorn.
Seine auf diese Weise entstandenen Waffen genügten Apsus Überwinder nicht. Was die zurückgebliebenen Gefühle seines Gegners bei Lebewesen ausrichteten, hatte er ja schon zweimal beobachten müssen. Daher musste Ea äußerste Vorsicht bei der Erkundung der Wasserstelle, in der Apsus einstiges Wesen am unmittelbarsten erhalten geblieben sein würde, walten lassen.
Der Jünglingsgott beugte seinen Körper nach vorn, bis seine Fingerspitzen den Boden berührten so dass er einen lebendigen Bogen bildete. Unter seiner Haut zeichneten sich nun Eas Wirbelsäule ab. Wirbel an Wirbel war sie allein für die Beweglichkeit und Stabilität des ganzen Körpers verantwortlich. Sie hatte Schutz nötig, um den sich Ea zu kümmern gedachte. Wie im seine Flossen als Vorbild für die Klingen gedient hatten, lies er nun die Materie seiner Halskrause den Rücken hinunter entlang der Wirbelsäule laufen. Aus der anderen Richtung wuchs sein Gürtel nach oben, bis sich Chitin und Fasern trafen. Ineinander verflochten stellten sie sich auf Eas Rücken auf. Am Ende des Prozesses war der Gott mit einem durchgehenden, wehrhaften Rückenkamm ausgestattet. Äderchen, deren Funktion darin bestand, Energie aus dem Wasser zu ziehen, pulsierten in den Stacheln.
Ea löste seine Finger vom Boden. Aus seiner gebückten Haltung heraus spurtete er los, die geringere Schwerkraft dieses Ortes im Vergleich zum Ozean oder gar Aduruna ausnutzend. Schon berührte sein Fuß die Wasseroberfläche, durchstieß sie und traf auf felsigen Untergrund. Doch mit jedem Schritt spülte das Wasser höher: bis zum Knöchel, zur Wade, den Flossen und Eas Knien.
„Ah...!"

Als hätte er sein Lebenselement nicht bloß ein paar Tage, sondern Äonen hindurch entbehren müssen, stürzte sich Ea ins Nass. Er tauchte, schoss schneller als seine maschinenabgefeuerte Harpune nach vorn und drehte sich mehrfach um die eigene Achse.
Lächerlich kamen Ea nun seine selbstgefertigten Waffen vor. Schwamm er nicht wieder im Apsu, oder darin, was vom Urozean übrig geblieben war? War er nicht daheim? Was sollte dem neuen Götterkönig hier etwas anhaben?
Etwas schlang sich um Eas Fußknöchel. Anus Sohn hörte sich schreien, dann ging es bereits nach unten mit ihm, tiefer ins Grab des Urgottes hinein...

*

Nach unten, langsam, unerbittlich, gezogen von tief grünen Armen, niedergedrückt von seinem eigenen Verlangen - wieso fühlte sich Qingu als ein Gefangener? Wieso sperrte er sich dagegen, in Erfüllung gehen zu lassen, worauf er so lange hingearbeitet hatte?
Im nur für diesen Anlass gezüchteten Bett aus Algen und Seerosenblüten lag Tiamat unter dem neuen Herrn über Aduruna. Sie wartete auf ihn, lud ihn ein, in ihre Arme, ihre Präsenz, ihren Körper.
Qingu gab sich einen Ruck. Forscher als zuvor beugte er sich nieder - doch seine Herrin stieß ihn zurück. Tiamat zog ihre Knie an und rollte sich ohne Qingus Arme loszulassen zur Seite, so dass die beiden Partner Seite an Seite zu liegen kamen.
Die leuchtend grünen Augen der Urgöttin schienen Qingus Avatargestalt regelrecht zu durchbohren.
„Du fürchtest dich..."
„Nein, tue ich nicht!"
Lider im selben pastellgrünen Ton wie Tiamats Lippen senkten sich über die Augen der Göttin. Nachsichtig schüttelte Tiamat den Kopf.
„Qingu... Wenn du mit mir zusammen Leben schaffst, bevölkern hinterher gänzlich neue Kreaturen unsere Domäne. Aber zu lügen krümmt die Wahrheit, die bereits existiert, bis sie unkenntlich wird. Das passt nicht zu dem Mann, den ich liebe."

„Wie kannst du jetzt Philosophie mit mir diskutieren?!"
Tiamat öffnete ihre Augen wieder, um dem Grünblauen schelmisch zuzublinzeln.
„Wieso nicht? Wo doch alles in Ordnung ist, wie du behauptest..."
Qingu rollte sich auf den Rücken. Er legte seine Arme unter den Kopf und spreizte seine Flossen weit ab.
„Na gut", stöhnte er. „Es ist *nicht* alles in Ordnung."
„Du bist nicht Apsu."
Qingu fuhr hoch.
„Ja! Ja, genau das ist es! Ich bin nicht er!"
„Und Apsu war nicht du. Was meinst du, wie oft ich mich darüber geärgert habe?"
„Aber du hast ihn geliebt."
„Das eine schließt das andere nicht aus. Ich werde mich oft genug auch über dich ärgern."
„So wie jetzt gerade?"
„Nein. In diesem Moment tust du mir leid. Deswegen kann ich nicht als Partnerin neben meinem Partner mit dir zusammen liegen."
Qingu ließ sich wieder zurückfallen. Sein linker Arm baumelte über die Kante des Betts hinaus, der rechte ruhte auf seiner Brust. Etwas unverständliches murmelnd zerpflückte der Gott die Seerosenblüten. Sein Tun führte lediglich dazu, dass die Pflanzen sich belästigt fühlten. Die bereits entblätterten und die noch intakten lösten sich vom Bett. Sie strebten auf die Decke des Raumes zu, wo sie sich sicher fühlten. Der Anblick brachte Mann und Frau zum Kichern.
„Irgendwie hast du das so richtig schön gemacht", musste Tiamat gestehen. „Es war nicht besonders nett gegenüber den Blumen, aber sie sehen schrecklich gut da oben aus!"
„Ich sehe hier unten schrecklich gut aus", konterte Qingu.
Tiamat lachte herzlich! „Ja! Jetzt wieder! Ohne deine Sorgenfalten."
Und dann schob sich die Urgöttin auf ihren jungen Partner. Etwa störte Qingu an der Berührung und er wusste sogleich, was es war: Sie war nicht perfekt.
Mit einem Mal wurde dem Gott bewusst, dass er zwar der ältesten und mächtigsten Wesenheit der Schöpfung beiwohnte, dabei aber der

weitaus erfahrenere Liebhaber war. Seine Versagensängste lösten sich in Nichts auf.

Wenige Minuten später rollten zwei eng verschlungene Leiber über den Rand des mitten im Raum schwebenden Bettes hinaus. Sie schraubten sich in die Höhe, Qingu löste einen Arm von seiner Partnerin, pflückte eine der Blüten, um sie Tiamat zwischen die Brüste zu legen und wenig später schossen die beiden auf den Grund des Raumes zu. Glockenhelles Lachen begleitete ihr Spiel.

*

Tritt nach unten... Schwimmbewegung mit den Armen nach oben... erneuter Tritt... Schwimmbewegung... Anziehen des Beins... warten, lauern... Trügerische Ruhe.

Erneute Schwimmbewegung, den Körper krümmen und Richtung wechseln!

Seine Armklingen nach unten gerichtet stieß Ea in die tiefen des natürlichen Beckens vor. In der trüben, stehenden Flüssigkeit fiel es ihm schwer, seinen Angreifer auszumachen. Bei der ersten Attacke hatte er geglaubt, Finger zu spüren, doch was wusste Ea, selbsternannter Götterkönig, verwöhnter Spross Adurunas, schon von den wahren Abgründen des Apsu?

Während der Gott in die Tiefe strebte, vermeinte er aus den Augenwinkeln eine Gestalt zu erkennen, die sich in die Gegenrichtung bewegte. Wollte sich sein Gegner von oben auf ihn stürzen? Sollte er nur! Auch dort war der Erkunder bewehrt und nach dem ersten erfolgreichen Treffer auch mehr als bereit, seine Waffen erneut einzusetzen!

Doch keine weitere Attacke erfolgte. Ea erreichte den Grund des Beckens unbehelligt. Um sich später besser abstoßen zu können, erlaubte er seinen Füßen, den Boden zu berühren.

Hier unten führten weitere Gänge in die Tiefen des Asteroiden. Bis zu welcher Höhe sie wohl mit Wasser gefüllt sein würden? Ob es ganze überflutete Kavernen hier drinnen gab?

Ea drängte seine Fragen in den Hintergrund. Viel wichtiger erschien ihm die Konfrontation mit was immer ihn da angegriffen hatte. Ea reckte blickte auf, schwamm zurück in Richtung Wasseroberfläche, hielt auf halber Strecke inne, durchquerte das riesige Becken einmal vollständig, doch weder kam es zu einem weiteren Angriff, noch gelang es Ea, ein anderes Lebewesen aufzustöbern.
„Auch das noch", knirschte er zwischen seinen Zähnen. „Das Vieh ist in der Lage, innerhalb und außerhalb des Wassers zu überleben!"
Ea tauchte auf.
Kaum hatte sein Kopf die Wasseroberfläche durchbrochen, fielen seine Augen auch schon auf seinen Gegner. Der andere hatte sich nicht weit vom Ufer fortbewegt. Er hockte zusammengesunken am Boden und blutete aus einer Wunde in seinem schlaff zur Seite hängenden Unterarm.
‚Moment mal! Unterarm?!' schoss es Ea durch den Kopf.
Hastig schwamm der Gott auf das Ufer zu. Das Plätschern in seinem Rücken ließ den anderen sich nach dem Becken umdrehen. Dabei stellte sich die Gestalt endgültig als ein Körper eines Mannes heraus. Ea erkannte ihn: „Anshar!"
Anshar legte seine Stirn in Falten. „Ich kenne diese Stimme! Ea?"
In großen Schritten stiefelte Ea aus dem Wasser. Mit jedem seine Schritte begleitenden Schlenker der Arme zog er seine Klingen und den Rückenkamm wieder ein. Als der Gott seinen Großvater erreichte, stand er halbnackt, aber zumindest in vertrauter Gestalt vor diesem.
„Ea!" seufzte Anshar erleichtert. „Ich hatte mir solche Sorgen gemacht, als ich einen von uns am Ufer zu erblicken glaubte und dann ein seltsames Wesen im Wasser auftauchte!"
„Haha! Und wer sagt dir, dass ich nicht einer von euch sein und trotzdem seltsam bleiben kann?"
Anshar fiel in Eas Lachen ein. Großvater und Enkel fielen sich in die Arme. Ea hielt den älteren Mann fest, bis sich dessen Wunde geschlossen hatte.

*

Qingu lag auf dem Bauch auf dem aus Wasserpflanzen gebildeten Bett und krallte seine Finger in das Material. Immer wieder verdrehte er die Fasern gegeneinander oder rupfte ganze Büschel heraus.
„Ich wusste es, ich wusste es, ich wusste es doch!"
Wieso hatte er nur nicht auf seine innere Stimme gehört?
„Weil du ein Mann bist", flüsterten ihm die Wasser zu. Sie bedienten sich Tiamats Stimme. Qingu setzte sich auf.
„Schöner Mann!" schnaubte er.
„Ja," flüsterten die Wasser. „Wunderschön sogar."
Qingu zog seine Beine an. Er schlang die Arme darum und legte den Kopf auf seine Knie. Ein leises Schniefen war zu hören.
Erneut raunten die Wasser zu dem jungen Götterfürsten: „Ich spreche jeden Aspekt der Wahrheit aus. Nicht nur den, der dir nicht gefällt, wie du es dir vielleicht wünschst, weil dich gerade in deiner schlechten Laune badest und nichts Gutes hören magst. Du bist schön Qingu, du hast Qualitäten, die deine Schönheit in den Schatten stellen und du bist ein Mann. Dass dieser Mann meine Lust nicht befriedigen konnte, gehört ebenso zur Wahrheit. Aber du hast mein Herz und mein Hirn hat sich angestrengt, eine Lösung für unser Problem zu finden."
Mit einem Mal manifestierte sich Tiamat auf dem Wasserpflanzenlager, ihrem Gemahl direkt gegenüber. Ihre Hände lagen auf Qingus Schultern und ihre Schenkel umschlossen seinen zusammengesunkenen Leib. Qingu fühlte sich, als sei er gerade erst aus dem Mutterschoss ausgetreten, obwohl er doch direkt aus den Wassern heraus entstanden war.
„Jetzt bist du wieder mein kleiner Sohn", erklärte die Urgöttin lächelnd. „Willst du das etwa?"
„Nein..."
„Dann akzeptiere mein letztes Geschenk als deine Mutter!"
Tiamat hob ihre Hände. Sie bewegte ihre Finger nur ganz leicht, doch der Salzwasserozean reagierte auch auf die kleinste Veränderung. Eine neue Strömung bildete sich aus. Qingu hob seinen Kopf und folgte ihr mit den Augen.
Tiamats Manipulation des Wassers beschränkte sich auf einen kleinen Teil Adurunas. Von einem Ort außerhalb Qingus Sichtfeld trugen die

Wellen etwas herbei, das der Gott zuerst für eines der alten Reliefs hielt, die Apsu geschaffen hatten. Es handelte sich um zwei steinerne Tafeln, doch die Bilder darauf waren so winzig, dass Qingu sie nicht erkennen konnte.

Die Tafeln trieben auf Tiamats Hände zu und senkten sich dann zu dem Paar herab. Tiamat ergriff sie und legte sie ihrem Gemahl auf die Knie.

„Lies!"

Neugierig warf Qingu einen Blick auf die Steintafeln. Die winzigen Bilder vermochte er auch aus dieser kurzen Entfernung nicht zu erkennen. Er erkannte lediglich, dass es sich um allenfalls zwei Handvoll handelte, die sich in mannigfaltiger Kombination wiederholten.

„Ein wenig", meinte der Gott, „erinnert mich das Ganze an den Doppelstrang der Lebewesen. Als handle es sich nicht um Bilder, sondern um Zeichen."

Tiamat nickte.

„Mit der Zeit wirst du lernen, diese Schrift ebenso schnell zu lesen wie den Doppelstrang. Vier Zeichen und ein paar Deutungssymbole genügen, um alles anzulegen, was ein Lebewesen zum Funktionieren benötigt. Auf diesen Tafeln hier ist hingegen alles festgehalten, was es benötigt, um die Weltenozeane zu erhalten. Alle Gesetze, die du bei der Erschaffung der Lebewesen einzuhalten hattest, hier liegen sie dir zur Einsicht vor!"

Staunend strich Qingu Zeichen für Zeichen über die Tafeln. „Woher stammt das?" erkundigte er sich.

„Diese Steine heißen ‚Tafeln des Schicksals'. Apsu und ich haben sie in dem Versuch, unsere Existenz zu begreifen, gemeinsam geschaffen. Wir haben hier alles festgehalten, was wir sind und was wir nicht sind, alles, was ist, alles was denkbar ist und auch das wenige, das nicht sein kann."

„Kann ich die Gesetze ändern?"

„Das ist nicht einmal mir möglich. Aber du kannst all die Abschnitte, die wir bisher in Aduruna nicht oder nur selten benutzt haben, zum Leben erwecken."

Qingu ließ sich auf die Schrift ein. Nun, da er wusste, worum es sich handelte und woher sie stammte, erlangte er einen ersten Zugang zu ihren Geheimnissen. Der junge Götterfürst begriff sofort, dass es nicht leicht werden und viel Zeit in Anspruch nehmen würde, bis er die Tafeln in ihrer Gänze verstünde.
Salzwasser ist schwerer als Süßwasser, las er aufs Geradewohl einen der leichteren Lehrsätze, der wiederum auf viel fundamentalere zurückging, die zu meistern er noch nicht in der Lage war.
Dass es weniger anstrengend war, sich durch die Domäne Tiamat zu bewegen als durch den Apsu, wusste Qingu aus eigener Erfahrung. Doch nun verstand er, weshalb das so war.
„Schwerer", murmelte er vor sich hin. „Was schwerer ist, liegt unten und reagiert schwerfälliger... ich muss mir einfach mehr Zeit lassen!"
Begierig sog Qingu Zeichen für Zeichen ein. Tiamat zog sich von ihrem Gemahl zurück, um ihn nicht von seinen Studien abzulenken. War es Zufall, dass ihr kleiner Finger vorläufigen beim Abschiednehmen gerade auf die Stelle deutete, die Qingu eröffnen würde, wie er es schaffen konnte, sich „mehr Zeit zu lassen"? fragte sich Qingu. Die Antwort lautete: Sicher nicht. War es Liebe, die Geste wie eine zufällige erscheinen zu lassen? Mit Sicherheit!

*

„Interessant. Aber nicht mehr."
Ea beobachtete Anshar, wie dieser sich mit seinem Schutzanzug beschäftigte. Der Großvater meinte seine Worte exakt, wie er sie aussprach. Höflichkeit war ihm fremd. Aus diesem Grund wertete Ea es als Sie, aus seinem Mund überhaupt ein „interessant" zu erhalten.
Die mittlerweile zu den beiden Männern gestoßene Schwester des Apsu-Enkels führte ihre geteilte Ansicht weiter aus: „Praktisch sind diese Dinger und wenn es möglich ist, würden Kishar und ich sie gern benutzen, aber darüber reden oder sie wieder und wieder verbessern zu wollen, wie du es ohne Zweifel tun wirst, liegt uns beiden fern."
Ea nickte. Den meisten Angehörigen der ersten beiden Generationen und auch noch vielen seiner Onkels und Tanten, war bereits Aduruna

unheimlich gewesen. Sie hatten sich aus den Angelegenheiten ihrer Eltern und der jüngeren Götter herausgehalten und sich in den Apsu zurückgezogen, nachdem der Palast erbaut worden war.
„Wie ist es euch beiden ergangen, seit wir in den Palast eingezogen sind?" erkundigte er sich.
„Gut", antwortete die Großmutter. „Obwohl ich wünschte, das nicht sagen zu können. Denn was ‚gut' bedeutet, ist mir erst klar geworden, nachdem ich ‚schlecht' erfahren musste."
„Apsu hat uns aus seiner Domäne verbannt", berichtete Anshar. „Wir befanden uns auf dem Weg zur Grenze. Mehrere Tage waren wir bereits unbehelligt unterwegs, da zog uns plötzlich etwas mit Macht wieder zurück. Das Wasser wurde kälter, so kalt, dass Baustoffe ausfielen.
Überall um uns herum erschienen Strudel. Sie drehten sich immer schneller und die Baustoffe wurden von ihnen angezogen. Schlieren, Blasen und Fäden... gut sah das aus, obwohl es so schrecklich und gefährlich war. Alles wurde zusammengepresst, bis nur noch Gestein übrig war. Der Apsu ist jetzt voll von solchen Brocken wie diesem. Im Inneren vieler befindet sich noch Luft. Aber es gibt keine Kraft, die diese Refugien irgendeiner Ordnung gemäß zusammenhält."
Ea ergriff die Hände der beiden.
„Das wird sich ändern. Ich bin so schnell wie möglich von Aduruna hergekommen. Es tut mir leid, dass es noch immer zu langsam war und ihr leiden musstet. Aber von dieser Stunde an wird wieder ein Gesetz im Apsu herrschen."
„Was ist eigentlich geschehen?" fragte Kishar. „Jeder glaubte, etwas zu wissen, als wir uns auf der Flucht befanden. Aber dann verloren wir uns aus den Augen..."
„Ich erkläre es euch allen, sobald meine Gefolgsleute jeden einzelnen von uns ausfindig gemacht haben", versprach Ea. „Bis dahin wisset, dass ihr euch nie wieder fürchten müsst!"
Der Gott konzentrierte sich auf Damkinas Wesen in den Rudimenten seines Anzugs. Über diese Verbindung ließ er die geliebte Schwester wissen, dass die Flotte nun die Membran überqueren konnte:

„Kommt! Kommt herüber, ich werde euch die sicheren Routen zuflüstern! Alles wird gut, meine Brüder und Schwestern!"

„Kommt mit!" forderte Ea auch seine Großeltern auf. Er führte die beiden soweit wie möglich zu der Plattform, an der den Asteroiden betreten hatte. Kurz vor der Stelle, an dem die erste Schnecke implodiert war, hieß er die beiden innezuhalten. Dann deutete er in die Leere hinaus.

Anshar und Kishar blinzelten ins Licht der Membran, das sie viele Tage lang nicht erblickt hatten. Nach und nach erschienen die Boote vor den staunenden Augen der Geschwister. Sie hielten Kurs auf die Zuflucht der drei Götter.

„Auf dieselbe Weise, in der Damkina meine Rüstung gefertigt hat, sind auch die Boote versiegelt", erläuterte Ea während des Anfluges. „Und wie ich mit seiner Schwester Kontakt halte, so tun es auch die Besatzungen der einzelnen Gefährte untereinander."

Anshar und Kishar standen sprachlos neben ihrem Enkel. Ausgestattet mit einer solchen Flotte würde er sein Versprechen, die anderen Angehörigen ihrer Generation aufzuspüren, mit Sicherheit wahrmachen können. Angesichts der schier unangreifbaren Boote, die ihnen nun zur Verfügung standen, erschien den beiden der Apsu längst nicht mehr so furchteinflößend.

Zufrieden mit der Wirkung seines Auftritts breitete Ea die Arme aus.

„Ich erkläre den Apsu zu unserem angestammten Zuhause! Wir erschaffen uns Wohnräume aus den Trümmern und fertigen uns Kleidung gegen die Kälte an. Dieser Ort aber soll von nun an mein Palast sein. Sein Name laute nun Ubshu-ukkinakku!"

Tafel 5

In den Jahren nach Apsus Tod und der Flucht aus Aduruna fand Ea nur wenig Zeit für sich oder seine Musik. Das Bedürfnis nach Rast schien der Jüngling nicht zu kennen, wenn er an einem Tag mit Epadun die Wasserstelle seiner neuen Heimat befestigte und am nächsten bereits wieder mit Kapitän Zahrim nach versprengten Bewohnern des Apsu suchte.
Wenn er nicht damit beschäftigt war, den Weltraum zu erkunden und seinen Anhängern weitere Asteroiden als Behausung zu erschließen, widmete Ea sich ganz und gar Damkinas Bedürfnissen. Für seine Frau und die seinen hatte Ea bereits getötet, wie sollte er ihnen da auch nur den kleinsten minderen Dienst verweigern? Und tatsächlich entdeckte der Gott, dass ihn dieser Dienst an seiner Gemeinde über alle Maßen erfüllte. Sie waren sein, auf ihn angewiesen. Auch wenn er selbst keine ihrer Fähigkeiten wirklich benötigte, weil er selbst begabt genug war, sie alle viel besser auszuführen, so bedurfte Ea doch etwas viel Fundamentaleren wie Wasser zum Leben: Der bloßen Anwesenheit seiner Verwandten. Sich zurückzuziehen, wie es Lahmu und Lahamu nach ihrer Rettung erneut taten, hätte ihn getötet.

*

Nachdem Ea auf diese Weise zum Mann gereift war, brachte er das Wunder der Zeugung mit Damkina zustande. Der Götterfürst pflanzte das erste Kind des Weltraums in seine Schwester und im Inneren Ubshu-ukkinakkus wurde Marduk geboren.
Eas Sohn wurde beinahe vom ersten Lebensmoment an als Freude und Hoffnung der Götter bezeichnet. Sein Vater erwartete, dass die anderen Paare sich nun ebenfalls an der Bevölkerung ihrer veränderten Welt beteiligen würden, doch nichts dergleichen geschah.

Stattdessen besuchten sie immer wieder ihren Herrscher und den kleinen Prinzen, lobpreisten den einen und bewunderten den anderen.

*

„Wozu macht man überhaupt Kinder, wenn die Botschaft nicht rüberkommt?!" ereiferte sich Ea nach einem Besuch seines Vaters. Er stand mit gemeinsam mit Mummu auf der Landeplattform und beobachtete, wie Anshars Fähre ablegte.
Zwei durchsichtige Membranen trennten die beiden Götter von der tödlichen Leere des Weltraums. Zwischen diesen Schutzhäuten warteten weitere Boote auf ihren Einsatz. Ein ausgeklügeltes System von Spannungsfeldern in den lebendigen Zellen erlaubte es nicht, dass sich gleichzeitig in beiden Membranen Lücken bildeten. Die Götter verließen sich auf diese weitere Erfindung Eas und Damkinas. Sie legten ihre Schutzanzüge vor langen Reisen an, nicht aber, wenn sie wie Ea und sein Visier gerade lediglich aus dem Inneren Ubshuukkinakkus heraus den Start eines der Boote verfolgten.
„Das meinst du nicht ernst", erhob Mummu seine Stimme. „So, wie du es darstellst, wären die Zwillinge nur deine Werkzeuge, mit denen du die anderen zum Kinderzeugen bringen wolltest?"
Ea riss an der Fessel, bis er seinen Gefangenen bis dicht vor sein Gesicht gezogen hatte.
„Ich ‚stelle' überhaupt nichts ‚dar'!" fauchte er „Ich bin lediglich stinksauer! Und dass ich die beiden so abgöttisch liebe, wie es nur ein Gott vermag, das weißt du sehr wohl!"
Mummu erwiderte nichts. Er verweigerte jegliche Kommunikation, selbst ein schmerzerfülltes Stöhnen, bis sein Herr die Leine endlich wieder locker ließ.
Dann rieb er sich die Nase. „Uh... Au..."
„Denk nicht einmal daran, die Schnur zu durchtrennen!" warnte der Götterfürst seinen unfreiwilligen Ratgeber. „Das wird nicht funktionieren. Ich weiß, dass du es heimlich immer wieder versuchst. Da - jetzt schon wieder."
Mummu grinste entwaffnend.

„Das ist dir also aufgefallen", entgegnete er. „Deine Gefolgsleute hingegen sind so blind, dass sie nicht einmal erkennen, dass dein Junge es ebenfalls ist."
Ea wandte sich von dem Urgeborenen ab. Er zwang seine Miene zu seinem Lächeln. Der Herr über Ubshu-ukkinakku hob seine Hand, um Anshar und den anderen in der Fähre zum Abschied zuzuwinken. Erst, als sich das Boot entfernt hatte, seufzte der Götterfürst:
„Marduk ist unser aller Kind. Aber ich allein werde einmal dafür gerade stehen müssen, wenn er mich fragt, wieso ich ihn nicht wie alle anderen Götter gezeugt habe. Meine Antwort wird er nicht hören können. Das Gehör meines Sohns ist so fehlerhaft wie seine Augen."
„Ja, schlimm."
Etwas in Mummus Tonfall ließ Ea aufhorchen. War es tatsächlich fehlende Anteilnahme, die Mummus Aussage so nüchtern, so beiläufig klingen ließ? Oder klang der Visier nicht eher nach einem Mann, der sich nach einem gelösten Problem bereits wieder anderen Fragen zugewandt hatte? Versuchte der andere, ihm etwas mitzuteilen?
„Spuck´s schon aus..." forderte Ea den unwilligen Ratgeber auf.
Mummu ließ sich nicht lange bitten. Ohne zu Zögern senkte er seinen Kopf und spuckte auf den Boden.
„Du!"
„Ich verachte dich, Ea, aber das ist es nicht, das es mir ermöglicht, hier herumzuspucken. Das bringt mich nur dazu, es tun zu wollen."
„Und es wäre dir schlecht bekommen, stünden wir noch wie früher mit unseren Helmen hier."
„Eben. Tun wir aber nicht."
„Dafür haben meine Schwester und ich gesorgt."
Mummu packte den Neffen bei dessen Schultern.
„Ea! Du veränderst die Dinge, die ganze Welt um dich herum! Wir müssen die Folgen tragen. Ins Innere dieses Felsens hast du uns bereits eingesperrt, aber wenn du einmal etwas Gutes erwirken könntest, stellst du dich stattdessen hin und jammerst?! Nimm Marduks Zustand nicht einfach so hin! Ohne Zweifel kannst du ihn mit einer deiner Erfindungen heilen!"

Eas Augen verengten sich zu schmalen Schlitzen. Wieso war ihm dieser Gedanke nicht selbst gekommen? Wovor beschäftigte er überhaupt einen Ratgeber, wenn nicht, um sich immer wieder aufs Neue zu versichern, keinen zu benötigen?!
„Die Dinge nicht hinzunehmen, wie ich sie vorfinde?! Etwas zu verändern?! Das ist derselbe Rat, den du Apsu erteilt hast, bevor er Avatarform annehmen konnte!" zischte Ea. „Danach wurde Aduruna errichtet und ich musste unseren Vater töten. Ja, Mummu, ich werde Marduk mit meiner Erfindergabe dabei helfen, sich besser in der Welt, die du für uns bereitet hast, zurechtzufinden!"
Der Urgeborene ließ seinen Herrn los. Er wandte sich abrupt um und kehrte ohne ein weiteres Wort zu sprechen ins Innere der Festung zurück. Nach einigen Schritten spannte sich die an seinem Nasenring befestigte Leine. Mummu schritt unbeirrt weiter aus. Tiefer und tiefer drang Mummu in die Tunnel vor. Mittlerweile wurde jeder einzelne von künstlich geschaffenen Lichtquellen erleuchtet und an den Wänden angebrachte Markierungen verrieten die Wege zu den Wohnquartieren, Werkstätten, Farmen und Versammlungshallen Ubshu-ukkinakkus. Mummu kannte ebenso wie der Götterfürst jede einzelne Gangbiegung des Palastes. Er hatte es nicht nötig, langsamer zu werden, um die Hinweise zu lesen. Als die Leine zur Gänze gespannt war und der Urgeborene noch immer nicht bereit war, anzuhalten, lockerte sie sich die Fessel mit einem Mal. Mummu lief weiter und Ea folgte ihm.

*

Ein halbes Jahr später wog Ea zwei winzige Linsen in seinen Händen.
„Bist du sicher, dass das eine gute Idee ist?" fragte er seinen Berater.
„Ich glaube, ihr Gewicht ist nicht identisch..."
„Das ist unmöglich!" entfuhr es Mummu. „Damkina hat ihre Eignung wieder und wieder geprüft!"
Im Schlafzimmer des kleinen Prinzen standen sich Ea und Mummu an dessen Bett gegenüber. Zwischen ihnen schlummerte das Kind. Ohne

den Knaben dabei zu wecken, drehte Damkina ihren Sohn sanft auf den Rücken.
Die fünfte Person im Raum war Eas jüngerer Bruder Ellil.
„Deine Hände sind nicht gleich stark, das ist alles", steuerte er bei.
Zum Jüngling herangewachsen tat er alles, um sich in den Augen seiner Untergebenen als würdiger Krieger zu erweisen. Ellils Truppe patrouillierte die Grenze des Apsu. Sie wachten über den Palast des Götterfürsten und begleiteten die Boote auf langen Reisen.
In Mummu, Ellil und Damkina schienen sich Eas Hirn, Herz und Lust Geschwister gesucht zu haben. Die Anwesenheit der drei schenkte dem Götterfürsten den Mut, seinen einmal gefassten Plan auch auszuführen.
„Damkina..." flüsterte er. „Es wird Zeit, es zuende zu bringen."
Die Göttin nahm Marduks Wimpern zwischen ihre Finger. Sie hob seine Augenlider an und obwohl Ellils Erfahrung und Mummus Verstand nach jeder Gott bei dieser Berührung aufgewacht wäre, blieb das Kind weiterhin in seinem Schlummer gefangen. Vielleicht war ein Zauber dafür verantwortlich oder eine kleinere Version von Eas Schlafmaschine. Sie würden es wohl nie erfahren. Der Götterfürst teilte nicht alle seine Geheimnisse mit seinen Höflingen.
Ea drehte die Linsen zwischen seinen Fingern. Sachte setzte er sie auf Marduks Augen. Die winzigen Gebilde schwammen auf der Tränenflüssigkeit des Knaben. Kaum hatten sie ihren Platz eingenommen, sprach Ea ein Wort. Die dünnen Glasscheiben glühten auf! Sie drangen tiefer in Marduks Kopf ein, um schließlich mit seinem Auge zu verschmelzen.
Nachdem seine Erfindung auf diese Weise in dem Kinderkorper aufgegangen war, holte Ea eine glatt polierte Kugel aus seiner Robe. Auf ein kurzes Reiben mit seinem Daumen an einer ganz bestimmten Stelle teilte sich die obere Kugelhälfte und gab den Blick ins Innere frei. Dort ruhten auf einem Kissen zwei Schneckenhäuser. Sie waren ebenfalls nicht größer als ein Götterauge.
„Das ist alles?" wunderte sich Mummu. „Euren Andeutungen nach, Damkinas und den deinen, hatte ich etwas komplizierteres erwartet."

„Ja, im Ernst", fiel Ellil ein. „Schnecken konnte ich bereits erschaffen, als wir noch in Aduruna lebten. Da war ich noch ein Knabe!"
Ea liebte diesen Gesichtsausdruck im Antlitz seiner Verwandten, den sie annahmen, wenn sie meinten, etwas von dem, was er tat, verstehen und dann auch noch beurteilen zu können! Er liebte ihn deswegen, weil er stets einem anderen vorausging, der preisgab, wie sehr sie sich getäuscht hatten - und dass sie das ebenfalls begriffen hatten.
Ea übergab die geöffnete Kugel Mummu. Eines der beiden Schneckenhäuser nahm er heraus. Grinsend hielt er es Ellil unter die Nase.
„Sag´ der Schnecke doch ‚Guten Tag', Krieger!"
Anus jüngerer Sohn kniff ein Auge zusammen. Mit dem anderen spähte er in das Gehäuse hinein. Es stellte sich als unbewohnt heraus.
„Na? Niemand daheim?"
„Es ist leer. Nein... warte! Da ist doch etwas. Es sieht wie ein kleiner Amboss aus, auf den beständig ein Hammer einschlägt."
„Tja, kleiner Bruder, mit Lärm kenne ich mich eben aus."
Ea zog seine Hand zurück.
„Damkina? Würdest du bitte...?"
Die Göttin nickte. Sie drehte Marduks Kopf auf die Seite, so dass dessen rechtes Ohr frei lag. Enki hielt das seine Erfindung zusammenhaltende Schneckenhaus direkt darüber, flüsterte erneut ein Wort und ließ dann los. Zügiger als Objekte unter den Gravitationsverhältnissen im Apsu fielen bewegte sich das Häuschen nach unten. Seine Spitze drang in Marduks Ohr ein, woraufhin sich das Gebilde in Drehbewegung versetzte. Es verschwand vollständig im Inneren des Kopfes. Wie bereits bei den Augenlinsen glühte auch das Schneckenhaus auf, bevor es zu einem Teil des lebendigen Gewebes von Eas Sohn wurde.
„Nun das andere", flüsterte Damkina, den Kopf ihres Kindes erneut drehend.
Nachdem Ea alle vier Gaben in seinem Sohn verankert hatte, hieß es für Marduks Verwandte zu warten.
„Glücklicherweise ist er kein Langschläfer..."

Eas Stimme zitterte und der Götterfürst gab sich keine Mühe, das zu verschleiern. Er legte seinen Arm um die an Marduks Kinderbett sitzende Damkina. Die andere Hand erlaubte er seinem Bruder zu ergreifen. Mummus allgegenwärtige Leine wurde dadurch nicht frei - die hatte sein Herr vorher an seinem Gürtel befestigt.

*

Marduk, Prinz von Ubshu-ukkinakku, räkelte sich in seinem Bett. Er streckte seine Glieder, strampelte die Steppdecke von seinem Körper herunter, streckte sich erneut - und schlug die Augen auf.
Wie an so Tagen zuvor begrüßte das vertraute Gesicht der Mutter den Knaben bei seiner Rückkehr aus dem Mittagsschlaf. Doch diesmal war etwas anders...
„Mutter!" rief das Kind erstaunt aus. „Du hast ja schwarze und weiße Flecken in deinen Augen!"
Damkina schmunzelte. „Das sind Pupillen, mein Schatz. Die besitzen wir alle."
Marduk drehte den Kopf in Richtung seines Vaters. „Hast du die erfunden?" erkundigte er sich.
Ea nickte. „Ja", log er. „Die werden uns helfen, besser zu sehen", erklärte der Götterfürst mit belegter Stimme. „Du wirst dich wundern, was sie dir alles zu erkennen ermöglichen!"
Marduk blinzelte mit seinen neuen Augen. Er war munter, hatte ausgeschlafen und eine neue Erfindung seines Vaters wartete darauf, ausprobiert zu werden. Schon wollte der Knabe voller Tatendrang aus seinem Bett springen, da bemerkte er etwas Ungewöhnliches an seinem Vater.
„Dein Herz schlägt rascher, Vati!" stellte das Kind fest. „Ist das auch für etwas gut?"
„Du kannst mein Herz schlagen hören?!"
Marduk nickte. „Das muss wohl eine Nebenbeiwirkung deiner Puppenpillen sein", vermutete der Knabe, stolz, diese beiden schweren Wörter nicht nur aussprechen, sondern noch dazu im richtigen Zusammenhang verwenden zu können.

„Ja, das mag sein. Dann muss ich die wohl noch ein bisschen verbessern."
Marduk wechselte in die Hockstellung, dann stellte er sich in seinem Bett auf und reckte seine Kinderarme dem Vater entgegen. „Aber deswegen muss du doch nicht weinen, Vati!" erklärte das Kind. „Ich habe dich auch so lieb!"
Ea schloss den Knaben in seine Arme. „Ich dich auch, mein Sohn", brachte er hervor. „Ich dich auch!"
Damkina erhob sich von Marduks Bettstatt. Sie umarmte Vater und Sohn gemeinsam. In die leisen Schluchzer der Eltern mischte sich Ellils Stimme: „Jetzt spricht doch eigentlich nichts mehr dagegen, ihm eine Rüstung anzufertigen und ihn mit mir rauszulassen, oder, Bruder?"
„Wir müssen zwar nicht essen", bemerkte Mummu, „Aber wenn irgendwo Taktgefühl herumgereicht wird, gönn´ dir dennoch ein paar Löffel davon, mein Bester!"

*

Ea schmiedete nicht nur eine, sondern gleich ein Dutzend Rüstungen für seinen Sohn, so rasch wuchs der Knabe Marduk in die Höhe. Regelmäßige Schwertübungen mit seinem Onkel sorgten dafür, dass schon bald Muskeln dem vorher schlaksigen Körper Struktur gaben und Mummus Unterweisungen in Logik leisteten Marduks Hirn denselben Dienst. Die mit Abstand wichtigste Person im Leben des Prinzen aber blieb weiterhin seine Mutter.
„Ehrlich mal, wenn Mama Damkina nicht wäre", vertraute das Kind eines Tages Mummu an, „dann würde ich ja sagen, alle Frauen sind soooo blöd!" Er nickte bekräftigend, während der Lehrer vor sich hin schmunzelte. Kein Lahmusabkömmling hatte jemals die Membran zwischen den Weltenozeanen durchqueren müssen, um seine zweite Hälfte zu finden. Sie alle wurden mit ihren Zwillingsschwestern zusammen geboren, was dazu führte, dass deren Anwesenheit als selbstverständlich hingenommen wurde. Vermutlich aus diesem Grund durchlebten die Lahmuskinder eine Phase der Entfremdung der Geschlechter, bevor die Sehnsucht nach einander in der Pubertät

entflammte. Als Spätentwickler oder auch gestörte Kreaturen hatte Apsu sie bisweilen bezeichnet, aber Mummu glaubte, dass diese zweite Göttersippe mit ihren vielen Generationen einfach nur anders als seine eigene Art war.
„Hast du jedenfalls ein Glück", fuhr Marduk fort. „Deine Schwester lebt in einem Land ganz weit weg!"
„Meine Mutter aber auch", flüsterte Mummu.
Daraufhin sagte Eas Sohn den ganzen Nachmittag über nichts mehr. Er kletterte nur auf Mummus Schoß und schmiegte sich fest an den Erwachsenen. Der schwesternlose Gefangene aber wusste in diesem Moment, dass er dem kleinen Prinzen bis ans Ende der Welt und darüber hinaus folgen würde, stünde dieses Unterfangen jemals zur Debatte.

*

„Meine Schwester lebt in einem anderen Land" - für den kleinen Marduk bezog sich diese Aussage seines Erziehers noch auf nichts anderes als eine der vielen Asteroidenfestungen, auf die sich die Götter verteilten. Einige davon zogen ihre Bahn sehr, sehr weit von Ubshu-ukkinakku entfernt. Nicht immer gestaltete sich das Verhältnis zwischen ihren Bewohnern freundlich.
Ellil ging zwar aus jedem Scharmützel, in das er uns seine Leute gerieten, siegreich hervor, doch der vereinten Streitmacht von mehr als drei anderen Familien hätten auch die Soldaten des Götterfürsten nichts entgegenzusetzen gehabt. Eas Verteidigungsstrategie bestand darin, die anderen durch seine Erfindungen von Ubshu-ukkinakku abhängig zu machen, Ellil hingegen holte sich bei Mummu Rat, wie sich das Missverhältnis der restlichen Sippen am besten schüren lies, damit sie miteinander beschäftigt blieben. Auf Mummus Vorschlag hin stand Ellil mit seinen Truppen mal dieser und mal jener Familie bei, die sich nach dem Sieg jedes Mal verpflichtet fühlten, dasselbe in einem eventuellen Kriegsfall für Eas Haus zu tun.
Marduk fuhr fort, alle drei Standpunkte in sich aufzunehmen und zu einem Ganzen zu verschmelzen. Die ihm zugedachten Lektionen

wurden komplexer, die Spielzeuge, die er aus der Hand seiner Eltern empfing, größer - und seine Schwester mit jedem Tag blöder.

*

Eines Tages überreichte sein Vater Marduk ein Kästchen, das vier verschiedene Fächer aufwies. Auf den ersten Blick erschien es leer.
Der Knabe schloss den Deckel wieder, drehte die Gabe hin und her und suchte nach einem verborgenen Mechanismus, der ihm den wahren Schatz enthüllen würde.
„Da ist nichts verborgen", erklärte Ea. „Du musst nur noch einmal genauer hineinsehen!"
Erneut lüftete Marduk den Deckel des Kästchens. Wieder fand er nichts darin.
„Doch... doch, natürlich! Es gibt nur eine Sache, die man nicht sehen kann, die aber trotzdem da ist! Luft!"
Marduk drückte den Zeigefinger seiner rechten Hand auf den Boden des ersten der vier Fächer.
„Luft kann man fühlen", überlegte er dabei laut. „Man kann sie riechen, schmecken und wenn sie sich bewegt, weil jemand durchgeht, kann man sie auch hören."
Ea zuckte ganz kurz zusammen, als er erneut eine Bestätigung für das phänomenale Gehör seines Sohns erhielt. Sein Stolz über die geglückte Erfindung hielt sich die Wage mit der Sorge, ob sich Marduks ungewöhnliche Fähigkeit noch mit einem normalen Leben vereinbaren ließ.
Der Knabe hatte inzwischen die Finger in dem Behältnis hin und her bewegt, um die darin befindliche Luft in Wallung zu versetzen. Nachdem ihm das einmal gelungen war, vermochte er sie auch zu hören. Erneut wackelte Marduk mit den Fingern. Er rührte die Luft um, bis sie sich zu einer winzigen Windhose formte, packte diese an der Spitze - und führte das Gebilde zum Entsetzen seines Vaters zum Mund.
„Marduk, nein!" hörte sich sein Vater noch rufen, doch da war es bereits geschehen. In dem Bemühen, sich einen Reim auf das

Geschenk und einen möglichen Verwendungszweck zu machen, war Eas Sohn in alte Gewohnheiten zurückgefallen und hatte seinen Mund geöffnet. Klug genug, die von seinem Vater geschaffene Luft nicht hinunterzuschlucken, hielt Marduk es dennoch für eine gute Idee, sie mit der Zungenspitze zu kosten.
Noch in derselben Sekunde hüpfte der Junge in seinem Zimmer auf und ab.
„Au! Heiß, heiß, heiß!" jammerte Marduk. Dummerweise stieß er dabei immer wieder mit seiner schmerzenden Zunge gegen die untere Zahnreihe.
„Rah!!!!!!!!!!!!!!"
Ea war geistesgegenwärtig genug, sich unter der Lohe wegzuducken, die dem Mund seines Sohnes entsprang. Gleichzeitig vermochte er aber auch nicht den Blick von dem Ereignis abzuwenden.
Der gleißende Strahl traf ein von der Decke hängenden Mobile, versengte es, riss die Überreste mit sich und traf dann mit weiterhin ungebremster Wucht auf die Zimmerwand. Ein mehrfach gezacktes Loch hinterlassend drang das Feuer ins benachbarte Zimmer ein. Welche Macht es dort stoppte, vermochte Ea aus seiner gebückten Haltung heraus nicht zu erkennen.
Marduk wischte sich über die Lippen. „Puh..."
Durch das Loch in der Wand streckte sich eine zur Faust geballte Kinderhand.
„Marduk, Sohn des Ea, Sohn des Anu, Sohn des Anshar, Sohn des Lahmu, Sohn des verruchten Apsu!" beschwerte sich die kleine Nintu. „Ich habe hier etwas, das dir gehört und wenn du nicht in Zukunft besser auf dein Zeug aufpasst, dann wird dir das schlecht bekommen!"
„Ich wollte das doch gar nicht..." beschwerte sich Marduk halbherzig.
Mit einem überlegenen „Pü!"-Laut auf den Lippen öffnete seine Zwillingsschwester ihre Hand. Heraus fiel das zu einem Kügelchen geformte Feuer. Es sank zu Boden, wo es im Verglimmen einen Brandfleck im Teppich hinterließ.
Ea trat auf seinen Sohn zu. Er legte seine Hände um die Marduks und zwang ihn, das Kästchen wieder zu schließen. Bevor der Deckel sich gänzlich gesenkt hatte und das Schloss mit einem Klicken einrastete,

konnte Marduk noch sehen, wie die von ihm geformte Windhose zurück ins Innere huschte.

„Ich hatte wirklich nicht damit gerechnet, dass du noch Sachen in den Mund steckst!" klagte Ea sowohl sich selbst als auch das Kind an.

Das Rascheln von Stoffbahnen in seinem Rücken ließ darauf schließen, dass Nintu eine Gardine oder einen Vorhang hinter dem Wanddurchbruch anbrachte.

„Das nächste, was zu mir rüber kommt, behalte ich!" drohte das Mädchen ihrem Bruder.

„Alles klar, ihr beiden", lenkte Marduk ein. „Aber was war das denn nun für ein komischer Wind, Vater?"

„Es handelt sich insgesamt um vier Winde, mächtige Waffen, die dein Großvater geschaffen hat. Wie du gesehen hast, können sie einem Gott oder einer Göttin nichts anhaben, dennoch bleiben es machtvolle Waffen der Zerstörung."

„Nichts anhaben?! Und was war das gerade eben mit meiner Zunge?"

„Pein, nichts weiter. Vielleicht lehrt dich gerade diese Begegnung mit dem Schmerz, verantwortungsbewusst mit der Waffe umzugehen. Ich vertraue sie dir allein an, Prinz Marduk."

*

„Verantwortungsbewusst", das übersetzte Marduk für sich als „Nicht in einem Krieg". Ansonsten aber gab es wenig, was er mit seinem Geschenk nicht ausprobierte oder anstellte. Die vier Winde wurden zu seinen ständigen Begleitern und freundeten sich rasch mit dem Knaben an, der seinem Vater in seiner Experimentierfreude in nichts nachstand. Ob er sich nun wie in einer Sänfte von den Winden durch die Tunnel Ubshu-ukkinakkus tragen lies oder sie dazu benutzte, das Wasser im zentrale Becken durcheinanderzuwirbeln, weil er sich mit seinem an dessen Grunde dösenden Großvater unterhalten wollte, es verging kein Tag, an dem Marduk nicht mit seinem Geschenk spielte.

„Kann man auch den Bewohnern des eigenen Heims den Krieg erklären?" hörte Ellil seine Krieger ein ums andere Mal knurren, wenn sein Neffe es wieder einmal zu wild trieb.

Ellils von einer ausgedehnten Patrouillenfahrt an der Grenze zurückgekehrten Soldaten hatten Erholung im Schwimmbad gesucht, aber stattdessen Bekanntschaft mit Marduks neuen Freunden machen müssen.
„Er ist genau wie sein Vater", steuerte Mummu bei. Doch anstatt einer scharfen Zurechtweisung erhielt der Visier einen Dankbarkeit ausdrückenden Blick von seinem Herrn.
„Genau das solltet ihr nie vergessen", schärfte der Götterfürst seinen Untertanen ein.
Ellil senkte seinen Kopf. Offenbar gedachte der ältere Bruder, jedwede Kritik an Marduk als Kritik an seiner eigenen Person zu interpretieren. Der Krieger sammelte seine Truppe um sich. „Männer", sprach er zu ihnen, „unsere Aufgabe, Ubshu-ukkinakku und ihre Bewohner zu schützen, mag schwerer geworden sein, aber sie bleibt bestehen!"

*

„Ich darf einfach alles!" erklärte Marduk eines Tages dem Gefangenen. Für Mummus Ohren klang das nicht gerade begeistert. Der Urgeborene nahm Eas Sohn bei dessen Hand und zog ihn aus der Menge der Götter, die sich wieder einmal zum Baden versammelt hatten, beiseite.
Die beiden erklommen in die Wand des Saals eingelassene Stufen, bis sie eine Aussichtsnische erreichten. Mummu klopfte zwei dort bereitliegende Ruhekissen zurecht, setzte sich auf das eine und lehnte sich an das andere. Anstatt wie sonst seine Beine über den Rand der Loge baumeln zu lassen, zog sich der Junge in eine Ecke zurück, als wolle er mit dem Felsen verschmelzen.
Mummu schwieg.
Marduk fuhr geistesabwesend über die in die Wand eingelassenen geschliffenen Edelsteine. Ab und zu schlug er mit der Faust gegen die Wand, bis Mummu endlich das Schweigen brach:
„Was ist los, Marduk? Hm?"
„Es geht darum, dass ich alles darf, weil ich Eas Sohn bin. Alles klar?"
„Bis jetzt noch, ja."

„Deswegen lassen sie mir alles durchgehen. Ich bin der zweitmächtigste Gott im Apsu und daran wird sich nie etwas ändern. Egal, was ich sonst noch tue, ich werde immer Eas Sohn bleiben. Also, völlig egal, welche Abenteuer ich bestehe oder ob ich etwas erfinde. Ich werde nie Krieger Marduk, Sohn des Ea sein, sondern immer nur Eas Sohn, der Prinz, der auch Krieger ist. Und das ist Murks, Mummu!"
Der Erwachsene wollte etwas darauf antworten, doch zog eine aus dem Wasserbecken aufsteigende Fontäne seine Aufmerksamkeit auf sich. Der zuerst gerade in die Höhe steigende Strahl nahm Form und Züge einer schlanken Frau an.
„Marduk!" rief sie.
Eas Sohn eilte zur Leiter. „Das ist Südwind! Was kann sie wollen?"
Südwind bedeutete ihrem Herrn, ihr zu folgen. Marduk und Mummu stießen sich gleichzeitig von der Kante der Nische ab. Mummu schoss wie ein lebendiger Pfeil ins Wasser hinein. Dass ihm das unter der im Vergleich mit Aduruna viel geringeren Schwerkraft so einfach gelang, rief den anwesenden Badegästen ins Gedächtnis, es in Eas Gefangenen mit einem ernstzunehmenden Krieger zu tun zu haben.
Marduks Sprungkraft reichte nicht einmal ansatzweise an die des Erwachsenen heran. Er verließ sich darauf, dass Südwind ihn einfing. Der Wind nahm die Form einer Spirale an, wirbelte weiteres Wasser nach oben und diente auf diese Weise als Wasserrutsche für den Jungen. Jauchzend tauchte auch Marduk in das zentrale Becken ein.

*

Südwind führte die beiden Götter durch ein verwirrendes Netz an Tunneln bis in eine der Kammern, die ausschließlich der königlichen Familie vorbehalten waren. Doch handelte es sich hier nicht um ihre Wohnräume, sondern um den Kerker Ubshu-ukkinakkus. Derzeit hielt Ellil hier Wache.
„Onkel Ellil!" begrüßte Marduk den Anussohn. „Haben wir etwa Gefangene?"
„Nicht, dass ich wüsste", bemerkte Mummu trocken.

Ellil schnappte sich die von der Nase des Urgeborenen baumelnde Leine und zog kräftig daran.

„Ernsthaft, Visier, oder ich sperre dich ebenfalls ein!"

Marduk und Mummu durften die erste der Kammern betreten, während Südwind draußen zurückblieb. In dem engen Raum hielten sich bereits Ea und Asarluhi der Heiler Ubshu-ukkinakkus auf. An der hinteren Wand hing der Gott Namru in Fesseln.

Marduk wusste, dass es sich um einen Lotsen handelte, der vor seiner Geburt an der Seite seiner Eltern gekämpft und nun Heimat in einer weit entfernt den Apsu durchstreifenden Asteroidenfestung gefunden hatte. Namru war ein Held! Wieso man ausgerechnet diesen Gott hatte anketten müssen, nicht nur fesseln wie Mummu, sondern hier einsperren, blieb dem Prinzen unverständlich.

„Ist ein Aufenthalt hier gefährlich für meinen Sohn?" verlangte Ea von seinem Heiler zu wissen. Dessen Tonfall verriet den Eintretenden, dass der Götterkönig nicht zum ersten Mal fragte.

„Nicht, solange wir ihn kurz halten und ich mich hinterher um euch kümmere. Aber auf lange Sicht rate ich zu einer Verkleidung der Wände dieser Zelle mit Blei und bestensfalls einer Sichtscheibe."

„Gut, dann." Ea winkte seinen Sohn heran. „Marduk!"

Der junge Prinz schluckte hart. So kalt und geschäftsmäßig hatte der Vater noch nie mit ihm gesprochen. Ea wies auf einen flachen Tisch, auf dem ein unregelmäßig geformter Felsbrocken von der Größe eines Götterkopfes lag. „Marduk schau dir diesen Stein an und sage mir, was du siehst!"

Der Prinz gehorchte ohne zu Zögern, hatte doch der Götterkönig zu seinem Untertanen gesprochen, nicht der Vater zu seinem Sohn. Was immer ihm durch den Kopf gegangen war, wie immer die Wertschätzung seiner Taten zustande kommen mochte, es schien sich um ein echtes Abenteuer zu handeln und der Junge wollte es unbedingt bestehen! Da mochten die anderen Götter tausendmal glauben, dass ein Prinz zu sein schwerer wog als ein Held.

„Das ist der schwerste Stein, der jemals im Apsu gefunden wurde", erläuterte Ea, während Marduk sein Augenmerk auf das Objekt richtete. „Er wurde uns von Sirsirs Familie zum Geschenk gemacht."

„Nur, dass seither jedermann, der damit in Berührung kam, erkrankte", fiel Asarluhi ein. „Einschließlich Sirsirs Bote. Das nimmt den Verdacht eines Anschlags auf Ubshu-ukkinakku allerdings nicht von seinem Fürsten. Er könnte Namru absichtlich geopfert haben, um jeglichen Argwohn von sich zu lenken."

‚Ein Anschlag!' frohlockte Marduk. Bedeutete das nicht, dass sich die Festung jetzt im Krieg befand? ‚Mein erster Kriegseinsatz und ich bin sogar etwas jünger als es Ellil damals in der Schlacht gegen die Kreaturen Tiamats war!'

Marduks überlegen-zufriedener Gesichtsausdruck wich einem ungläubigen, dann stahl sich blanke Furcht in seine Miene, in die sich schließlich Abscheu mischte.

„Dieser Stein! Vater! Er zerfällt ständig! Könnt ihr das denn nicht sehen?"

„Niemand außer dir vermag so genau hinzuschauen", erklärte Asarluhi schmunzelnd. „Erklärst du uns, wie du das gerade eben gemeint hast?"

Der Prinz versuchte es. Er tat sein Bestes, untermalte seine Worte mit Gesten und verlangte am Ende nach Malutensilien, die ihm Mummu sogleich brachte. Endlich verstanden die Erwachsenen.

„Das Gestein stirbt und stirbt und stirbt", fasste Marduk seine Erkenntnisse zusammen. „Und wird doch nur weniger ohne jemals ganz zu verschwinden. Wie Urvater Apsu. Etwas bleibt immer zurück. Das sieht von innen viel komplizierter aus als ich es gezeichnet habe."

Der Junge wandte sich Namru zu. „Ist das der legendäre Herzstein Apsus?" fragte er.

Der Gefangene schüttelte stumm seinen Kopf.

Asarluhi hob Marduks Zeichnung auf.

„Sirsir ist demnach unschuldig", meinte er. „Er vermochte die zerstörerische Natur seiner Gabe nicht zu erkennen."

Der Götterkönig nickte.

„Richtig. Ich lasse ihm durch Ellil, nein, besser noch durch die vier Winde, mitteilen, dass ich den Stein in Verwahrung nehme. So wird er nichts Böses mehr anrichten können."

Ea besann sich. „Oder ich schicke doch Ellil. Marduks Winde mögen allen Familien des Apsu davon berichten, vor welcher Gefahr die

Männer Ubshu-ukkinakkus sie beschützen. Die Fürsten sollen ruhig alle weiteren Steine dieser Art bei uns abliefern."
„Lass ihn ‚Abladen' sagen", schlug Namru vor und dann lachten alle drei.
„Haha! Ich sehe, wir verstehen uns, mein alter Freund. Willst du bei uns bleiben und diesen Stein studieren?"
„Sicher will ich das, mein König."
„Dann gebe ich Ellil ein Geschenk mit, auf dass Sirsir deine Schwester ebenfalls in Ubshu-ukkinakku einziehen lässt. Ich weise ihn gleich an, dich loszumachen."
Ea legte seinem Sohn die Hand auf die Schulter. Seine Armflosse kitzelte den Jungen im Nacken und brachte ihm zum Kichern. Wie lange das Kind das wohl noch mögen würde? fragte sich der Götterkönig. Was Marduk heute gehört und gesehen hatte, entfremdete ihn seiner Kindheit sicher wieder ein Stück. Dennoch musste er fragen, ob sein Prinz alles verstanden hätte, was hier geschehen war.
„Nicht alles", gestand der Junge.
„Nun, das Wichtigste ist, dass dieser Stein sein Werk nicht einfach so sein lassen kann. In Zukunft wird er es nur noch auf unser Geheiß hin tun. Die Fürsten des Apsu sind klug genug, das zu begreifen."

Tafel 6

Unter solchen und ähnlichen Lektionen wuchs Eas Sohn zu einem Jüngling heran.
Seit er die vier Winde besaß, fühlte sich Marduk nicht mehr auf ein Boot angewiesen, um die elterliche Festung zu verlassen. Seine treuen Begleiter und ein zuverlässiger Weltraumanzug genügten ihm, um sich auf das Abenteuer zu begeben, von dem er seit seinen Knabentagen an heimlich geträumt hatte. Was hatten seine Verwandten in Marduks Alter nicht bereits alles vollbracht! Sein Vater hatte den grausamen Apsu besiegt, Ubshu-ukkinakku erforscht und Onkel Ellil war sogar noch jünger gewesen, als er Ea dabei geholfen hatte. Unter den Fingern der jungen Damkina waren damals die ersten Vollrüstungen entstanden, sperrige, schwerfällige Modelle, welche die Götter dennoch als Erinnerung an jene Tage aufbewahrten. Damkina hätte ihrem Sohn jederzeit eine moderne Rüstung anfertigen können. Doch anstatt sich an seine Mutter zu wenden, trat der Halbwüchsige eines Tages auf den Vorhang zu, der sein Zimmer von dem seiner Schwester trennte.
„Bist du da, Nintu?"
Schweigen antwortete dem Prinzen.
„Also nicht da", seufzte Eas Sohn halb enttäuscht und halb erleichtert.
„Wie kommst du darauf?" ertönte die Stimme der Schwester. „Habe ich etwa behauptet, nicht da zu sein?"
„Äh... nein. Aber das könntest du ja auch gar nicht, denn wenn du nicht wärst, dann..."
Nintu schob den Vorhang zur Seite. „Hahahaha! Jetzt müsstest du dich aber mal sehen!"
Marduk ergriff die Hand der Schwester. Er löste ihre Finger sanft von der Stoffbahn, drehte ihre Handfläche nach oben und hauchte einen Kuss darauf.

„Mir genügt, dass du mich siehst", erklärte er. „Ich komme mit einer Bitte zu dir, Nintu, Tochter Damkinas."
Nintus Kichern erstarb im Ansatz. Dies war nicht der Moment, um das Verhalten des Jungen ins Lächerliche zu ziehen. Denn ausnahmsweise einmal verhielt sich ihr Bruder gar nicht lächerlich. Zumindest nicht so schlimm wie sonst... Vielleicht, so überlegte die Göttin, tat er das bereits seit längerer Zeit nicht mehr und sie hatte bloß nicht gemerkt? Möglicherweise sollte sie den Vorhang einmal offen lassen? Dennoch, ein wenig Neckerei musste sei und so entgegnete Nintu dem Prinzen: „Wie könnte ich einem Mann, der gerade seinen ersten Kuss gemeistert hat, etwas abschlagen?"
„Ich werde mich demnächst auf eine längere Reise begeben", kündigte Eas Sohn an. „Dazu benötige ich eine neue Rüstung. Nintu! Ich möchte, dass du mir diese Rüstung schmiedest!"
„Oh!" Nintus Gesicht lief in einem attraktiven Magenta-Ton an. Unwillig, ihrer Rührung auch verbal Ausdruck zu verleihen, griff sie zu einer weiteren Neckerei: „Dann hast du dich also endlich entschlossen, von modern nach modisch umzudenken!"
„Kann man das nicht miteinander verbinden?"
Nintu schluckte hart. War es möglich? Und, was viel wichtiger erschien, sollte es *ihr* möglich sein? Marduk eine Rüstung schaffen, die ihn zuverlässig im Weltraum am Leben hielt und vor Apsus Hass schützte?
Woher ihr plötzlicher Zweifel an ihren Fähigkeiten gekommen war, vermochte Nintu sich nicht zu ergründen. Aber er war da und so antwortete die junge Göttin: „Ich weiß nicht. Vielleicht. Mutter Damkina ist so gut darin, dir die Anzüge anzupassen, weil sie dich gewickelt hat. Sie kennt dich, wie nur eine Mutter ihr Kind kennen kann."
Marduk lehnte sich gegen die durchbrochene Wand. Ohne seine Schwester anzusehen, teilte er der gegenüberliegenden Zimmerwand mit, dass er daran gedacht habe, seine Mutter zu bitten. „Aber andererseits ist es ein gefährlicher Ausflug, den ich da wagen möchte", gestand er der Wand - und damit der Schwester. „Und ich möchte Mutter keine Angst machen. Wenn sie über den Anzug mit mir

verbunden sein wird und alles mitbekommt... Ich möchte auch dir keine Angst einjagen! Nicht, dass das jetzt falsch rüberkommt!"
Nintu streichelte den Oberarm ihres Bruders.
„Rüberkommen ist schon mal eine gute Idee", erklärte sie. „Lass mich Maß nehmen und wir werden sehen, wohin das Ganze führt..."
Wohin es uns führt! Marduk jagte die Aussicht einen leisen Schauder durch seinen Körper. Mit einem Mal war der Prinz ganz und gar nicht mehr davon überzeugt, ob er das wirklich tun sollte. Würde nicht Damkinas Essenz ihn ohnehin zuverlässiger durch den Apsu tragen können? Aber er hegte Zweifel daran und sein Vater hatte ihm eingeschärft, selbst die geringsten Unsicherheiten zuerst auszuräumen, bevor er sich in ein Abenteuer stürzte.
„Wohin willst du überhaupt?" forschte Nintu.
Marduk wusste es ganz genau: Raus aus seinem Zimmer und zwar sofort! Möglichst weit fort von hier, von dem Wanddurchbruch, von Nintu und am besten gleich seiner ganzen Familie. „Ans Ende der Welt!" presste er hervor.
„Und darüber hinaus? Zum Licht hinter der Membran?"
„Das ist nur so ein Gedanke!" wiegelte Marduk ab.
Nintus Kichern erklang spöttisch von der anderen Seite Wand. Es gab nichts, was die eigene Unsicherheit zuverlässiger auflöste, als die eines Jungen zu beobachten! „Zum Ende der Welt will er also. Und fürchtet sich, auch nur das Zimmer seiner Schwester zu betreten."
Nintu packte den Vorhang mit beiden Händen. In einer raschen Bewegung stülpte sie die Stoffbahn ihrem Bruder über den Kopf.
„Na, was siehst du?"
„Gar nichts und das sieht rot aus."
„Das ist mein Vorhangstoff. Ja, und wenn du den vor deinen Augen siehst, dann heißt das, du befindest dich bereits in meinem Zimmer. Weil der Vorhang uns ja bisher immer getrennt hat."
„So ein Quatsch! Meine Füße stehen doch noch auf dem Teppich bei mir!"
„Ja, das ist dumm", erwiderte Nintu. Dann schlang sie ihre Arme um den Bruder und zog ihn durch den Wanddurchbruch zu sich herüber.

*

Hatte Marduk seine Schwester mit der festen Absicht aufgesucht, einen Weltraumanzug aus ihrer Hand entgegenzunehmen, so erfuhr er nun, dass es viel unterhaltsamer war, die Teile der Rüstung gemeinsam zu schaffen. Unerfahren, wie die beiden in derlei Werk waren, mussten sie das Maßnehmen mehrfach wiederholen. Zumindest behauptete Nintu das und wer wäre der Prinz Ubshu-ukkinakkus gewesen, seiner Schwester in dieser Angelegenheit zu widersprechen? Am Ende einer in Isolation verbrachten Woche glaubten die Geschwister, endgültig jedes Geheimnis des anderen zu kennen. In Wirklichkeit hatten sie nur ein einziges aufgedeckt, aber dieses eine hatte sie so eng aneinandergeschweißt, dass die Erinnerung daran Marduk ermöglichen würde, sich so sicher wie nie zuvor durch den Apsu zu bewegen.

Eas Sohn verlies Nintus Zimmer durch die Tür. Bevor er diese hinter sich schloss, wandte er sich noch einmal um. Ihrem Gemahl zuzwinkernd befestigte die Göttin den zur Seite geschobenen Vorhang in die Position.

Tausende Versprechen schossen Marduk durch den Kopf. Am Ende entschied er sich dafür, lediglich das Augenzwinkern zu erwidern. Das war nicht besonders klug oder originell, aber es war genau das, was Nintu von ihrem Gatten erwartete und etwas anderes als diesen wollte sie nicht mehr.

*

Die vier Winde trugen Marduk fort von der väterlichen Festung, fort von seinem Befehlshaber, dem Onkel, und auch fort von Nintu.

Marduk wäre nicht Eas Sohn gewesen, hätte er sich auf seiner Reise zur Grenze nicht durch mehr als nur ein Abenteuer ablenken lassen. Er forderte die unbewohnten Asteroiden heraus, besuchte die Verwandten in den Bewohnten, verbrachte lange Tage damit, selbstvergessen die Eigenbewegung eines Feldes aus Eis und Stäuben zu beobachten und ließ die Winde in ihren Lieblingsspielen gegeneinander antreten.

Endlich erreichter der Jüngling den Rand der ihm bekannten Welt. Zu seinem Erstaunen war das von der anderen Seite herüberdringende Licht nicht im Mindesten stärker geworden. Selbst hier, eine Armeslänge vor der Membran, leuchtete es nicht wesentlich intensiver als vor den Toren Ubshu-ukkinakkus.

Marduk versuchte, durch das Gewebe hindurch zu spähen. Außerhalb des Apsu, so hatten ihm die Eltern nach und nach eröffnet, lebten diejenigen Götter, die sich Eas Herrschaft entzogen. Sie kümmerten sich dort um die Witwe des tückischen Apsu, was lobenswert war, aber gleichzeitig hielten sie noch immer dem gestürzten Tyrannen die Treue und dafür war „verwerflich" noch ein zu gütiger Ausdruck. Man konnte diesen Verwandten nicht trauen, hieß es unter den Gefolgsleuten Eas. Gleich Mummu verachteten sie den wahren Götterfürsten und würden nichts unversucht lassen, seine Herrschaft zu sabotieren.

Aber was ging tatsächlich auf der anderen Seite der Membran vor, fragte sich der junge Prinz? In einer Welt, die aus einem einzigen Wasserloch ohne Grund, dem „Ozean", bestand? So oft Ellil auch auf Grenzpatrouille unterwegs gewesen war, über Bewegungen im Salzwasserozean hatte der Onkel nie berichten müssen. Kein schwerbewaffneter Renegatengott, keines der vor vergifteten natürlichen Waffen strotzenden Lebewesen und noch nicht einmal Mummus einsame Schwester auf der Suche nach ihrem Bruder rührte sich dort drüben. Marduk blickte durch die lichtdurchlässige Membran in endlose, gelblich-grünen Wassermassen hinein. Eine unerklärliche Faszination ging von dem fremden Medium aus. Ohne sie bewusst angehoben zu haben, sah Marduk plötzlich seine Hand auf die Grenze zustreben. Jede Faser seines Körpers schien sich nach dem Ort dahinter zu sehnen, jener Welt, für die sein im trostlosen Apsu geborener Leib in Wahrheit gemacht war.

Gleichzeitig fürchtete Marduk diese ihm fremde Welt, so dass es ihm zwar nicht leicht fiel, aber immerhin möglich war, des Vaters Befehl

einzuhalten: „Die Grenze zum Salzwasserozean darfst du nicht überqueren, mein Sohn!"
Marduks erhobene Hand schwebte nur wenige Zentimeter vor der Membran in der Leere. Unendlich langsam kippten seine Finger nach vorn. Der Daumen blieb aufrecht stehen, dann verweigerten auch die beiden äußern Finger die Bewegung und gerade, als Marduk die inneren zurückziehen wollte, fielen sie schon. Mit einer Fingerkuppe berührte der Erkunder die Grenze und Bewegung kam in die Membran!
Über die Länge eines Mannes und noch einmal dieselbe Strecke in die Breite vibrierte das Gewebe. Marduk wich erschrocken zurück.

*

Auf der anderen Seite der Grenze kam Bewegung in die Wasser. Von der Hin- und Herschwingenden Membran ging eine Welle aus. Schwächlich und unscheinbar verlor sie sich, lange bevor sie das Herz der Domäne erreichen konnte.
Doch im Palast von Aduruna schrak Tiamat aus ihrem Schlaf...

*

Marduk näherte sich erneut der Grenze. Diesmal drückte er seine Handfläche beherzt gegen die Membran. Wieder gab das Gewebe nach. Langsamer, den Druck gleichmäßig verteilend, bewegte der Gott seine Hand vom Körper fort. Leiseste Schwingungen verrieten ihm, wie weit er dieses Spiel treiben durfte, ohne eine Öffnung, einen Übergang, zu erschaffen. Kurz vor dem kritischen Moment zog Marduk seine Hand ebenso vorsichtig, wie er sie von sich gestreckt hatte, wieder zurück.
„Soweit, so gut."
Einen letzten Test erlaubte sich Eas Sohn. Erneut richtete er seine Hand in Richtung der Wasser hinter dem Ende der Welt und wie bereits die beiden Male zuvor wurde die Membran eingedellt. Doch diesmal zog Marduk seinen Arm ruckartig zurück!

Das lebendige Gewebe der Grenze schnellte ebenso schnell in seine Richtung, schlug über seine alte Position hinaus dem Jüngling ins Gesicht und erneut zurück.
Marduk rieb sich seine Nase.
„Ups!" lautete der einzige Kommentar, der ihm einfiel, während er das Hin- und Her schwingen der Grenzmembran beobachtete.

*

Diesmal blieben die Folgen von Marduks Manipulation der Grenzmembran im Salzwasserozean nicht unbemerkt. Die oszillierende Membran brachte Aufruhr in die Domäne Tiamat. In kurzem Abstand entstehende Wellen pflanzten sich durch den Salzwasserozean fort.
Qingu hob den Kopf von einer ätherischen Kopie der ihm überantworteten Tafeln. Der grünblaue Götterkönig ging seinem Studium nicht in Aduruna, sondern im freien Ozean nach. Nach Apsus Tod und der Verbannung von Eas Gefolge existierte hier draußen nichts mehr, das ihm oder einem seiner Verwandten Schaden hätte zufügen können. Es existierte einfach kein Grund dazu, es auch nur zu wollen.
Der Herr Adurunas stutzte. Ihn, der sonst jede einzelne von den Tieren des Salzwasserozeans oder seinen Verwandten ausgelöste Bewegung der Wasser sofort zuzuordnen vermochte, verwirrte diese neu entstandene Strömung.
Qingu ließ seinen Körper in stehende Position sinken. Er ließ eine weitere Welle durchrollen, dann warf er sich der Strömung entgegen. Bereits der erste Kontakt bestätigte die Befürchtung des Götterkönigs: Er sah sich mit etwas konfrontiert, das seinen Ursprung jenseits der Grenze hatte!
Mit einem einzigen Gedanken ließ Qingu sein Leseabbild der Schicksalstafeln wieder mit dem Ozean verschmelzen. Er ermittelte den Ursprung der Wellen - und schoss dann in die Gegenrichtung davon, tiefer ins Herz der Domäne seiner Herrin hinein, nach Aduruna.

*

Marduk hielt den Atem an! Jeder Sekundebruchteil dehnte sich zur Ewigkeit aus, während Eas Sohn darauf wartete, dass wieder Ruhe in Tiamat und den Apsu einkehrte. Unendlich langsam pendelte sich die Grenzmembran wieder in ihre ursprüngliche Lage ein. Endlich war selbst im molekularen Bereich nur noch die natürliche Eigenrotation der Elementarteilchen zu erkennen. Erleichtert stieß Marduk die Atemluft durch seine Kehle anstatt über die Haut aus.
„Puh..."
Als keine Reaktion von der anderen Seite der Grenze erfolgte, war sich Eas Sohn sicher, dass sich dort wohl doch nicht die Streitmacht befand, deren Vergeltungsschlag er sich in den vergangenen Sekunden in den düstersten Farben ausgemalt hatte.
„Sie haben uns vergessen!" frohlockte der Prinz. Vielleicht glaubten die Götter in Aduruna ja, ihre Verwandten seien dem Hass Apsus, der den Weltraum durchdrang, zum Opfer gefallen. Dem mochte sein, wie es war, für Marduk bedeutete das Ausbleiben eines Gegenschlages, dass er den zweiten Teil seines Plans ebenfalls in die Tat umsetzen konnte.

*

Tiamat schüttelte ihr Haupt. War es bereits wieder so lange her, dass Qingu den Palast verlassen hatte, dass ihre Sehnsucht nach dem Gemahl unerträglich wurde? Offensichtlich war es so und nicht anders. Warum sonst sollte sie beinahe körperlich die Berührung eines Liebhabers spüren?

*

Qingu strebte weiterhin dem Palast zu. Unterwegs passierte er mehrfach Lebewesen jener Arten, die seine Verwandten gern als Reittiere benutzen: Haie, Ziegenfische und Schlangendrachen. Doch keines der Tiere vermochte es an diesem Tag mit dem Tempo des Götterkönigs aufzunehmen.

*

Marduk veränderte seine Wahrnehmung des Apsu. Oben und unten waren bedeutungslos in dieser von Tiamats Ozean umschlossenen Welt. Man musste sich das lediglich zu Bewusstsein bringen, dann konnte man auch... „Ja!"
Einen einzigen kurzen Ausruf des Triumphs gestattete sich Eas Sohn, als er sich in der Leere des Weltraums um neunzig Grad drehte und dann langsam „nach unten" sinken ließ, bis seine Stiefel die Grenze berührten. Die Membran spannte sich nun unter seinen Füßen und über seinem Kopf zogen die Asteroiden ihre Bahnen. Der Anblick war gleichzeitig verrückt und wunderschön, also exakt so, wie der junge Marduk sein Leben am liebsten mochte.
Die vier Winde umspielten ihren Herrn, doch zum zweiten Mal, seit er Anus Gabe erhalten hatte, erschien sie ihm nicht geeignet, mit dem, was gerade erlebte mitzuhalten.
Behutsam setzte Marduk einen Fuß vor den anderen. Die Grenze federte nach und schien förmlich unter ihm zu singen...

*

Im Palast unter den Wellen hatte Tiamat ihr Lager mittlerweile verlassen. Die Erinnerung an ihre jüngste Vereinigung mit Qingu stand ihr dennoch weiterhin vor Augen. Mehr noch, ihr Avatarleib meinte, die Liebkosung erneut spüren zu können. Von oben nach unten arbeitete sich der Geliebte über ihren Rücken. Doch es handelte sich nicht um einen Nachklang von Qingus Berührung. Auch eine lebendig gewordene Erinnerung an Apsu schied als Erklärung aus. Wer die Urgöttin da berührte, war ein Fremder - und er war real!

*

Marduk bewegte sich in langen Sätzen vorwärts, wie er es in seiner Heimat dem Apsu nie anders kennengelernt hatte. Die Tunnel Ubshu-ukkinakkus konnte man sogar fliegend durchqueren, wenn man wusste, wo und wie man sich am geschicktesten von den Wänden abstieß. Dasselbe Spiel vollführte der Götterprinz jetzt auch hier draußen. Er sprang in die Höhe, kehrte zum Boden zurück, spürte, wie die Membran unter ihm zuerst nachgab, sich dann spannte und ihn erneut nach oben katapultierte! Immer höher und höher ging es, bis Marduks Sprünge so lange dauerten, dass sie ihm die Möglichkeit für allerlei akrobatische Übungen ermöglichten.

*

In Aduruna krallte Tiamat ihre Finger in die nächstbeste Türöffnung. Sie bäumte sich auf, schwamm ein paar unbeholfene Züge, beugte sich vornüber und sank im Wasser zu Boden, nur, um ihren Körper erneut zu drehen und sich in dem Türrahmen hochzuziehen. Welche Haltung auch immer die Urgöttin einnahm, keine brachte ihr Erleichterung. Jede Sekunde ihrer Existenz fühlte sich an, als nehme sie ein Liebhaber gegen ihren Willen.

*

Marduk führte seine Sprünge, Überschläge und Schrauben fort. Jauchzend wetteiferte er mit den vier Winden, wer wohl der Gewandteste war.

*

Qingu beugte sich über seine Gemahlin. Der Götterkönig begriff sofort, was vor sich ging, doch gehörte das Geschehen zu jenen auf den Tafeln als denkbar festgehaltenen, die sich noch nie im Salzwasserozean zugetragen hatten. So wusste Qingu nicht, wie er der Angelegenheit begegnen sollte.

*

Erschöpft von seinem Spiel lies sich Marduk auf den Rücken fallen. Arme und Beine weit von sich gestreckt sank er aus dem Apsu in die Membran, die ihn umfing. Eas Sohn ruhte wohlig in ihrer Umarmung.

*

Qingu und Tiamat spürten, dass Ruhe in die Grenze eingekehrt war. Doch Ruhe war nicht gleichbedeutend mit Frieden. Die Urgöttin spürte die fremde Präsenz noch immer uneingeladen dort, wo sie nicht hingehörte. Aber der Schmerz hatte nachgelassen und ihr Stolz als Herrin dieser Domäne kehrte zurück.

„Wer?" verlangte Qingu ein ums andere Mal zu wissen. „Wer war das?!"

Tiamat richtete sich vollends auf. Sie schob ihren Gemahl bestimmt, aber nicht unsanft, von sich und streckte dann ihre Hände vor sich aus. Aus dem Wasser des Palastes nahm die Urgöttin die Essenz ihres wahren Leibes in ihre Avatarform auf. Der humanoide Körper begann zu glühen, als in seinem Inneren massive Umwandlungsprozesse stattfanden. Ein Teil des Wassers wurde abgespalten und umgab das Paar schon bald in Form tausender Sauerstoffblasen. Den anderen Teil, der bei weitem öfter in ihrem Element vorkam, sammelte die Göttin.

„Jemand, der es bereuen wird!" schrie sie und riss ihren rechten Arm nach hinten, den linken nach vorn und in die Höhe. Aus beiden Händen entfesselten Energien durchbrachen die Mauern des Palastes. Qingu zuckte zusammen. Schon war er versucht, sich von dem Gleißen abzuwenden, als er begriff, dass Tiamats Waffe nicht gegen ihn gerichtet war. So blieb der Götterfürst an der Seite seiner Gemahlin und konnte nicht anders, als ihre Macht zu bewundern.

*

In beide Richtungen entfloh die energetische Lanze Aduruna, um an zwei weit voneinander entfernten Orten in die Grenze zum Apsu einzuschlagen. Der erste Treffer versetzte die Membran in Unruhe, der zweite schleuderte Marduk aus seiner Ruhelage heraus und in den

Weltraum hinauf. Obwohl er weiterhin seine Rüstung trug, fühlte sich Eas Sohn als durchbohre die Lanze jede einzelne seiner Zellen, uns spalte seinen darin verborgenen Doppelstrang.

Marduk schlug um sich, ruderte hektisch mit Händen und Füßen, überschlug sich und verlor die Orientierung. Wo er sich befand und wohin er unterwegs war, verlor an Bedeutung. Was genau es war, das da auf ihn zuraste kam, blieb ebenfalls irrelevant, aber dass es sich näherte und schon beinahe das gesamte Sichtfeld des Prinzen ausfüllte, nahm Marduks gesamtes Denken an Anspruch. In Anspruch nehmen bedeutete hier: Brachte es zum Stillstand.

Er, der vor kurzem noch auf dem Ende der Welt spazieren gegangen war, fand sich zu nichts Klügerem in der Lage, als wild zu zappeln, in der Hoffnung, sein Gestrampel möge ihn aus der seiner Flugbahn ausscheren lassen, bevor es zur Kollision kommen konnte.

Seine treuen Winde kamen ihrem Herrn nicht zu Hilfe. Vielleicht begriffen Anus Konstrukte ja gar nicht, dass er sich in Gefahr befand?

„Südwind...“ ächzte Marduk. „Hilf mir!"

Als keine Reaktion erfolgte, riss der Jünglingsgott seinen Mund auf und brüllte in höchster Not: „Süüüüdwiiiiiind!"

Immer näher raste Marduk auf den großen Felsbrocken zu, unfähig, seine Geschwindigkeit zu drosseln oder seinen Kurs zu beeinflussen. Doch im Augenblick der größten Todesangst kam ihm seine Erinnerung wieder zu Hilfe: Hatte nicht er selbst die Vier Winde wieder in ihr Kästchen eingesperrt als er sich von dem Hüpfspiel ausruhte? Fieberhaft tastete Marduk nach seiner Gürteltasche. Es gelang ihm sie zu öffnen und das Kästchen hervorzuholen. Doch um den Deckel zu heben war es zu spät. Mit letzter Anstrengung überdehnte Marduk seinen Nacken, um zumindest nicht mit dem Kopf auf den Asteroiden aufzuschlagen. Es half ihm nur wenig. Der Kontakt mit dem Felsen erschütterte Marduks Brustkorb. Sein Atem setzte aus und unsäglicher Schmerz breitete sich in seinem ganzen Körper aus. Unendlich langsam schlitzte das scharfkantige Gestein Marduks Rüstung von oben nach unten auf. Dann, eine gefühlte Äone nach dem ersten Aufprall, zerschmetterte die Wucht der Kollision die Unterarme des Gottes. Wie sein restlicher Leib zerlegt wurde, bekam Eas Sohn gnädigerweise nicht mehr mit.

*

Tiamat senkte ihre Arme wieder. Unverzüglich gingen die Schwestern Qingus und Mummus daran, den Palast zu reparieren. Da sie seit dem Machtwechsel in Aduruna mit dem Gebäude verschmolzen waren, fiel ihnen diese Arbeit leicht.
Von Leichtigkeit aber war in dieser Stunde nichts im Salzwasserozean zu spüren.
„Ist Apsu in seine Domäne zurückgekehrt?" fragte Qingu seine Gemahlin. „Hat er dich unsittlich berührt?"
Die ängstliche Frage zauberte ein Lächeln in Tiamats Gesicht. „Nein, Qingu. Selbst, wenn es sein Recht als Götterkönig wäre, Apsu würde mir nie so etwas antun."
„Wer dann? Ea? Jemand anderer? Am Ende unser Freund Mummu? Ich kenne ihn, die Anerkennung der Älteren - der Mächtigen - ist meinem Bruder wichtig. Womöglich würde er dafür alles tun, was Ea ihm befiehlt."
„Jemand, der seine Lektion hoffentlich gelernt hat", antwortete Tiamat ausweichend. „Ich habe die Präsenz nicht erkannt."
Dabei ließ es die Göttin bewenden. Sie redete sich ein, dass alles wieder gut würde und sie sich bereits wieder beruhigt habe, doch der Ozean sprach eine andere Sprache. Qingu konnte das genau beobachten, als er wie einst als Jüngling in einem Fenstersims des Palastes saß und ins Wasser hinaus blickte.
‚Jemand, den meine Herrin nicht kannte', ging es dem Götterkönig immer wieder durch den Kopf. ‚Jemand von der anderen Seite der Grenze. Die haben sich dort vermehrt und sind bereits wieder unverschämt genug, uns im Herzen unserer Macht anzugreifen!'

*

Marduk erwachte aufgrund eines merkwürdigen Geschmacks in seinem Hals. Was seine Kiemen filterten, war nicht mehr Nintus Essenz, aber auch nicht Damkinas. Der Gott blinzelte. Er leckte sich mit der Zunge über die aufgesprungenen Lippen. Was er einsog, war eindeutig Luft. Obwohl die Scheibe seines Helms zersprungen war, wich diese Luft nicht von seinem Gesicht. „Ich heiße Heftiger Kampf, denn das war nötig, um dein Leben zu retten", erklärte sie.
„Nicht sehr originell..." murmelte Marduk.
„Du hattest es ja in deinen letzten Minuten nicht so mit dem Denken", konterte Heftiger Kampf. „Da mussten wir uns selbst behelfen."
„Wer ist bitte ‚wir'?"
„Sieh hin!"
Marduk versuchte, seinen Kopf zu heben. Es gelang ihm nur wenige Zentimeter. Vor den Augen des Verwundeten erstreckte sich die wenig einladende Ödnis des Asteroiden, auf dem er gestrandet war, in der Ferne leuchtete die Membran und unter seinem Leib spürte er die Winde, die sich zu einem Krankenlager geformt hatten. Wie konnten dann alle vier um ihm herumschwirren? Nordwind, Ostwind, Südwind und Westwind?
„Wir haben das Spiel nachgeahmt, das du und Nintu spielten, Herr - und dabei gezeugt", klärten die Gefährten Marduk auf. „Sieben Mischwinde haben sich uns zugesellt."
Marduk wollte seine Finger zur Faust ballen, doch sie gehorchten ihm nicht. Er spürte seine Arme zu beiden Seiten seines Körpers liegen, glaubte die Flossen abgerissen oder zumindest zerfetzt, doch seine Hände spürte er nicht mehr.
„Toll. Die Götter werden sich also an mich als an den erinnern, der Winde loslässt..."
„Jetzt keine unpassenden Scherze, Sohn Eas!" rügte Westwind. „Hör uns zu!"
In seinem Zustand blieb Marduk gar nichts anderes übrig. Jede noch so kleine Bewegung schmerzte und da selbst das Atemholen eine solche Bewegung des Körpers erforderte, gab es keine schmerzfreie Sekunde für den Gestrandeten.

Abwechselnd das Wort an sich nehmend, setzten die Winde Marduk auseinander, dass er wie ein Stück Gemüse auf einem Reibebrett an dem Asteroiden entlanggeschleift war. In Form einer eindrucksvollen Bremsspur seien die Folgen der Kollision noch immer sichtbar. Marduks Hände, so klärten ihn die Winde auf, seien in dem Moment gebrochen, als das Behältnis, das sie festgehalten hatten, zerstört worden war. In diesem Augenblick waren die Winde befreit worden und hatten sich als schützendes Kissen zwischen den Gott und den Felsen ausgebreitet.
„Die Wucht war schlimm genug, um mich dennoch ohnmächtig werden zu lassen", schlussfolgerte Eas Sohn bereits wieder selbst.
„Ja. Und du hattest großes Glück, nicht mit dem Rücken aufgekommen zu sein. Alles, was an dir beschädigt ist, vermag ein Heiler zu reparieren."
„Und wo ist einer?"
„Und wo sind wir?" versetzte Südwind. „Die Explosion im Salzwasserozean so dicht vor der Grenze und dann unser Eingreifen haben diesen Himmelskörper aus seiner Bahn geworfen. Es ist sicher nicht der einzige, Herr. Mit Sicherheit gab es mindestens eine weitere Explosion. Der Apsu könnte bereits jetzt nicht mehr der sein, den wir kennen."
„Warum seid ihr dann noch hier?! Nordwind - du eilst dem Asteroiden voraus und sorgst dafür, dass niemand von seiner Ankunft überrascht wird!"
„Ich sende meinen Sohn, Renner, der mich an Schnelligkeit übertrifft."
Marduks Versuch eines zustimmenden Nickens endete damit, dass sein Kopf in das Polster zurückfiel und dort liegen blieb. Der Gott schaffte es noch, ihn zu drehen, so dass eines seiner beiden Sichtfelder seitlich des Kopfes auf den Boden und das andere in den Apsu gerichtet blieb.
„Meine geliebten Freunde..."
Die Winde warteten geduldig auf weitere Befehle. Minutenlang lag Marduk nur schnaufend und keuchend in seinem Windpolster.

„Schwärmt aus! Gebt den anderen Bescheid, was geschehen ist! Warnt alle Familien davor, was auf sie zukommt!" forderte er dann. „Kümmert euch nicht um mich."
„Ich kann nicht gehen", meldete sich der unter seinem Herrn positionierte Wind, Marduks Krankenlager.
„Doch, du musst. Ich nenne dich Gnadenlos, denn das ist es, mich in diesem Zustand zu verlassen. Aber ich habe nichts anderes verdient."
Zehn der elf Winde konnten nicht anders als dem Befehl ihres Herrn Folge zu leisten. Der Elfte vermochte nicht, von Marduks Seite zu weichen. Heftiger Kampf war alles, was den Gott noch am Leben hielt, nachdem sein Schutzanzug unrettbar beschädigt war.
So schützte er Marduk vor Apsus manifestiertem Hass im Weltraum und fuhr immer wieder durch den Körper des Gottes, um ihn am Funktionieren zu halten.
„Ich bin dir am ähnlichsten, deswegen fiel mir diese Aufgabe zu", erklärte Heftiger Kampf. „Und deswegen weiß ich auch, dass du noch nicht aufgegeben hast."
„Ich weiß überhaupt nichts mehr", klagte Marduk. „Nur, dass ich ja so ein Narr war..."

*

Qingus Kiemen arbeiteten auf Hochtouren. Die Umwandlungsprozesse, die mit der durch die Organe aufgenommenen Teilchen in seinem Leib in Gang gesetzt wurden, begriff Qingu, seit er die Schicksalstafeln gelesen hatte. Doch sein Studium befähigte ihn nicht dazu, diesen Leib mehr leisten zu lassen, als ihm möglich war.
Seine Kiemen vermochten es nicht, die Gier des Körpers nach Energie zu befriedigen. Der Grünblaue riss seinen Mund auf und sog auch über diesen Weg das Wasser und den darin gelösten Sauerstoff in seinen Leib. Den Tafeln des Schicksals zufolge würde der Körper auf diese Weise ebenfalls genügend versorgt - für eine kurze Weile zumindest.
Wie oft würde es nötig sein, diese Technik zu wiederholen, fragte sich der Götterkönig? Er wusste, dass er Ruhe benötigte, Schlaf, der ihm aber nicht vergönnt war.

In die Domäne Tiamat war Unruhe gekommen. Unablässig prallten die Wasser gegen die Mauern Adurunas, schlugen um und zurück in den Ozean. Hier, im Zentrum des Weltenozeans, schaukelten sich die Wellen gegenseitig hoch. Der damit einhergehende Lärm war auch im Inneren Adurunas zu hören. Qingu spürte ihn sogar körperlich, wenn er seine Füße auf den Palastboden sinken ließ oder eine Wand berührte. Jene Götter, die auf der Suche nach Ruhe für Körper und Geist den Palast aufgesucht hatten, fanden hier keine Erleichterung. Der Götterkönig schätzte, dass kein Ort in Tiamat mehr von ihren Auswirkungen verschont blieb.

Wenn dahinter ein Muster steckte, so erschloss es sich Qingu nicht. Der Götterfürst befürchtete, dass die Gewalten unkontrolliert tobten, denn wann immer er seine Gemahlin darauf ansprach, gab sich Tiamat unwissend. Qingu glaubte ihr jedes Wort, jeden Blick und jeden Gedanken, den ihr Körper verriet, wenn sie ihn verwirrt anschwieg. Die Urgöttin wollte nicht sehen, was sie auslöste, weil sie dann auch dem ins Gesicht sehen müsste, was in ihr vorging. Aber noch einmal alles an die Oberfläche holen, seine Herrin den Angriff erneut, wenn auch nur in der Erinnerung, durchleben zu lassen, dazu konnte sich Qingu nicht durchringen.

Qingu wankte durch die Gänge Adurunas. Immer wieder öffnete er seinen Mund zum Gähnen. Die Palastbewohner, die ihm begegneten, taten es ihrem Herrn nach und fühlten Linderung ihrer Müdigkeitssymptome. Der dankbare Ausdruck, den sie ihm schenkten, machte den Grünblauen lediglich wütend. Sollte das wirklich alles sein, was er für sein Volk zu tun in der Lage war?!

*

„So musst du mich finden... meine Rüstung zerschmettert... in Heftigen Kampf verstrickt..." murmelte Marduk, Sohn des Ea, als sich eine vertraute Gestalt über ihn beugte. Noch nie war ihm der Anblick von Ellils altgedientem Kreuzer wundervoller erschienen, noch nie die Präsenz des kriegerischen Onkels willkommener.

„Du redest wirr", entgegnete der Krieger. Er hob seinen Neffen eigenhändig auf und erst, als das kombinierte Gewicht Marduks und seiner Rüstung ihn in die Knie zwang, lieferte Ellil den jungen Mann dessen Getreuen aus. Nordwind umfing den Verletzten und trug ihn zum Boot. Ellil wich nicht von der Seite Nordwinds und des Jungen.
„Aber ich bin so froh, dich überhaupt zu finden, egal, in welchem Zustand", gestand er. „Solange du nur lebst."
„Ich will nach Hause", wimmerte Marduk. Nun, da sich diese Möglichkeit als umsetzbar vor ihm abzeichnete, da er sich gerettet fühlte, ließ der Jüngling jegliche Selbstdisziplin fahren.
Ellil presste seine Lippen fest zusammen. Seinem Prinzen eine Lüge zu erzählen, kam für ihn ebenso wenig infrage wie ihn mit der Wahrheit zu schockieren. Doch einen Teil der Wahrheit vermochte Ellil auszusprechen, ohne dem Geretteten gleich die Hoffnungslosigkeit ihrer aller Lage zu eröffnen.
„Wir auch", antwortete er daher.

*

Ellil überwachte den Transport seines Neffen, ließ ihm an Bord seines Kreuzers eine Krankenliege bereiten und wich dann nicht von seiner Seite. Die Macht eines Heilers lag in Ellils Doppelstrand angelegt und obwohl der Krieger genau wusste, dass es eines Aktes der Zeugung bedurfte, um dieses Potential vollständig zu realisieren, konnte er nun wirklich nicht warten, bis er einmal ein Kind hätte und dieses herangewachsen wäre. Marduk benötigte jetzt seine Hilfe und selbst das wenige, dass sein Onkel aufzubieten hatte, würde willkommen sein.
Also nahm Ellil all seine Kunst zusammen und begann, die Wunden des Jünglings zu schließen und sein Gewebe wieder zusammenwachsen zu lassen. Die zerrissenen Flossen vermochte er nicht neu zu erschaffen. Andere, mächtigere Heiler würden sich darum kümmern müssen und ihre Arbeit gut tun, nachdem Ellil ihnen bereits die grundlegenden Verrichtungen abgenommen hatte.

„Wer war das?" verlangte der Krieger zu wissen. „Wem verdankst du deinen Zustand, Marduk? Welcher Familie müssen wir unsere Kriegsschiffe senden?"
„Tiamat..."
Ellil zuckte zurück! Tiamat! Tiamat hatte den Prinzen so zugerichtet? Aber das war doch ein Name, den der Sohn Ubshu-ukkinakkus nur aus Schauermärchen kennen sollte! Nicht aus eigener Erfahrung! Wieso war sein Onkel denn der Krieger, der keinen Schrecken fürchtete? Weil er als kleiner Junge Apsus Hass ungeschützt am eigenen Leib gespürt hatte, sicher, aber hätte nicht seine Ahnfrau die Lahmusabkömmlinge aus ihrer Domäne verbannt, er hätte diese Erfahrung nie durchleiden müssen!
„Ist Tiamat für das alles zuständig?" forschte der Krieger.
„Wofür ‚alles'?"
Ellil erhob sich von Marduks Lager. Er deutete zur Brücke, wo die Besatzung fieberhaft versuchte, einen Kurs nach Ubshu-ukkinakku festzulegen.
„In die Grenzmembran ist Bewegung gekommen", berichtete der Krieger. „Was im Salzwasserozean dahinter vor sich geht, darüber können wir lediglich Vermutungen anstellen. Was wir wissen, ist, dass sich die Gravitationsverhältnisse im Apsu beinahe stündlich ändern. Unsere Boote verlieren die Orientierung, Asteroidenfestungen verlassen ihre angestammten Bahnen und abergläubige Matrosen behaupten, sie hätten nahe der Grenze bereits Eisbrocken geborgen, die aus Salzwasser bestehen."
Ellils Schiff hob ab. Für die Besatzung sah es so aus, als sacke der Asteroid unter ihnen weg. Marduk liebte dies Art des Reisens normalerweise. Nachdem Ellil ihn teilweise wiederhergestellt hatte und die Schmerzen zurückgingen, drehte sich der Passagier so, dass er die Fahrt durch ein Bullauge verfolgen konnte. Doch diesmal wünschte er sich, sie möge nur schnell vorübergehen.

*

Die Finsternis der Leere wurde überall dort durchbrochen, wo sich lebendiges oder totes Material befand, denn jedes einzelne Objekt im Apsu reflektierte das Licht der Membran. Für den Patienten an Bord von Ellils Kreuzer gab es daher genügend Ablenkung.

Wann immer er es sich leisten konnte, seine Pflichten als Kommandant eine Weile ruhen zu lassen, besuchte Ellil seinen Neffen an dessen Krankenlager.

„Nicht!" entfuhr es Marduk.

‚Nicht?' wunderte sich Ellil. Seit wann lehnte der Jüngere seine Anwesenheit ab? Und wenn er den Onkel nicht bei sich haben wollte, wieso streckte er dennoch so hilfesuchend die Hand nach der seinen aus?

Ellil griff zu. Er drückte Marduks Hand fest. Der Blick des Kommandanten folgte dem Marduks und nun verstand Ellil, weshalb der andere „Nicht!" geächzt hatte.

Vor den Augen der beiden kollidierten zwei Asteroiden. Der größere wies eine geringere Dichte auf. Möglicherweise befanden sich Kavernen wie jene Ubshu-ukkinakkus in seinem Inneren. Er wurde in Stücke gerissen, als er auf den kleineren auftraf. Ellils Schätzungen zufolge ein Viertel der ursprünglichen Masse blieb als zusammenhängendes Skelett erhalten, der Rest des Himmelskörpers verteilte sich als Trümmerfeld im Apsu.

Einige der Trümmer wurden von dem kleineren kosmischen Objekt eingefangen, umkreisten es eine Zeitlang und schlugen dann auf dessen Oberfläche ein, als ihre Umlaufgeschwindigkeit nicht mehr ausreichte, um sie im Orbit zu halten.

„Waren... die waren doch nicht bewohnt?" hauchte Marduk.

Ellil vermochte keine Antwort zu geben. Seiner Karte des Apsu zufolge hätten sich an dieser Stelle der Leere keine Asteroiden befinden dürfen. Sie mochten von überall stammen und es war dem Kommandanten unmöglich, eine Aussage über ihre Herkunft zu geben. Um überhaupt etwas zu sagen, meinte Ellil: „Ich weiß es nicht."

„Wir müssen hinfliegen um es herauszufinden!" verlangte Eas Sohn.

Im selben Moment kippte Ellils Schiff zur Seite, als der Pilot ein Ausweichmanöver flog. Das Bild des Zusammenpralls rutschte zuerst vom unteren ins obere Bullauge und verschwand dann.
„Zu gefährlich", murmelte Ellil. „Deine sichere Ankunft in Ubshuukkinakki hat jetzt oberste Priorität. Du bist unser Prinz."
Marduk riss an Ellils Hand. Der Stützverband um sein eigenes Handgelenk erschwerte ihm diese Bewegung und die Schmerzen setzten wieder ein, doch der junge Mann ignorierte sie.
„Ich bin auch ihr Prinz", erwiderte er, als sei völlig klar, dass Götter während der Katastrophe heimatlos geworden waren, verletzt oder gar ihr Leben verloren hatten. „Ellil!"
Doch der Kommandant schüttelte nur den Kopf. Er riss sich los und kehrte zur Brücke zurück. Ein Prinz, begriff Marduk, war ebenso hilflos wie die Bewohner einer Asteroidenfestung unter Beschuss.
‚Man müsste König sein...'
„Ellil?" rief Marduk seinem Onkel nach.
Ohne sich umzudrehen, aber zumindest im gehen innehaltend, erwiderte dieser: „Ja?"
Mit fester Stimme befahl Eas Sohn: „Bring uns so schnell wie möglich nach Hause!"
‚Hat er also doch Lehre angenommen', dachte Ellil mit einem Schmunzeln auf den Lippen. ‚Das ging ja mal schnell.'
„Und habe ich deine Erlaubnis, es auch so sicher wie möglich zu tun?" fragte er.
„Oh, ja", zischte der Jüngling. „Die hast du."

Tafel 7

„Huh?" „..." „E...!" „..." „..." „Uh..."
Qingu saß in seiner Studierstube in Aduruna über die Tafeln des Schicksals gebeugt, damit beschäftigt, Teile ihres Inhalts auf seine wässrigen Kopien zu übertragen, mit denen er zu arbeiten pflegte. Fahrig glitten seine Finger über die Zeilen, verrutschten immer wieder und produzierten die absonderlichsten Resultate in seiner Abschrift. Immer wieder sank der Kopf des Götterkönigs nach vorn, zuckte sein Leib zusammen und riss sich der Grünblaue zusammen, seine Gestalt erneut straffend, bis ihn ein neuerlicher Anfall von Sekundenschlaf übermannte.

Kam sein Kopf doch einmal auf dem Schreibpult zu liegen, gönnte der Salzwasserozean seinem Herrn nicht mehr als eine Handvoll Minuten Erlösung. Die manifestierte Wut Tiamats auf ihre Kinder verfolgte unterschiedslos alle in ihren Schlaf und holte sie zuverlässig wieder zurück. Am Ende jeder längeren Ruhephase erwachte Qingu zerschlagen.

„So geht das nicht weiter", stöhnte Qingu.

Der Götterkönig drückte seine Hände fest auf seine Schreibarbeit. Mit einem Gedanken löschte er ihren bisherigen Inhalt und ersetzte ihn durch vier Worte: TREFFEN.SOFORT.IM.THONSAAL

Qingu riss seine Arme in die Höhe. Die Wassertafeln folgten seiner Bewegung, wurden aber noch bevor sie die Decke des Raumes berühren konnten von den Wassern des Palastes aufgelöst. Auf diese Weise würde ihr Inhalt jeden Gott erreichen, der sich in Aduruna aufhielt.

Qingu erhob sich. Seine Füße trugen ihn nur unsicher, die Schwimmbewegungen von Armen und Beinen erfolgten kraftlos. Der Götterkönig drehte sich auf seinen Rücken und wisperte ein Wort.

Sogleich erfasste ihn eine Strömung und trug Qingu ohne dessen eigenes Zutun in den Thronsaal.
Diese von ihrem König eingerichtete Funktion war von den Besuchern Adurunas oft belächelt worden. Nun, da sie geschwächt von Tiamats Wüten waren, zeigten sie sich dankbar für ihre Existenz. Freuen konnte sich Qingu nicht über die neue Wertschätzung, die seiner Idee entgegengebracht wurde. Er wünschte sich die Zeiten zurück, in denen sie einen überflüssigen Luxus darstellte.

*

Mit dreihundert Personen hatte sich gut die Hälfte der Götter der Domäne Tiamat im Palast eingefunden. Qingu kannte jeden einzelnen dieser Männer und Frauen. Manche lebten mit ihm und seiner Herrin gemeinsam in Aduruna, andere besuchte er auf seinen Streifzügen durch den Weltenozean. Über die gesamte Domäne verteilt existierten mittlerweile Rückzugsorte einzelner Paare oder Familienverbände, Gebäude, unter denen von einfachen Höhlen bis zu kleinen Palästen die vielfältigsten Formen vertreten waren. Doch kein Vorhang aus geflochtenen Pflanzenfasern, kein Korallenlabyrinth, keine Chitinschale und auch keine steinerne Mauer schirmte die Verwandten vom allgegenwärtigen Lärm ab.
„Mutter Tiamat wurde wehgetan!" warf der Götterkönig ihnen allen entgegen.
„Nicht von uns", entgegnete Lahmu der Jüngere. „Also was brüllst du uns so an!"
Qingu musterte den Sprecher. Es handelte sich um einen Sohn Lahmus, den die meisten nur den „Heldenhaften" nannten. Zu seinen Aufgaben gehörte es, die Behausungen der Götter vor Übergriffen allzu neugieriger oder ungestümer Lebewesen zu schützen. Normalerweise kam dieser Neffe des Götterkönigs seiner Aufgabe so pflichtbewusst und erfolgreich nach, dass es keines weiteren Mannes seiner Profession bedurfte. Doch heute stützte der Heldenhafte sich auf seine Keule und vermochte kaum, die Behausung seines eigenen Geistes, seinen Körper, zu hüten.

„Es tut mir leid", flüsterte Qingu. „Bitte verzeih mir, mein Freund."
„Schon gut, Onkel Qingu. Ich weiß doch, wie du dich fühlst."
Ugallu hob ihren Kopf. „Ist es soweit mit uns gekommen?" fragte sie in die Runde. „Verletzen wir uns jetzt bereits gegenseitig? Sind wir verwirrte Lebewesen, die ihr Gift gegen sich selbst, ja, gegen einander richten?"
„Ja."
„Mein König?" Ugallu trat einige Schritte aus der Menge der Götter heraus, auf den Sprecher zu. „Wie meinst du das: ja?!"
Qingu erhob seine Stimme, so kraftvoll es ihm in seinem Zustand möglich war. Eigentlich wollte sein Mund nichts weiter tun als gähnen, der Geist nur ruhen, anstatt zusammenhängende Erklärungen produzieren zu müssen. Doch den anderen erging es ebenso und im Gegensatz zu dem Grünblauen waren sie nicht mit der Herrscherbürde belastet. Ihm, nicht ihnen, oblag es, Missverständnisse zu klären und Halt anzubieten. So rang sich Qingu notgedrungen ein „Ich sagte, dass wir genau das sind." ab.
Der Götterkönig durchmaß schwimmend Tiamats Thronsaal. Seine Gemahlin hing erschlafft in ihrem Thronsessel, ebenso gequält wie alle anderen. Nach einer vollen Runde durch den Saal hielt Qingu inne. Er ließ sich zu Boden sinken und ging vor der Urgöttin in die Knie. Schwach streckte Tiamat ihre Hand nach dem Gatten aus.
„Qingu... wie du leidest... Was ist geschehen? Was geht in meiner Domäne vor?"
„Du bist es, die mir, die uns allen, das antut!"
Tiamats Hand fuhr zurück. Die Urgöttin umschlang ihren Oberkörper mit beiden Armen. Zornig kniff Qingu die Augen zusammen. Diese Geste gehörte vielleicht zu Damkina, die ihrem Gemahl noch in die Verbannung begleitete, ohne einen Gedanken daran zu verschwenden, welchem Monster sie da folgte. Zu Tiamat, wie zu jeglicher Tochter Adurunas, passte sie nicht im Mindesten!
Der Götterkönig richtete sich auf. Er riss Tiamats Arme zur Seite und noch bevor der erste Entsetzenslaut ihren Lippen entschlüpfen konnte, hob er sie in seine Arme. Dann wandte sich Qingu wieder seinem Volk zu.

„Tiamat selbst ist die Ursache für unser Leid! Aber die Schuld daran tragen andere. Denn die Herrin kehrt ihre Macht nur deswegen gegen uns, weil in ihr Zorn über ihr kürzlich zugefügten Schmerz und Demütigung brodelt!"
„Wer und warum?" unterbrach Dabrutu Qingus Rede, bevor sie für ihren Geschmack zu ausschweifend werden konnte.
„Warum? Wenn ich dir sage, dass Eas Bande dahintersteckt, wirst du verstehen, dass ein normaler Gott das ‚Warum' nicht verstehen könnte. Vorausgesetzt, es gäbe überhaupt eines."
„Ea!" zischte Uschumgallu. „Der Abschaum des Apsu!"
„Ea..." hauchte Tiamat, ihre Augen weit aufgerissen.
Der Götterkönig beugte sich über die Urgöttin in seinen Armen. ‚Sie vergeht', dachte er. ‚Sie schwindet dahin ohne sterben zu können. In alle Ewigkeit.'
Wortlos, nur mit ihren Augen, gestand Tiamat ihrem Gemahl, was sie bisher erfolgreich verdrängt hatte: Dass sie die in ihrer Domäne entfesselten Gewalten nicht mehr unter Kontrolle hatte.
‚Und jetzt?' erkundigte sich Qingu auf dieselbe Weise.
Tiamat warf sich in die Umarmung ihres Gatten und Qingu verstand: Obwohl die Göttin nun realisiert hatte, was vorging und es beenden hätte können, wollte sie es nicht tun. Zu heimtückisch und persönlich war der Angriff gewesen.
Qingu ließ sich die Umarmung nicht lange gefallen. Er beugte sich vor, löste die Arme seiner Gemahlin von sich und stieß Tiamat von sich ins Wasser. Nicht länger wie ein Baby in seinen Armen, sondern als seine Königin schwebte sie nun vor ihm.
„Ich stehe auf deiner Seite, meine Geliebte!" bekräftigte der Grünblaue ihren Bund.
Tiamat streichelte die Wangen ihres Partners.
„Danke, Qingu. Du hast mir die Augen geöffnet. Ich werde lernen, mich wieder zu sehen, wie du mich siehst. Aber eines musst du wissen: Dass es nicht Ea war, der mich verletzt hat. Es war jemand, den ich nicht erkennen konnte. Jemand, der nie mit uns zusammen in Aduruna gelebt hat. Ein Kind."

„Aber Ea hat diesen neuen Gott, der zu seinem Gefolge gehört, auch nicht gerade an seiner Tat gehindert", widersprach Qingu. „Und als ich sagte, ich stünde auf deiner Seite, da meinte ich es genau so."
Der Götterkönig ruderte mit seinen Beinflossen, um sich eine Manneslänge über die anderen zu erheben.
„Es hat sich ergeben", rief er, „dass es zwei Fraktionen von Göttern gibt. Aber diesen beiden Gruppen sind nicht mehr Teil eines Ganzen, wie es Vater Apsu und Mutter Tiamat einst waren. Wie wenig uns das auch gefällt, wir müssen diese Tatsache anerkennen und entsprechend handeln. In aller Kürze: Eas Bande muss bezwungen werden!"
Tiamat schoss in die Höhe. Die von ihrem Aufstieg erzeugte Welle raubte Qingu das Gleichgewicht. Er verlor zuerst seine Haltung und wurde dann rücklings in den Thonsessel geschleudert.
Tiamat richtete den geringsten Bruchteil ihres Zorns auf den Partner: „Du forderst uns auf, die Kinder zu vernichten?! Wie es Apsu vorhatte?"
‚Nein, Kürze war keine gute Idee', begriff der übermüdete Qingu. Jeder seiner Versuche, sich in wenigen Worten auszudrücken, führte lediglich dazu, dass er die entsehenden Missverständnisse umständlich klären musste.
„Unter Kontrolle zwingen", präzisierte er sein Anliegen daher. „Wie wir es von Anfang an hätten tun sollen."
„Ja!" rief Dabrutus Bruder Umu. Andere Götter und Göttinnen schlossen sich ihm an: „Wenn du uns nicht weniger liebst als die Verbannten im Apsu, dann musst zu genau das tun, Mutter!"
„Tiamat unsere Königin! Du hast auch gesagt, dass du Apsu liebst", meldete sich Uridimmu zu Wort. „Aber weder warst du an seiner Seite, als er vernichtet wurde, noch hast du Schritte unternommen, seinen Tod zu rächen!"
Qingu sprang aus seinem Sitz! Er ballte seine Hand zur Faust, richtete sie auf den anmaßenden Untertanen und ließ eine machtvolle Welle direkt in dessen Mund schießen.
Uridimma spuckte Schaum, unfähig, sich in nächster Zeit noch einmal unangemessen zu äußern.

„Uridimma hat nicht Unrecht", ließ sich eine Frauenstimme vom Eingangsportal des Thornsaals her vernehmen. „Wir haben zu oft und zu lange gezaudert. Und was ist mit Mummu, meinem Bruder? Ist der aus unseren Herzen verschwunden, wie ihn uns Ea entführt hat? Haben wir jede Hoffnung aufgegeben, ihn zu befreien? Vermisst du ihn nicht auch, Mutter?"

Qingu bot sich Ruhe aus. „In unseren Herzen tragen wir Leid, Wut und sogar Hass", sprach er. „Lauter Dinge, die dort nicht hingehören. Ich sage: Lassen wir nicht zu, dass sie uns von innen heraus zerfressen. Lasst uns all diese Gefühle entfesseln und gegen den Feind richten!"

Uridimma spie die letzten Reste des Schaums aus. „Krieg!" stimmt er seinem König zu.

„Krieg!" stimmten Umu und Dabrutu ein, „Krieg!" echote es von den Wänden des Palastes mit den Stimmen der beiden Schwestern Apsus und Mummus.

Tiamat näherte sich ihrem Gemahl. Sie ergriff seine Hand, liebkoste Qingus Finger mit den ihren und sandte dem Götterfürsten dabei Gefühle, die sich bis in die Spitzen seiner Flossen fortpflanzten. Tiamats Verspieltheit war noch immer - wieder! - zu spüren, auch das Bedürfnis, sich an ihren Gatten anzulehnen und die Tendenz der Muttergöttin, Fehlverhalten allzu leicht zu ignorieren, nicht aber die lähmende, demütigende Hilflosigkeit der zurückliegenden Tage. Tiamat war wieder so stark, wie sie sein wollte, wenngleich nicht annähernd so stark, wie sie es sein konnte...

„Willkommen zurück bei dir selbst", grinste Qingu.

Die Urgöttin erwiderte das Grinsen. Sie lauschte den Rufen ihrer Kinder. „Krieg", stimmte sie schließlich zu. „Aber..." Bei diesen Worten erhob sie die freie Hand. „Krieg ist etwas Neues für uns, das unserem Wesen nicht entspricht. Wir wären Ea und den Lahmusabkömmlingen hoffnungslos unterlegen, gingen wir diesen Konflikt auf deren Weise an."

„Ich bin ebenfalls ein Lahmusabkömmling..." erklärte Lahmu der Jüngere bedrückt.

Das Herrscherpaar schwamm auf den Sprecher zu.

Tiamat streichelte das Gesicht des Gottes ihres Enkels. „Nur deiner Abstammung nach, nicht in deinem Wesen, Heldenhafter."
„Was unterscheidet all deine Kämpfe gegen die Lebewesen des Salzwasserozeans von diesen wenigen Stunden, die Eas Bande sich ihrer erwehrte?" verlangte Qingu von seinem Neffen zu wissen. „Doch wohl, dass deine Gegner ihre Lektion hinterher gelernt hatten. Oder hast du jemals das Innenleben eines Tieres zerschmettert, es durchbohrt oder in der Mitte entzwei geschlagen?"
Der Heldenhafte schüttelte seinen Kopf, fest und bestimmt trotz seiner Müdigkeit.
„Dann weißt du ja, was uns von den Göttern des Apsu absetzt und was wir ins Feld führen werden", meinte der Götterfürst.
„Wir werden zeugen und erschaffen", versprach Tiamat.

*

Ein letztes Mal erbebte die Membran heftig, dann kehrte Ruhe in die Grenze ein. Die Götter des Apsu konnten allerdings noch nicht aufatmen. Ihre Welt befand sich noch immer in Aufruhr und Unordnung, das Schweigen Tiamats hatte nicht mit einem Mal alles wieder ins rechte Lot gerückt, sondern ihnen nur eine Atempause verschafft, während der sie ihre Angelegenheiten ordnen konnten.
Sorge, ihre Bemühungen würden sich als sinnlos herausstellen, und Angst vor einem neuen gezielten Schlag ließ die Hände der Götter fahriger arbeiten als sonst. Furcht wurde zu ihrem ständigen Begleiter. Dass ihr kleiner Prinz genesen war und sich wieder unter ihnen bewegte tröstete die Bewohner Ubshu-ukkinakkus ein wenig über ihre Betrübnis hinweg, vermochte die gedrückte Stimmung aber nicht aufzulösen.

*

„So kann das nicht weitergehen!" rief Ea an einem dieser Tage aus. Er löste Mummus Leine von einem Haken an der Wand, rüttelte den

schlummernden Ratgeber wach und teilte ihm mit, dass er ein gemeinsames Bad im zentralen Becken zu nehmen wünsche.
Der Gefangene nickte, um zu signalisieren, dass er den Befehl verstanden habe, ohne dabei durchblicken zu lassen, was er davon hielt.
Als die beiden Männer Eas Gemächer gerade verlassen wollten, traf die Gemahlin des Götterkönigs dort ein. Erschöpft von der Arbeit in ihrer Werkstatt, ihr Gewand in Unordnung und zwei Schrauben zwischen den Zähnen, von denen sie eine noch im Eintreten in eine zu reparierende Rüstungskomponente in ihren Händen drehte, vermochte die Göttin kaum zu fassen, was Mummu ihr da mitteilte: „Der Herr hat jetzt keine Zeit für dich. Er wünscht, eine Auszeit im Schwimmbad zu nehmen."
Damkina spuckte die zweite Schraube aus. Ihr Mund blieb offen stehen, während sie ihren Gatten nur anstarrte.
Ea trat auf seine Frau zu. „Du glaubst, das wäre jetzt nicht der passende Zeitpunkt, Liebling? Ich sollte mich lieber um unsere Sicherheit bemühen?" fragte er sanft. „Aber genau das werde ich noch heute. Vertrau mir!"
„Aber..."
Ea seufzte. „Damkina! Du bist unsere beste Konstrukteurin, nicht nur in Ubshu-ukkinakku, sondern ohne Gleichen im gesamten Apsu. Aber etwas vermagst du ebenso wenig zu meistern wie jede andere Schwester: Politik. Das ist meine Aufgabe. Wenn du mir nicht vertraust, wie soll ich meine Krieger guten Gewissens anweisen, weiterhin deiner Hände Arbeit Vertrauen zu schenken?"
„Dennoch..."
„Nein! Je weniger Götter in meine Strategie eingeweiht sind, umso besser für uns. Eine Frau ist schwächer als ein Mann und schwatzhafter. Gerät sie in die Hände unserer Feinde, wird sie leichter preisgeben, was sie weiß."
Ein letztes „Trotzdem..." auf den Lippen blieb Damkina zurück. Jedes Wort ihres Gatten ergab Sinn, dennoch fühlte sich die Göttin wie von einer Schwertklinge getroffen. Noch einmal ging sie die Rede des Königs Wort für Wort durch, ohne erkennen zu können, wo genau die

Spitze des Schwerts steckte. Nein, es gab nichts, was sich dazu eignete, als Beweis für eine Gemeinheit vor den anderen Göttinnen oder gar Göttern wiederholt zu werden, fand Damkina. Ea schlug wie stets unsichtbar zu, seine Waffe traf unvorbereitet.
Damkina konnte nur hoffen, dass es auch in einem eventuellen erneuten Konflikt mit Tiamat so bleiben würde.

*

„Raus hier! Alle raus!" schrie Ea, kaum dass er die Grotte mit dem großen Wasserbecken betreten hatte.
Ellils Krieger, denen das Gehorchen zur Gewohnheit geworden war, räumten die Grotte ohne zu zögern. Zivilisten reichten galant ihren Schwestern die Hand, um sie aus dem Wasser zu geleiten und strebten dann ebenfalls den Ausgängen zu. Doch sie wandten sich immer wieder um, um zu sehen, ob es die anderen ebenso hielten und um ihre Erkenntnisse mit diesen zu teilen. Der Götterkönig selbst hatte ihnen einen Befehl erteilt, anstatt durchs Ellils, Mummus oder Marduks Mund zu sprechen! Etwas Wichtiges und Aufregendes schien in Gang gesetzt zu werden und sie waren ja auch irgendwie dabei gewesen...
Ea wartete, bis niemand außer ihm und Mummu mehr anwesend war, dann forderte er den Ratgeber auf, mit ihm zusammen ins Wasser zu steigen und unterzutauchen.
Nachdem die beiden bis zur Mitte des Beckens herabgesunken waren, schlug Ea mit seinen Flossen, wechselte die Richtung und strebte zu einer in die Wand eingelassene Hebelbatterie. Hier ignorierte er die in Reih und Glied angeordneten, beschrifteten Hebel und zog stattdessen einen etwas abgesetzten herunter. Sogleich schoben sich Felsen vor die aus dem Becken fortführenden Tunnel, bis nur noch die Wasseroberfläche als Zugang übrig blieb.
Er kehrte zu Mummu zurück. „Jetzt stell dir vor", wandte er sich an den Gefangenen, „dies sei die Domäne Tiamat."
„Die ist so endlos wie der Apsu."
„Dennoch besitzt sie eine Grenze."

„Nun, ich habe nicht behauptet, das zu verstehen, oder?"
„Nein, hast du nicht und ich tue das auch nicht. Dennoch ist der Salzwasserozean nicht ohne Struktur. Ich benötige die Strömungskarten der Region direkt hinter der Grenzmembran und einen sicheren Weg nach Aduruna."
„Ja."
„Was heißt das jetzt? Ja?"
„Dass ich dir glaube, dass du das tust, Ea."
„Du wirst mir die Karte aufzeigen! Und zwar unverzüglich!"
Mummu stöhnte gequält. In den Jahren als Visier des Götterkönigs hatte Ea eines über seinen Gefangenen gelernt, dass Mummu nämlich unfähig war, einen direkten Befehl zu missachten. Er mochte sich winden, Zeit schinden, protestieren oder es an der nötigen Sorgfalt gebrechen lassen, was zu seiner Wiederholung der Aufgabe führte, aber würde sie ausführen. Dafür sorgte allein schon die Fessel. Auch ohne dass sein Herr daran ziehen musste, erinnerte sie Mummu Stunde um Stunde an seinen Status und führte ihm die Ausweglosigkeit seiner Lage vor Augen.
„Die Verhältnisse im Salzwasserozean werden unter Umständen ebenfalls nicht mehr dieselben sein, wie zum Zeitpunkt unserer Flucht", gab Mummu zu bedenken. „Die beiden ersten Explosionen erfolgten auf der anderen Seite der Grenze, wie du dich erinnern wirst."
Ea nickte unwirsch. „Gib mir einfach etwas, auf das ich aufbauen kann!" verlangte er.
„Wozu?"
„Weil Tiamat den unschuldigen Spaziergänger auf der Grenze offensichtlich als meinen Sohn erkannt hat. Welchen anderen Grund sollte es geben, derartig heftig auf seine Präsenz dort zu reagieren? Mummu! Diese Frau hasst mich! Sie will meine gesamte Familie vernichten! Ich muss unbedingt herausfinden, was genau sie plant! Das bedeutet, dass ich mich in den Salzwasserozean begeben muss, was ich gewiss nicht unvorbereitet tun werde."
„Eine Strömungskarte also", murmelte der Ratgeber.

Betont langsam begann Mummu sein Werk. Er zeichnete Linien ins Wasser, verankerte ihren Verlauf innerhalb des Beckens und fügte weitere hinzu. Mit jedem Strich und jedem Strudel stiegen Erinnerungen an die bezeichneten Orte in Mummu auf, Erinnerungen an frohere Zeiten. Der Gefangene wollte diese Erinnerungen erneut durchleben, wollte wenigstens den Schatten seiner einstigen Heimat um sich herum sehen. Doch mit jedem neuen Knoten und jeder neuen Welle lieferte er eben diese Heimat dem Feind aus.
‚Ich will das nicht', dachte er. ‚Ich will nach Hause, dorthin, wo all das hier echt ist!'
Stattdessen befand er sich in einem erbärmlichen Wasserloch in einer Festung, die ein Mörder aus dem Leib eines getöteten Gottes errichtet hatte.
Als sich Mummu diese Tatsache in ihrer ganzen Tragweite verinnerlicht hatte, führte sie nicht zu seiner üblichen Resignation. Alles, was stets an Stolz darunter verborgen gelegen hatte, erwachte zu bisher unbekanntem Mut in dem Gefangenen.
Das Becken in Eas Festung im Apsu war nur ein schaler Abklatsch des Weltenozeans. Tiamat war viel mächtiger und blieb unbegreifbar, egal, wie präzise Karten des Weltenozeans Mummu auch erstellen mochte. Eas Spielereien aus Schrauben und Platten, die seinen Anhängern ihr erbärmliches Leben erhielten, würden der Domäne Tiamat keinen Schaden zufügen können.
Beherzt löschte Mummu seine ersten, skizzenhaften Zeichnungen, um sie durch detailliertere zu ersetzen. Nicht mehr nur seine Hände arbeiteten, sondern der ganze Körper des Gottes wurde in die Anfertigung der von Ea gewünschten Karte einbezogen. Mummu krümmte und streckte sich, doch nicht in Pein, sondern zum Auftakt eines Tanzes, bei dem Ea Mühe hatte zu folgen, wollte er sich nicht ebenfalls in Mummus Fessel verstricken lassen.. Hierhin und dahin musste er schwimmen, sich hastig anpassend und nie in seiner Aufmerksamkeit nachlassend, da es Ea nicht möglich war, ein Muster hinter den Tanzfiguren zu erkennen und die nächste im Voraus zu ahnen. Am Ende, so dachte er bei sich, strengte dieser Tanz ihn, den Zuschauer, mehr an als den Tänzer.

Schließlich blieb dem Götterkönig nichts anderes übrig, als die durchscheinende Leine loszulassen.
Mummu tanzte weiter. Der Salzwasserozean wurde um den Gefangenen herum lebendig.
Er schöpfte Kraft aus dem Bild, das er da schuf, aus jeder einzelnen noch so banalen Erinnerung an Späße oder ernste Gespräche, an Liebesspiel oder Wettkampf, an alles, was sich an den abgebildeten Orten zwischen ihm und den Geschwistern zugetragen hatte.
Jeder Ort war mit jedem verbunden, einzigartig und dennoch ein Ganzes bildend. Es schien Mummu rückblickend, als hätte es im Salzwasserozean eine perfekte Lokalität für jede Tätigkeit und für jedes Geschwisterpaar zu jeder Stunde in jeder Laune gegeben.
Tiamat die Schöpferin *war* der Weltenozean und was aus ihr hervorgegangen war, konnte daher nur eine begrenzte Anzahl Aspekte der Mutter in sich tragen. Sie würden sie weder in ihrer Größe erkennen noch ihr in ihrer Kraft gleichkommen können.
Der Urgeborene führte Ea die Macht Tiamats vor und wenn der Götterkönig sie dann dennoch sehenden Auges herauszufordern wünschte, dann sollte es ihm, Mummu, Recht sein!

*

Zurück an Land schüttelte Ea seinen dem längeren Aufenthalt im Wasser entwöhnten Leib, bis er ansatzweise trocken war.
Währenddessen streckte der am Beckenrand hockende Mummu seine Hand ins Wasser und drehte das Handgelenk mehrfach, mal wie es sein Doppelstrang tat und mal in die entgegengesetzte Richtung. Mit jeder Bewegung verwirbelte das Landkartenbild ein wenig mehr, bis es endgültig verschwand.
Zu spät bemerkte Ea das Tun seines Gefangenen. „Bist du wahnsinnig?!" zu brüllen war alles, was ihm blieb.
„Ja, mag sein. Reich mir den Kelch, den die Badegäste dort drüben haben liegen lassen!"
„Erschlagen werde ich dich damit!"

Mummu blickte auf. „Nur dumm, dass dir kann keiner eine neue Karten zeichnen wird, hm? Nun gib mir schon den Kelch!"
Misstrauisch bewegte sich Ea soweit von dem Urgeborenen fort, wie es ihm die Leine erlaubte. ‚Wer hängt nun an wessen Fessel?' fragte er sich verstimmt.
Mit dem Gefäß in der Hand kehrte Ea zu Mummu zurück. „Hier hast du!"
Der Urgeborene nahm den Kelch kommentarlos an sich. Er füllte ihn mit Wasser aus dem Becken, schaute lange hinein und nickte dann.
„Muss gehen..."
An Ea gewandt erklärte Mummu: „Hier! Trink aus! Auf diese Weise nimmst du und nur du das Wissen in dich auf, das ich vorhin im Wasser hinterlassen habe."
Unschlüssig hielt Ea den Kelch, den sein Ratgeber ihm in die Hände presste. Insgeheim nannte er es „Zauberwerk", was die Anhänger Tiamats bisweilen anstellten. Es war ihm unheimlich, aber anderseits vermochte er nicht zu leugnen, dass bisher jeder von Mummus Zaubern funktioniert hatte.
„Das ist Wasser des Apsu. Es sehnt sich nach Tiamat. Möge es dich sicher nach Aduruna geleiten!" bekräftigte Mummu seine Aufforderung.
„Wo mir Tiamat sämtliche Flossen ausrupfen soll?"
„Das hätte ich nicht schöner ausdrücken können, Herr."
„Und wenn das passiert, kann ich mich darauf verlassen, dass Marduk in dir einen willigeren Minister findet als du es mir warst?"
„Das ist meine einzige Antwort an dich, die von ganzem Herzen kommt!"
Ea hob den Kelch an seine Lippen und trank.

*

Mummus Zauber wirkte, vertrauter aber war Ea mit seinem eigenen Werk. Der Schutzanzug, den er für seinen Kundschaftergang schuf, verlieh ihm das Aussehen einer großen Krabbe, eines häufig vorkommenden und daher unauffälligen Lebewesens.

Mit Ellil besprach der Götterkönig mehrere Ablenkungsmanöver, die seinen Übertritt in den Salzwasserozean verschleiern sollten. So wurde beschlossen, gleichzeitig an fünf verschiedenen Stellen Schiffe die Membran passieren zu lassen und zuvor und danach Landungen auf der Grenze durchzuführen. Erst im Salzwasserozean selbst wollte Ea sein Schiff verlassen und sich den Wasser anvertrauen, die ihn ebenso hassten, wie Apsus übriggebliebene Essenz.
Ea konnte nur hoffen, dass seine Vorsichtsmaßnahmen nicht umsonst sein würden.

*

Nach einem letzten Blick auf sein Schiff stieß Ea in den Salzwasserozean vor. Zuerst empfand der Kundschafter Erleichterung darüber, dass ihm Mummus Strömungskarten so gute Dienste leisteten. Dann verzog er das Gesicht, bedeutete es doch nur, dass Tiamat ihre Domäne perfekt im Griff hatte. Konnte der Götterkönig dasselbe etwa vom Apsu behaupten? Nein!
Missmutig schwamm Ea weiter. Unter den Lebewesen, die er nach und nach passierte, stellten sich die Fische als die neugierigsten heraus. Ea wunderte das nicht weiter, waren diese Tiere doch dem Kopf eines Gottes nachempfunden. Selbst ihre Rückenflosse erinnerte stark an den Kopfkamm eines Gottes.
Eas Kopfkamm sträubte sich, als er Kreaturen entdeckte, die es vor seiner Ermordung Apsus und der Flucht noch nicht gegeben hatte. Einige waren ihm sicher entgangen, da er ja Aduruna dem offenen Meer vorgezogen hatte, andere wiederum waren eindeutig neu. Wieder andere hingegen erinnerten sich an den Flüchtling.
Ein dicker Ziegenfisch näherte sich zielstrebig der Krabbe. Normalerweise hatten sich diese beiden Arten nicht viel zu sagen, doch spürte das Tier die vertraute Präsenz unter der Verkleidung. Suchend umkreiste es die Krabbe. Doch auch, als er Ea auch nach mehreren Runden nicht in dessen Verkleidung erkennen konnte, gab der Ziegenfisch nicht auf.
Wider Willen gerührt hauchte Ea ins Wasser: „Hast mich vermisst?"

Mit einem vernehmlichen Meckern vollführte der Ziegenfisch einen Sprung im Wasser! Er landete auf dem Panzer der Krabbe, die durch das Gewicht des Tieres ein wenig absackte. Sein Fischhinterleib ruhte nun auf Eas Verkleidung, die flossenbewehrten Hufe des Oberkörpers klopften noch ein paar Mal auf den Panzer, bevor sie ebenfalls zur Ruhe kamen.

„He, du hast da was falsch verstanden! Ihr seid unsere Reittiere, nicht andersherum! Alles klar?"

Der Ziegenfisch hatte gar nicht die Absicht, sich irgendwo hin tragen zu lassen. Ihn verlangte es nur nach der Nähe seines alten Bekannten.

„Nun, ich habe das alles hier nicht vermisst", gestand Ea dem Tier. „Zu Anfang habe ich mir noch eingebildet, es zu tun, aber in Wahrheit ist der Apsu längst meine Heimat. Dieser Ozean hier ist ein Fremder für mich geworden."

Der Ziegenfisch äußerte sich nicht zu dieser Information. Er hatte sie sowieso nicht verstanden und wollte nur die vertraute Stimme hören.

„Aber", zischte Ea, „Meine neue Heimat ist in Unordnung geraten, meine Familie bedroht. Und deswegen kann ich nicht zulassen..."

In Windeseile drehte sich die Krabbe. So schnell rutschte der Panzer unter dem Ziegenfisch weg, dass dieser noch immer in seiner entspannten Haltung im Wasser schwebte, als sich ihm bereite sie Scheren näherten. Im Gegensatz zu den Beinen waren diese Gliedmaßen voll funktionsfähig. Ea hatte sie seiner Verkleidung als Waffen hinzugefügt und nun kamen sie erstmalig zum Einsatz.

Blut spritzte, als der Ziegenfisch aufgeschlitzt und zerfetzt wurde, das Innenleben des Tieres verteilte sich im Weltenozean, wo die Organe noch ihrer Funktion nachkamen, als es bereits zu spät war. Die Katastrophe, welche das Ende ihrer Welt bedeutete, noch nicht realisierend, führten Kleinstlebewesen weiterhin Verdauungsprozesse in den frei schwimmenden Darmsegmenten durch.

„...dass sich jemand fragt, was wohl ein Ziegenfisch und eine Krabbe so inniglich miteinander zu besprechen hätten", vollendete Ea seinen Satz.

Der Kundschafter bemühte sich, diesen Ort so schnell wie möglich hinter sich zu bringen. Nur einmal hielt er hielt kurz inne, um seiner

Schwester in Ubshu-ukkinakku einen Bericht zu übermitteln: „Erster Tag: Schwachstelle des Kostüms aufgedeckt, Waffentest erfolgreich absolviert, Mission wird unverändert fortgesetzt."

*

„Sollten wir heute nicht zu zehnt trainieren?" wunderte sich Muschuschu. Gemeinsam mit zwei anderen Göttern und drei Göttinnen wartete er bereits seit längerer Zeit auf das Eintreffen der restlichen Übungspartner am verabredeten Ort im Salzwasserozean.
„Das werden wir auch", entgegnete Uschumgallu. „Hab noch ein bisschen Geduld!"
Ein Sammelsurium an Lebewesen umgab die Götter, wie es im von Leben wimmelnden Salzwasserozean eben üblich war. Doch wer aufmerksam hinschaute, dem fiel auf, dass sich stets eine bestimmte Tierart nahe bei einem bestimmten Gott aufhielt. Bei Muschmachu, Uschumgallu und Baschmu waren es drei verschiedene Arten großer gehörnter Schlangen und Muschuschu saß rittlings auf einem Schlangendrachen, während weitere Exemplare nicht von der Seite des Reiters wichen. Die Geschwister Umu und Dabrutu manipulierten ihre Umgebung, indem sie gemeinsam eine große Luftblase im Wasser erscheinen ließen. Sie erzeugten auf diese Weise die bevorzugte Umgebung für riesige Fische, deren Schwanzflosse in einem merkwürdigen Winkel vom Körper abstand. Obgleich auch diese Tiere in unterschiedlichen Arten auftraten, verband sie etwas, das über die gekippte Stellung der Flosse hinausging.
Die Geschwister erzeugten eine zweite Luftblase - und das keinen Moment zu früh. Die beiden Fische schossen auf die Blasen zu, steckten ihre Köpfe hinein und sogen die Luft gierig in ihre Körper.
Enki erinnerte das Ganze an den zieleinlauf einer Regatta im Apsu, mit dem Unterschied, dass er dort Schiffe gesehen hatte, die wesentlich kleiner als die fremdartigen Kippflossenfische waren!
„Gib mir mal die Tafeln!" forderte der Schlangendrachen-Reiter von Dabrutu, während die Tier noch beschäftigt waren. „Du hattest sie doch als letzte!"

Die Göttin schüttelte den Kopf. „Das hat nichts zu sagen. Du kannst Leseauszüge rufen, wie jeder andere, solange du nur der berechtigten Gruppe angehörst."

„Eben, Klugscheißerin", versetzte Muschuschu. „Ich wollte einen Blick auf die Sturmbeherrschung werfen, nicht auf unser Übungsprogramm hier. Ich glaube nämlich, ich könnte euch dabei helfen, permanente wasserfreie, luftgefüllte Zonen für eure Wale einzurichten. Solche, wie wir sie früher in Aduruna hatten."

„Wenn das stimmt, bitte ich Qingu, dir ebenfalls die Freigabe für die entsprechenden Abschnitte zu erteilen", erklärte Dabrutu, doch der Schlangendrachen-Reiter winkte ab. „Wozu? Ich brauche doch nur Einsicht in diese Kapitel, wenn ich mit euch zusammen daran arbeite. Dazu genügt eure Kopie völlig. Der König hat genug um den Kopf mit der Koordination unserer Ausbildung und seiner Taktik. Es besteht nun wirklich kein Grund, ihn mit Kleinkram zusätzlich zu belasten oder abzulenken."

Dabrutu nickte.

„Umu?"

Dabrutus Bruder schnippte mit den Fingern. Freudig erregt, seinen Einfall mit den auf den Schicksalstafeln niedergelegten Prinzipien zu vergleichen, trieb Muschuschu sein Reittier an, dem Gott entgegenzuschwimmen. Dabei ritt er mitten in das durchscheinende, bläulich glühende Abbild der Tafeln hinein und durch sie hindurch.

„Hahaha! Wären es die Originale, wäre dir das nicht gut bekommen!" lachte Umu. „Leg´ den Rückwärtsgang ein, Muschuschu! Oder leidest du unter so extremer Kurzsichtigkeit, dass du mit deinem Kopfkamm *hinter* den Augen lesen musst?"

„Oh. Ich wusste nicht, dass du die Dinger so nah bei mir erscheinen lässt. Oder dass das auch nur möglich wäre. Weißt du, Qingu mag ja mit ihnen unter seinem Kopfkissen schlafen oder so, aber mir sind die Tafeln noch ein wenig unheimlich. Ich weiß so wenig darüber."

*

‚Das geht mir allerdings ebenso', dachte ein heimlicher Beobachter. In der Verkleidung einer Krabbe krabbelte Ea ein wenig abseits der Götter über eine im Salzwasserozean schwebende Steinformation. ‚Was sind das für „Auszüge?"' fragte sich der Spion. ‚Was hat es mit diesen Tafeln auf sich?'
Dass sich die Götter Tiamats auf Qingu bezogen, wenn sie von ihrem König sprachen, hatte Ea bereits vor einiger Zeit begriffen. Und der Grünblaue befand sich im Besitz der Schicksalstafeln, die, so ging aus den Gesprächen der Götter hervor, ein Erbe Apsus darstellten. Von Rechts wegen, fand der Götterkönig, sollten sie daher ihm gehören! Als Nachfolger des alten Königs standen sie ihm einfach zu! Sie gehörten definitiv nicht in die Hände von Männern, die sich ihrer wie auch immer gearteten Macht bedienten, um einen Krieg gegen den Apsu zu führen!
Dass er kein Spiel, sondern Kriegsvorbereitungen beobachtete, war Ea erst spät aufgegangen. Der lockere, unbefangene Umgangston der Götter untereinander und die Anwesenheit ihrer Schwestern hatte ihn zuerst darüber hinweggetäuscht.

*

„Sag mal, Muschuschu", wandte sich Uschumgallu an den Schlangendrachen-Reiter, „waren wir dir vorhin nicht noch zu wenige?"
Die Göttin lenkte die Aufmerksamkeit ihres Waffenbruders - und damit auch die der Ea-Krabbe - auf eine sich rasch nähernde Gruppe. Ihre Mitglieder waren mit Netzen und Speeren ausgestattet.
„Ich erwarte die drei vom Enterkommando und Kuliltu", erwiderte Muschuschu. „Nicht gleich ein ganzes Dutzend Krieger, die noch dazu ohne Lebewesen zum Training erscheinen."
„Wir werden ja gleich hören, wieso der Plan geändert wurde."
Muschuschu schüttelte den Kopf. Ea beobachte, dass seine Tiere die Geste beinahe ohne zeitliche Verzögerung nachahmten.
„Nein... Da stimmt etwas nicht. Ich reite ihnen entgegen!"

In gleichmäßiger Formation näherte sich die Verstärkung der Übungsgruppe. An der Spitze schwamm Kuliltu, sichtlich zufrieden mit der Wirkung ihres Auftritts. Näher und näher kam seine Einheit dem Übungsplatz. Näher und näher gelangte auch Muschuschu an die Neuankömmlinge heran.

„Das ist doch nicht normal, dass die sich alle bewegen, als wären sie eine einzige Person", murmelte Muschuschu, obwohl er gerade etwas sehr ähnliches mit seinen Tieren zustanden gebracht hatte. „Ja, natürlich!" lachte der Gott. „Das muss es sein!"
Muschuschu hielt sein Reittier an. Die restlichen Schlangendrachen sandte er weiterhin Kuliltu entgegen.
„Schlangendrachenkavallerie! Aufsitzen!" rief Muschuschu und gleich darauf: „Ach, Kuliltu, ich nehme an, deine Leute können reiten?"
Die Angesprochene hielt in ihren Schwimmzügen inne. Sie versuchte, einen der Schlangendrachen zu greifen, um sich auf den Rücken des Tieres zu schwingen, was ihr auch mühelos gelang. In ihrem Rücken taten es die anderen Ankömmlinge Kuliltu gleich - mit ganz unterschiedlichen Resultaten. Die grundlegenden Bewegungen brachte jeder einzelne zustande, doch nicht bei jedem hatte sich zum Zeitpunkt des Aufsteigens ihrer Anführerin ein Schlangendrache befunden. So hing nun die Hälfte der Götter im Reitersitz im Wasser und wusste nicht weiter.
Sowohl Kuliltu als auch Muschuschu brachen in lautes Gelächter aus!
„Buh!" rief der Kavallerieführer.
„Ist ja gut!" erwiderte Kuliltu. „Du hast mich überführt!"
Ihre Gefolgsleute lösten sich vor den Augen der anderen in ihre Bestandteile auf. Jeder einzelne Körper und auch ihre Waffen war aus unzähligen kleinen Fischen gebildet worden, die sich nun wieder auf ihre Individualität besannen.

*

„Vorgetäuschte Krieger, wo keine sind", knurrte Ea anerkennend. „Clever."

Er beobachtete den Einzug Kuliltu und ihrer Fischschwärme in die Mitte ihrer Übungspartner. Das eigentliche Training konnte beginnen. Ea hatte erwartet, dass sich die Schwestern der Götter nun zurückziehen würden, doch er sollte sich irren. Uschumgallu, Muschmachu und Dabrutu beschränkten sich nicht darauf, die Lebewesen für ihre Brüder zu erschaffen, sie führten sie auch selbst in die Schlacht und stellten sich nicht weniger geschickt dabei an. Schlimmer: Nicht nur schienen die Götter des Salzwasserozeans den Unterschied zwischen den Geschlechtern nicht zu respektieren, sie unterteilten sich auch nicht in Krieger und Zivilisten. Jeder von ihnen beteiligte sich an der Modifikation der Lebewesen, den Kampfübungen und der Versorgung der Kreaturen. Ihr gesamtes Leben schien eine einzige Gemeinschaftsaktion zu sein. Vor Untergebenen verschlossene Türen wie die von Qingus verordneten Leseverbote bestimmter Teile der Schicksalstafeln kamen Ea nach längerer Beobachtung nur mehr wie unverbindliche Empfehlungen vor. Qingu aber regierte nur mit der Duldung Tiamats und schien zum gegenwärtigen Zeitpunk eher die Funktion eines Generals als eines Königs auszufüllen.

Ob Tiamats Soldaten wussten, dass ihr verehrter Anführer ebenfalls ein Heimlichtuer war, fragte sich Ea? Oder wie der Grünblaue damals beiseite getreten war, damit er sein Vorhaben ausführen konnte? ‚Diese zusammengewürfelte Streitmacht ist meinen Spezialisten weit unterlegen', überlegte der Kundschafter weiter. ‚Aber ihre schiere Anzahl könnte ein Problem darstellen. Wenn ich jeden einzelnen Gott Tiamats als Kriegsgegner in Betracht ziehen muss, beläuft sich ihre Zahl auf etwa sechshundert. Der Apsu verfügt gerade einmal über dreihundert Bewohner. Auf jeden meiner Krieger kommen also acht dieser... dieser... dieser Wilden!'

*

Die Anführer jeder Kreaturengruppe verbanden sich mit ihren Tieren. Wie weit sich Kuliltu Schwarm auch aufteilte, jedes Mitglied stand beständig in Kontakt zu seiner Anführerin und über diesen zu jedem anderen Individuum. Gemeinsam versorgten sie Kuliltu mit

Sinneseindrücken aus den entferntesten Winkeln des Weltenozeans. Durch ihren größeren Überblick vermochte diese die Tiere wesentlich klüger anzuweisen, als sich jedes einzelne aus seiner beschränkten Wahrnehmung eines Ausschnitts des Schlachtfeldes entschieden hätte.

Nach den einstimmenden Übungen jedes einzelnen mit den eigenen Tieren traten die gehörnten Schlangen gegeneinander an. In der Dreiergruppe aus den beiden Göttinnen Uschumgallu, Muschmachu und dem Gott Baschmu blieben die Ergebnisse vergleichbar. Die restlichen Anwesenden sparten nicht mit Lob und Kritik. Zurückhaltende Höflichkeit mochten sie vielleicht im Privatleben kennen, den Kriegserfolg dadurch aufs Spiel zu setzen, kam ihnen nicht in den Sinn.

Immer wieder gab es etwas zu verbessern und zu Eas Schrecken ließen sich bei dem Trio nach jeder Übung Fortschritte beobachten. Zu seinem viel größeren Entsetzen wollte es Kuliltu *nicht* gelingen, sich zu verbessern. Die Fischgöttin hatte ihre Fähigkeiten bereits bis zur Grenze ausgelotet und was sie den anderen beibrachte, ging weit über normale Dressur hinaus.

Am leichtesten fiel Umu und Dabrutu der Umgang mit ihren Tieren. Die Wale hatten sie erst vor kurzer Zeit geschaffen. Die meisten waren noch sehr jung. Sie lernten die Kommandos und den geistigen Kontakt zu den Zwillingen nicht als etwas Neues, einen Einbruch in ihre Routinen, sondern als Teil ihres Reifungsprozesses kennen.

„Luft!" keuchte Umu plötzlich. Wie von einem Stromschlag getroffen krümmte sie sich im Wasser. Geistesgegenwärtig packte Dabrutu ihren Bruder. Sie zog ihn hinter sich her zu der mittlerweile kaum noch vorhandenen Luftblase. Das faustgroße Objekt schob sie mit seiner freien Hand auf Umus Mund zu. Der Gott schluckte es hinunter, schüttelte sich und blickte dann peinlich berührt zu Kuliltu.

„Je intensiver die Verbindung wird, umso schwerer fällt es, eine Rückkopplung mit den Lebewesen zu vermeiden", erklärte er.

Anstatt den Rekruten nun zu schelten, lächelte die Fischgöttin. „Gut! Jeder sollte das einmal miterlebt haben."

‚Um es in Zukunft zu vermeiden?' fragte sich Ea in seinem Versteck, doch Umu interpretierte den Rat in eine andere Richtung. „Ja", stimmte sie Kuliltu zu. „Ich denke, das hat mein Verständnis für die Wale enorm erweitert. Nur auf eine Wiederholung des Ergebnisses bin ich nicht gerade scharf!"

„Also gut, weiter!" forderte Muschuschu. „Die größeren Tiere sind müde, das sollte uns nicht daran hindern, die Zeit bis zum Eintreffen des Enterkommandos zu nutzen. Kuliltu - lass deine Fische ein maßstabsgetreues Abbild Adurunnas erzeugen. Wir müssen davon ausgehen, dass Mummu den Lahmusabkömmlingen dient und in deren Palast zu ähnlichen Manipulation in der Lage ist wie seine Schwester bei uns."

‚Wie nett, mir das zu verraten', dachte Ea bei sich. Er grinste in sich hinein, als er begriff, dass die Bewohner des Salzwasserozeans offenbar davon ausgingen, er habe ein zweites Aduruna im Apsu errichtet. Während sie vor seinen Augen übten, wie dieses am besten zu stürmen war, führten sie Ea genau die Strategien vor, die er benötigen würde, um Tiamats Palast unter den Wellen einzunehmen. ‚Zeig mir mehr, Kuliltu, du Närrin...'

*

Eas überlegenes Grinsen blieb nicht lange erhalten. Die Miene des Götterfürsten wurde immer finsterer, je länger er das Treiben der Anhänger Tiamats und ihrer Kreaturen beobachtete. Er vermochte Kriegsgerät zu erfinden und jedem seiner Soldaten eine Waffe in die Hand zu drücken. Schilde konnte er den Männern anfertigen, Rüstungen, die ihre Leiber schützten und Schiffe, so schnell, dass sie in Gedankenschnelle von Schlachtfeld zu Schlachtfeld zu wechseln imstande waren. Doch was nützten dem Götterkönig all seine Erfindungen, wenn ihn der Gegner durch schiere Übermacht in die Knie zwingen konnte? Dass Tiamats Horde genau das tun würde, stand über jeden Zweifel erhaben. Von der Zeugung bis zur Mannwerdung eines Gottes verging Zeit, doch die Reproduktionsrate der minderen Lebewesen war enorm. Jedes von ihnen war nicht nur tötbar, sondern

auch sterblich. Diese kurze Haltbarkeit der lebendigen Spielzeuge hatte sie stets uninteressant für Ea erscheinen lassen. Nun begriff der Gott, wie sehr er sich geirrt hatte. Offenbar wussten die Tiere tief in ihrem Inneren, dass sie ihre Existenz nicht überstehen wurden, egal, was sie auch taten. Dieses Wissen verschaffte ihnen einen Vermehrungstrieb, den ein Gott nie würde nachvollziehen können.
‚Das sind die perfekten Soldaten', schoss es Ea durch den Kopf. ‚Haben sie nicht ohnehin nichts zu verlieren?'
Doch seine Fehleinschätzung des Potentials der Lebewesen sollte nicht der letzte Schock sein, den der Spion an diesem Tag erlitt. Drei weitere Gefolgsleute Tiamats betraten den Übungsplatz. Diesmal waren alle drei männlichen Geschlechts. Ea kannte ihre Namen, ohne damit besondere Leistungen oder prägnante charakterliche Eigenarten zu verbinden: Kusarikku, Uridimmu und Girtablullu. Jeder der drei brachte eigene Schützlinge mit. Die Formen der Kreaturen zeichneten sich grob unter Planen ab, die ihre Leiber verhüllten.
Ea strampelte aufgeregt im Wasser. Bekam er jetzt Tiamats Geheimwaffe zu sehen, die zu vertraulich war, um sie den Untertanen bereits vor Kriegsbeginn zu präsentieren?
Die Götter Adurunas schufen aus ihrer Kenntnis der Domäne Tiamat heraus durch pure Willenskraft einen wasserfreien Raum zum Trainieren. Wasser wurde zu Eis, winzigste im Ozean treibende Sandkörnchen zu Glas. Sechs Wände umschlossen ein Areal von der Grundfläche des Palastes. An mehreren Stellen hervorragende Konsolsteine schienen Aufhänger für im Zuge der Ausbildung benötigte Wände zu darzustellen.
Das dreiköpfige Enterkommando wiederholte dabei nicht den Fehler, ein zweites Aduruna erstehen zu lassen. Qingu, so eröffneten sie ihren Trainingspartnern, bezweifle stark, dass sich im benachbarten Süßwasserozean dieselbe Bauweise wie daheim bewähren würde.
Der Grünblaue konnte zwar nicht wissen, welche Art Behausung sich die Götter des Apsu geschaffen hatten, rechnete aber zumindest damit, dass sie es getan hatten und die Struktur Aduruna in Grundzügen ähneln musste. Gänge. Nischen. Räume. Verbindungselemente der einzelnen Etagen.

‚Zu spät, Leute', dachte Ea in seinem Versteck, doch der Triumph über seine gesammelten Informationen über Adurunas Verteidigungskapazitäten wollte sich nicht noch einmal einstellen. Zu viel hatte er während seiner Kundschaftertour über den Feind erfahren.

*

In die kubusförmige Arena wurden die Kreaturen der drei Ankömmlinge gelotst. Die Tiere mussten nicht mühselig motiviert oder gar durch Gewalt angetrieben werden. Sie strebten von ganz allein in die wasserlose Box. Im Inneren angekommen befreiten sie sich von den Planen, in die sie regelrecht eingewickelt waren. Ea schluckte vor Schreck Wasser, als er verstand, was es mit den Hüllen auf sich hatte: Sie entsprachen in ihrer Funktion den Schutzanzügen, die er für seine Gefolgsleute erfunden hatte! Das Prinzip war demnach auch Tiamats Horde bekannt und der lebensfeindliche Apsu würde seine Bewohner nicht so zuverlässig vor den Angreifern schützen, wie der Götterkönig bisher angenommen hatte.

„Alles klar, mein Freund", lachte Kusarikku, offensichtlich ebenso befreit wie dass von ihm dressierte Tier. „Läuft sich gleich angenehmer, was?"

Das Wesen stand auf vier Beinen. Jedes Bein endete in schweren, harten Hufen. Ein massiver Körper mochte den Soldaten der Horde gleichzeitig als Ramme und Schutzwall dienen. Auf seinem Kopf saßen zwei spitze Hörner, das Schädeldach wurde von dichtem Fell geschützt. Angriffslust funkelte in den winzigen Augen des Tiers. Es scharrte über den Boden. Im Nu war aus der ehemals glatten Oberfläche eine geworden, die den Hufen Widerstand leistete. Doch Widerstand bedeutete, wie der Herr über Ubshu-ukkinakku nur zu gut wusste, Antrieb!

Das Lebewesen schnaubte, Ea aber stöhnte gequält. Was er hier sah, war für den Einsatz im wasserfreien Gelände optimiert.

„Wie nennst du es eigentlich?" erkundigte sich Umu bei Kusarikku.

„Bison", gab der Gott zur Antwort.

Auch die anderen beiden Tiere, jedes schrecklicher als das vorherige, wurden benannt: Uridimmu führte einen Löwen in die Schlacht, Girtablullu einen Skorpion.
„Und wie viele habt ihr bereits davon?" hörte Ea Kuliltu fragen.
Die Antwort lautete „Weniger als ihr, aber ausreichend.", gefolgt von einer konkreten Zahl.
Als sei das noch nicht genug, riss der Löwe im selben Moment seinen Kopf empor und ließ ein Brüllen ertönen, das von den Wänden der Arena wiederhallte.
Ea presste seine Hände auf die Stirn, so dass seine Armflossen den Gehörgang bedeckten. Er zitterte wie nur zweimal zuvor in seinem Leben: Nach Mummus unfreiwilliger Eröffnung der Pläne Apsus und bei der Geburt seiner Kinder.
‚Wir sind tot', dachte er ohne Unterlass. ‚Wir sind tot und wissen es bloß noch nicht. Und ich, ich bin derjenige, der es den anderen auch noch mitteilen muss...'
„Damkina?" wisperte Ea in seine Verkleidung hinein. „Ich brauche dich jetzt mehr denn je!"
„Dann komm heim!"
Ea schluckte hart.
„Ea? Stimmt etwas nicht? Was hast du im Salzwasserozean gesehen?"
‚Meinen Tod. Meine Endlichkeit...'
Der Götterkönig fletschte seine Zähne. Wofür sie außerhalb des Liebesspiels gut waren, hatte Lahmus Urenkel nie herausgefunden. Jetzt wusste er es. Jetzt verstand er. Die Lebewesen. Die Vermehrung. Und den Kampf. Doch das alles zu realisieren, bewirkte in seinem Göttergeist nicht dasselbe wie bei den Tieren. Die Hoffnungslosigkeit seiner Situation spornte Ea nicht an. Sie lähmte ihn lediglich, verdammte ihn zur Handlungsunfähigkeit.
Erneut brüllte der Löwe. Ea schossen Tränen in die Augen.
„Ja, ich komme heim", meinte er schließlich. ‚Wofür auch immer das jetzt noch gut sein soll...'
Denn was nützten ihm die schönen Stunden, wenn es bald keinen Ea mehr geben würde, der sich voller Glück an sie zurückerinnern konnte?

Tafel 8

In Anshars Asteroidenfestung wurde seit einigen Tagen ein Gast bewirtet. Stumm, jede seiner Bewegungen unendlich verlangsamt und nur mühsam nach jeder Ruhephase wieder von seinem Lager aufzustehen in der Lage, schleppte sich Ea mehr durch seine Existenz als sie mit allen Sinnen zu genießen, wie es die Tiere taten.
In diesen Tagen war es dem Fürstenpaar nach und nach gelungen, einen vollständigen Bericht über die Vorgänge im Salzwasserozean von ihrem Gast zu erhalten.
„Wir müssen etwas unternehmen", meinte Kishar schließlich.
Anshar schüttelte sein Haupt. „Nein. Ea ist unser König. *Er* muss etwas unternehmen. Unsere Aufgabe besteht darin, ihm das wieder ins Gedächtnis zurückzurufen."
„Das ist alles?"
Ein ungläubiges Lachen entschlüpfte Anshars Kehle. „Ja, das ist ‚alles', Frau", antwortete er.
Kishar nickte. Entschlossen näherte sie sich dann der Gästesuite, die ihren Enkel beherbergte. Die Göttin befahl dem Stein, sich zu öffnen, trat ein und lief ohne innezuhalten weiter auf den gerade Ruhenden zu.
„Schläft er?" erkundigte sich Anshar in ihrem Rücken.
„Er döst."
Kishar baute sich über dem Götterkönig auf. Hob ihre Hand. Schlug zu! Schneller als Marduks Winde den Apsu durcheilten, schoss Ea hoch! Er ergriff das Handgelenk der Göttin, drehte es zur Seite und packte sie mit der anderen Hand am Schopf.
„Das wagst du nicht! Nicht noch einmal!" schrie Ea. Sekunden später fühlte er sich zur Seite gestoßen, strauchelte, verlor das Gleichgewicht ebenso wie den Griff um seine Großmutter und fand sich erneut auf seinem Bett liegend wieder.

„Sag´ das Tiamat genau so!" forderte Anshar. „Aber Kishar rührst du nicht an!"
Ea stützte sich mit den Händen ab. Er richtete sich auf und wandte sich den Großeltern zu. Anshar hielt seine Gemahlin schützend im Arm.
„Sie hat mich geschlagen!" ächzte Ea.
„Lediglich nachgeholt, was Anu in all den Jahrhunderten versäumt hat", korrigierte Anshar. „Aber vielleicht hätten wir die Wut über die Ohrfeigen, die ich in dir spüre, damals gar nicht ertragen können. Jetzt jedoch wird sie dir helfen, Qingus und Tiamats Pläne zu durchkreuzen."

*

Ea hockte auf der Kante seines Bettes in der Gästesuite von Anshars Festung. Wann er sich wieder hingesetzt hatte, wusste er selbst nicht mehr. Es war ja auch egal. Alles war egal und selbst Kishars Ohrfeigen bedeuteten nichts. Tiamats wilde Horde würde kommen... unweigerlich... unaufhaltsam... Sie würde kommen um Apsus Werk an seinen Kindern zu vollenden! Ea hatte es gesehen und dem Großvater musste das ebenfalls klar sein, sonst stünde er nicht noch immer wie eine Bruder-und-Schwester-Statue an seine Gemahlin geklammert vor Ea.
„Was immer uns zustößt, liegt in deiner Verantwortung, mein Enkel", erinnerte Anshar den Götterkönig. „Wer hat denn damals Apsu erschlagen?"
„Genaugenommen habe ich ihm die Kiemen und die Kehle aufgeschlitzt", murmelte Ea.
„Jetzt hörst du aber mal zu! Du hast uns hierher geführt, du hast Apsu ermordet und dein Sohn hat Tiamat provoziert! Du bist für alles verantwortlich, was gerade im Salzwasserozean passiert - für den Hass, der gewiss nicht dort drüben bleiben wird!"
„Wirst du mir jetzt vielleicht vor, damals unser aller Leben gerettet zu haben? Mehrfach überdies! Zuerst, indem ich Apsu tötete, dann durch die Errichtung der Asteroidenfes..."

Anshar schnitt Ea das Wort ab: „Flickwerk! Nur Kitt, um die Folgen deiner Tat abzumildern."
„So. Also wirfst du es mir doch vor."
„Nein! Das doch nicht! Nicht deinen Sieg. Wohl aber alles, was danach geschehen ist. Du hättest nie fliehen dürfen, sondern dich als Apsus Nachfolger etablieren müssen."
„Dann wärst du aber im Apsu umgekommen."
Anshar zuckte zusammen. Kishar schmiegte sich enger an ihren Gemahl.
Der Enkel des Urgötterpaares wusste nicht mehr weiter. Wie schwer wog Schuld, wenn sie aus einer ausweglosen Situation heraus zustande gekommen war? Wie hoch musste Hingabe angerechnet werden, wenn sie doch ohne die schandhafte Tat niemals nötig gewesen wäre?
Was war richtig? Was falsch? Was rechtmäßig und was aufrührerisch? Und welche Rolle spielte es überhaupt, das alles benennen zu können, wenn das Überleben auf dem Spiel stand?
Anshar besaß keine Antworten auf diese Fragen und Ea schienen sie nicht zu interessieren.
„Ea... vergib mir, mein König. Ich rede wirr."
„Schuldzuweisungen helfen uns jedenfalls schon einmal nicht weiter."
„Richtig."
Anshar ließ seine Gattin los. Gemeinsam ließen sie sich rechts und links von ihrem Enkel auf der Bettkante nieder. So saßen die drei aufgereiht wie eine Familie, die dem Nesthäkchen gerade angekündigt hatte, mit seinen Zahnschmerzen am nächsten Tag einen Heiler aufsuchen zu müssen.
Anshar suchte Eas Blick.
„Bevor Tiamats wilde Horde den Apsu überrennen kann, müssen wir ihr zuvor kommen", erklärte er. „Eine andere Chance sehe ich nicht für uns."
„Das ist mir selbst klar", seufzte der Götterkönig. „Wenn selbst du es sagst, der nicht gerade der Weltlichste von uns allen ist!"
„Ich bin weder so weltgewandt noch so erfinderisch wie du. Niemand ist das, Ea. Deswegen musst du wieder zu dir kommen, denn wenn es

einen unter uns gibt, der Qingu die Stirn bieten kann, dann doch wohl unser König! Du musst die Grenze erneut überqueren. Du musst..."
Ea sprang auf! Er drehte sich in der Bewegung, beugte sich zu den Großeltern herab und reckte Anshar die Faust entgegen.
„Anshar! Deine eigenen Kinder stehen auf Tiamats Seite. Das sind nicht nur ein paar verwirrte Urgeborene, denen wir uns da gegenübersehen, sondern eine eng verschworene Waffenbrüderschaft aus allen Generationen. Und ihre Macht wächst mit jedem Tag. Was sie mit ihrer Umwelt anstellen können, übersteigt bei weitem meine Fähigkeit, den Apsu durch meine Erfindungen weniger lebensfeindlich zu gestalten, ganz zu schweigen von diesen ominösen Tafeln des Schicksals, die ihnen noch mehr Zaubermacht verleiht. Qingu soll ich mich stellen, sagst du? Ich wäre tot, lange bevor ich Aduruna auch nur erblicken würde, setzte ich mich erneut dem Salzwasserozean aus! Tiamats Truppen sind überall! Sag mir, wie würde euch mein Tod nützen?"
„Wir hätten unsere wohlverdiente Ruhe", brummte Anshar in einem Anfall von Galgenhumor. Dann erhob er sich, ergriff die Hand seiner Gattin, hob sie an die Lippen, um sie zu küssen und kündigte an, eine Fähre bereitzumachen, die den Götterkönig zurück nach Ubshuukkinakku bringen würde. „Ich werde dich nach Hause begleiten und dann sehen wir weiter", meinte er.
„Ja, tut das, ihr beiden", stimmte Kishar zu. „Vielleicht haben ja Ellil oder Mummu eine Idee..."
Das kurze Funkeln in Eas Augen verriet der Göttin, genau den richtigen Ton getroffen zu haben. Nein, in Erfindungen oder Politik war Apsus Enkelin nicht bewandert, dafür kannte sie aber ihre Familie. Von den beiden Genannten würde sich Ea nicht ausstechen lassen wollen. Was Liebe und Verständnis bei ihm nicht vermochten, das konnte möglicherweise ein wenig Herausforderung bewirken...

*

„Das ist also der Stand der Dinge", fasste Damkina für die Zwillinge zusammen, was sie über ihre Verbindung zu Ea erfahren hatte. „Wenn euer Vater morgen ankommt sollten wir eigentlich Rat halten."
„Aber da er keinen einberaumen wird, können wir es ebensogut jetzt gleich tun", erklärte der ebenfalls in der Schmiede anwesende Mummu.
„Mummu! Doch nicht etwa hinter Eas Rücken?"
Nintu ergriff Damkinas Hände. Sie legte sie in die ihren und blickte ihr fest in die Augen. „Mutter! Nach dem, was du uns berichtet hast, könnten Mummu und Marduk direkt vor Vaters Nase eine Rebellion besprechen und er würde sich nicht darum scheren!"
Die Gemahlin des Götterkönigs wandte ihr Gesicht ab. „Ich muss wieder an meine Arbeit gehen", erklärte sie.
Nintu trat in eine Wandeinbuchtung, über der ein Schacht die untere Etage der Schmiede mit den restlichen Abteilungen des Werkstattkomplexes verband. Sie ging in die Knie, berührte den Boden und stieß sich dann ab. Dieselbe Macht, die so viele alltägliche Handgriffe erleichterte, aber ebenso viele andere erschwerte, ermöglichte es ihr, nach oben zu schweben. Unterstützt wurde ihr Sprung durch ein Brett, unter dem eine Feder gespannt war. Nach Nintus Etagenwechsel fuhr das Trampolin automatisch wieder in Ausgangsstellung zurück.
Kurz nachdem sich Nintu verabschiedet hatte, betrat Ellil die Schmiede. In seiner Begleitung befanden sich zwei Rekruten. Marduk erkannte sie als zwei der jüngsten Götter, die wie er im Apsu zur Welt gekommen waren. Enbilulu und Aranuna kannten den Salzwasserozean lediglich aus den Erzählungen ihrer älteren Verwandten. Über Tiamat wussten sie so gut wie gar nichts und die Eröffnung, dass Apsu, das Schreckgespenst aus den im Knabenalter gehörten Märchen, einmal real gewesen sein sollte, mussten sie, die selbst noch kaum mehr als Knaben waren, erst verarbeiten.
Aranuna zupfte Ellil an dessen Umhang. „Was tun wir denn, wenn wir den Krieg verlieren?" fragte er leise.
So unbeteiligt und kalt wie das Eis eines Kometen erwiderte der Krieger: „Nichts mehr. Dann sind wir ja tot."

Doch auch Kometen konnten ihre Strenge nicht ewig aufrechterhalten. Wenn sie einer Luftblase zu nah kamen, wie sie beispielsweise die Asteroidenfestungen der Götter umgab, entzündeten sie sich daran und zogen mit einem feurigen Schweif weiter durch die Leere.
Wie einer dieser Kometen fühlte sich Marduk, als er nun aufsprang. Onkel oder nicht, so sprach man einfach nicht mit seinen Freunden, schon gar nicht mit Aranuna, der Marduk trotz seiner Jugend bereits manchen guten Rat erteilt hatte!
Damkina lauschte dem immer heftiger werdenden Wortwechsel ihres Sohns und des Schwagers, während sie die beiden Rekruten zuerst auf eine Waage und anschließend unter die Messlatte scheuchte.
„Meinen Gatten lähmt seine Todesfurcht, Ellil hingegen ist nicht nur furchtlos, ohne Angst kennt er auch keinen Selbstschutz und kein Mitleid", seufzte die Göttin. „Marduk gegenüber reißt er sich aus Höflichkeit zusammen, aber sonst für niemanden. Wenn es doch einen Ausgleich gäbe!"
Mummu nahm mehrere Gewichte aus einem Regal. Er warf sie Enbilulu eins nach dem anderen zu. „Lass uns mal sehen, wie stark du bist! Und keine Sorge - auch ein leichter Schutzanzug schützt dich vor Apsus Hass in der Leere!"
„Tja", meinte Aranuna zu seinem Kameraden. „Aber wenn du die Rüstung eines Kriegers nicht tragen kannst müsstest du hier bleiben."
Verbissen fing Enbilulu die Gewichte auf. Immer mehr davon befestigte er an seinem quer über den Oberkörper laufenden Waffengurt und ließ sich doch noch weitere von Mummu zuwerfen. Nein, zurückgelassen zu werden, während die anderen sich der Invasionsstreitmacht stellten, kam nicht infrage! Unter keinen Umständen wollte er zusehen müssen, wie sie alle besiegt wurden und sich die Membran zum finalen Schlag spannte oder Tiamats Truppen in Ubshu-ukkinakku eindrangen, um jeden Feind einzeln zu töten. Dann lieber im Feld sterben, wo er es nicht kommen sehen würde.
Mummu nickte zufrieden, übermittelte Damkina einige Zahlen, die diese für ihre Arbeit benötigen würde und befahl Enbilulu dann sich zu setzen.

„Behalt die Gewichte an und probier mal, wie lange du das im Alltag aushältst!" wies er den Jugendlichen noch an.
„Wer sagt übrigens, dass es keine Möglichkeit eines Ausgleiches gäbe?" knüpfte der Berater dann an sein Gespräch mit Damkina an. „Denkst du vielleicht, was Ea da beobachtet hat, funktioniere nur mit niederen Kreaturen?"
Damkina fuhr von ihren Berechnungen für Enbilulus Rüstung auf.
„Es existiert ein Zauber, der das, was Ea fehlt, von dem abzapfen kann, was Ellil zu viel hat?" fragte sie ungläubig.
„Ja."
„Und du beherrschst ihn?"
„Äh... da betreten wir unsicheres Territorium. Ich habe eine ungefähre Vorstellung davon, was meine Verwandten getan haben, es aber selbst noch nie ausprobiert. Jedenfalls ist es nichts, wozu man mystische Schicksalstafeln benötigte, sondern die Erweiterung einer natürlichen Fähigkeit. Hier im Apsu benutzt ihr sie lediglich, um über die Schutzanzüge mit euren Kontakt zu halten. Aber wie diese beiden Knaben ihre Fähigkeiten trainieren, seit sie in Ellils Garde eingetreten sind, können auch wir unsere angeborenen Talente weiterentwickeln."
Damkina lächelte.
„Was würden wir ohne dich bloß tun, Mummu!"
Der Urgeborene suchte ernsthaft eine Antwort auf diese rhetorische Frage. Als er zu dem Schluss kam, dass die Götter ohne ihn und seine Ideen bereits vor langer Zeit von Apsus düsteren Gedankenstrudeln zerrissen worden oder im unbeweglichen Salzwasserozean erstickt wären, beschloss er, das besser für sich zu behalten.

*

Obwohl sie auf ihre neuen Rüstungen noch warten mussten standen Aranuna und Enbilulu am nächsten Tag bereits mit den älteren Kriegern zusammen Spalier als der Götterkönig heimkehrte. Ea stellte herrschaftliche Würde zur Schau, die nicht durchblicken ließ, wie es in seinem Inneren aussah. So mancher nicht in die Vorgänge im Salzwasserozean eingeweihte Bewohner Ubshu-ukkinakkus meinte sogar, dass dem Herrscher dieser neue Ernst gut zu Gesicht stünde. Gereift sei er auf seiner Reise und wisse sicher längst, wie mit der Bedrohung umzugehen sei. Und das wusste er tatsächlich...

*

„Marduk!"
Bäuchlings lag Marduk auf dem Boden der Werkstatt seiner Mutter, wo er tief in das Studium einer Schriftrolle versunken war. Überall auf den Tischen, den Schemeln, dem Fußboden und selbst auf Marduks Rücken lagen weitere, teils zusammengerollte, teils geöffnete Papiere. Als sein Vater eintrat, angelte der Jugendliche gerade die Schriftrolle von seinem Rücken. Er musste mehrfach danach greifen, dann aber fand er das störrische Dokument zog es gänzlich auseinander und begann, seinen Inhalt mit dem des Schreibens vor seinen Augen abzugleichen.
Ea schritt an einem Zeichentisch vorbei auf seinen Sohn zu.
„Marduk!" rief er ein zweites Mal. „Willst du mich nicht begrüßen oder entspricht das hier bereits deine Vorstellung eines ‚Willkommen daheim'?"
Der Prinz seufzte. Er räumte die Schriftrollen beiseite und erhob sich, um dem Vater eine steife Umarmung zukommen zu lassen.
„Schon besser. Hierhin hast du dich also verkrochen. Wer war vorhin statt deiner bei der Parade? Wessen Gesicht steckte da wirklich unter dem Helm, hm?"
„Heftiger Kampf. Meine Rüstung passt ihm vortrefflich - oder er passt vortrefflich in meine Rüstung, wie auch immer."
„Und was gibt es Wichtigeres zu lesen als deinen Vater standesgemäß willkommen zu heißen?"
Marduk hob entschuldigend seine Hände. Er spreizte seine Armflossen und versuchte sich an einem entwaffnenden Lächeln. „Nun, Vater..."
Zum dritten Mal rief Ea den Namen seines Sohnes, diesmal scharf betont, warnend.
Marduk ließ sich davon nicht beirren. Er begriff, dass ihm in diesem Moment weder Beschwichtigungen noch Ausflüchte weiterhelfen

würden. Doch anstatt sich Ea zu unterwerfen, ging der Götterprinz lieber verbal zum Angriff über und erklärte: „Wenn du es genau wissen willst - die Tafeln des Schicksals beispielsweise!"
„Soso."
Marduk öffnete den Mund: „Vater..."
„Marduk..." hub Ea gleichzeitig zu sprechen an.

„Ich kann die Tafeln für uns erobern!"	„Diese Tafeln benötigen wir. Befinden wir uns erst in ihrem Besitz, werden wir unangreifbar sein!"
„Lass mich an deiner Stelle in den Krieg ziehen! Gib´ mir unsere Armee!"	„Betrachte dich als meinem Stellvertreter in dem vor uns liegenden Krieg. Ich ernenne dich hiermit zum General unserer Armee."
„Ich..."	„Ich..."
„Ich breche in den Salzwasserozean auf - und ich akzeptiere kein ‚Nein' von dir!"	„Du wirst dich in den Salzwasserozean begeben - und ich will keine Widerrede hören!"

„Du.... du willst das?" entfuhr es einem der beiden Männer, der vielleicht Ea, vielleicht aber auch Marduk hieß.
„Ja", gab der andere zur Antwort und ergänzte: „Ich wusste bloß nicht, dass du es ebenfalls wolltest."

*

„Also hast du beschlossen, weiterhin unsere König zu sein?" fragte Marduk nach einer langen Pause.
Sein Vater seufzte.

„Gleich einem Lebewesen Routinen zu folgen, bringt eine merkwürdig verdrehte Art der Befreiung mit sich", gestand er. „Es lenkt ab... Selbst von der eigenen Existenz."
Mit dieser Einstellung hatte der Götterkönig seinen Tod bereits vorgezogen. Mit jedem Atemzug nahm er seinen Feinden die Mühe ab, ihm selbst zusetzen zu müssen.
„Hier in Ubshu-ukkinakku", sprach Ea weiter zu seinem Sohn, „wo die Augen meines Volkes auf mir ruhen, werde ich unsere Armee mit neuen Rüstungen, Waffen und Gefährten ausstatten, wie ihr sie noch nie zuvor gesehen habt! Aber im Feld, wenn mein Zögern auch die Untätigkeit meiner Krieger bedeutet, dort würde ich den Moment unser aller Verderben nur unnötig vorziehen. Du, Marduk, bist jung. Du wirst dich nicht von meinen Grillen anstecken lassen."
„Dann wird es Zeit, uns noch mehr Volk in die Festung zu holen. Hat Urgroßvater seinen trefflichen Boten Kakka mitgebracht? Ja? Dann soll er ihn gleich wieder aussenden. Kakka muss die Fürsten aller Asteroiden bei uns versammeln. Am besten bringen sie ihre Truppen gleich mit. Ich setze eine Versammlung an, auf der ich gleich meine Antrittrede... als General, meine ich... halten werde."
„Gut", nickte Ea. „Lass dir aber besser von Mummu dabei helfen."
„Das werde ich, Vater", stimmte Marduk zu. „Und wie ich das werde! Du wirst schon sehen."
Dem alten Ea wäre der merkwürdig verschmitzte Unterton in den Worten seines Sohnes und Erben aufgefallen. Doch in seinem derzeitigen geistigen Zustand trat der Götterkönig einfach nur auf eines der Schreibpulte zu. Er legte sich Stifte, Rechentabellen und geometrische Zeichengeräte bereit. Dann verbrachte er ein, zwei Stunden damit, diese anzustarren.

*

Als einer der ersten Fürsten traf Zahrim in Ubshu-ukkinakku ein. Der Gott gehörte zu Eas Generation, den Ururenkeln des Urgötterpaares. Von Anfang an hatte er die Erfindungen des Götterkönigs, der nur unwesentlich jünger als er selbst war, voller Begeisterung aufgenommen. Doch erst der Exodus in die Leere hatte Zahrims volles Potential gefordert. Im gesamten Apsu war er als der genialste aller Architekten bekannt. Kaum eine Asteroidenfestung gab es, an der er nicht in irgendeiner Bauphase Hand angelegt oder mit einem präzisen Bauplan hilfreich zur Seite gestanden hätte. Zahrim wollte Ea die Verteidigung seiner Ubshu-ukkinakkus überlassen, doch sein Sohn machte dem Götterkönig einen Strich durch die Rechnung, indem er Zahrim bereits kurz nach dessen Ankunft über die Vorgänge im Salzwasserozean in Kenntnis setzte. Mit dem ausdrücklichen Befehl, mehr über den Übungskampf um das Aduruna-Modell zu erfahren sandte Marduk den Festungsarchitekten zu seinem Vater.

*

Andere Ankömmlinge, selbst ebenfalls im Fürstenrang stehende, wurden im Unklaren darüber gelassen, wie die Dinge standen. Nicht wenige von ihnen wussten nicht einmal, was in der Welt um sie herum vorging. Vom Krieg hatten Lahmu und Lahamu nichts verlauten hören. Die kürzlichen Gravitationsanomalien hielten sie für eine weitere Eigenart des Apsu. Doch gerade auf den Rat Lahmus sollte Marduk großen Wert legen, hatte ihm Mummu eingeschärft. Der Älteste der Urgbeborenen mochte über Kenntnisse verfügen, von denen die beiden Verschwörer nichts ahnten - und die möglicherweise weit über ihr Verständnis hinausgingen, ergänzte jeder von ihnen still für sich, ohne den anderen mit dieser Erkenntnis zu verunsichern.

*

Das Treffen mit seinem Ahnen hatte Marduk im Schwimmbad Ubshuukkinakkus angesetzt. Als der Prinz eintraf, seinen Vorfahren jedoch nicht in der großen Höhle erblicken konnte, hechtete er mit einem Satz ins Wasser. Wie erwartet schwebte dort bereits der Urgeborene.
„Ich grüße dich, mein Prinz. Groß bist du geworden!"
„Und ich heiße dich in meines Vaters Festung willkommen, Lahmu unser Ahne", erwiderte Marduk höflich. Er zappelte dabei mit Händen

und Füßen, wedelte mit sämtlichen Flossen sowie seinem Kopfkamm, in dem Bemühen, Lahmus geschmeidige Bewegungen nachzuahmen.
„Ich hoffe, du und deine Gattin hatten eine angenehme Reise..."
Lahmu lächelte. Nicht die auswendig gelernten Floskeln des jungen Prinzen schmeichelten ihm, sondern etwas anderes. Marduk hatte den uralten Gott durch seine Versuche, dessen Art zu kommunizieren nachzuahmen, für sich gewonnen. Denn Lahmu sprach nicht einfach nur, er bediente sich einer viel archaischeren Ausdrucksweise. Dazu gehörte, einen Großteil der Information über eine Manipulation des den Gott umgebenden Wassers zu übermitteln. Worte waren eigentlich nicht nötig. Tiamat und Apsu hatten nie welche nötig gehabt.
Lahmu und seine Schwester waren in der Nähe ihrer Eltern aufgewachsen. Sie hatten sich daher deren Verständigungsmethode angeeignet, soweit sie es vermochten. Der kleine Mummu hingegen hatte sich an seinen Altersgenossen orientiert. Als er geboren wurde, hatte es bereits drei weitere Generationen von Göttern gegeben. Nicht sein längst erwachsener Bruder Lahmu, sondern Anu war damals in den Weltenozeanen tonangebend unter den Kindern gewesen.
Lahmu begutachtete seinen Nachfahren den Götterprinzen.
„Nicht nur gewachsen, sondern tatsächlich groß geworden, wie ich sehe. Du erkennst Weisheit, wo du ihr begegnest und versuchst deine Grenzen zu erweitern, weil du bereits erwachsen genug bist, dir einzugestehen, welche zu besitzen."
„Das größere Problem besteht darin, es auch vor anderen zuzugeben", gestand Marduk.
Eine Wolke blubbernder Luftblasen entwich Lahmus Mund!
„Oh ja, du erinnerst mich an mich in deinem Alter!"
„Und besteht eine Möglichkeit, wie ich dich an dich in deinem derzeitigen Alter erinnern könnte?"
Wie stets vermittelte das Wasser Lahmu viel präziser als Marduks Worte, was der Jüngere ihn zu fragen versuchte. Marduk wollte ganz einfach lernen, was es mit der Wassersprache auf sich hatte.
Hastig begann der Prinz dem Urgeborenen zu erklären, worauf er sich vorbereitete, zu welchem Zweck er das Wissen der Vorfahren

benötigte. Es erforderte viele Wiederholungen, bis Lahmu die Erzählung in ihrer Gänze aufgenommen hatte und selbst dann blieb ihm so einiges unklar:
„Was genau ist das: Krieg?"
„Das Mittel, das uns den Frieden bringt!" erwiderte Marduk finster.
„Und Frieden, das ist ein Zustand der Ruhe."
„Ruhe, ja, das ist gut. Die Anomalien werden enden?"
„Das werden sie gewiss."
„Krieg, ja", erinnerte sich der Urgeborene. „Jetzt fällt es mir wieder ein. Mutter Tiamat hat Krieg gegen uns geführt, als Ea zu laut gemacht hat. War es nicht so?"
„Äh..."
„Und wir haben verloren. Ja, so war das. Ja."
Marduk konzentrierte sich darauf, dem Wasser zu befehlen, Lahmu einzugeben, die anderen Fürsten nach den genauen Hintergründen des Exodus zu befragen. Es wollte ihm nicht gelingen. So bat der Prinz seinen Vorfahren einfach, mit der Lektion zu beginnen.

*

Mehrere Tage hielt sich Lahmu nun bereits wieder in Gesellschaft seiner Artgenossen auf. Er blieb dasselbe für sie, wie sie für ihn: Exotische Tiere, denen man eine gewisse Verständigkeit nachsagen durfte.
„Da drüben hinter der Membran leben doch vor allem Urgeborene, richtig? Wenn das alles ist, was Tiamat aufzubieten hat" höhnten Ellils Krieger, „dann macht uns der Salzwasserozean nicht bange! Ea kann beruhigt seinen Sohn hinschicken!"
Marduk hingegen wusste zwei Dinge: Dass Ea erstens tatsächlich vorhatte, seinen Sohn als Heerführer in die Domäne Tiamat zu entsenden und dass die Urgeborenen zweitens ihre wässrigen Heimat in einem Maße manipulieren konnten, die allein den Gedanken an eine mögliche Gegenwehr zur Utopie degradierte.
Lahmu übte täglich mit Marduk. Während einer dieser Übungsstunden kam der Urgeborene von ganz allein auf die Befindlichkeit des

Götterkönigs zu sprechen: „Eas Zustand ist unnatürlich, mein Prinz. Ja, er hat Angst. Wer hätte das nicht? Nur ein Narr! Aber mir scheint, da gibt es etwas, das dieses Gefühl verstärkt und ins Krankhafte steigert." In Marduks Ohren ergaben diese Worte Sinn. Der Natur seiner ungewöhnlichen Lektion entsprechend traf das auch für seine Haut, die Schuppen und die inneren Organe - Hirn, Herz und Hoden sagten die Älteren - zu.

„Qingu wird erwarten, dass kein Krieger ohne Angst in eine Schlacht geht", überlegte Marduk laut. Es war ihm noch nicht möglich, Gedanken, die er gerade erst für sich selbst zu ordnen hatte, durch die Sprache des Wassers zu begleiten. „Er muss also über einen Zauber verfügen, der es ihm erlaubt, unsere Ängste zu verstärken."

„Wie sollte der deinen Vater getroffen haben?" hakten die Wasser nach. Lahmu starrte Marduk lediglich fragend dazu an.

„Weder auf Ea, noch auf irgendeinen von uns wurde ein Zauber gewirkt", meinte der Urgeborene, als eine Antwort des Prinzen ausblieb. „Der Terror geht allein von der Horde aus. Tiamats Kreaturen selbst sind verzaubert. Wer immer sie anblickt, den verlässt der Kampfeswille."

„Wunderbar!" Marduk reckte seine zur Faust geballte Rechte über den Kopf. Ein Strudel entstand, der die Wasseroberfläche erreichte und dort als Fontäne weiter in die Luft stieg. „Dann werden wir nicht unvorbereitet in die Falle tappen!"

„Nicht unvorgewarnt", korrigierte Lahmu. „Setzen wir die Lektion fort?"

Marduk legte seinen Kopf in den Nacken. Er beobachtete das Wasserspiel über seinem Haupt und erklärte: „Gern. Mir scheint aber, wir sollten heute nicht üben, wie man unter Wasser spricht, sondern wie man das zurückhält, was man nicht ausdrücken möchte..."

*

Die Gäste in Eas Palastfestung saßen um eine große Tafel versammelt. An den im Halbkreis angeordneten Tischen hatten die Götter außen und die Göttinnen diesen gegenüber innen Platz genommen. Speisen

und Getränke standen bereit, während der Zusammenkunft konsumiert zu werden. Zwar ernährten sie die Götter nicht, übten aber eine überaus willkommene Wirkung auf deren Körper aus. Herz, Hirn und Lust verschmolzen durch den Genuss sorgfältig ausgewählter Genussmittel zu einer Einheit. Allein, um sich dieses Gefühl zu gönnen, kultivierten die Götter in ihren Festungen im Apsu Wasserpflanzen. Wasser war knapp und jeder für den Ackerbau abgezweigte Kubikmeter einer weniger, der zum Schwimmen zur Verfügung stand. Doch der Gewinn war diese Einschränkung wert.
Ubshu-ukkinakku besaß besonders ausgedehnte Felder und Marduk geizte nicht bei der Bewirtung seiner Verwandten. Er benötigte sie in aufgeschlossener, aber noch nicht zu ausgelassener Stimmung.
Mittlerweile hatte es sich herumgesprochen, was im Salzwasserozean vor sich ging. Ea wiederholte es dennoch erneut für die versammelten Fürsten.
„Mutter Tiamat zürnt uns nicht mehr nur, sie lehnt unsere bloße Existenz ab. Vor kurzem hat sie erfahren, dass wir unseren Rauswurf aus ihrer Domäne überlebt haben. Nun rüstet sie in Aduruna zu einem finalen Schlag gegen uns. Sie hat Kreaturen erschaffen, die finsterer und wahnsinniger als alles, was bisher den Weltenozean bewohnte, sind. Ihr einziger Lebenszweck ist es zu jagen und zu töten, bis keiner von uns mehr übrig ist. Ihr Anblick allein pflanzt Terror ins Herz derer, die sich ihnen entgegenstellen. Die Horde wird von Qingu dem Verführer unserer Schwestern angeführt. Tiamat hat ihn in ihrer Verblendung zu ihrem Gemahl ernannt, dem neuen Götterkönig, Apsus Nachfolger Und Apsus Werk wird der Grünblaue auch vollenden... Nun wisst ihr es. Die Gerüchte, die ihr gehört habt, sind wahr."
Ellil erhob sich. Mit Billigung seines Bruders nahm er das Wort an sich:
„Marduk Eas Sohn, Prinz des Apsu, hat sich aus freien Stücken bereiterklärt, in den Salzwasserozean vorzudringen und Qingus unrechtmäßige Herrschaft zu beenden."
Als sei damit alles gesagt, was es zu sagen gab, nahm Ellil wieder Platz. In der Tat hatte der General noch viel zu besprechen, doch gingen all diese Angelegenheiten lediglich jene Krieger und Offiziere an, die

Marduk letzten Endes in die Domäne Tiamat begleiten würden. So erhob sich als dritter der junge Prinz.
„Die Künste jener wie Zahrim und Ellil verschaffen uns Sicherheit im Fall eines Angriffs. Ergreifen wir aber jetzt sofort die Initiative, können wir mehr erreichen, als unser Leben lang Welle um Welle des Feindes zurückzuschlagen. Wir könnten siegreich in unsere Heimat zurückkehren, sobald Aduruna erst einmal gefallen ist. Holen wir uns zurück, was von Rechts wegen unser ist!"
Die Urgeborenen und ihre Kinder, all, jene, die Tiamats Wutausbruch ohne Vorwarnung getroffen hatte und jene, die das Ende des Süßwasserozeans miterlebt hatten, nickten zustimmend. Zustimmende Rufe erhoben sich und Lahmu bewegte aus Gewohnheit seinen Leib, als befände er sich im Wasser.
„Aber wenn ich meinen Vater in diesem Krieg vertrete und den falschen Götterkönig stürze, dann verlange ich", erklärte Marduk, „dass ihr mich als euren Herrscher anerkennt! Ich kann ja nun wirklich nicht mitten im Salzwasserozean Nintu daheim kontaktieren, damit sie mir übermittelt, was ich tun darf und was nicht! Nein, ich benötige die Vollmacht des Götterkönigs!"
Der Prinz hielt in seiner Rede inne. Ihm fiel auf, dass mehrere Gäste bereits an der Grenze ihrer Kapazität, ihm zu folgen, angelangt waren. Die Rauschgetränke taten ihre Wirkung.
Marduks Herz schlug schneller. Er wagte nicht, seinen Vater direkt anzublicken. Aus den Augenwinkeln sah er dennoch, wie Eas Hand sich hob.
„Für die Dauer dieses Krieges soll es so sein!" rief der Götterkönig in die Runde.
Demütig senkte Marduk sein Haupt. Er schloss die Augen. Sprach, er werde sich der Verantwortung hoffentlich gewachsen und des Vertrauens seines Vaters würdig zeigen. Seinen Triumph richtete Eas Sohn ausschließlich nach innen.
‚JA! Ich bin am Ziel!'

*

Im Laufe der Feier, jedoch nicht sogleich im Anschluss an seine Ernennung zum amtierenden König der Götter, winkte Marduk Mummu zu sich heran. Der Urgeborene hatte sich eine Fessellänge von seinen Herren entfernt aufgehalten, nun näherte er sich gemessenen Schritts.
Marduk hakte seine Finger in die Leine.
„Mir gehört jetzt alles, was dein war...", teilte er dem Vater mit.
„Du willst meinen Mummu?" Ea löste die Leine des Gefangenen von seiner Stuhllehne. Er hielt sie Marduk einladend hin. „Nimm ihn dir ruhig!"
Marduk bedankte sich höflich. Mit dem aus dem Besitz des Vaters in den des Sohns übergehenden Gefangenen wechselte keiner von beiden ein Wort. Ea hielt keines für nötig und Marduk war in Gedanken ganz woanders.
‚Wenn du einen kleinen Gefallen unbedingt gewährt bekommen möchtest, verlange zuerst einen Großen', hatte ihm der Vater eingeschärft. Marduk aber tastete sich nach und nach vom kleineren zum größeren vor. Zuerst Eas Titel, dann seine lebendige Trophäe und nun... Seine Lippen, die Kiemen und die gesamte Haut kamen dem Prinzen mit einem Mal ausgetrocknet vor. Er wünschte sich, ein kurzes Bad nehmen zu können, alle seine Ängste abzuspülen und am Ende gereinigt und hoch erhobenen Hauptes sein Anliegen vorzutragen. Dass Mummu neben ihm niederkniete, nahm Marduk zuerst kaum wahr. Doch der Urgeborene hatte etwas anderes im Sinn als dem jungen König seine Unterwerfung zu demonstrieren.
„Marduk!" wisperte er. „Es ist jetzt wirklich an der Zeit für..."
„Ja, weiß ich doch!"
„...eine Rede", beendete Mummu seinen Satz nach einer beredten Pause. „Für das, was Damkina und wir besprochen haben" lautete die eigentliche Botschaft des Visiers.
„Ich kann das nicht", gestand Eas Sohn dem Urgeborenen. Er streckte die Hand aus, legte sie auf Mummus Kopf und zwang seine Neuerwerbung dazu, sich vollständig vor ihm niederzuwerfen. Diese Bewegung verschaffte ihm einen Vorwand, sich ebenfalls niederzubeugen. Er, der nach außen hin den Herrscherteil des Duos

darstellte, zischte seinem Untertanen unter dem Tisch zu: „Ich bin noch nicht soweit, es ohne ihre Zustimmung zu schaffen. Aber sag mir mal, wie ich sie dazu bringen soll, mir zu geben, was ich will, wenn es dasselbe ist, was jeder möchte und sich sicher nicht nehmen lassen wird!"
„Indem du es ihnen gibst", erwiderte Mummu kryptisch. Marduks Miene hellte sich auf. Ihm, der als Prinz an Eas Hof erzogen worden war, war die Aussage sofort klar.

*

Marduks Kopf erschien wieder über der Tafel. Er griff nach einem Kelch, schob seinen Lehnstuhl zurück und stand nun vor den Gästen. Überlegen lächelnd platzierte der Prinz seinen rechten Fuß auf dem Rücken des Gefangenen.
„Richtig so!" rief jemand in die Runde. „Und demnächst zeigen wir dem gesamten Pack Wilder da drüben seinen Platz!"
Marduk nickte huldvoll. „Das werden wir, Suhgurim. Du als Krieger möchtest an meiner Seite streiten, aber nicht jeder hier kann mich in den Salzwasserozean begleiten. Ich biete auch den Zurückbleibenden, die Verantwortung für die Bewohner ihrer Festungen tragen, die Chance, sich an meinem Kriegszug zu beteiligen."
Einige der Fürsten nickten einander zu. Einen Anteil am Kriegsruhm zu erhalten, ohne die relative Sicherheit des Apsu verlassen zu müssen, kam ihnen sehr entgegen. Marduk lauschte genau auf das Schlagen der Herzen seiner Zuhörer, die Lautstärke ihrer Atmung und das verräterische Rascheln ihrer Gewänder, wenn sie unruhig die Sitzhaltung wechselten oder auch nur mit den Füßen zuckten.
„Könige des Apsu!" sprach er sie an. „Große Dinge erwarten uns. Bis heute wart ihr Fürsten und dann wurde euch ein Jüngling als Herrscher vorgesetzt. Doch ich stehe hier nicht als König über euch alle. Bin ich vielleicht Qingu, der sich derartiges anmaßt? Nein! Ein König unter vielen, der Erste unter Gleichen, will ich euch sein."
In dem sich auf seine Worte erhebenden Beifall ging das belustigte Schnaufen Mummus unter. Marduks durfte sich keine ähnliche

Äußerung leisten. Er musste seine Rede unbeirrt und vor allem überzeugend zu Ende bringen.
Was genau sein Sohn bezweckte, blieb Ea schleierhaft. Hatte er im ersten Atemzug die Fürsten zu Königen erhoben, machte er sich im zweiten zum Kaiser. Das Machtgefälle änderte sich trotz der glanzvollen Titel nicht im Geringsten.
„Versammelte Könige! Leistet einen Eid der Treue auf den Kaiser des Apsu, heißt er nun Marduk, heißt er Ea oder trüge er fünfzig Namen! Schwört, eure Macht zur Verteidigung unserer Heimat hier und der Durchsetzung unsere rechtmäßigen Ansprüche in der Domäne Tiamat zur Verfügung zu stellen und nichts zurückzuhalten!"
Wieder lauschte Marduk genau auf die Reaktionen seines Publikums.
‚Marutukku! Schenk mir noch einmal von dem Grünen Algenwein nach und gib mir ein Zeichen, wenn der Junge fertig mit seiner Ansprache ist', forderte einer der neu berufenen Könige seinen Knappen auf. ‚Damit ich ihm dann seinen Gefallen tun kann.'
Wie dieser weinselige Gott dachten auch seine Gefährten. Der Alkohol und Marduks Schmeichelei verrichteten ihre Wirkung zuverlässig. Als ein jeder die Hände seiner Nachbarn ergriff um sie gemeinschaftlich zum Schwur zu heben, verbanden sich die Armflossen zu einem einzigen geschlossenen Ring. Marduk spürte die Macht, die in der Verbindung lag. Sie stand ihm Verfügung. Er musste nur noch zugreifen!
Der Kaiser und Heerführer zögerte nicht länger. Aus Eas Beobachtungen im Salzwasserozean, Mummus Andeutungen einer möglichen geistigen Verbindung auch zwischen den Göttern, seinen Erfahrungen mit den Rüstungen aus Damkinas und Nintus Hand und nicht zu vergessen der Zweckentfremdung eines Mischwindes zum selben Zweck hatte Marduk sich das Gerüst eines Zaubers zurechtgelegt. Die letzte noch fehlende Komponente, gewissermaßen das Fleisch auf den Knochen, hatten Lahmus Unterweisungen beigesteuert.
Hier und da lag noch eine Gräte unverbunden mit dem Skelett frei, doch traf das auch auf die Verhältnisse im Körper eines Gottes zu und Namtila behauptete, dass es sich dabei um eine gute Sache handelte.

Im Großen und Ganzen war Marduks Zauber vollständig und der Jüngling bereit, ihn zu wirken.

*

Die Götter leisteten den von ihrem Sovereign gewünschten Eid. Jeder fühlte sich dem anderen durch das geteilte Ziel verbundener als sonst. Ihr Gedanken richteten sich denjenigen, der alle ihre Hoffnungen verkörperte. Sie besaßen ein Ziel, eine Richtung und glaubten, dass sich ihre Befähigung, dieses Ziel auch erreichen, gerade vervielfacht hatte.
Marduk spürte all dies. Über die Wahrnehmung der Gefühle hinaus stand ihm aber noch eine zusätzliche Option offen. Der Kaiser vermochte die Kraft der anderen Götter auf sich zu übertragen, hatten diese ihm doch durch ihr Gelöbnis die Vollmacht dazu ausgesprochen.
Die geballte Macht der Älteren floss in Marduks Körper. Von nun an würde sie sich über dieses Vehikel stets dahin wenden, wo sie gebraucht wurde! Niemals wieder durfte jemand Eas Sohn vorschreiben, wem er seine Hilfe verweigern musste weil sie zusammen nicht so viel wert seien wie seine prinzliche Haut. Auf den jungen Kaiser wirkte allein die Vorstellung davon, wozu er von nun an in der Lage sein würde, wie ein Rausch. Nicht mehr würde es niemand mehr erlaubt sein, ihm Befehle zu erteilen, es bestand auch kein Grund mehr dazu, ihn zu schützen. Der verletzliche Prinz war Geschichte, der Kaiser wurde gerade geboren. Diese zweite Geburt ging ohne eine Mutter vonstatten, die Wehen fanden in Marduks eigenem Körper statt. Sie bestanden aus den Machtschüben, die in und durch seinen Leib strömten.
Die Götter merkten nicht, was mit ihnen geschah. Marduk beherrschte diese armseligen Kreaturen nun. Er benötigte keinen einzigen von ihnen mehr. Nicht ihre Hüllen, die schon bald leer gesaugt sein würden und nicht die Gesellschaft ihrer beschränkten Geister. Er besaß die Winde, er besaß die Macht der Götter und der gesamte Apsu stand ihm offen. Genaugenommen würde es bald allein Apsu selbst sein, der ihm noch ebenbürtig war.

Vor Marduks innerem Auge baute sich ein Bild des Weltraums auf. Noch fehlte ihm das vollständige Verständnis der ihn umgebenden Welt. Dazu benötigte er nicht nur die Fähigkeiten seiner Mitgötter, sondern ihre Essenz, jede Erfahrung, die sie jemals gesammelt hatten. Besaß der Kaiser diese erst, würde er die Tafeln des Schicksals nicht benötigen. Und dann... Ja, was eigentlich? Dann wäre er in der Lage, die Gravitationsverhältnisse im Apsu in einer Weise zu kontrollieren, dass Kollissionen wie jene, die er beobachtet hatte, verhindert würden. Aber wozu? Die Bewohner der Festungen in der Leere gäbe es ja nicht mehr, hatte der Kaiser sie erst alle ihrer Essenz beraubt.
‚Nein! So leicht bekommst du mich nicht, Vater Apsu! Dein Werk werde ich nicht für dich zuende führen!'
Der Kaiser konzentrierte sich auf seine Erinnerung an den Zusammenstoß. Im Nachhinein hatte sich herausgestellt, dass niemand dabei zu Schaden gekommen war, doch Marduk visualisierte, was hätte geschehen können. Allein um Katastrophen dieses Ausmaßes zu verhindern benötigte er die Macht der älteren Götter.
Marduk lenkte die Energieströme nun bewusster. Er nahm auf, was er fassen konnte und ließ ziehen, was er als zu fremd empfand, um in sein Wesen integriert zu werden. Sobald er auf eine interessante Fähigkeit stieß, über die sich die Persönlichkeit eines seiner Untertanen definierte, verhinderte er eine vollständige Übertragung in sein eigenes Repertoire. Es waren genügend Heiler anwesend, von denen der Kaiser jeweils eine kleine Dosis Können nahm. In ihrer Summe verliehen ihm diese Fragmente die Erfahrung eines erwachsenen Heilkundigen. Mit den übrigen Fertigkeiten, Zaubern und Einsichten hielt es Marduk ebenso. Am Ende des Rituals würde seine Macht die der anderen weit übertreffen - und seine Rücksichtnahme ihm dem Spott der Verwandten ausliefern, sollte jemals ans Licht gelangen, was er getan und vor allem, was er unterlassen hatte.

*

Auch von Ellil und Ea zog der junge Kaiser ab, was er benötigte. Anschließend gab er zurück, was diese beiden benötigten.

An der Banketttafel stand Ea links von Marduk. Sein Blick war wie der aller anderen im Eid verbundenen Götter auf seinen Kaiser gerichtet. Doch nun blinzelte er mitten in dem feierlichen Ritual seiner Gemahlin zu. Wenn es sich sicher war, dass sie alle sterben sollten, so wollte er die ihm verbleibende Zeit voll auskosten, versprach dieses Augenzwinkern. Doch dann fragte sich Ea, wieso er eigentlich davon überzeugt war, den bevorstehenden Krieg zu verlieren?! Und wieso hatte schritt seine Arbeit so schleichend voran?! ‚Also doch kein intimer Abend mit Damkina', dachte er traurig, bevor ihm einfiel, dass man das ja eigentlich bestens verbinden konnte.

An Eas Seite, seine Rechte mit der Linken des Bruders verbunden, zog unterdessen Ellil in Betracht, dass es sehr wohl einen Unterschied ausmachte, ob die Götter des Apsu den Krieg überleben würden oder nicht. Die Zuversicht der im Kreis verbundenen Fürsten verhinderte einen Ausbruch der so lange unterdrückten Ängste des Kriegers in Form schierer Todesangst. Ihr Optimismus spülte in derselben Stärke wie die aufkommende Panik über ihn hinweg, bis sie sich nur noch in einer Stärke erhielten, die Ellils eigentlichem Wesen entsprach. Dieses seit dem Schock angesichts des veränderten Apsu nie zur Ausprägung gelangte Wesen war ihm selbst noch fremd. Mit einem Mal verstand Ellil, was in einem Jugendlichen vorging. Seine Lippen sprachen den Wortlaut des Eides, aber sein Geist legte sich Worte zurecht, die Aranuna und Enbilulu trösten würden, ihnen Stärke verleihen und, denn auch das gehörte nun einmal zu dem Krieger, gleichzeitig seine Autorität als Führungsoffizier Ubshu-ukkinakkus aufrechterhalten würden.

Die restlichen Götter spürten vom Zauber ihres Kaisers allenfalls ein leichtes Kribbeln, was viele auf ihre eigene freudige Erregung zurückführten.

„Es war eine lange Feier", bemerkte ein sichtlich geschwächter König des Apsu. Andere stimmten ihm zu. Nicht nur die einstigen Fürsten, auch ihre Gefolgsleute, die mit an der Tafel gesessen hatten, hatten im Netz von Marduks Zauber gefangen an Macht verloren.

Lediglich die als Diener aufwartenden Gefolgsleute fühlten nichts weiter als die ganz normale Erschöpfung, die das ständige

Bereitstehen eben mit sich brachte. Sie würden nach dem Ende der offiziellen Veranstaltung noch weitaus länger weiterfeiern als es ihre Herren getan hatten.
Marduk schob sich zufrieden ein mit Alkohol getränktes Moosbällchen in den Mund. Endlich durfte auch er den Köstlichkeiten zusprechen.

*

Als Marduk am Morgen nach dem Bankett in seine Gemächer zurückkehrte, ging Mummu an seiner Seite.
Der Kaiser starrte auf die Leine, die er zwischen den Fingern hielt. „Das ist albern", schnaubte er. „Abartig!" Mit den Worten "Hier! Fang!" warf er Mummu die Leine zu.
Der Urgeborene hielt seine eigene Fessel in den Händen.
„Und wie weiter? Wie soll ich die tragen?"
„Am besten irgendwie modisch", erwiderte Marduk, dann seufzte er. „Wenn ich wüsste, wie man die Fessel löst, wärst du sie längst los. Aber hier versagt meine Kunst. Vater hat die Leine nicht in seiner Eigenschaft als unser König, sondern als Privatperson verzaubert."
„Ist ja auch egal. Es gibt etwas, das ich mir viel sehnlicher wünsche."
„Und ich habe das Gefühl, dass es kaum einen Wunsch gibt, den zu erfüllen mir nicht möglich sein sollte. Sprich aus, was du begehrst und lass uns meine Macht auf die Probe stellen!"
Mummu musste schmunzeln. Unter dem Götterkönig befand sich noch immer der alte Marduk, der Junge, den er hatte aufwachsen sehen. An dieses Kind wandte sich der Gefangene nun mit seiner Bitte:
„Nimm mich mit in die Domäne Tiamat! Ich führe dich nach Aduruna, ich kämpfe für dich, ich tue, was immer du verlangst. Erreichen wir Tiamats Palast, besiegst du Qingu und führst die Gefangenen mit dir fort, werde ich wieder mit meiner Schwester vereint sein. Wie du siehst habe ich ein aufrichtiges Interesse daran, dass wir am Ziel ankommen. Ich werde dich nicht verraten."
Marduk setzte zu einer Antwort an. Er kam nicht dazu, sie zu geben, denn kaum hatte Mummu ausgesprochen, glühte der durch seine Nase gezogene Ring auf. Ein gleißender Lichtblitz blendete den

Urgeborenen und den Kaiser. Als sie wieder sehen konnten, war der Ring verschwunden. Mummus Fessel lag zu Füßen des Gefangenen und dieser wusste nicht, wie ihm geschehen war.
„Clever", kommentierte Marduk das Geschehen. „Diese Art Fessel hält offenbar exakt solange, wie sie benötigt wird. Also dann, Mummu - willkommen in meinem Gefolge."

*

In der großen Halle, in der die Kriegs- und Passagierschiffe Ubshuukkinakkus ankerten, hing eine aktualisierte Karte des Apsu an der Wand. Ellil hatte sie aus seinen eigenen auf zahlreichen Flügen gesammelten Daten und den Bordbüchern der Gäste zusammengestellt. Seit dem gestrigen Tag zeigte die Karte außerdem die Regionen, in denen Marduk Helfer ganz besonderer Art stationiert hatte. Nordwind und eine ganze Reihe der Mischwinde würde ihren Herrn in den Krieg begleiten, die drei anderen mit ihren Kindern aber die Grenzen beschützen. Da viele von Ellils Kriegern an der Seite des jungen Königs kämpfen sollten, war das auch dringend notwendig. Ellil betrachtete die Aufstellung, ohne etwas daran beanstanden zu finden.
„Wie macht sich die ‚Flügel'?" erkundigte er sich bei seinem Bruder. Dieser drehte den Krieger einfach der Schulter. „Sieh selbst!" forderte er ihn auf.
Marduks neues Schiff stand zum Abflug bereit. Im Gegensatz zu den vollständig geschlossenen, meist spindelförmigen Gefährten wies dieses zwei breite zur Seite abgespreizte Flossen auf, die Marduk „Flügel" nannte. Die Ränder der Flügel waren nach oben gebogen. Sie verhinderten, dass Matrosen selbst bei spontanen Manövern über Bord gingen und boten ein wenig Deckung. Eine weitere Plattform am Heck erlaubte es, auf Angriffe von hinten zu reagieren. Zusätzlich besaß die „Flügel" herkömmliche Geschützdecks, einen Rammsporn und eine blickdurchlässige schützende Hülle, die sich bei genauerer Betrachtung als niemand anderer als Nordwind herausstellte.

Marduk stand auf dem Ubshu-ukkinakku zugewandten Flügel seines Schlachtschiffes. Obgleich ihm die vereinte Macht der Götter des Apsu zu Gebote stand, hatte er sich zusätzlich für eine herkömmliche Waffe, einen Langbogen, entschieden. Im Salzwasserozean würde dieser an Effektivität einbüßen. Doch anstatt einen Speer bereitzuhalten, trug Marduk lediglich ein Messer als Seitenwaffe bei sich. Ea vermutete, dass die physische Form der Waffe längst keine Rolle mehr spielte. Marduk würde auch mit einem Bogen unter Wasser erfolgreich kämpfen - erfolgreicher als mit einem Speer überdies, da sich niemand im Salzwasserozean durch einen Bogen bedroht fühlen würde.

Gemeinsam mit Ellil stand der Vater des jungen Kaisers neben der Karte und beobachtete Marduk dabei, die letzten Kommandos zu geben.

Ab und zu schlugen Flammen aus dem Mund des Gottes. Ea schloss daraus, dass Marduk eine Technik gemeistert haben musste, die sich aus seiner missglückten „Kostprobe" der vier Winde ableitete. Nordwind diente dem Heerführer offenbar nicht nur als Schirm, sondern als unbegrenzter Munitionsnachschub.

„Marduk ist nicht mehr mein Sohn, er ist jetzt eine Waffe", meinte Ea. „Ich hoffe, den Jungen nach dem Krieg als Person zurückzuerhalten..."

„Und ich hoffe, meine Männer werden mich nicht auslachen, weil ich zurückbleiben und die Verteidiger kommandieren muss", entgegnete Ellil.

„Das macht dir Angst?"

„Mir flößt seit der Krönungsfeier deines Jungen alles mögliche Furcht ein. Er hat etwas mit unseren Köpfen angestellt, etwas Gutes, möchte ich meinen. Aber ich muss erst wieder mit meinen Gefühlen umgehen lernen."

„Ja, das kann ich mir vorstellen. Aber damit bist du nicht allein, Bruder. Wie immer diese Sache ausgeht, wir werden uns alle an neue Gegebenheiten gewöhnen müssen."

Tafel 9

Dreiundfünfzig Mann brachen an Bord der „Flügel" auf, die restlichen Krieger des Apsu unterstellte Marduk unabhängig davon, welcher Familie sie angehörten, seinem Onkel Ellil. Zweiundfünfzig Soldaten und ein junger Heerführer gegen die sechshundert Personen starke „Horde" - auf den ersten Blick standen die Chancen nicht gut für die Krieger des Apsu. Sie standen auch auf den zweiten und dritten Blick nicht besser, doch hütete sich Marduk, das auszusprechen. Stattdessen wiederholte er während des Anflugs auf die Grenze ein ums andere Mal, dass er nicht vorhabe, sich jedem einzelnen Bewohner des Salzwasserozeans zu stellen. Das Ziel der Operation sei es, konsequent jeden Feindkontakt zu meiden, wo das nicht möglich war Verteidigungslinien zu durchbrechen und nach Aduruna vorzustoßen. Dort erwartete die kleine Streitmacht der eigentliche Feind, das Duo aus Tiamat und Qingu. Schaffte es Marduk nicht, die 1:11 - Relation zu überleben, brauchte er den Palast unter den Wellen gar nicht erst zu erreichen, denn in diesem Fall hätte er ohnehin keine Chance gegen diese beiden.

*

Die auf den Bastionen der „Flügel" stationierten Truppen instruierte Marduk, defensiv zu kämpfen, Angreifer vom Schiff fernzuhalten und nicht persönlich zu verfolgen, sondern die Mischwinde damit zu beauftragen. In den ersten Tagen der Reise durch den Salzwasserozean kam es keiner einzigen Sichtung eines feindlichen Gottes, jedoch, und das machte die Besatzung nervös, auch zu keiner Beobachtung auch nur eines einzigen Lebewesens.
Marduks Gefolgsleute legten höchste Konzentration an den Tag. Aller vier Stunden lösten sie einander ab.

Enbilulu lächelte erleichtert, als es wieder soweit war, sich ins Innere des Schiffes zurückzuziehen. Gugal legte dem jungen Krieger die Hand auf die Schulterstücke seiner Rüstung. „Wir können wieder rein. Marukkas Einheit übernimmt jetzt."
„Ich habe keine Angst", erklärte Enbilulu. „Im Gegenteil möchte ich alles über den Weltenozean lernen! Ich fühle mich einfach noch nicht bereit, in dieser fremden Umgebung zu kämpfen. Das ist alles."
„Dann melde dich bei den Steuerleuten", forderte Marukka den Jungen auf. „Und ihr anderen legt euch schlafen. Im Gegensatz zu Enbilulu seid ihr keine Kinder mehr, will heißen, eure Energie kennt Grenzen!"
Gemeinsam mit Marukka betraten Marutukku, Lugal-Dimmer-Ankinna, Merschakushu und Bel den linken Flügel des Kriegsschiffes. Keiner von ihnen gehörte zu den herausragendsten Mitgliedern von Marduks Armee, dafür stellten sie einige der verlässlichsten Krieger. Marutukku war stets dort, wo Hilfe gebraucht wurde, wenn er sich auch nie selbst hervortat. Als Zweitbester in so ziemlich jeder denkbaren Position an Bord der „Flügel" bekannt konnte dieser Gott auch in jedem Gelände zuverlässig kämpfen. Bel hingegen fühlte sich zwar gleichermaßen bei Einsätzen in der Leere des Apsu wie auch innerhalb der Asteroidenfestungen daheim, der Kampf im Wasser hingegen lag ihm nicht.
„Taktik bleibt Taktik", murmelte der Krieger. „Wenn euch mein Waffenarm hier nichts nützt, dann vielleicht mein Kopf."
„Solange ich weiß, woran ich mit dir bin, soll mir das Recht sein", erwiderte Lugal-Dimmer-Akinna, einer von Marduks Offizieren. Als Angehöriger von Eas Generation befehligte er viel ältere Götter, darunter Mershakushu, einen Altersgefährten Anshars. Der Beinahe-Urgeborene hatte sich von Ellil dessen Kälte abgeschaut. In Mershakushus Fall aber waren die Gefühle nicht ausgelöscht worden, sondern lediglich beherrscht. Sie brodelten noch immer in seinem Inneren, bereit, im Gefecht entfesselt zu werden.
Diese fünf Krieger spähten unverwandt in die Gegend. Dass Tiamats Anhänger wie die Wilden lebten, hatten sie in der Einsatzbesprechung gehört. Vor den Verwandten fürchteten sie sich

nicht. Doch jeder von ihnen erinnerte sich noch an die wilde Flucht vor den giftdrüsenbewehrten Kreaturen der Urgöttin. Ihre Rüstungen und Schiffe hatten sich längst über die ersten plumpen Modelle hinaus du eleganten und tödlichen Apparaturen entwickelt. Doch bedeutete das, dass auch die Horde aufgerüstet hatte und niemand vermochte zu sagen, welche der beiden Parteien die mächtigen Waffen führte...

*

Bel erspähte die Konstruktionen als erster. In kugelförmiger Formation um einen zentralen Hof angeordnet erinnerten sie ihn an eine Asteroidenfestung, die auch meist ein zentrales Wasserreservoir aufwies.
Bels Meldung weckte die Neugier der Götter im Inneren der „Flügel". Asarluhi sprang von einem Spiel mit seiner Einheit auf. Er lief ganz nach vorn, zur Fronstsichtscheibe des Kriegsschiffs.
„Das sind Behausungen", wisperte der. „Eine Siedlung!"
Verspielte Formen, die keinem anderen Zweck dienten, als das Bedürfnis nach Ästhetik ihrer Erbauer zu befriedigen, herrschten in der Ansiedlung vor. Die Farbgebung drückte allein die Persönlichkeit der Bewohner aus anstatt die Gebäude vor den allzu neugierigen Augen Fremder aus einer anderen Siedlung zu tarnen.
So manche der Behausungen war nicht einmal gänzlich vom sie umgebenden Ozean abgeschottet. Sie hingen als Spiralen im Wasser, denen die Bewohner an Stellen besonders interessanter Lichteinfälle Plattformen hinzugefüht hatten, auf denen sie ruhten oder spielten.
Die als Volkörper ausgeführten Unterkünfte wiesen Anbauten auf, die von den kriegführenden Sippen des Apsu als dilettantisch ausgeführte Sporne und Zinnen interpretiert wurden. Asarluhi begriff, dass es sich stattdessen um Zierrat handelte.
Diese Wohnstätten hatten ihrer Erbauer nicht unter dem Gesichtspunkt des Schutzes konstruiert, sondern so, wie sie ihnen gefielen. Das Leben im Salzwasserozean war ein völlig anderes als in Asarluhis Heimat. Im Bewusstsein, ungewollt in ihrer alten wie auch in der neuen Heimat zu sein führten die Exilanten einen ständigen Kampf

gegen Apsus lebensfeindliche Domäne. Nicht nur mussten die Festungen der Götter gegen die Leere geschützt werden, bis sie am Ende eher Kerkern denn einer Zuflucht glichen, zuweilen strahlte Apsus Hass so unsichtbar wie unaufhaltbar selbst in diese Festungen hinein. Heiler wie er selbst vermochten dann lediglich die Folgen zu lindern. Die auf Marduks Ausflug auf der Membran gefolgten Explosionen hatten Asarluhis heimatliche Festung vom Kurs abgebracht und in eine derartig gefährliche Region getrieben.

Neid stieg in Asarluhi auf, Eifersucht auf diejenigen, die ein anderes Leben führten. Gleichzeitig war da aber noch ein zweites, ähnliches und doch ganz anders gelagertes Gefühl: Sehnsucht.

*

Marduk blickte ebenfalls durch eines der Fenster.
Offenbar hatten die Bewohner der Behausungen die Annäherung der „Flügel" noch nicht bemerkt. Unter normalen Umständen hätte es Eas Sohn nicht auf eine Konfrontation angelegt. Doch die Gespräche mit seinen Leutnants hatten den Kriegerkönig davon überzeugt, zumindest ein Übungsgefecht zu benötigen. Denn Tiamat und Qingu würden nicht ohne Schutz in Aduruna sitzen. Vor der Konfrontation mit den Herrschern des Salzwasserozeans mussten die Krieger des Apsu Erfahrung im Kampf gegen die Kreaturen der Horde sammeln.
Marduk ballte seine Hände zu Fäusten. „Also gut, schrecken wir sie auf. Steuermann!"
Am Ruder der „Flügel" tat Nari-Lugal-Dimmer-Ankina Dienst. Im Apsu hatte sich dieser Mann als Festungsarchitekt betätigt, wenngleich er auch nicht den Ruf eines Zahrim oder Ea genossen hatte. Dafür hatte der Gott von Beginn an an der Konstruktion der „Flügel" mitgewirkt und selbst Hand angelegt.
Nari-Lugal-Dimmer-Ankinna ließ die „Flügel" zuerst weiter schwimmen, dann wendete er sie, als wolle er abdrehen. Das Manöver diente dazu, die Steuerbordseite auf die kleine Siedlung auszurichten.
Asarluhi wandte sich um. Er tat ein paar Schritte von der Frontscheibe fort. „Steuermann...?"

„Ich weiß schon, was ich tue, Waffenbruder. Vertraut dem Schiff!"
Die Geschützluken der „Flügel" öffneten sich, ohne die luftdichte Versiegelung des Schiffes aufzubrechen. Namru, der sich dereinst an Bord der allerersten aus den Panzern der getöteten Angreifer zusammengewürfelten Boote als Lotse betätigt hatte, befehligte nun die Geschützmannschaften des modernsten Kriegsschiffes des Apsu.
„Diesmal wird es anders", versprach er seinen Bordkameraden. „Diesmal diktieren wir die Regeln. Wir laufen nicht noch einmal davon!"
„Gleich rennt das Pack", frohlockte Shazu. „Dumm nur, dass die nie laufen gelernt haben!"
Schon richteten sich die Bordwaffen auf die Behausungen aus. Namru unterstanden dabei die seitwärtigen Batterien, Namtila verschwand durch eine Luke, um das unterste Geschützdeck zu bemannen, Enbilulu wurden die beiden Heckgeschütze anvertraut und Marduk selbst bediente die Frontkanonen.
Nari-Lugal-Dimmer-Ankina oblag es, die Rückstöße aus allen diesen Rohren zu kompensieren und den Kanonieren die bestmöglichen Schusswinkel vorzulegen.
„Asarluhi, auf deinen Posten!" mahnte der Steuermann den letzten noch untätig herumstehenden Schützen.
Der Angesprochene starrte auf die Leiter zu seiner Linken. Sie führte nach oben, denn auch unter der Decke befanden sich Kanonen, die sich nach oben richten ließen. Die Kriegsführung in der Leere und im Weltenozean unterschied sich nicht wesentlich. Beide Domänen kannten mehr Richtungen als „links und rechts" aus denen ein Angriff erfolgen konnte.
Das Gluckern der Tanks verriet Asarluhi, dass Namrus Geschützbatterie bereits geladen war.
Unter Wasser bedienten sich die Kanoniere spezieller Treibmittel für ihre Geschosse. Selbst eine ohne mit einer Kugel bestückt zu sein abgefeuerte Kanone vermochte mittels dieser Gemische noch schwerste Schäden an Lebewesen - und Göttern - anzurichten. Zumindest besagte das die Theorie. Ellils Waffentests an Schnecken in

entsprechend winzigen Becken erschienen Asarluhi jetzt so kindisch im Vergleich zum Salzwasserozean.

Der Gott setzte sich in Bewegung. Doch anstatt die Leiter zu erklimmen, rannte er der Länge nach über das Hauptdeck, auf Nari-Lugal-Dimmer-Ankinna zu. Seine Hände griffen zwischen die Griffe des Ruders, stießen den dahinter stehenden Krieger von sich und umklammerten dann das Steuer. Asarluhi presste seine Füße fest auf den Boden. Er zwang die Flügel wahllos in eine Richtung, in irgendeine andere als die optimale Schussrichtung!

*

„Riesenkrake!" jaulte Malah an der Frontscheibe auf. „Riesenkrake voraus!"

„ASARLUHI!" brüllte Marduk.

Asarluhi wandte sich um. Er begegnete dem Blick des Kaisers.

„Wolltest du nicht einen Waffentest durchführen, Herr? Da hast du ein Ziel! Ein besseres als diese armseligen Hütten, eins, das eines Kriegers würdig ist!"

Marduk pfiff leise. Was daraufhin als leichter Luftzug begann, manifestierte schon bald als einer der vier Winde an der Seite seines Herrn.

„Nordwind!" befahl Marduk. „Nach draußen mit dem Meuterer und seiner Mannschaft! Sie werden sich diesem Gegner allein stellen!"

Malahs Kiemen arbeiteten heftiger. „Herr! Das sind unsere besten Schützen!"

Marduk schüttelte den Kopf. „Meine besten Krieger gehorchen ihrem Feldherren."

„Das tun sie", erklärte Namru mit ernster Würde. „Ich gehe. Du musst deinen Sturm nicht gegen mich richten."

Namtila hingegen musste mit Gewalt aus dem unteren Geschützdeck geholt werden. Im Griff der Windhose beteuerte er ein ums andere Mal, nichts für Asarluhis Entscheidung zu können.

„Sieh nicht weg, Asarluhi!" rief Marduk dem aufsässigen Krieger zu. „Sieh dir an, wie dein Freund sich windet! Welches Leid zu ausgelöst hast!"

Asarluhi griff wortlos nach seinem Speer. Er trat auf die Schleuße zu, die sich vor ihm öffnete. Namru trat an seine Seite und dann schleuderte Nordwind den gefangenen Namtila an den beiden vorbei auf den Flügel des Schiffes.

Der Wind brauste über die drei hinweg, verwandelte das Wasser in einen Strudel, der die bisherige Mannschaft auf dieser Bastion einsammelte und in kürzester Zeit in Sicherheit ins Innere des Schiffs brachte.

Asarluhi und seine Gefährten starrten in ein riesiges Auge. Allein das hintere Kopfsegment kam in seiner Länge der „Flügel" gleich.

Asarluhi reichte Namtila die Hand, um diesem beim Aufstehen zu helfen.

„Als Apsu nicht mehr war, manifestierte sich sein Hass in der Leere", ächzte der andere. „Was wird von uns übrig bleiben, Asarluhi? Unsere Heilkraft?"

„Seine Sturheit", entgegnete Namru.

Nari-Lugal-Dimmer-Ankinna brachte die „Flügel" in eine neue Position, während im Inneren des Schiffs die Geschützmannschaften wechselten. Unter allen Umständen galt es, außerhalb der Reichweite der Arme zu bleiben. Andererseits lag genau zwischen ihnen die verwundbare Stelle des Tieres, dessen Auge und Kopf zu hart waren, um durch ein oder zwei Treffer zerstört werden zu können.

Das Tier hatte eigene Pläne. Es zuckte mit seinen Tentakeln. Es baute Druck in seinem Inneren auf. Es spie eine übelriechende Substanz in Richtung der „Flügel".

Dann wurde es Asarluhi, Namtila und Namru schwarz vor Augen.

Asarluhi spürte, wie der Boden unter seinen Füßen in Bewegung geriet, doch er konnte dem erneuten Manöver des Steuermanns nicht folgen. Vergeblich bemühte er sich um die Wahrung seines Gleichgewichts. Im Inneren einer Asteroidenfestung wäre es zwar langsam, aber unerbittlich hingefallen. Im Weltenozean hing er haltlos im Wasser, ohne zu wissen, in welcher Richtung er das Schiff suchen

sollte. Um den Gott herum war es stockfinster. Er streckte seine Hand nach irgendetwas aus und erwischte etwas fleischiges, geschupptes.
„Ich bin's!" ließ sich Namrus Stimme vernehmen. „Bitte zieh mich zurück an Bord! Ich habe den Halt verloren!"
Asarluhi wollte antworten, dass es ihm ebenso ging, da rammten ihrer beider Körper gegen die Schiffswand. Die Götter streckten ihre Hände aus, suchten nach Griffpunkten, doch die Bordwand war an dieser Stelle zu glatt, um ihnen Halt zu bieten.
Dann ging ein Ruck durch das Schiff, das Wasser erhitze sich, so dass es Asarluhi und Namru schmerzte und eine Druckwelle jagte aus den Mündungen der Kanonen in den offenen Ozean hinaus.

*

Asarluhi und Namru trieben betäubt in der Finsternis. Namtila wusste nicht, wen von beiden er an welcher Hand hielt, wo genau sie sich befanden oder wie es nun weitergehen sollte. Er war doch nur ein Heiler! Namtila vermochte einen Körper am Leben zu erhalten, nicht, dem Geist eine Richtung zu weisen.
„Asarluhi! Namru! So lasst mich doch nicht allein!" flehte der Gott.
Fester griff Namtila die behandschuhten Hände seiner besinnungslosen Waffenbrüder. Wie würde es ihren Schwestern im Apsu jetzt ergehen? Glaubten sie, ihre Brüder wären im ersten Gefecht gefallen? Namtila wusste es besser, doch vermochte er ihnen das Herz nicht zu erleichtern. Doch besaß nicht auch er eine Gemahlin, die sich um ihn sorgte? Und diese konnte er sehr wohl erreichen! Nein, er war nicht allein! Seine Schwester war da, war für ihn da und daran würde sich nie etwas ändern. Und in ihrer Gesellschaft befanden sich auch alle anderen Schwestern der Krieger aus Kaiser Marduks Gefolge, denn Ellil hatte dieses Göttinnen bereits vor dem Start der „Flügel" nach Ubshu-ukkinakku beordert.
„Wir sind alle drei am Leben!" übermittelte Namtila. „Sag das den Schwestern der beiden und sag es Nintu, damit sie es Marduk wiedergeben kann!"

Die auf den Schock des Aussetzens des Kontakts zu ihren Männern folgende Freude der Göttinnen erreichte Asarluhi und Namru auch im Salzwasserozean. Ihre Leiber zuckten, ihre Augen öffneten sich und dann erschien auch wieder ihr Persönlichkeit darin.
Namtila lächelte. In gewissem Sinne hatte er seine Kameraden gerade geheilt.
Gereinigt und gestärkt pflegen Namtilas Patienten sich normalerweise nach einer Behandlung zu erheben. Namru und Asarluhi wäre das Erheben mitten im richtungslosen Weltenozean schwer gefallen, doch zumindest kehrten ihre Sinne zurück.
Namru blinzelte verwirrt. „Ich glaube, ich hänge kopfüber..."
„Mir ist schlecht", stöhnte Asarluhi.
„Nicht so, wie wenn du das widerliche Zeug, diese Krakenspucke, atmen müsstest", meinte Namru. „Gar nicht zu reden von dem Auswurf der Kanonen, der sich mittlerweile überall verteilt haben dürfte."
„Ja." Asarluhi hustete, als stecke sein Kopf nicht mehr unter einem schützenden Helm, sondern tatsächlich mitten in der versuchten Zone. „Das Zeug ist überall."
„Lasst uns in irgendeine Richtung schwimmen, dann gelangen wir schon raus der Zone der Dunkelheit", schlug Namru vor.
Ohne einander loszulassen begannen die drei Krieger Schwimmbewegungen mit den Füßen azustellen. Obwohl sie alle in dieselbe Richtung strebten, steuerte Namru in die Tiefe, schwamm Sarluhi geradeaus und strebte Namtila nach oben.
Niemand sprach. Bezüglich der Finsternis gab es nichts mehr zu besprechen und über das andere Thema wollten sie keine Worte verlieren. Jedem der drei war aufgefallen, dass der Kanonendonner immer leiser wurde, als ertönte er aus einem stetig wachsenden Abstand heraus. Das Wasser war noch nicht wieder abgekühlt, doch es wurde auch nicht mehr wärmer, wie es der Fall gewesen wäre, hätte die Besatzung der „Flügel" weiterhin aus nächster Nähe auf den Gegner gefeuert.
Als Namru, Namtila und Asarluhi das von der Krakenbrühe verdunkelte Gebiet hinter sich gelassen hatten, konnten sie Marduks Kriegsschiff in

weiter Ferne erkennen. Noch immer war die „Flügel" ins Gefecht mit dem Monster verwickelt.
„Sie gewinnen", murmelte Asarluhi. In der Tat schleppte sich die Krake bald nur noch hinter dem Schiff her und ließ schließlich von ihrem Opfer ab.
Schwer verwundet, möglicherweise tot, trieb die Riesenkrake im Wasser. Die „Flügel" aber setzte ihre Flucht fort.

*

Sechs große Ziegenfische näherten sich aus der Richtung der Wohnstätten. Ihre fischigen Hinterleiber sorgten für den Antrieb, in ihren Köpfen aber liefen präzisere Denkprozesse als in denen ihrer Verwandten ab.Ziegenfische galten als verspielt und verfressen und konnten mit ihren Hufen mächtige Tritte austeilen.
Jeder der Kreaturen trug einen Reiter auf ihrem Rücken.
Den Erinnerungen der drei Krieger nach erreichten Ziegenfische keine derartigen Maße. Die Horde musste die größten der Tiere gezielt ausgewählt und zur Paarung animiert haben, um solche Reittiere ihr eigen nennen zu können.
„Sie kommen..."
Asarluhis Flüstern trug weiter als geplant. Der Gott sah eine der Frauen unter den Reitern zusammenzucken, als bereite ihr dieser winzige Aufruhr der Wasser Pein.
Der Anführer der Reiter lenkte seinen Ziegenfisch neben den der Göttin, welche seine Schwester war.
„Ich habe dich gewarnt, habe dir gesagt, du solltest in unser Haus schwimmen, nachdem du das erste Mal in den Strahl ihrer Geschütze gerietest", erklärte er.
„Suhurmaschu, du dummer Rindvieh!" schrie die Göttin. Die drei Krieger aus dem Apsu nahmen ihre Worte trotz ihrer hoffnungslosen Lage mit Belustigung zur Kenntnis, implizierten sie doch, dass das ihnen als Bison beschriebene Tier offenbar zwar kräftig, aber nicht unbedingt für brillante Denkvorgänge bekannt war.
„Ob da nun Luft oder Wasser an die Wunden drankommt, macht

keinen Unterschied aus! Irgendwo schwirrt immer ein verwirrtes Molekül rum, das an meinen Verletzungen reibt!"
Namru hob seinen Kopf. „Mollekühl?"
Etwas klügeres fiel Marduks Gefolgsmann in seinen letzten Lebensminuten einfach nicht zu sagen ein. Die sechs Krieger der Horde kreisten ihn und seine Gefährten ein, sie waren beritten, besser bewaffnet und kannten keine Hemmungen.
„Molekül. Ein Begriff aus den... Aus nichts, was euch etwas anginge", antwortete Suhurmaschu.
„Von den Tafeln des Schicksals", mutmaßte Namtila.
Suhurmaschus Schwester mischte erneut sich ein: „Plaudert ruhig weiter. Ich sterbe hier nur ein bisschen vor mich hin..."
„Ha! Nicht mal ansatzweise! Natürlich ist so eine Verätzung schmerzhaft, aber..."
Namtila schwamm auf die Göttin zu. Ihr Ziegenfisch meckerte aufgeregt, wandte sich aber ohne Kommando seiner Reiterin nicht von sich aus gegen den Fremdling.
„Wenn sie wirklich nur in Berührung mit dem Treibmittel gekommen ist, dann leidet sie unter nicht mehr als einer einfachen Verätzung", erklärte der Heiler. „Sollten aber die Schweren Steine auf euch abgefeuert worden sein..."
„Die bitte was?!" lachten Suhurmaschus Freunde. „Schwere Steine? Klingt irgendwie... simpel."
„Die Waffe IST simpel! Simpel, einfach, primitiv und barbarischer als ohne Kleidung herumzuschwimmen wie ihr Wilden es tut!" platzte es aus Namru heraus. „Sie tötet zuverlässig. Ihr werdet uns nicht lange überleben."
Suhurmaschu richtete seine Lanze auf den Gefangenen.
„Was hat sich Ea da wieder einfallen lassen? Sprich!"
Namru berichtete von den Schweren Steinen, dem von Apsu hinterlassenen Erbe. „Sie sind wie ihr", zischte er. „Sie lehnen das Leben ab. Apsu hasst es noch immer so sehr, dass seine Steine Einfluss auf den Doppelstrang der Lebewesen nehmen. Selbst, wenn ihr den Kontakt mit der Waffe übersteht, werden eure Kinder, so sie denn

lebensfähig geboren werden, nicht dieselben Götter wie ihr sein. Und euren Kreaturen geht es ebenso."

Suhurmaschu drückte Namru die Spitze seiner Lanze an das Halsstück von dessen Rüstung, an jener Stelle, an der sich darunter die Kiemen befanden.

„Woher wisst ihr das so genau? Ea war nie dafür bekannt, seine Geheimnisse zu teilen."

Asarluhi seufzte. „Wir sind die Kanoniere der ‚Flügel'", bekannte er, da Namru neben ihm beharrlich schwieg.

„Aber ihr wart nicht an Bord, als auf uns geschossen wurde."

„Asarluhi hat sich Ma... hat sich unserem Kommandanten widersetzt. Daraufhin hat der uns rausgeworfen."

„Wieso? Welchen Händel hattest du mit Malah?"

Asarluhi starrte an Suhurmaschu vorbei unentwegt auf die Wohnstätten der Horde. „Keinen", gab er zu. Dann berichtete der Gott, was er an Bord des Kampfschiffes getan hatte und alles, was daraufhin geschehen war.

„So führt Eas Sohn also das Kommando", überlegte Suhurmaschu laut, ohne seine Waffe zurückzuziehen. „Sag, ist er ihm ähnlich?"

„Er ist ein verzogener Bengel!" erwiderte der Heiler, jedoch nicht ohne ein gehöriges Maß an Zuneigung.

„Das nehme ich als ein ‚Ja'."

„Und dennoch hat er etwas an sich, das dafür sorgt, dass Götter ihm folgen wollen."

„Ebenfalls kein Unterschied."

Asarluhi warf seine Arme in die Höhe.

„Ja, dann ist er eben wie Ea! Vermutlich hast du Recht. Auch Marduk wirft sich der Gefahr entgegen, um seine Untertanen vor dem Tod zu bewahren! Der Apsu wird nicht kampflos untergehen! Wir lassen uns nicht von euch vernichten!"

„So, wie du mir Vater Apsus Hinterlassenschaften beschrieben hast, ist das Leben bei such ein harter Kampf..." begann Suhurmaschu.

„Und er ist noch nicht zuende!" rief Namru aus. Als erster der drei fuhr er seine Flossen und den Kopfkamm aus, ließ auch den Rückenkamm aus seiner Rüstung entstehen, wie es Ea seinen Mannen beigebracht hatte und verwandelte sich auf diese Weise in eine lebendige Waffe. Sämtliche Körperteile waren weiterhin von der Rüstung geschützt. Zusätzliche Waffen benötigten die Krieger des Apsu nicht mehr. Namtila stieß einen Kampfschrei aus als er sich auf Suhurmaschus Schwester stürzte. Asarluhi schlug mühelos die Lanze des Anführers der Reiter von der Kehle seines Kameraden fort. Das Überraschungsmoment war auf Seite der Marduskrieger. Mit einem Mal war wieder alles offen!

*

Auf der „Flügel" trat Lugal-Ab-Dubur an seinen Befehlshaber heran.
„Wann ist es sicher umzukehren? Um die drei Ausgesetzten zu retten?"
„Nie."
„Herr?"
„Wir kämen zu spät."
„Das kannst du nicht wissen!"
„Doch, das kann ich. Wir haben unsere Kampfkraft auf das Monster konzentriert. Die Wasserfestung selbst hatte keine Verluste zu beklagen. Die dort stationierten Krieger werden mit drei Gegnern im Nu fertig, selbst, wenn sie nicht unser Training vorzuweisen haben. Ich..."
Marduks Gesichtsfarbe veränderte sich ins Hellblaue, als der Gott erbleichte.
„Lugal-Ab-Dubur!" ächzte er. „Ich habe dir das alles ins Gesicht gesagt, aber... aber..."
„Aber?"
„Ich erhalte gerade Nachricht von Nintu. Der Kontakt zu Namru, Asarluhi und Namtila ist abgerissen."
„Sie sind also tot."
„Ja."
Zu wissen, was er soeben als Möglichkeit aufgezeigt, woran zu glauben vor Lugal-Ab-Dubur und sich selbst behauptet hatte, aber fühlte sich

völlig anders an als es nur auszusprechen. Was sollte Marduk jetzt tun? Zu Boden blicken? Seine Fäuste ballen? Seine Wut herausschreien? Würde das etwas ändern? Sonstwie nützen? Nein, natürlich nicht! Daher stand Eas Sohn einfach nur wie erstarrt an seinem Platz.

„Ich habe sie rausgeworfen. Aber das wollte ich nicht! Sich vor Angst in ihre Unterhosen machen sollten die drei, während die ‚Flügel' derweil mit der Krake abrechnete. Konnte ich denn wissen, dass das Biest mit einem gefüllten Tintentank im Körper herumschwimmt?!"

„Nun, Tiamats Tranformation hat die Tierwelt des Salzwasserozeans verändert. Ich fürchte, wir müssen auf alles mögliche vorberietet sein."

„Ja, das befürchte ich auch."

‚Was soll das? Wie konnte mir so ein Fehler unterlaufen?' fragte sich Marduk. ‚Habe ich nicht mit ihren Fähigkeiten auch die Weisheit der anderen Götter in mich aufgenommen? Offenbar sind sie wirklich alle so beschränkt, wie es uns unser Ahn vorgeworfen hat.'

Dem jungen Kaiser blieb nichts anderes übrig, als seine eigenen Lösungen zu finden.

*

Namtilas mit Paste beschmierte Finger fuhren über die Haut der Göttin. Diese verengte ihre Augen zu schmalen Schlitzen. Nicht viel hätte gefehlt und Suhurmaschus Schwester hätte den Heiler angezischt.

„Ruhig! Ganz ruhig!"

„Beruhigst du die Patientin oder dich selbst?"

„Suhurmaschu! Was glaubst du denn?"

„Äh... ich kenne sie..."

„Dann kennst du auch die Antwort."

Asarluhi folgte dem Wortwechsel zwischen dem Ziegenfischreiter und dem Heiler belustigt, während er das Spiel der Ziegenfische im Innenhof der Wasserfestung beobachtete.

Er freute sich seiner fortgesetzen Existenz nicht weniger als die Tiere, wenngleich er nicht wie diese zu Ausgelassenheit neigte. Selbst Namru fühlte nichts anderes als Glück, obwohl sein Körper ihm das Leben zur Qual machte. Namru hatte in dem zurückliegenden Gefecht schwerere Verletzungen als die gerade von Namtila behandelte Göttin davongetragen, doch der Krieger beschränkte sich auf gelegentliche Stöhnlaute. Allen, Namru eingeschlossen, war damit gedient, dass sich der Heiler zuerst Suhurmaschus Schwester widmete.

Ohne seinen Helm und den Schutzanzug fühlte sich Asarluhi verletzlich. Seine Untergewänder kamen ihm nun eher lächerlich vor, als dass sie ihm ein Gefühl der Überlegenheit gegenüber den „Wilden" vermittelt hätten. Beinahe traumwandlerisch streifte er sein Oberhemd ab und erlaubte den Wellen, es davonzutragen. Das Kleidungsstück trieb zum Fenster des Hauses und in den Hof hinein, wo es von den Ziegenfischen sogleich als willkommenes Spielzeug angenommen wurde.

Als einziger der drei Gefangenen trug Namru noch Teile seiner Rüstung. Sie waren regelrecht mit seinem verwundeten Körper verschmolzen.

Auch für Namru würde zu gegebener Zeit gesorgt werden, doch bedurfte es dazu der Kooperation beider Heiler, Namtilas und Asarluhis.

Mit den Worten „Nehmt ihr noch Sachen zu euch oder habt ihr im Exil vergessen, welchen Spaß das bringt?" näherte sich einer der Bewohner der Wasserfestung Namrus Bettstatt.

Asarluhi und Namru gehörten Eas Generation an, die Bewohner dieses Hauses, Suhurmaschus Großeltern, waren Urgeborene und gehörten unter diesen nicht zu den Jüngsten. Sie waren ähnlich vergeistigt wie Lahmu und hatten nicht viel zum Sieg des Sextetts über Marduks Krieger beitragen können.

Asarluhi riss sich vom Anblick der Ziegenfischherde los. Er lächelte den Urgeborenen an, der ihm und Namru einen Korb mit bläulich-weißen Kugeln anbot.

„Wir wissen, was Essen ist, aber diese Speise kenne ich nicht", antwortete er an Namrus Stelle.

„Das sind verlorene Eier von Ziegenfischen. Überaus selten und sehr schmackhaft."

Asarluhi griff zu. Mit seinen spitzen Zähnen knabberte er ein Stück der Schale ab, spuckte sie aus und wollte den Inhalt schon austrinken, musste jedoch feststellen, dass der Inhalt der Eierschale geronnen war. Das flüssige Eidotter schwamm in einer halbfesten Eiweißmasse.

„Das haben eure Kanonen angerichtet", erläuterte der Gastgeber „Aber keine Sorge, Namtila hat vorhin bereits festgestellt, dass keine Gefahr vom Verzehr der Eier ausgeht. Sie haben nichts von dem Treibmittel abbekommen, nur hat sie die Hitze eben gekocht."

Asarluhi zupfte die Eierschale vorsichtig ab, bevor er herzhaft zubiss.

„Ich bin froh, dass nichts hier Schaden genommen hat. Keine Trümmer, keine Schweren Steine... als Suhurmaschu mir vorhin seinen Speerschaft über den Kopf zog und ich glaubte, es sei nun aus mit mir, war das mein letzter Gedanke. Dass ich nicht umsonst gegen Marduks Befehl aufbegehrt habe."

Der andere nahm neben dem Gefangenen Platz. Er begann, ein Ei für Namru zu schälen, der sich von Krämpfen geschüttelt auf seinem Krankenlager wand.

„Tiamat wird später entscheiden, ob sie euch wieder im Weltenozean möchte", erklärte der Einheimische, während er Namru half, die Speise zu bewältigen. „Bis dahin müsst ihr innerhalb der Häuser bleiben. Ich denke allerdings, dass wir euch den Innenhof öffnen können."

Asarluhi ließ sich auf seiner Sitzbank auf den Rücken rutschen. Das Möbelstück folgte seinen Bewegungen, indem es ebenfalls seine Lehne nach hinten versetzte. Die Erschöpfung forderte ihren Tribut und Asarluhi fand nichts dabei, sich zu entspannen und dem Schlaf zuzulassen. Er wusste ja nun, dass er wieder aufwachen würde.

Der Gefangene fühlte sich, als hätte er den Krieg gewonnen und kehre in sein Elternhaus zurück.

Tafel 10

„Zwei Verwundete auf dem rechten Flügel", meldete Lugal-Dimmer-Akinna unterdessen seinem Heerführer.
„Schwerwiegend?"
„Wie man es sehen möchte, Herr. Die Verletzungen selbst gehen nicht tief, aber sie sind nichtsdestotrotz schmerzhaft und hinderlich im Kampf. Mit den Mitteln der ‚Flügel' kommen wir ihnen nicht bei."
Marduk ließ sich zu den beiden Verletzten führen. Es handelte sich um Asar-Alim, Ellils ehemaligen Adjutanten, der sich nie durch besondere Fähigkeiten als Krieger ausgezeichnet hatte sowie seinen Sohn Asar-Alim-Nuna, einen Höfling Ubshu-ukkinakkus. Dieser Mann hatte das Bankett für Marduk organisiert und die Speisen zubereitet. Auch er zählte zu jenen, deren Loyalität zu ihrem Herrn ihre Kampfkraft übertraf.
Marduk zog sich einen Schemel an die Lager der beiden Männer. Er lauschte auf ihren Herzschlag und das Strömen des Bluts durch ihre Körper.
„Zeig mal deinen Arm her, Nuna", bat er den Haushofmeister. Dieser gehorchte. Mit seiner gesunden Hand zog er das Laken über seinem bandagierten Arm zur Seite.
Ein einziger Blick durch seine künstlich verbesserten Augen genügte Marduk, um zu erkennen, dass er hier nichts tun konnte. Der Druckverband mochte die Blutung stillen, doch selbst, wenn der Verband bis in alle Ewigkeit immer wieder erneuert wurde, würde die Wunde darunter nicht verheilen. Asar-Alim-Nunas Gewebe konnte sich nicht regenerieren. Die Genesung der Verwundeten dadurch anzukurbeln, ihnen ihre Rüstungen gelassen zu haben, wie es die Heiler versucht hatten, offenbarte sich Marduk als Trugschluss.

„Wir benötigen etwas, das Essenz in seinen Körper zurückführt", erklärte er. „Etwas, das unmittelbarer wirkt als der Kontakt zu seiner Schwester."

„Sobald wir anhalten..." erhob Asare seine Stimme. Der Steuermann der „Flügel" schnitt ihm das Wort ab: „Tun wir aber nicht!"

Auch Marduk schüttelte den Kopf. „Ich kann das wirklich nicht riskieren. Keiner der beiden schwebt in unmittelbarer Lebensgefahr, unsere Verwandten im Apsu hingegen sehr wohl, solange Qingu und Tiamat noch nicht besiegt sind. Die ‚Flügel' muss erst mehr Abstand zum Ort des Gefechts gewinnen, bevor ich eine Rast anordnen kann."

„Willst du dir nicht wenigstens anhören, was ich vorzuschlagen hatte?" bat Asare.

„Was schon? Du wolltest Pflanzenfasern ernten um sie als Verband zu verwenden. Asar-Alim und sein Vater sind Kreaturen des Weltenozeans, daher wird aus dem Salzwasserozean gewonnenes Material sie auch heilen."

„Ja, das meinte ich."

„Dann wirst du es auch nicht vergessen haben, wenn es soweit ist, dieses Wissen umzusetzen."

*

Asare verließ den Schiffsraum den Kopf voller düsterer Gedanken. Unaufgefordert gesellte er sich den wachhabenden Kriegern zu.

Die beiden in den Kampf verwickelten Einheiten waren mittlerweile durch ausgeruhte Krieger ersetzt worden. Tutu nickte Asare freundlich zu, als dieser die heckwärtige Plattform betrat.

Asare beachtete seine Kamderaden nicht. Er suchte sich einen Platz an der Reling und starrte hinaus ins Wasser.

Diese Region des Weltenozeans zeichnete sich durch dichten Bewuchs aus. Ob sich die Götter deswegen mit ihren Tieren hier angesiedelt hatte, fragte sich Asare? Oder hielten sie es wie ihre Verwandten im Apsu, indem sie Pflanzen gezielt kultivierten? Wie dem auch sei, die Felder blieben hinter dem Schiff zurück und niemand vermochte zu

sagen, ob sich dort, wohin die „Flügel" unterwegs war, so bald wieder eine Gelegenheit ergäbe, Heilpflanzen zu ernten.
Die letzten Vegetationsflecken waren längst außer Sicht geraten, doch vor Asares geistigem Auge standen sie noch immer. Besonders jene Pflanzen, welche die Heiler benötigt hätten, wiegten sich noch immer in seinem Geist, als wollten sie den Gott verspotten. Asare versuchte nicht, die Erscheinung wegzublinzeln. Ganz im Gegenteil dachte er angestrengt an die Heilpflanzen. Er stellte sich vor, wie ihre Stängel sich im Wasser wiegten, wie die breiten Blätter ihre eigenen Figuren zum Lied der Wellen tanzten und was sie an Gutem tun würden, hätte er sie erst einmal gepflückt. Asare konzentrierte sich darauf, welche Eigenschaften der Pflanze für ihre Heilkraft verantwortlich waren und dann sah er den Doppelstrang, der sich ebenso wie das Gewächs drehte und wand.
Marduks Gefolgsmann hob seine rechte Hand. Die Wasser umspülten seinen Arm wie sie es schon immer getan hatten. Sie strömten durch seine Finger hindurch und als hätten diese ihre natürliche Umgebung nie missen müssen, reagierten Asares Schwimmhäute darauf. Aber der Salzwasserozean war nicht mehr seine Heimat. Genaugenommen war er nicht einmal die Heimat des Kriegsgegners, sondern der Feind selbst, Tiamats ursprünglicher Leib.
Asare bleckte seine Zähne! „Du wirst deinen Teil zu unserem Sieg beitragen, Mutter! Wart´s nur ab!"
Asares Schwimmhäte filterten diejenigen Elemente aus dem Wasser, die der Gott benötigte, um die vier Komponenten des Doppeltranges zusammenzusetzen. Als er genug für eine erste Sequenz gesammelt hatte, wandte er sich der nächsten zu. Schritt für Schritt baute Asare die innere Struktur der von ihm benötigten Pflanze auf. Er entriss dem Ozean, was er benötigte, Heilung und Kampf wurden eins.

*

Tutu und die anderen Krieger staunten nicht schlecht, als plötzlich Pflanzenfasern aus Asares Hand heraus entstanden. Auf das Wesentliche beschränkt fehlten ihnen die Blüten, die Schwimmwurzel

und sogar die Stängel. Ausschließlich die Blätter, die als Verbände benötigt wurden, wucherten zwischen Asares Fingern. Schon bald beschränkten sie sich nicht mehr darauf.
Ein langes Tuch aus ineinander verdrehten grünen Blättern flatterte im Wasser hinter der „Flügel" her. Asare fügte weiterhin Material hinzu. Immer länger wurde das Bündel, bis der Gott sich nicht mehr sicher war, nicht beim nächsten Schöpfungsakt von den vom ihm ins Leben gerufenen Pflanzenteilen über Bord gerissen zu werden. Asare schloss seine Hand um die Blätter. Er hielt sie so fest er konnte.
Zikus sprang Asare zu Hilfe. In einem Akt gemeinsamer Kraftanstrenung holten die beiden die Pflanzenfasern ein. Jemand öffnete die Schleuse für die beiden. Mit Schwung schleuderte Asare seine Ausbeute aufs Deck. Im Gegensatz zu herkömmlichen Pflanzen, welche die Götter zur Herstellung ihrer Kleidung verwendeten, mussten diese hier nicht erst mühsam weitververarbeitet werden. Sie lagen bereits zur Verwendung bereit vor.
Marduk fand nur Worte des Lobes für den Schöpfer dieser äußerst willkommenen medizinischen Vorräte.

*

Asare verließ den Schiffsraum wieder. Er schüttelte seine Handgelenke aus, nahm einen tiefen Atemzug aus dem Helm seines Schutzanzugs und begann den Prozess von Neuem.
Mittlerweile waren einige Bewohner des Salzwasserozeans auf das Treiben des Zweibeiners aufmerksam geworden. Fette Karpfen, die sich einst bevorzugt in den Grenzregionen beider Ozeane aufgehalten hatten, folgten der „Flügel", wurden aber abgehängt. Die Ziegenfische waren hartnäckiger. Sie wagten gezielte Vorstöße auf das Pflanzenbanner. Ab und zu gelang es einem der Tiere, ein herzhaftes Büschel herauszurupfen. Ihre Freude über die unerwartet aufgetauchte und noch dazu so fürchterlich interessante bewegliche Nahrungsquelle wollten sie unbedingt mit jemand teilen, der ihnen beinahe so lieb wie ihr Futter war...

*

In der Wasserfestung erhob sich Suhurmaschu aus der geselligen Runde.
„Ich muss euch kurz allein lassen."
Der Gott verließ die Behausung. Er pfiff und das durch diesen Pfiff ausgelöste charakteristische Wellenmuster rief den Bock der örtlichen Ziegenfischerde herbei. Mit diesem klügsten seiner Tiere verband sich Suhurmaschu.
„Deine Freunde haben mir gerade etwas äußerst Wichtiges übermittelt. Wir kennen jetzt die genaue Position des Kriegsschiffes aus dem Apsu", flüsterte der dem Tier in dessen Geist. „Such Qingu und teil´ ihm das mit!"
Den anderen Individuen der mit ihm verbundenen Tierart trug Suhurmaschu auf, die „Flügel" nicht mehr aus den Augen zu lassen. Ihn beschlich das Gefühl, dass die gefräßigen Tiere noch nie zuvor eine Anweisung mit mehr mehr Begeisterung ausgeführt hatten.

*

Auf dem Hauptdeck der „Flügel" arbeitete Zi-Ukkina, gemeinsam mit Mummu an einer Karte des Salzwasserozeans. Als Basis diente den beiden dabei die Erinnerung des Urgeborenen, die sich auch nach all der Zeit als exakt und ungetrübt herausstellte.
Mummu seinerseits mochte den Navigator, fand dieser doch immer wieder Worte der Inspiration für die Mannschaft.
Zi-Ukkina tippte mit seinem Schreibgriffel auf eine Stelle der Karte.
„Hier! Ich traue dieser Strömung nicht so recht, Mummu."
Der Urgeborene nickte.
„Gehen wir raus und verschaffen wir uns Gewissheit. Der Ausläufer hier müsste gleich unsere Route kreuzen - oder usnere Route die Strömung."
Die beiden verließen den Schiffsraum. Noch immer war Asare in seine Arbeit versunken.

„Er steigert sich da in etwas hinein, möchte ich wetten", murmelte Mummu für sich.
Zi-Ukinna wehrte unwirsch einen Fisch ab. Kaum hatte er das aufdringliche Tier zur Seite gewedelt, traf ihn der Schlag einer Ziegenfischflosse.
„Dreistes Viehzeug!" schimpfte der Gott.
„Schuld daran sind wir selbst", warf Tuku ein, der sich ebenfalls gerade unter einem Ziegenfisch wegducken musste. „Das Pflanzenzeug, das wir hinter uns herziehen muss denen wie eine willkommene Futterquelle vorkommen!"
Im nächsten Moment stieß Mummu einen Warnschrei aus. Asare hielt in seinem Werk inne. Die Pflanzenfasern entglitten ihm und blieben hinter der Flügel zurück. Sofort stürzten sich die Kreaturen des Salzwasserozeans darauf. Doch nicht alle Tiere nahmen die einladung zum schmauss an. So manches beschleunigte nun erst Recht. Als die Ziegenfische ihre Köpfe zum Stoß mit den Hörnern senkten, wurden dahinter Reiter sichtbar. Denn einige der von Suhurmaschu alarmierten Ziegenfische hatten zu diesem Zeitpunkt Kriegerinnen und Kriegern der Horde als Reittier gedient!
Die Reiter beugten sich ebenfalls vor. Sie fasste ihre Lanzen und Speere fester.

*

Ziku war beinahe froh, endlich wieder seinen Helm aufsetzen zu können. Seit dem Start der „Flügel" war die Luft im Schiffsinneren immer schlechter geworden. Schon bald würden Marduks Krieger ihr Schiff entweder fluten müssen um Wasser zu atmen oder ständig in den Schutzanzügen herumlaufen, über die sie Essenz ihrer Schwestern aufnahmen. Eine dritte Möglichkeit gab es nicht. Zwat träumte Ziku von einem System künstlicher Kiemen, das er bereits vor dem Aufbruch skizziert hatte, doch war dies nicht die Zeit, über seine Erfindung nachzudenken. Nach dem Krieg, wenn der Weltenozean wieder ihnen allen gehörte, dann, ja dann würde er gewiss genügend Zeit und Muße finden, sich dem Konstruktionsproßeß zu widmen.

Vorerst galt es nur zwei Dinge zu tun: Den Helm zu schließen und sich den Kriegern auf den Flügeln des Schiffes anzuschließen.

*

Die Angreifer stießen in Wellen auf Marduks Gefolgsleute herab. Sie nutzen nicht die volle Wucht ihres Anlaufes um mit ihren Lanzen zuzustechen, sondern lenkten ihre Ziegenfische im letzten Moment zur Seite, dabei den Nebenmann ihres angetäuschten Ziels anvisierend. Das Manöver produzierte eine Welle, die es selbst den nicht getroffenen Göttern schwer machte, auf den Beinen zu bleiben.
Marduks Krieger waren dem richtungslosen Weltenozean entwöhnt. Sie kämpften wie Bisons, Lebewesen, die den wasserfreien Raum ihre Heimat nannten. Das Training vor dem Aufbruch hatte nicht wieder vollständig reaktivieren können, was einmal die natürliche Bewegungsart der Kinder Apsus und Tiamats dargestellt hatte.
Außerdem steckte ihnen der Schrecken über den Verlust Asarluhis, Namrus und Namtilas noch in den Gräten. Sie bewegten sich vorsichtiger, als es nötig gewesen wäre, um ja nicht den Kontakt zum Boden zu verlieren.
Als die erste Welle abdrehte, war die zweite bereit, zuzuschlagen und die dritte ebenfalls unterwegs im Sturzflug. Dass die ganze Zeit über Kanonen auf sie ausgerichtet worden waren und nun zu feuern begannen, behinderte sie nicht im Geringsten, ja, es schien, als hätten sie die Kanoniere der „Flügel" nur ihre Arbeit ausführen lassen, um ihnen nun zu demonstrieren, wie wenig Anstrengung sie ein gekonntes Ausweichmanöver kostete.
Tuku kniff die Augen zusammen, nicht, um nicht sehen zu müssen, was da auf ihn zukam, sondern weil er sich konzentrieren musste. An das freie Schwimmen hatte er sich noch nicht wiedergewöhnt, aber seine Erfahrung als Kämpfer in vielen Schlachten verriet ihm, dass auch die Gegner sich ihrer weniger sicher waren, als ihre nahezu perfekten Manöver vermuten ließen. Wie viele Krieger der „Flügel" klammerten sich bereits verwundet an ihre Waffen? Wieviele trieben besinnungslos mehrere Armeslänge über den Flossen des Schiffes? Zu

viele! Und wie viele Gegner waren vom Erfolg ihrer Aktionen überrascht? Genug, um Tuku zu verraten, dass nicht sie selbst den Angriff geführt hatten. Zustoßen und die Wellen auslösen war die eine Sache, die Reitkünste eine ganz andere.

‚Das ist geliehene Kompetenz', schlussfolgerte Tuku. ‚Die Frage ist nur, wer steckt dahinter und wo verbirgt sich der Kerl?'

Weit weg vom Geschehen, aber dennoch nah genug, um sofort angemessen reagieren zu können, sagte sich Tuku. Er fand Argumente dafür, die Präsenz des Anführers in jeder der drei Wellen zu rechtfertigen, doch dann lächelte der Gott. Er belächelte sich selbst, der taktische Erwägungen anstelle, obwohl doch ein Blick in die Gesichter der Angreifer genügte.

Und während ihn alle Mitkämpfenden anschrien, gar einen Feigling schimpften, schaute Tuku dem Kampf einfach nur zu. Er beobachtete so lange, bis er ausfindig gemacht hatte, wer für den reibungslosen Ablauf der Attacken verantwortlich war. Dann musste er nur einen einzigen Stoß setzen.

Tukus Gegnerin sah es nicht kommen. Vielleicht hatte die Göttin sogar einen potentiellen Überläufer in dem Nichtkämpfer gesehen, jemand, den es zu schonen galt. Nun, sie hatte sich geirrt. Tuku schlitzte ihren Ziegenfisch auf, dann trennte er dem zuckenden Tier den Kopf vom Rumpf. Die Göttin strampelte mit den Füßen, um rasch Abstand von dem Leib zu gewinnen, der unkontrolliert mit den Flossen schlug. Sie zog ihren Geist von dem sterbenden Tier zurück. die Formation war aufgelöst.

Wutschreie erhoben sich aus den Reihen der Horde. Fassungslos starrte die Anführerin Tuku an. Sie sank tiefer. Die Männer auf der „Flügel" mussten nur zugreifen. Es war ihnen nun ein Leichtes, die Gefangene einzuholen und dem Kampf eine für sie erfreulichere Wendung zu geben.

*

Als Agaku den Flügel betrat herrschte bereits wieder Stille.

Krieger des Apsu stützten einander oder sprachen auf die am Boden liegenden Verwundeten ein. Die Geschütze des Schiffs waren auf die entwaffneten Gefangenen gerichtet. Von den Tieren, die sie begleitet hatten, befand sich keines mehr am Leben. Einige Kadaver trug der Salzwasserozean davon, vom Ort der Schlacht fort, andere existierten nur noch in Form von mehr oder weniger kenntlichen Fleischstücken.
Durch den Wahnsinn des Kampfes der Götter gegen andere Götter vollends verwirrt schnappten Fische nach den Überresten, als hätten sie die Pflanzenfasern vor ihren Mäulern, um derer Willen sie diesen Ort ja aufgesucht hatten. Agaku wandte seinen Blick von dem Anblick ab.
Ohne ihre Ziegenfische war es den Hordenmitgliedern unmöglich, sich rasch genug aus dem Vernichtungsradius von Kugel und Treibmittel herauszubewegen. So mancher, darunter die Anführerin, hatte bereits aufgegeben und hielt resigniert den Kopf gesenkt, einige sahen sich dennoch unentwegt nach möglichen Lücken in ihrer Bewachung um. Dabrutu gehörte zu jenen Ungebeugten, erkannte Agaku, und der schwerverwundete Krieger, der sich an ihr festklammerte, war ihr Bruder Umu. Wie viele Namen er doch noch kannte! Bevor er beginnen konnte, Eigenarten damit zu verbinden, wandte er sich lieber seinen Kampfgefährten zu.
Agaku wurde von den Kriegern mit Erleichterung, aber nicht besonders viel Geduld empfangen.
„Einer nach dem anderen", sagte der Heiler. „Die am schwersten Verwundeten zuerst."
Das war so selbstverständlich, dass es nicht extra betont werden musste, doch half es Agaku, sich auf die vor ihm liegende Aufgabe zu konzentrieren, wenn er das Offensichtliche, die Routinen seines Berufs, einfach einmal aussprach.
Tuku drängte sich vor, die festgenommene Anführerin der Reiterei hinter sich her ziehend.
Agaku drängte den Krieger zurück. „Sie zuerst!"
„Sie?! Sie ist für all das hier verantwortlich! Man fragt sich, auf wessen Seite zu eigentlich stehst, Agaku!" protestierte der Tuku.

„Auch die rebellischen Götter sind seine Untertanen, sagt der Kaiser", erwiderte Agaku.
„Nein, ich glaube, die Gefangene gefällt dir einfach! Du kannst es gar nicht erwarten, dich zärtlich um sie zu kümmern..."
Agaku stürzte sich auf den Bordkameraden! Auch nur anzudeuten, er könne Gefallen an der Schwester eines anderen Gottes finden und ihn damit implizit auf eine Stufe mit dem Grünblauen zu stellen, das hätte sich Tuku nicht wagen dürfen!
Tutu umfasste seinen Speer fester. Er senkte die Waffe zwischen den Heiler und den Krieger.
„He, ruhig, Männer! Alle beide! Tuku - du bist nur leicht verletzt. Lauf zu Marduk, berichte unserem Kaiser über den Kampf und frage ihn, was Agaku tun soll!"
Der Heiler packte die unbekleidete Gefangene beim Arm, als Tuku den Heerführer aufsuchte. Nachdem er sich einmal an Gewänder gewöhnt hatte, löste der Anblick tatsächlich ungewohnte Gedankengänge tief in seinem Inneren aus. Die einzige Frau, die er nackt sah, war seine Gemahlin. Folgerichtig wurde hier im Salzwasserozean das Bild jeder Kriegerin der Horde von dem der eigenen Schwester überlagert. Hemmschwellen sanken. Der Heiler begriff: Tuku hatte ihn nicht beleidigen wollen. Er hatte lediglich aussprechen müssen, was ihm selbst durch den Kopf und andere Körperteile ging.

*

Agaku säuberte die Wunden der Verletzten. Er teilte ihnen Krankenlager zu, sorgte für erfrischende Speisen und Getränke und vermisste dabei schmerzlich seine Kollegen Asarluhi und Namtila. Wie vernünftig war es allen erschienen, als Marduk vor dem Aufbruch ins Feindesland angeordnet hatte, dass sich diese beiden mit den Geschützen vertraut machen sollten! Die begabtesten Heiler sollten durch ihren Einsatz im Inneren des Schiffes geschützt werden, aber dennoch während einer Schlacht nicht untötig herumsitzen. Wo war sie nun geblieben, die vielgepriesene Vernunft? Daheim bei Ea vielleicht?

„Ah... Ahuuuu!" jaulte Agakus Patient, als dieser ihm gerade einen Verband anlegen wollte.
„Ja, das tut nun mal weh!" schimpfte der Heiler. „Gleich vorbei!"
Doch die Schmerzen des anderen Gottes wollten sich nicht so schnell verflüchtigen. Ganz im Gegenteil bäumte dieser sich in seiner Pein auf. Mit den Worten „Das ist nun mal so nach einer Wundbehandlung", versuchte der Heiler erneut zu seinem Patienten vorzudringen. Als sich noch immer keine Besserung einstellte, stieß Agaku den wehleidigen Krieger einfach zur Seite und ließ sich den nächsten vorführen.
Es handelte sich wie schon bei dem gerade verarzteten Gott, um einen Gefangenen, genauer gesagt eine Kriegerin der Horde, Dabrutu. Furchtsam schaute sie auf den Vorrat an Wundverbänden, den sich Agaku von Asare hatte bereitlegen lassen. Zögerlich nahm sie dann im Schneidersitz auf dem Boden vor dem Heiler Platz.
Agaku reichte der Göttin ein feuchtes Tuch. „Hier! Wich die Kratzer in deinem Gesicht sauber! Ich kümmere mich gleich um deinen Kopf."
Er hätte das ebensogut selbst tun können, doch die Sitzhaltung der Göttin löste Regungen ihn Agaku aus, die weder vom Herzen noch vom Hirn ausgingen. Denen wollte er besser keinen Angriffspunkt bieten, indem er unnötige Berührungen riskierte.
Eine Platzwunde am Schädel hatte sich die Kriegerin während der Schlacht zugezogen. Durch den Treffer war sie von ihrem Ziegenfisch geschleudert worden und hatte nach der Tötung des Tieres nicht mehr lange Widerstand leisten können. Trotz dieser trauamtischen Ereignisse fand Dabrutu genug Kraft in sich, ihre Hand nach der ihres Bruders auszustrecken, um diesem Trost zu spenden. Unbemerkt von Agaku nestelte sie an Umus Verband. Der Heiler merkte nicht, wie die Wickel gelockert wurden, er nahm nur voller Erleichterung zur Kenntnis, dass der Mann endlich sein Stöhnen und Jammern endlich einstellte.
„Vorsichtig!" flehte Dabrutu, als Agaku ihr nach erfolgter Wundversorgung einen Kopfverband anlegen wollte.
„Ich verstehe meine Handwerk!" schnappte dieser zurück. Doch kaum berührten die Verbände die Wunde, da sah er sich gezwungen, sein

Urteil zu revidieren. Die Patientin schrie erst schrill auf, dann presste sie ihre Zähne aufeinander und wimmerte sehr leise, aber anhaltend. Agaku zog seine Hände zurück.

„Hm... Das tut mir jetzt leid, ist aber unumgänglich..."

Probeweise legte der Heiler der Göttin einen Verband auf eine gesunde Hautstelle. Erneut schienen sich ihre Schmerzen zu verstärken. Der Heiler wiederholte das Experiment mit seinem eigenen Arm. Diesmal konnte er sein Handgelenk und den gesamten Unterarm umschlingen und musste nur deswegen innehalten, weil der Strang vollständig aufgewickelt war. Agaku spürte nichts, aber auch gar nichts.

Dabrutu versuchte unterdessen, das locker auf ihrem Kopf aufliegende Verbandmaterial abzuschütteln. Es gelang ihr, aber die Fasern streiften ihre Schultern und den Rücken. Erneut schrie sie auf.

„Agaku! Was treibst du da eigentlich?!" hallte Marduks Stimme durch den Schiffsraum.

„Ich..." Der Heiler erhob sich. „Mach das ab!" wies er seine Patientin an, auf die Verbände ihres Vorgängers weisend. Dann erklärte er dem Heerführer: „Mein Kaiser, Asares Verbände scheinen den Gefangenen nicht zu bekommen. Sie fügen ihnen Schmerz, vielleicht sogar Wunden, zu."

Marduk überquerte das Deck, bis er direkt neben Agakus Vorratshaufen stand.

„So?"

„Ich glaube, es ist besser, wir behelfen uns mit dem, was wir haben, anstatt diese Fasern zu benutzen", meinte Agagku.

„Ja, tu das", erwiderte Marduk. Er nahm einen Armvoll des Pflanzenmaterials auf. „Ich nehme die hier mit, Agaku. Asare kann dir jederzeit neue anfertigen. Falls du für unsere eigenen Leute noch welche benötigst."

„Was hast du vor, mein Kaiser?"

„Mir ein Netz knüpfen. Trainingskämpfe, die uns stärken sollen, habe ich mir in den Kopf gesetzt, aber vielleicht ist es klüger, stattdessen den Feind zu schwächen..."

*

Nachdem Agaku sämtliche Verwundeten versorgt hatte, wandte er sich mit der Frage an Mummu, was nun mit den Gefangenen geschehen sollte.
„Ich bin nicht mehr irgendjemandes Visier, sondern ein Krieger wie ihr", entgegnete der Urgeborene. „Ein Söldner, genauer gesagt. Marduk weiht mich nicht in alles ein."
„Aber du weißt die Antwort auf meine Frage!"
„Sicher weiß ich die. Ich wollte dir nur ins Gedächtnis rufen, dass du nicht mit jeder zu mir kommen kannst."
„Urgeborene!" seufzte Agaku vernehmlich. „Machen um alles ein Gewese als würden Luxussuiten in Aduruna verteilt!"
„Also was genau hat der Kaiser nun mit den Gefangenen vor?" verlangte er zu wissen.
„Sie mitzunehmen. Freilassen können wir sie nicht, töten will er sie nicht."
Agaku hielt Lugal-Durmah fest, der gerade mit zwei weiteren Göttern an ihm vorbeilief. „Warte! Du, Irqingu und Agilima, ihr werdet die Gefangenen auf einem der unteren Decks unterbringen!"
„Wir müssen die Filter am Antrieb..." hob Agilima seine Stimme, doch Agaku unterbrach ihn:
„Gar nichts müsst ihr! Jedenfalls nicht, bevor die Gefangenen von hier verschwunden sind. Je weniger sie von dem hören, sehen oder verstehen, was an Bord geschieht, umso besser für uns!"
Mummu und der Heiler blickten der sich entfernenden Gruppe nach. sie sahen, wie sich andere Götter anschlossen, ihre Zahl wuchs und schließlich die der zu bewachenden Gefangenen bei weitem übertraf.
„Das will mir nicht gefallen", murmelte Agaku.
Mummu nickte.
„Geh ihnen nach! Ich melde es Marduk."
„Meinst du, das ist nötig?"
„Nein, Heiler. Aber ich *befürchte* es und das ist im Krieg Rechtfertigung genug."

*

„Wir sind hier, um denen wieder ihren Platz in Erinnerung zu rufen, richtig?"
„Ha, ja!"
Die Stimmen der Männer ließen nichts Gutes verheißen. Agaku wusste das, und obwohl es Grund hätte sein sollen, die Stiege zum Unterdeck rascher herabzusteigen, ließ ihn verharren, was er hörte.
Seine Bordkameraden stießen Dabrutu zwischen sich hin und her. Deren normalerweise hellgrüne Hautfarbe hatte sich im Gesicht verdunkelt, ein deutliches Zeichen ihrer Übelkeit.
‚Wie sollte es auch anders sein?' dachte Agaku. ‚Mit dieser Kopfwunde gehört sie möglichst unbeweglich auf ein Krankenlager!'
Der Krieger, dem Dabrutu gerade in die Arme geschleudert wurde, hielt sie fest. Zu lange und zu nah, wie Agaku fand.
Schlimmer als der Kriegerin erging es der Anführerin der Ziegenfischreiter. Sie saß auf dem Boden, einer von Marduks Gefolgsleuten hatte sie bei den Schultern gepackt um zu verhindern, dass sie wieder aufstand und ein anderer griff nach ihren Fußknöcheln.
„Und genau das werden wir jetzt tun!" nahm der Dabrutu festhaltende Gott den Faden wieder auf. „Wenn wir das gründlich getan haben, bleiben sie handlungsunfähig, wenn wir sie wieder rausgeworfen haben."
Die Anführerin der Reiter trat nach dem Mann zu ihren Füßen. Sie erwischte ihn mit der Spitze ihrer Beinflossen.
„Autsch! Lass das! Hör auf zu kämpfen! Bist du vielleicht ein Krieger?!"
„Das denken die wohl!" bemerkte der hinter ihr hockende Gott. „Zeigen wir den Frauen, was sie wirklich sind! Und ihre Brüder lassen wir zusehen. Welcher ist es eigentlich?"
„Er ist nicht hier! Er ist weit weg in Sicherheit vor euch Monstern! Als ob ich zuließe, dass etwas zustößt!"
Etwas weinerlicher als geplant klangen die Worte der Gefangenen, aber ihr nach dem Tod ihres Ziegenfisches erloschener Kampfeswille erwachte wieder.

„Brüder hast du gesagt?" Der Gott, der Dabrutu hielt, ließ sie belustigt los. „Das würde ja heißen, dass es hier Männer gäbe! Aber indem sie ihren Schwestern folgen, haben sie sich selber zu Frauen gemacht! Die sollten wir uns auch gleich mit vornehmen!"
‚Erspar mir deine Philosophie' teilte der Blick seines Nebenmannes dem Sprecher mit. ‚Reich mir einfach das Weib rüber!'
Agaku konnte es noch immer kaum fassen. Alles in ihm drängte den Gott, sich dem Treiben anzuschließen, zu tun, wonach es ihn verlangte, doch gleichzeitig ekelte es ihn an, diese Gelüste zu verspüren. Der Heiler fragte sich, ob etwas nicht in Ordnung mit ihm war. Keiner der anderen schien unter derselben Hemmung wie er zu leiden. Oder taten sie es doch? Welchen anderen Grund sollte es sonst geben, ihr Gealber noch länger auszudehnen? Die Frauen befanden sich in ihren Händen, sie hätten loslegen können.
‚Wie ich es tun würde', dachte Agaku und das Entsetzen darüber ließ bereits nach. Fasziniert schaute der Gott dem Treiben seiner Kameraden zu. Noch geschah „nichts", wenn man außer Acht ließ, dass die Furcht, die Wut und die Verzweiflung der Gefangenen von Sekunde zu Sekunde wuchs. Der Heiler ertappte sich dabei, ungeduldig mit den Fingerknöcheln auf das Geländer der Treppe zu klopfen. Schweiß perlte seine Haut herab.
‚Wenn ich es erst gesehen habe, dann kann ich besser einschätzen, wie ich dazu stehe', redete Agaku sich ein. Doch „es" ließ noch auf sich warten, denn trotz der Übermacht wehrten sich die Götter des Salzwasserozeans mit einer Wildheit, die ihre geordnete Formation während der Schlacht nicht hatte erahnen lassen.
„Halt still! Du kommst auch dran", herrschte einer der Krieger Umu an, den er gemeinsam mit einem Kameraden in Schach hielt, während ein dritter Dabrutu gegen die Bordwand presste. Sie und die anderen Göttinnen waren längst zu Objekten in den Gedanken der Sieger geworden, deren Gefühle nicht mehr wahrgenommen wurden. Die männlichen Gefangenen hingegen besaßen Gefühle und diese Gefühle des Besiegten auszukosten erhöhte den Reiz der Angelegenheit noch einmal. Deswegen ließen sich die Sieger Zeit, Zeit genug für Agakus Magen, seinen Inhalt mehrmals umherzuwälzen.

Dabrutu spuckte dem sie bedrängenden Gott ins Gesicht.
„Oho! Wer euch Wilde nennt, hat sich nicht geirrt!" höhnte dieser.
„Ihr seid die Bestien!" zischte Umu
„Oh, das passt dir wohl nicht, dass wir sie auch mal haben wollen? Aber genau das lebt euch euer Anführer vor!"
„Nein..." ächzte Umu.
„Doch, das tut er. Und weißt du was? Ich lasse jeden Mann hier verschonen, wenn ihr euch jetzt von Qingu abwendet!"
„Aus Qingus Begehren wurde Liebe!" schrie Umu. „Eures entspringt nur dem Wunsch nach Macht und Herrschaft!"
‚Ja, das ist wahr', begriff Agaku. ‚Genau das geht in mir vor. Aber nur deswegen muss es mir ja nicht unbedingt gefallen...'
Endlich fand der Gott die Kraft, sich aus seiner Starre zu lösen. Er wusste nun nicht mehr nur, dass er etwas gegen das Treibern seiner Kameraden unternehmen musste, war auch bereit dazu. „Hört auf!" rief er, doch viel zu leise, um den Tumult zu übertönen.
Agaku tat einen Schritt. Er musste feststellen, dass sich sein Unterkörper nicht so verhielt, wie er es erwartet hatte. Teile seiner Anatomie befanden sich in einem Zustand, der doch seiner Schwester vorbehalten bleiben sollte. Der Gott stolperte, fing sich wieder und spürte dann die Armflossen seines Kaisers, der sich an ihm vorbeidrängte.
„Marduk!" krächzte der Heiler.
Der Heerführer beachtete ihn nicht. Er warf seinen Kriegern mehrere aus den von Asare geschaffenen Pflanzenfasern gedrehte Seile zu. „Bindet die Gefangenen damit!" befahl er ihnen. „Das wird sie an die Macht erinnern, die wir über ihre Herrin besitzen!"
Der Anblick gefesselter unbekleideter Göttinnen war zuviel für Agaku. Der Heiler wusste, er musste seine Unterkleidung dringend wechseln. Von Marduk wissend angegrinst zu werden erleichterte ihm seine Situation nicht unbedingt.
„Du kommst spät, beinahe zu spät! Was sollte das?"
„Ich wollte herausfinden, wer meine Feinde sind und wer meine Freunde, auch unter meinen Gefolgsleuten. Und es sieht so aus, als habe Asarluhi recht behalten. Nicht immer sind die, die treu jede

meiner Anweisungen befolgen wirklich die meinen. Männer meines Geistes hätten sich gegen die Perversität hier unten aufgelehnt oder ihren Unwillen kund getan."
„Ich weiß, dass ich kurz davor war."
„Und das genügt mir. Du warst übrigens so mit dir selbst beschäftigt, dass dir nicht aufgefallen ist, nicht allein gewesen zu sein."
„Weil du die ganze Zeit über hinter mir standest?"
„Das auch. Nicht allein mit deinen Zweifeln, meinte ich. Nicht alle hier waren mit dem Velauf der Ereignisse einverstanden. Keiner von euch hat vor den anderen sein Gesicht verloren indem er offen protestierte, aber eure Herzfrequenz hat mir genug verraten, das Pulsieren der Schuppen in euren Gesichtern war eindeutig."

*

Man hatte die Gefangenen aus dem Unterdeck ganz hinunter in die Bilge gebracht. Hier, wo sich das eindringende Wasser sammelte und selbst bei bester Trocknung nie ganz versiegte, hockten sie einzeln oder an ihre Geschwister gelehnt, unfähig, etwas anderes zu tun, als dem Gang der Dinge zu harren. Es war dunkel. Das unbeweglich stehende Wasser stank und war nicht geignet, die Sehnsucht nach dem freien Ozean auch nur ansatzweise zu stillen. Die mächtige „Flügel" schien kaum Fahrt zu machen. Sie bewegte sich, aber ob sie aus Umus Perspektive nach rechts oder links tat, war dem Gott nicht klar. Von jeglichem Orientierungspunkt abgeschnitten konnte er sich beides vorstellen und seinen Körper davon überzeugen, dass es so stimme. Die ganze Welt war aus den Fugen geraten und dann kamen auch noch ausgerechnet Dabrutu die Tränen! Heiß und salzig troffen sie auf Umus Schultern und rannen daran herunter.
„Ich wünschte, wir hätten unsere Wale dabeigehabt!" klagte die Göttin. „Uns nie darauf eingelassen, mit den anderen zu reiten!"
„Also das ist ein Wunsch, den ich dir trotz allem noch erfüllen kann", erwiderte Umu. „So ziemlich der einzige."

„Du willst einen Kontakt herstellen? Umu! Was gibt es hier außer Schmerz und Furcht? Wer würde einem Ruf folgen, der von solchen Gefühlen begleitet wird?"
Die Antwort war leicht: Ihre Wale, welche die Geschwister liebten. Sie zögerten nicht, ihnen in iher Not zu Hilfe zu eilen und sie waren sehr, sehr zornig...

*

Die „Flügel" wurde nach ihrem Zusammenstoß mit der Riesenkrake und der Auslöschung der Ziegenfischkavallerie gezielt angegriffen. Immer wieder gelang es der Besatzung, die Angreifer zurückzuschlagen, doch jede Begegnung hinterließ sie geschwächt. Die Horde legte es nicht auf einen Sieg über das Schlachtschiff an. Sie schlug zu und zog sich dann wieder zurück. Schwärme von Kreaturen und geschickt manipulierte Felsformationen hemmten das Vorwärtskommen der Invasoren. Ohne Mummus Karte des Ozeans hätten sich die Krieger des Apsu mehrfach in Strömungen locken lassen, die sie weiter fort von ihrem Ziel getragen hätten.
Jede einzelne Einheit fügte Marduks Streitmacht Nadelstiche zu, die sich nach und nach zu einer Anzahl kleinster Wunden addierten.
„So kann das nicht weiter gehen!" fasste Marduk ihre Lage zusammen.
„Ich weiß", erwiderte Zisi. Gleichzeitig schob er Marduk ein Büschel Seetang in den Mund. „Beiß drauf und halt still!"
Marduk verfolgte, wie der andere sich mit einer scharfen Klinge seinem Oberarm näherte.
„Üm?!"
Zisi setzte das Messer an!
„Nicht immer ist es hilfreich, dir von einem Heiler Paste auf die Haut schmieren zu lassen", erläuterte der andere. „Manchmal muss auch einfach etwas raus, was nicht in deine Blutbahn gehört."
Einen rasch ausgeführten Schnitt später troff Marduks Blut in eine Schale, bis der Heiler der Meinung war, auf mehr könne sein Kaiser nicht verzichten. Zisi unwickelte die Wunde mit frischen Verbänden und gab seinem Feldheern dann den wohl wirksamsten Ratschlag mit

Vergiftungen umzugehen, mit auf den Weg: „Nicht noch mal von so einem Vieh beißen lassen, mein Kaiser!"
„Mein Kaiser!" rief auch der Steuermann der „Flügel" und dann: „Da kommt ein anderes Schiff!"
„Das ist nicht möglich!" entfuhr es Marduk. „Das ist nicht der Apsu. Die Wilden besitzen keine Flotte!"
„Aber genau danach sieht es aus", meldete nun auch ein zweiter Krieger. „Uns nähert sich etwas wirklich Großes."
„Vielleicht noch eine Krake?" mutmaßte Zisi.
„Dafür ist das Ding nun wieder zu klein. Die Ausmaße der ‚Flügel' erreicht es nicht. Aber... Bei Apsus steinernen Gebeinen, das sind mehrere!!!"

*

Die Wale brachen über die „Fügel" herein, machtvoll, ausdauernd und überaus aufgebracht. Diesmal gab es keine Strategie, die man hätte brechen können, auch keine Leitfigur, die auszuschalten den Angriff beendet hätte.
Immer wieder stießen die Tiere gegen den Schiffsrumpf, denn wenn der brach, hätten sie nicht nur den Feind besiegt, sondern auch ihre vertrauten Herren befreit. Gegen die Wirkung der Kanonen waren sie so gut wie gefeit. Alles, was die Geschützmannschaften sinnlos verschossen, würde ihnen später vor Aduruna fehlen. Nachschub existierte nicht innerhalb des Feidneslandes.
Die riesigen Tiere wurden von Plänklereinheiten begleitet, niederen Kreaturen des Salzwasserozeans, und hier und da meinte die Besatzung der „Flügel", auch den Kopfkamm oder die Flossen eines Gottes erspähen zu können.
„Wir gehen raus!" rief Zisi in die Runde. „Ich habe unseren Kaiser nicht gerade erst geheilt, um jetzt zuzusehen, wie er hier drin verrecken muss!"
Fünf der Götter folgten ihm und einer davon überholte Zisi auf dem Weg durch die Schleuße.

Zahgurim eilte als erster nach draußen. Mit langen Schritten durchmaß er die Bastion auf der Flosse des Schiffes und brüllte den Angreifern seine Herausforderung entgegen.

„Wenn es noch Männer unter euch gibt, dann kommt her und stellt euch!" schrie er. „Ich bin Zahgurim, Fürst des Apsu!"

„Wer sind die?" wisperte einer der wenigen die luftatmenden Fische begleitenden Götter seinem Kameraden zu. „Ernstzunehmende Gegner oder eine Ablenkung?"

Zisi! Shazu! Suhrim! Suhgurim! Zahrim! Zahgurim!

Der Gott warf den Kriegern der Horde die Namen seiner Gefährten entgegen. Der erwünschte Effekt blieb allerdings aus.

„Das gibt´s doch nicht! Hat euch Ea etwa nach euren Namen sortiert?!" brach es stattdessen belustigt aus einem der Angreifer heraus.

Erbost stieß sich Suhrim vom Deck ab. Seinen Kampfstab mit dem Axtblatt an jedem Ende fest in den Händen schwamm auf die Lästerer zu. Zahgurim folgte seinem Beispiel. Er suchte bevorzugt den Kampf Mann gegen Mann.

Shazu hingegen hielt sich zurück. Zuerst galt es, die gegnerischen Götter zu studieren, bevor man sich gezielt deren Schwachstellen vornahm.

Eine Weile hielt es Zahrim an Shazus Seite. Diszipliniert wartete dieer Gott auf die Einschätzung seines Kameraden, bevor er losschlug.

Suhgurim kümmerte sich nicht um die Götter des Salzwasserozeans. Er wütete unter den Kreatueren, sich auf alles stürzend, was kleiner als ein Wal war. Selbst nach ihrem Tod ließ er sich noch Zeit, ihre Leiber zu zerstückeln, nicht im Berserkerrausch gefangen, sondern gezielt und wohlwissend, wie der Anblick verstümmelter Kadaver auf die Horde wirkte.

*

Shazu kämpfte gerade soweit von der „Flügel" entfernt, wie er es sich erlauben durfte, um ihm Falle eines Rückzugs noch rechtzeitig die Schleußen zu erreichen. Der Gott schwebte im Wasser, wie auch sein

Gegner. Über den beiden spannte sich die Bauchdecke eines Walfisches als ein lebendiger und äußerst beweglicher Baldachin.
Diese Position widersprach allem, was Shazu über Kriegskunst gelernt hatte. Kam es im Apzu zu einer solche Konstellation, so drehte man sein Boot und landete auf dem Felsen, um die Decke zum Boden zu machen.
Shazu fühlte sich richtiggehend erleichtert, als da mächtige Tier zu einer erneuten Attacke auf die „Flügel" ansetzte und den Ozean über seinem Kopf nicht länger verdunkelte.
Er führte einen Schlag gegen einen Krieger der Horde, der diesem sein Gleichgewicht raubte. Der andere überschlug sich mehrmals, bis er mit dem Kopf nach unten hängenblieb.
Shazu packte ihn bei seinen Füßen. Einer seiner alten Verbände aus Asares Fertigung zerrte er vom Arm, um den Gefangenen damit zu fesseln.
„Ist es dir jetzt immer noch nach Lachen?!"
„Ja, natürlich. Wo du doch kopfüber im Weltenozean baumelst!"
Shazu hielt in seiner Tätigkeit inne.
„Das ist gelogen."
Das kurze Zögern seines Gegners verschaffte dem bereits besiegt gewähnten Krieger der Horde den einen Moment, den er benötigte, um Shazus improvisiertes Seil fortzustrampeln und sich wieder aufzurichten.
„Sicher war es das", bekannte der Gott. „Und du, du hast es auch sofort erkannt, als sei dir die Benützung von Lügen nicht fremd. Bevor ihr kamt, gab es keine Notwendigkeit dafür, eine Unwahrheit zu sprechen!"
Erneut griff der Krieger an. „Für Tiamat!" rief er. „In Apsus Namen!"
Was sie mit den Gefangenen im Begriff gewesen waren, anzustellen und Marduks Befehl, sie mit den künstlich erschaffenen Pflanzenfasern zu fesseln, das sah Shazu als unschöne Notwendigkeiten an. Stets hatten ihm die Betroffen leid getan. Aber dieser hier, für den kam kein Mitleid in ihm auf. Den verderbten Apsu anzurufen! Dieser Gott war so überheblich, dass sein Ego sich von ihm hätte lösen und neben ihm schwimmen können wie es Nordwind bisweilen tat, fand Shazu!

Zum ersten Mal in seinem langen Leben kämpfte der Krieger aus dem Apsu nicht um das bessere Siedlungsland für seine Sippe von einer anderen zu erobern, einen Feind aus dem eigenen Territorium zu vertreiben oder um eine kleinere Sippe tributpflichtig zu unterwerfen. Diesmal war es ihm ein persönliches Bedürfnis, seinen Gegner zu überwinden. Shazu verspürte Hass auf einen Artgenossen, er wollte ihm wehtun, ihn zurechtstutzen und vergaß darüber alles, was er über Finesse gelernt hatte. Der Krieger wurde zum Sturm, wurde zu einem der zerstörerischen Winde, wurde zu einer Kampfmaschine, wurde zu einer Verkörperung seiner Wut und hörte dabei auf, Shazu zu sein.
Ein einziger Charakterzug übernahm die Kontrolle über Shazus Leib, alle anderen verdrängend. Der Gott ließ es zu, ließ sich willig in seinen Zustand hineinfallen. Eine Zukunft, in der er andere Komponenten seines Wesens benötigen mochte existierte für ihn nicht mehr.
Shazus Gegner umklammerte seinen Speer, verzweifelt darauf konznetriert, den wilden Ansturm abzuwehren. Durch aufeinandergepresste Zahnreihen zischte er: „Du solltest dich sehen..." Doch Shazu konnte die nächsten Züge aller anderen Krieger voraussehen und kontern. Er musste nur auf die verräterischen äußerlichen Anzeichen ihrer Emotionen achten, die ihm jedes Mal zuverlässig verrieten, welches Manöver sie einsetzen würden. Lediglich seine eigenen Gefühle und wie sie ihn lenkten deutlich zu erkennen war dem Krieger in diesem Kampf nicht gegeben.
Ein dritter Kämpfer mischte sich in das Duell ein. Shazu erkannte ihn als Merschakushu, einen weiteren Gefolgsmann Marduks. So kümmerte es ihn nicht, dass der andere sich ihm bis auf Armeslänge näherte, ging doch keine Gefahr von ihm aus.
Mershakushu packte den Gott. Er riss ihn von seinem Gegner fort.
„Shazu! Du bist nicht mehr du selbst!"
Allein durch seine Körpersprache, wenngleich auch nicht, wie es sein Kaiser vermochte über das wässrige Medium direkt auf Mershakushus Haut übertragen, vermittelte Shazu dem Gefährten seine Missbilligung. Doch dieser ließ nicht locker. Er drängte sich zwischen die beiden Kämpfenden und obwohl der Krieger der Horde wusste, dass er den Moment zur Flucht hätte nutzen oder Mershakushu von

hinten überwältigen müssen, blieb er stattdessen an Ort und Stelle im Wasser hängen und folgte dem Wortwechsel der beiden Invasoren.

Eindringlich sprach Mershakushu auf seinen Kamerade ein: „Wenn du dich jetzt so änderst, dass wir, deine Freunde, dich nicht mehr erkennen, dann ist der alte Shazu tot. Dann hat die Horde erreicht, was sie wollte, ohne deinen Körper zerstören zu müssen. Bitte, kehr um! Tu es für uns!"

„Also sollte ich den da hinter dir so einfach entkommen lassen?!"

„Sicher", erwiderte Mershakushu. Dann grinste er: „Was ja nicht heißt, dass nicht *ich* ihn mir schnappen kann."

Shazu ließ sich auf die Flosse des Schiffs zurücksinken. Um ihn herum wogte der Kampf weiter, doch für ihn war er beendet. Unschlüssig, ob er nun verloren oder nicht doch eher gewonnen hatte, durchquerte der Gott die Schleußentür.

Tafel 11

Die „Flügel" bahnte sich schwer angeschlagen ihren Weg durch den Salzwasserozean, jederzeit auf ein weiteres Gefecht gefasst, aber längst nicht bereit für auch nur eine einzige weitere Konfrontation. Zu viel gab es zu reparieren, nicht zuletzt die Körper von Marduks Kriegern.
Hegal stand am Heck des Schiffes und reckte seine Hände in die Höhe. Er spürte den Salzwasserozean mit jeder Hautzelle, auf jeder Schuppe und durch jeder Pore. Nein, Hände und Finger zu bewegen war völlig unnötig, fand der Gott. Was Asare vorgemacht hatte, würde er auch ohne diese Wedelei nachahmen können, notfalls sogar aus seiner kleinen Zehe heraus.
Erneut sprossen die Pflanzenfasern aus den Fingerspitzen eines Kriegers des Apsu.
Enbilulu beobachtete den Prozess durch ein Bullauge. Ob das nun ein gutes oder schlechtes Zeichen sei, wenn er nicht mehr beherrschte, an was sich die Exilanten nur wieder erinnern mussten, fragte sich der Jüngling? Hieß es, dass Hegal noch enger mit dem Feind verbunden war oder bedeutete es, dass Enbilulu etwas Wichtiges fehlte, das für den Sieg notwendig war?
Viel Zeit zum Grübeln darüber blieb dem jungen Krieger allerdings nicht. Er kehrte ins Innere des Schiffes zurück.
Epadun war gerade damit an der Reihe, die Verbindung in den Apsu aufrechtzuerhalten. Er lieferte seiner Gattin einen vollständigen Bericht über die vergangenen Feindkontakte ab, während Marduk das Logbuch aktualisierte.
Auch Enbilulu hielt mit seiner Schwester Kontakt, obwohl die meisterlich gefertigte Rüstung, die er trug, von Damkina stammte. Ein in seinen Helm eingearbeitetes Geflecht aus dem Haar der Schwester sorgte für die lebensnotwendige Verbindung.

Gugal trat auf die beiden zu. Als Enbilulu ebenfalls nähertrat, lächelte er dem Jüngling zu. An manchen Tagen munterte es Enbilulu auf, von den anderen als Kind betrachtet zu werden, an anderen machte es ihn wütend. ‚Nicht mehr lange', schwor er sich, ‚dann kehren wir nach Hause zurück, es ist Frieden und ich werde die Frau, die mich dann empfängt, endlich auch meine Gattin nennen können!'
Wie lächerlich ihm jetzt der Gedanke vorkam, an den Gefangenen zu üben, was die Schwester glücklich machen würde! Sein jugendlicher Körper hatte ihm da einen üblen Streich gespielt. Wäre nicht der Kaiser persönlich aufgetaucht... Egal, das lag hinter ihnen allen. Es schien dem jungen Krieger, als sei er in den vergangenen Tagen um Jahrunderte gereift.
Als habe er die Gedanken des nur wenig jüngeren Mannes erraten, meinte Marduk: „Das wird sich zeigen. Auf jeden Fall hast du viel gelernt, vielleicht mehr als in deinem ganzen bisherigen Leben. Dinge über dieses Leben und andere Dinge über den Ort, dem es entsprungen ist. Es wird Zeit, sie in den Dienst unseres Kriegszuges zu stellen. Laut Mummus Karte ist werden wir gleich am geeignetesten Ort dafür angelangt sein."
„Ist es wirklich möglich?" vergewisserte sich Epadun noch einmal. Marduk nickte. „Enbilulu hat beinahe jeden Tag seit der Grenzüberschreitung am Steuer der ‚Flügel' verbracht. Er weiß, wie sie auf Fahrt und im Gefecht reagiert und was den anderen Teil unseres Plans angeht, so vertraue ich Mummus Wort, der mir bestätigt hat, dass nichts dagegen spricht."
„Wir schaffen uns alle mit Hilfe unserer Antriebsdüsen und einer natürlichen Strömung eine Art Übergang, der uns direkt bis vor die Tore Adurunas katapultiert?"
„Katapultiert nicht gerade", korrigierte Enbilulu. „Ich stelle es mir als einen Ortswechsel vor, von dem wir nicht das Geringste spüren."
„Wie auch immer. Die Kreaturen Tiamats werden unsere Spur verlieren und das ist das Wichtigste", fand Marduk. „Finden wir Aduruna nicht gleich beim ersten Versuch, springen wir eben so oft durch den Ozean, bis wir das Verfahren gemeistert haben!"

„Wir sollten etwas essen, bevor wir das Manöver in Angriff nehmen", schlug Gugal vor. „Es geht keine unmittelbare Heilwirkung oder Steigerung der Kampfkraft von dem Akt aus, aber es würde die Stimmung gehörig anheben, mein Kaiser."
„Das finde ich auch", antwortete Marduk. „Enbilulu - ich vertraue dir. Dennoch bleibt es eine Tatsache, dass noch nie zuvor jemand etwas Derartiges versucht hat. Sieh es uns nach, wenn wir entsprechend nervös sind."
„Das bin ich ebenfalls", gestand Enbilulu.

*

„Der Apsu und der Salzwasserozean sind endlos", wiederholte Enbilulu, was jeder wusste. „Daher kann es möglich sein, dass sich ein Ort unendlich weit von dem befindet, an dem wir stehen. Es würde unendlich lange dauern, ihn zu erreichen."
Mummu nickte. „Also käme man nie an."
„Doch", korrigierte Marduk. „In der Unendlichkeit."
„Läuft das nicht auf dasselbe hinaus?" wagte Malah einzuwerfen.
„Wir müssen uns in einen Raum begeben, in dem das einen Unterschied ausmacht. Wenn wir uns mit einer Strömung treiben lassen, die günstig zu einer anderen liegt und Nordwind die beiden Flüsse verbindet... und dann wieder... und wieder... Dann wird eines Tages jeder Ort mit jedem anderen verbunden sein."
„In deiner Unendlichkeit."
„Ja, Malah."
Epadun blickte skeptisch von Marduk zu Enbilulu und dann wieder zu seinem Kaiser.
„Und das hat sich der Kleine ausgedacht?" fragte er.
„Nein", lachte Marduk. „Enbilulu hat mir den Vorschlag geliefert, die Strömungen zu verbinden, um schneller vorwärts zu kommen. Ich darf mich allerdings eines gewissen Talents zur Verstärkung rühmen, mittels dessen ich den Ozean glauben mache, das Endziel dieser Verknüpfungen sei bereits erreicht. Die ‚Flügel' wird dann die gewünschte Strecke einfach überspringen, was den angenehmen

Nebeneffekt mit sich bringt, dass unsere Verfolger unsere Spur verlieren werden."

Mummu legte Marduk seine Hände auf die Schultern. Er spreizte seine Schwimmhäute und erklärte: „Ganz genau. Diesen Plan hat sich unser ‚Kleiner' hier ausgedacht."

Der entbrandende Jubel vermittelte dem jungen Kaiser, dass er nicht nur mehrere hundert Untertanen, sondern auch neunundvierzig Freunde - oder zumindest neunundvierzig Männer, die sich als solche begriffen - besaß.

Malah rieb sich die Hände. „Ich gehe ans Ruder!" kündigte er an.

Marduk nickte knapp. Er fragte sich allerdings, ob er auch der Freund dieser neunundvierzig Männer war, die er in ein unsicheres Unternehmen hineinzog.

*

Die „Flügel" beschleunigte. Marduk musste mehrere Wechsel der Strömungen abwarten, bevor er sich vollends davon überzeugt hatte, dass seine Idee umsetzbar war. Wieso das so war, vermochte der Jüngslingsgott nicht zu begreifen. Sie schickten sich an, einen Übergang im Salzwasserozean zu schaffen, der sie in Nullzeit an ihr Ziel bringen würde. Wieso war es dann wichtig, welche Geschwindigkeit ihr Schiff aufwies? Doch erst, als die „Flügel" Marduk schnell genug vorkam, vermochte er es, selbst an seinen Plan zu glauben und seine Gabe einzusetzen.

Ein Portal öffnete sich vor dem Bug des Schiffes. Zwischen den Rändern des Tores und der Hülle der „Flügel" würde nicht viel Spielraum bestehen. Malah musste seine ganze Fähigkeit als Steuermann aufbieten, um das Schiff sicher durch den Ring zu manövrieren. Die Nase der „Flügel" tauchte ein, doch anstatt auf der anderen Seite eines Reifens wieder herauszukommen, stieß das Schiff in eine alles schluckende Finsternis vor. Die Götter sahen nicht, was um sie herum vor ging, doch sie hörten das Schlagen starker Wellen gegen den Rumpf ihres Gefährts.

„Das ist kein Tor", hauchte Mummu. Im Übergang aus dem Weltenozean in den von Marduk geöffneten Raum erkannte der Urgeborene diesen als einen Tunnel.

‚Marduk kann sich eine Abkürzung vorstellen, aber keinen „Sprung", deswegen erzeugt er weniger, als den Grundsätzen der Welt nach möglich ist', dachte Mummu bei sich. ‚Er wird wohl erst dann an sich glauben, wenn er in den Schicksalstafeln mit Gesetzen untermauert findet, was er dabei doch längst für sich hergeleitet hat."

Mummu fühlte sich an die Gedankenstrudel Apsus erinnert. Damals hatte das Ende der Welt, wie er sie kannte, seinen Anfang genommen. Alles, was danach geschah bis zum noch in der Zukunft liegenden Ausgang dieses Krieges war nichts weiter als eine Verlängerung dieses Prozesses. Was noch in der Zukunft lag, war bereits geschehen. Wie es aussehen und wann genau es eintreten würde blieb noch festzulegen, aber seine Existenz war bereits jetzt ein Fakt.

Doch es war eine Sache, zu sagen, dass man in einer Umbruchszeit lebte, das Wesen von Vergangenheit, Gegenwart und Zukunft zu sehen, eine völlig andere.

Genau das aber geschah mit den Reisenden in ihrem selbstgeschaffenen Tunnel. Mummu vermochte nicht zu sagen, woher, doch stürmten Ansätze zu allen zwischen Wachen und Träumen aufsteigenden Fragen, die man im Alltag verdrängte, auf ihn ein.

Fort von seinen Wortspielen, über die Philosophie hinaus fühlte sich der Gott in eine andere Welt gezogen. Die Finsternis um ihn herum hellte sich ein klein wenig auf, gerade genug, um ihn die Schwärze als dunkelgraues Wasser wahrnehmen zu lassen. Das konturlose Grau überzog sich mit Texturen, je länger Mummu sich darauf konzentrierte. Die Muster erinnerten ihn an die Kunstwerke, mit denen Apsu dereinst Aduruna geschmückt hatte.

‚Was sehe ich da? Reliefs? Oder sind das etwa Zeichen?!'

Mummu irrte sich nicht.

Der Tunnel war schon immer dagewesen, die Götter hatten ihn lediglich geöffnet. Jemand war bereits vor ihnen hier gewesen und hatte dabei seine Spuren hinterlassen. Sich einredend, während der

Fahrt ohnehin nichts zu tun zu haben, lies sich der Urgeborene auf seine Umgebung ein.

Der Ort, an dem ich liege: Tiamat.
Der Ort, an dem sie liegt: Ich.
Der Ort, an dem wir beide liegen: ?
Meißel auf Stein: Geht. Meißel auf Leinwand: Geht schlechter, aber geht, besonders, wenn schmutzig. Meißel auf Wasser: Geht nicht. Alles da, wo es hingehört. Erkennen, was es ist, zeigt auf, wo es nur sein kann.

Die Schrift wurde klarer und klarer. Marduk stand kurz davor, sich in ihr zu verlieren. Wieso auch nicht? Wenn man erste Worte las, die versprachen, einen in das Wesen des Seins einzuführen, wie konnte man da widerstehen? Zwar, die Versenkung in zunehmend komplexere Zusammenhänge würde einen vollständigen Rückzug aus der Welt erfordern, doch verstand der Urgbeorene dies als geringen Preis. Eigentlich ärgerte ihn nur eine Kleinigkeit: Seine Erkenntnisse nicht mit der Schwester teilen zu können.
Seine Schwester...
Seine Schwester!
Mummu zuckte zusammen. Wollte er sie denn nicht wiedersehen? Befand er sich nicht ausschließlich aus diesem Grund an Bord der „Flügel" und damit letztendlich auch in diesem Tunnel?
An Bord der „Flügel"? Mummu sah sich um. Nein, das Schiff aus dem apsu nahm er schon nicht mehr wahr. Es gab nur noch den Tunnel und natürlich ich selbst.
„Schwester..." hörte sich der Urgeborene flüstern, als eine Präsenz neben der seinen erschien. „Bist du das?"
Doch die andere Gestalt, die sich von den grauen Wänden mit ihrer Schrift abhob, glitzerte tiefblau. Es handelte sich um ein männliches Wesen.
Mummu blinzelte. „Marduk?"
Der andere gab keine Antwort. Glasig starrten seine Augen auf die Schriftzeichen. Mummu realisierte, dass sich kein anderer der Götter

so weit in den Tunnel vorgewagt hatte. Weit in der Ferne standen sie zögerlich am Eingang, aber, und das war verhängnisvoll, bereits auf Mummus Seite, nicht draußen.
Wenn sich die gesamte Besatzung einschließlich der Gefangenen in der Bilge auf die Schrift im Tunnel einlassen wollte, wer würde sie dann an ihr eigentliches Ziel führen? Wer die Angriffe der Kreaturen des Salzwasserozeans abwehren? Denn einer musste es tun, sonst würde es in den Leichen der Invasoren keine Geister mehr geben, die in der Betrachtung der Inschriften im Tunnel ihre Erfüllung suchten.
Der Urgeborene stieß Marduk - oder wenigstens das, was Marduk in dieser Existenzbene repräsentierte - grob an. „Mein Kaiser! Das sind die Tafeln des Schicksals! Sie erwarten dich in Aduruna, aber du musst uns hinführen!"
Marduk blinzelte.
„Ja?"
„Ja!"
„Ist das so?"
„Es ist!" zischte Mummu. Wieviele verschiedene Formulierungsmöglichkeiten würde es für diesen einfachen Sachverhalt wohl geben? Der Urgeborene fürchtete, Marduk werde es ihm in seinem derzeitigen Zustand die nächsten Jahrtausende über vorführen. „Aber wenn du mir nicht glaubst, dann frag doch Nintu!" fauchte er den Kaiser an.
Den Mund weit geöffnet, die Augen denen eines Kleinkindes gleichend, dem man ein kompliziertes, aber angenehm flauschiges Spielzeug vor die Nase hält, erklärte dieser erfreut:
„Das ist aber eine gute Idee!" Offensichtlich war der Gott in seiner Versnkung in die Schrift an den Tunnelwänden noch nicht bis zum Kapitel „Alltagsleben und - kommunikation" vorgedrungen.
„Oh, Nintu", quäkte Marduk. Mummu fühlte sich versucht, seine Hand auszustrecken und den Zeichen an der Wand einen neuen Ausdruck hinzuzufügen, einen, der den Gesichtsausdruck seines Kaisers aufs treffendste beschrieb: Grenzdebil.
Doch von einem Moment auf den anderen gewannen Marduks Züge an Kontur, kehrte die zielstrebigkeit in seinen Blick zurück

undspannten sich Muskeln, die nicht nur dem Gesicht zuzuordnen waren. Sein „Oh, Nintu!" wiederholte der Jünglinsgott nun in völlig anderer Betonung und dann verschwand er vor Mummus Augen.
Der Urgeborene seufzte erleichtert. Einen weltlicheren Akt als die Verbindung mit der eigenen Schwester vermochte sich kein Gott vorzustellen. Glücklicherweise handelte es sich auch um denjenigen Akt, der ihnen allen als der erstrebenswerteste erschien. Als Mummu sich diese einfache Wahrheit bewusst machte, verloren die Inschriften ihre Sogwirkung, die sie bis eben auf ihn ausgeübt hatten. Marduk aus dem Tunnel zu vertreiben stellte nun nicht mehr Mummus Eintrittskarte in die Welt ungetrübten Erkenntnisdrangs dar, sondern eine nacheifernswerte Angelegenheit. Der Urgeborene beobachtete, wie einer nach dem anderen der Götter sich auf die Essenz der Schwester in seinem Schutzanzug konzentrierte. Ihre Abbilder verschwanden aus dem Tunnel.
„Zeit, ebenfalls zu gehen", sagte sich der Gott. Doch wohin sollte er sich wenden? Zurück zur „Flügel", sicher, doch der Weg dahin führte über eine Intensivierung des Kontakts zur eigenen Schwester! Mummu zitterte am ganzen Körper, als ihm seine Hilflosigkeit bewusst wurde. Er besaß ja nichts, das ihn mit seiner anderen Hälfte verband. Die seine war nicht in Ubshu-ukkinakku, sondern in Aduruna, zurückgeblieben. Aus diesem Grund musste auch er zurückbleiben, in der normalerweise nicht sichtbaren Welt, in die er eingetreten war.
Zornig funkelte Mummu die Schriftzeichen an. Sie verschwammen vor seinen Augen, das graue Wabbern überzog die Wände wieder, dennoch gab der Tunnel den Gott nicht frei. Die Tafeln des Schicksals mochten sich verschleiert haben, aber sie warteten weiterhin auf ihn. Doch jetzt wollte Mummu sie nicht mehr lesen. Er war gefangen in einer Welt, die ihm fremder als der Apsu vorkam. Allein. Nicht mehr nur ein Außenseiter, sondern jeglicher Möglichkeit beraubt, sich für oder gegen eine Existenz als Einzelgänger zu entscheiden.

*

„Sirsir! Was tust du da?!" hörte sich Malah brüllen. Es fühlte sich gut an, wieder die eigenen Stimmbänder schwingen zu spüren, ohne die dazugehörigen mathematischen Kurven vor seinem inneren Auge sehen zu müssen. „Du unfähiger Trottel!" setzte der Gott daher gleich noch eins nach.
Sirsir hielt das Steuerrad der „Flügel" umklammert. Je nach Sichtweise hielt er sich vielleicht aber auch nur daran fest, mit dem Ergebnis, dass das Schiff auf eine ausgedehnte Korallenformation zustrebte. Im letzten Augenblick gelang es dem Gott, das Gefährt zu drehen.
„Unfähiger Pilot ist immer noch besser als gar keiner", versetzte Sirsir.
„Du hast deinen Posten ja verlassen!"
Die Außenhülle der „Flügel" schrammte an dem Riff entlang, wodurch sämtliche an Bord befindlichen Götter durchgeschüttelt wurden. Nicht wenige verloren ihr Gleichgewicht, weich auf jene fallend, die noch in Trance auf dem Boden lagen.
„Du bist nicht Nintu!" entfuhr es Marduk, als Malah auf ihm landete.
„Runter von deinem Kaiser!" herrschte er den Krieger an.
Die „Flügel" wendete, doch viel zu plump. Ein großes Stück des Riffes wurde abgerissen, noch einmal zerteilt und ein Teil der Trümmer bewegten sich für eine Weile im Fahrwasser des Kriegsschiffes durch den Ozean. Die Flügel selbst knarrte, behielt aber ihre aufrechte Schwimmlage bei, obwohl man jetzt Teile der Außenhülle vor den Bullaugen treiben sah. Marduk stieß erleichtert seinen angehaltenen Atem aus. Die innere Wandung des Schiffes war offenbar unbeschädigt gblieben.
Enbilulu salutierte grinsend vor Marduk.
„Melde gehorsamst, der Sprung ist gelungen!"
„Das ist kein Bühnenstück, mein Junge", erwiderte der Kaiser. „Hier endet die Szene nicht mit einem Lacher. Malah, Mummu - ich benötige eine exakte Positionsbestimmung und zwar so schnell wie möglich. Gilima - teil etwas zu essen aus! *Nintu - raus aus meinem Kopf!*"
„*Ich bin immer bei dir, das weißt du.*"
„*Ja, tue ich. Aber ich fühle mich besser dabei, so zu tun, als könne ich dir befehlen, dich von Orten fernzuhalten, an denen ich dich nicht dabeihaben will, Gedanken nicht zu hören, die ich dir nicht zumuten*

möchte. All die kalten, düsteren und gemeinen, die im Feld notwendig sind."
Marduk beendete den Kontakt so sanft wie möglich.
„Ein Gutes hat die Angelegenheit", meinte er zu seinen Männern. „Die Gefangenen liegen samt und sonders bewusstlos in der Bilge. Ohne Rüstungen wie die unseren besaßen sie keine Möglichkeit, sich aus eigener Kraft aus dem Tunnel zu befreien. Sie können ihre Tiere nicht mehr anlocken oder unsere neue Position verraten."

*

In der Welt endloser Grautöne ergriff Umu Dabrutus Hand.
„Mummu hat irgendetwas über Schwestern zu Marduk gesagt, bevor sie alle verschwanden", überlegte er laut. „Aber was immer es ist, das sie getan haben, es funktioniert vemutlich nur, wenn nicht ausgerechnet beide Geschwister sich hierher verirren."
„Kann sein", erwiderte Dabrutu. Sie bezweifelte diese Erklärung allerdings, da es sich bei den restlichen hier gestrandeten Gefangenen nicht nur um Zwillingspaare, sondern auch einzeln in den Krieg gezogene Götter und Göttinnen handelte. Viel schlimmer - und damit wichtiger - war der Zustand der Urgeborenen. Mummu nahm die anderen Götter um sich herum nicht wahr, obwohl sie sich an seiner Seite versammelt hatten.
„Ist er einer von ihnen geworden?" fragte jemand in die Runde. „Kann er uns deswegen nicht sehen?"
„Ich weiß nur noch", seufzte Dabrutu, „dass ich Qingu neulich vielleicht um Leseerlaubnis für etwas Praktischeres als ausgerechnet die besten Garungsmethoden von Ziegenfischlaich hätte bitten sollen..."
Diese Szene endete mit einem Lacher. Zugegeben, es handelte sich um ein sarkastisches, bitteres Lachen, doch an irgendeiner Stelle beinhaltete es auch Hoffnung. Es galt nur noch, sie auch ausfindig zu machen.

*

„Weltlicher" als ehedem beschrieben die Götter ihre Herrin Tiamat in diesen Tagen. Die Urgöttin hatte ihr Bewusstsein fast vollständig in ihren Avatarleib eingekapselt. Aus dem Salzwasserozean hatte sie sich so weit wie möglich zurückgezogen. Es galt, den Kontakt zu den dort eingedrungenen fremden Göttern so gering wie möglich zu halten, um weiteren unkontrollierten Zornesausbrüchen vorzubeugen. Auch die Rückkopplung zu den Opfern des Krieges musste aus demselben Grund vermieden werden.

Tiamat schwebte durch den Strategiesaal unter Adurunas Kuppeldach. Um sie herum erschienen Zeichen im Wasser um wieder zu verblassen. Näherte sich die Göttin einem Ort, an dem Qingu Informationen zu einem bestimmten Thema hinterlassen hatte, traten diese in Form von Bildern und Schriftzeichen stärker hervor. Verharrte sie länger, kamen Töne hinzu, schwamm sie weiter, verschwanden die Datensätze wieder.

Tiamat las...

Die Berichte der Kundschafter, die in das Land hinter der Membran vorgestoßen und nur knapp mit dem Leben - sowie einem gehörigen Schrecken - davongekommen waren...

Die Gewinn- und Verlustaufstellungen der an der Grenze in Scharmützel verwickelte Truppen der Horde...

Die Vernehmungsprotokolle der Gefangenen in der Ziegenfischfestung...

Das alles gehörte nun zu ihrem Alltag. Tiamat verstand all diese Dinge nun besser als zuvor, was nicht gleichbedeutend damit war, sie gutzuheißen. Auch eine verweltlichte Göttin konnte Trauer darüber empfinden, vielleicht sogar in viel stärkerem Maße als eine mystische, denn diese neue Tiamat vermochte Freud und Leid ihrer Schöpfungen intensiver nachzuempfinden.

Diejenige, welche ihr die liebste von allen war, schwamm gerade in den Raum, um seiner Gemahlin Gesellschaft zu leisten.

„Dabrutus Eigensinn könnte uns mehr gekostet haben, als wir uns leisten können", murrte Qingu anstelle einer Begrüßung.

Tiamat wartete geduldig, bis der Grünblaue zu an ihrer Seite angelangt war. Erst dann antwortete sie leise: „Dabrutu ist wie ein entfesselter Sturm. Ihr Bedürnis nach Rache gehört zu ihrem Wesen. Verwehrst du es ihr, veränderst du ihre gesamte Existenz."
„Ich weiß, was ein Sturm ist! Die Tafeln haben es mir verraten. Ein Phänomen in einem Raum ohne Wasser. Aber was ist der Apsu, Geliebte? Kein Ort, an dem sich Stürme bilden können. Überhaupt kein Ort! Das absolute Nichts! Die Auslöschung, die uns Eas Krieger ins Land tragen! Und jeder Fehler im Verlauf dieser Konfrontation kann unser letzter sein."
Qingu seufzte tief. Das ausgestoßene Wasser brachte die gerade aktive Informationstafel zum Flimmern. Rasch wandte der Götterkönig seinen Kopf ab, um nicht noch einen Zusammenbruch des filigranen Gebildes herbeizuführen.
„Wir brauchen dieses Boot!" erklärte er.
„Das stimme ich dir zu."
„Danke. Ich finde weiterhin, dass es unverantwortlich von Dabrutu war, ihre Wale sowie einen Haufen Freunde weiterhin auf das Ding gehetzt zu haben, nachdem wir bereits beschlossen hatten, alle unsere Kräfte um Aduruna herum zusammenzuziehen! Jeder an der Front verbliebene Kämpfer fehlt uns hier. Jeder in unnötigen Nadelstichen gegen das fremde Boot verletzte Gott und jede getötete Kreatur sind jeweils einer zuviel!"
„Also empfindest du keine Dankbarkeit, dass sie uns das Apsu-Boot in bereits angeschlagenem Zustand zutreiben?"
„Angesichts der hier versammelten Macht macht es einfach keinen Unterschied aus."
„Und davon abgesehen?" forschte die Urgöttin weiter. „Die anderen tun das für uns. Weil sie helfen wollen."
„Tiamat! Ich liebe die Männer, Frauen und Tiere für ihre Hingabe, ob sie mir nun nutzen oder nicht! Aber ich würde sie auch lieben, wenn sie meine Zuneigung nicht erwiderten, also was soll´s?"
„Würdest du sie mehr lieben, wenn sie deinen Wünschen entsprechend Zurückhaltung übten und ihre unangeforderte Hilfe einstellten?"

„Nein." Qingu schüttelte den Kopf. „Aber ich wäre ruhiger und könnte besser schlafen!"
„Haha! Punkt für dich, mein Schatz! Ich gebe mich geschlagen."
Tiamat küsste ihren Gemahl und dieser erwiderte die Zärtlichkeit, indem er ihr sanft über die Wangenschuppen streichelte. So schön konnte „Krieg" sein...
Doch der reale Krieg lief indessen weiter und so wiederholte Qingu: „Wir brauchen dieses Boot wirklich, Herrin."
„Ich weiß. Ohne dieses Gefährt ist das Enterkommando nicht in der Lage, in die Leere vorzudringen. Du wirst es nicht sein und so ungern ich dich an einen Ort ziehen lasse, an den ich dir nicht folgen kann, so bestimmt weiß ich, dass es doch sein muss."
Tiamat ergriff die Hand ihres Gemahls mit ihrer Linken. Mit der Rechten liebkoste sie seine Armflossen.
„Lass uns irgendwo gemeinsam hingehen und wenn es nur vor die Tür oder in einen anderen Raum sei", bat sie.
„Sicher, gern." Schon wollte Qingu seiner Gefährtin allein durch seine Muskelkraft durch die Gänge des Palastes ziehen, bis er sie zum Jauchzen gebracht hätte, als ihn eine Erscheinung vor dem Fenster stutzig werden ließ. Dort draußen schwebte ein dunkelrotes Steinfragment von unten nach oben. Der Götterkönig erkannte das Material als Korallum, aus dem auch die Grundfeste Adurunas bestand. Lösten sich Bestandteile vom Palast? Was war da unter seinen Füßen geschehen? Bestand Gefahr für sie alle?
Eiligst verließ Qingu den Strategieraum wie er in seinen Jugendtagen ein- und auszugehen pflegte: durch das Fenster.

*

Mehr und mehr Korallum las Qingu auf. Die bunten, stets mit einem rötlichen Schimmer unterlegten, Steine sammelten sich in großer Zahl an. Qingu legte sie in seinen Händen nebeneinander. Er suchte und fand Bruchstellen, an denen die Steine zusammenpassten.
Etwas war geschehen, aber zum Glück war der Palast selbst nicht in Mitleidenschaft gezogen worden. Die Fragmente stammten nicht von

Aduruna, sondern stiegen aus dem Weltenozean auf. Von welchem Ort sie stammten, ließ sich nicht feststellen.
„Du glaubst nicht an einen Unfall, nicht wahr?"
Tiamats Stimme, innere Ruhe spendend und besorgt zugleich.
Qingu nickte stumm.
„Leg in meine Hände, was du zusammengefügt hast!" forderte die Urgöttin ihren König auf. Qingu schickte die Fragmente auf die Reise. In ihrer wiederhergestellten ursprünglichen Form schwebten sie auf Tiamats erwartungsvoll ausgestreckte Hände zu. Noch bevor sich die gekittete Formation wieder auflösen konnte, erreichten die Steine ihr Ziel. Sie kamen in Tiamats Hände gebettet zur Ruhe. Doch Ruhe war ein trügerischer Begriff. Kaum lagen die Korallumsplitter einige Sekunden lang still, da regte sich sich etwas in ihrem Inneren.
„Was ist das?" fragte Qingu neugierig. Seine Gemahlin schuf wieder etwas Neues und das mitten im Krieg! „Eine Lebensform, um die Getöteten zu ersetzen als hätte es sie nie gegeben?!"
„Eine Erinnerung", korrigierte die Urgöttin den Grünblauen. „Und noch dazu eine äußerst aufschlussreiche. Schau hin! Was siehst du?"
Qingu bemühte nicht seine Augen, sondern feinere sinne, die ihn mit dem Weltenozean verbanden. Er stellte fest, dass sich in der schützenden Gesteinshülle hilflose Lebewesen befanden.Das Ganze erinnerte an die Art und Weise, wie die Götter vor Tiamats Wutausbruch in ihren primitiven Booten Schutz gesucht hatten, in jenen Gefährten, die einen fahlen Abglanz des Palastes darstellten.
„Das Korallum wurde durch Eas riesiges Boot ramponiert?"
„Ja", antwortete Tiamat hocherfreut. „Und meine jungen Korallen, die in die einst unbelebten Steine eingezogen sind, können uns Auskunft darüber geben, von welchem Ort in unserem Reich diese Steine gekommen sind."
„Woher?" forschte Qingu.
Tiamat sagte es ihm.
„Das ist unmöglich!" entfuhr es Qingu. „Deine Korallentierchen müssen sich irren. Sie sind noch so jung... Sie überhaupt in das Ganze hineinzuziehen ist nicht besonders freundlich von uns als ihren Eltern."

„Unmöglich, sagst du? Ja. Es sei denn, sie hätten den Kreisraum durchquert."

Qingu horchte auf. „Den bitte was?"

„Den Kreisraum, Kingu." Tiamat kicherte. „Komm, Liebling, sag' deine Frau, was sie wiegt!"

„Immer weniger als sie dürfte", gab der Grünblaue zurück - und verstand. Die Beziehung zwischen den Radius und dem Volumen einer Kugel ließ sich mathematisch ausdrücken, doch ging in die Berechnung eine irrationale Zahl ein. Die recht einfache Formel erklärte, weshalb der Salzwasserozean innerhalb der Membran endlos sein konnte, ja sogar musste. Sie legte auch noch etwas anderes nahe: Dass eine Lücke zwischen Kugelinhalt und Oberfläche existierte. Es fehlte stets ein wenig reales Volumen zum durch die Begrenzung festgelegten gesamten Raum. Diese Fehlstelle mussten die Invasoren aus dem Apsu entdeckt und ausgenutzt haben.

„Nur genptzt hat es ihnen nichts", erklärte Tiamat grimmig. „Denn wir wissen nun wieder genaz, wo sie sich befinden und wohin sie unterwegs sind."

„Dorthin, wo wir sie haben wollen!" ergänzte Qingu.

Tafel 12

Gil widmete sich der Erschaffung von Nahrung. Längst war es den Kriegern zur Routine geworden, etwas zu sich zu nehmen. Es gab Mut vor einer Schlacht und hielt die Gemüter an langweiligen Tagen ruhig. Selbst die Gefangenen, die weiterhin einem ungewissen Schicksal entgegensahen, zogen einen gewissen Trost aus der Nahrungsaufnahme.

Gilima freute sich darauf, in eine Kugel aus zusammengepressten Resten zu beißen, während er an der Reihe war, den Kontakt in den Apsu zu halten. Erst, wenn der Gott diesen Dienst beendet hatte, würde er sich das leisten können. Schuld daran war allerdings keine von Marduk aufgestellte Regeln, sondern eine Göttin. ‚Na, los, mach schon, schlag deine Zähne in irgend etwas!' lachte Gilimas Schwester am anderen Ende der Verbindung. „Ja, ich hasse es, dich unter deinem Helm etwas in deinem Mund knirschen zu hören, aber noch mehr nervt es, wenn du ständig nur sehnsüchtig ans Essen denkst!"

Agilima reinigte unterdessen die Düsen, durch welche die „Flügel" das Wasser presste, die sie vorantrieb.

Tage wie dieser, gleichförmige Tage ohne Feindkontakt, folgten dem Sprung. Marduk ließ das Schiff mit äußerster Vorsicht manövrieren, um nicht der Entdeckung anheimzufallen. Nicht alle Schäden waren reparabel, doch alles in allem blieb die „Flügel" einsatzfähig. Schlimmer, als einige weitere Beschädigungen zu riskieren wäre es, die eigene Position preiszugeben. Marduk und seine Offiziere wähnten Tiamats Armee über den gesamten Salzwasserozean auf der Suche nach den Invasoren verstreut.

„Auduruna wird dennoch nicht schutzlos sein, denn das wäre närrisch", sprach er zu seinen Getreuen. „Stellen wir uns besser auf ein hartes Gefecht ein, das zu gewinnen zwar außer Frage steht, uns aber alles abverlangen wird!"

*

Die riesige Basis aus Korallum, auf der sich Aduruna erhob, kannte Eas Sohn nur vom Hörensagen. Als er sie zum ersten Mal in seinem Leben durch das Bullauge in weiter Ferne erblickte, wusste er sofort, womit er es zu tun hatte. Gewohnheitsmäßig kalkulierte der junge Krieger die Maße der Festung, die sich auf dem Fundament erhob. Und dann noch einmal. Und ein drittes Mal.
„Zahrim!" rief Marduk dann entgeistert aus. „Das Ding ist ja winzig!"
„Im Vergleich mit Ubshu-ukkinakku vielleicht", schränkte der Festungsbaumeister ein. „aber Ea hat uns ja darauf vorbereitet, was wir von Aduruna zu erwarten haben."
„Das Dumme ist nur", ächzte Malah tonlos, „dass jemand Aduruna darauf vorbereitet haben muss, *uns* zu erwarten zu haben. Seht!"
Keinerlei schützendes Bollwerk umgab Aduruna. Strategisch gesehen war das dermaßen kurzsichtig, dass so mancher Krieger aus dem Apsu wehmütig an seine Jugendtage zurückdachte, in denen derartige Betrachtungen keine Rolle in ihrem - in jedermanns! - Leben gespielt hatten. Doch nun, da der Morgen der Konfrontation, an die Marduks Gefolgsleute bereits als an „die finale Schlacht" dachten, hereingebrochen war, schwebte Tiamats Palast zwar unbefestigt, nicht aber bar jeder Verteidigung im Weltenozean.
Lebendige Schutzwälle aus Fischschwärmen zogen sich in mehren Ringen um Aduruna. Wo sich Lücken befanden, um den als Offiziere fungierenden Göttern und den Eliteeinheiten größerer Meereslebewesen einfachen Durchgang zu ermöglichen, lagen sie stets versetzt, nie hintereinander. Ein durchgängiger Pfad ins Herz des Salzwasserozeans existierte nicht.
Die gesamte Aufstellung der Horde entbehrte nicht einer gewissen taktische Finessen ermöglichenden Vorausschau, doch schien Qingu als Tiamats General kein Gedanke durch den Kopf gegangen zu sein, den Eas Sohn nicht nachvollziehen konnte. Nichts in der Formation überraschte den jungen Heerführer oder überstieg sein Verständnis. Was ihn hingegen unerwartet traf, war die Anwesenheit derartig

umfangreicher Verteidigungstruppen als solche. Es sah wirklich beinahe so aus, als hätte die Horde das Kampfschiff erwartet!
„Die Gefangenen haben uns verraten!" zischte Shazu wütend. „Sie haben nur so getan, als seien sie bewusstlos - und jemand hier hat sie gedeckt!"
Asare, Zisi und Agaku schienen bereit, sich auf diese Bezichtigung hin, die nur die gegen anwesenden Heiler gerichtet sein konnte, auf den Krieger zu stürzen. Marduk selbst stellte sich zwischen die aufgebrachten Götter.
„Ruhig Blut, Männer! Haltlose Anschuldigungen bringen uns nicht weiter! Noch nicht einmal bewiesene Tatsachen würden das tun, denn der Feind steht da draußen kampfbereit!"
„Mich wundert nur, dass er das tatsächlich zu tun scheint", warf Bel ein. „Da zu stehen, meine ich. Verzeih, mein Kaiser, aber ich bin verwirrt! Die lassen uns einfach so rein?"
„Das schon", erwiderte Marduk. „Aber nicht wieder hinaus, möchte ich wetten."
„Da könntest du allerdings Recht haben."
„Egal!" rief der junge Kaiser. „Raus müssen wir nicht wieder, zumindest nicht kämpfend. Unser Ziel ist Tiamat. Haben wir erst die Urgöttin und ihren General außer Gefecht gesetzt, ist es irrelevant, wie viele Wilde sich noch in unserem Umkreis befinden! Dann gehört uns der Palast und die einstigen Feinde sind unsere Untertanen!"
Bevor auch nur nur einer seiner Gefolgsleute (oder gar er selbst) den leisesten Zweifel an seinen Worten hegen konnte, erteilte Marduk den Angriffsbefehl.
Zulum teilte ein letztes Mal Rationen aus. Diesmal enthielt die Nahrung ein erst während der Reise durch den Salzwasserozean entwickeltes Breitbandantidot.
„Werdet ihr brauchen, Jungs", knurrte der Krieger. „Da draußen ist wieder verstärkt mit Viechern zu rechnen."
Zulum warf einen Blick durch das Bullauge. Ein großer, matt dunkelbraun gefärbter Fisch mit ausladender, in spitze Dornen endende Rückenflosse glotzte zurück. Die Art war dem Krieger völlig unbekannt. Es musste sich um eine Neuzüchtung handeln und mit

etwas Pech waren bereits sämtliche Erfahrungen der Horde mit den Invasoren in die Erschaffung dieser neuen Waffe eingegangen.
Der wehrhafte Fisch kippte im Fenster zur Seite, als Marduk eigenhändig die Lage der „Flügel" korrigierte. Er richtete sie so aus, dass die unteren Decks nun in dieselbe Richtung zeigten wie das Korallumfundament Adurunas. Bis zu diesem Moment war das Schlachtschiff gewissermaßen auf dem Kopf geflogen.
„So verdreht waren wir die ganze Zeit über ohne deinen Rat...", sprach der Kaiser zu Mummus leblos auf einer Ruheliege abgelegten Körper.
Zulum-Ummu, ein besonders starker Krieger, der sich darauf vorbereitete, die außerhalb der „Flügel" kämpfenden Truppen zu kommandieren, schnaubte verächtlich. Er meinte, keinen Rat zu benötigen und wenn er das glaubte, um wie vielmehr musste das dann auf seinen Kaiser zutreffen? Marduk hing einfach viel zu sehr an seinem Erzieher, benötigen tat er ihn längst nicht mehr, fand der Krieger. Und dann trat er durch die Schleuße in den freien Ozean hinaus...

*

Als unübersichtlich, gar chaotisch, hätten Beobachter von außerhalb des Schlachtfeldes das Gefecht beschrieben. In Wahrheit traf nichts weniger zu. Für jeden einzelnen der Krieger beschränkte sich seine Welt auf einige Kubikmeter, die es zu überschauen galt. Die Vorgänge innerhalb dieser persönlichen kleinen Welt waren eindeutig, vielleicht nicht immer vorherseh-, aber sehr wohl beherrschbar. Alles andere existierte nicht. Sobald Elemente von draußen in diese Miniaturwelten eintraten, wurden sie Teil davon und damit ebenfalls abarbeitbar. Konzentrieren, Überleben, Töten hieß es für die meisten von Marduks Gefolgleuten.
Gish-Numun-Ab bekämpfte viele Gegner gleichzeitig, ohne die Übersicht zu verlieren. Sie kamen, wurden zurückgedrängt oder beseitigt und das würde sich nicht anders fortsetzen, als bis der letzte kapituliert hatte.

Lugal-Ab-Dubur verscheuchte Kreaturen der Horde en masse, was vor allem an seiner neuen Waffe lag. Bereits beim ersten Zusammenstoß mit einem Gegner hatte er diesem seine Waffe abgenommen und benutzte sie nun selbst, was die Lebewesen des Salzwasserozeans profund verwirrte. Sie hielten es für Richtungsanweisungen, wenn der Gott seinen erbeuteten Dreizack auf sie richtete.

Auf diese Weise vermochte Lugal-Ab-Dubur seine Kameraden an der Front und im Rücken abzuschirmen.

Pagal-Guena galt als einer der stärksten Kämpfer des Apsu. Daheim hatte er es bis zum Rang eines Fürsten geschafft. Nach Aduruna zurückgekehrt stand er nun seinen Brüdern gegenüber. Was ihn anders machte als die restlichen Kinder desselben Elternpaares, wer vermochte das zu sagen? Was ihn befähigte, weiterhin anders, weiterhin überhaupt ersteinmal am Leben!, zu bleiben, war seine Kamfeskunst. Diese setzte er rücksichtslos gegen die anderen drei ein.

Vom Rücken der „Flügel" aus kämpfte Lugal-Durmah mit einer ungewöhnlichen Waffe, einem Lasso. Mehr als einmal schlang sich das zu einem festen Seil gedrehte Seegras um den Leib eines Mitgliedes der Horde, das sich bereits siegreich wähnte und zog es von seinem Gegner fort.

Ebenfalls dort oben stolzierte Aranuna auf und ab. Der junge Gott erteilte in herrischem Tonfall Befehle, lobte und schalt seine Kameraden wie sie es verdient hatten. Dieser Mann konnte nur Eas Sohn, der Anführer der Invasoren sein, glaubten die Verteidiger. Eine genügend große Anzahl konzentrierte sich darauf, zu Aranuna vorzudringen, was dem echten Marduk Gelegenheit verschaffte, sich vergleichsweise ungestört zu seinem Ziel vorzuarbeiten.

An Marduks Seite schwamm Dumu-Duku. Der Gott glaubte an seinen Kaiser und den Sieg über Tiamat. In Gedanken hatte er bereits während des Anfluges die Ländereien des Salzwasserozeans in Fürstentümer aufgeteilt und sich ausgemalt, wo er sich nach dem Krieg ansiedeln wolle. Als er nach so lange Abwesenheit den Palast unter den Wellen wiedersah, warf Dumu-Duku alle seine Pläne über den Haufen. Schmerzlich vermisst hatte er Aduruna und würde jede

Aufgabe übernehmen, die es ihm ermöglichen würde, dort einzuziehen!

Sein Bruder Lugal-Duku würde ihm sicher behilflich sein, etwas zu finden. Dieser Gott kannte sich nicht nur mit den von Ea für alle Fürsten als verbindlich festgelegten Gesetzen aus, seine Hingabe zur Verwaltungsarbeit ging soweit, dass sie seine Kameraden vergessen ließ, um welch effektiven Krieger es sich bei dem Gott handelte. Mit einem Auge fürs Detail wie kaum ein anderer diente er dem falschen Marduk auf der „Flügel" als Taktiker.

Marduk näherte sich weiter dem Herzen von Tiamats Domäne. Er pasierte eine Zone realtiver Ruhe, die von Lugal-Shuanna bereits gesichert worden war. Iruga führte die Besiegten als Gefangene fort vom Schlachtfeld.

Über ihrer aller Köpfe hinweg stand Aduruna unter Beschuss durch die Kanonen der „Flügel", doch walteten im Inneren des Palastes Kräfte, die sich nicht so leicht bezwingen ließen. So mancher Angriff verpuffte wirkungslos im Salzwasserozean.

Weiter vorn hatte sich Irqingu derweil etwas zu viel vorgenommen. Durch eine Kombination aus Kühnheit und Glück hatte er es geschafft, die Linien der Verteidiger zu durchbrechen und stand nun dem General selbst gegenüber.

„Du Narr!" zischte Marduk. Der Kaiser zwang sich zu kräftigeren Schwimmzügen, obwohl er sich vorgenommen hatte, seine Kräfte für die Konfrontation zu schonen. Aber das konnte er sich nun nicht mehr leisten. Die Horde griff an, um zu töten, hatte ihm sein Vater eingeschärft. Qingu würde nicht zögern, den Angteifer zu vernichten, wenn er die Chance dazu erhielt und Irqingu war einfach kein Gegner für den Urgeborenen. Niemand war das gegen den Gott, der die Tafeln des Schicksals in ihrer Gänze studiert hatte.

Schon wirbelten Qingus Arme umher, wühlten den ohnehin schon in heftig bewegten Ozean noch zusätzlich auf, formten Donnerkeile aus reinstem Wasser und jagten sie erbarmungslos auf den Gegner zu. Irqingu wurde mit voller Wucht an seiner Flanke getroffen und herumgewirbelt. Seine Waffe wurde dem Krieger aus den Händen

gerissen. Die Klinge rotierte mehrfach um sich selbst und schlitzte Irqingus Kopfkamm in zwei Hälften.
Irgendwo an einer anderen Stelle des Schlachtfeldes überwand Zulum-Ummu gerade seinen achten Gegner, doch für Irqingu sah es nicht gut aus. Verzweifelt versuchte er, sein kurzes, zum Stechen gefertigtes, Schwert zurückzubekommen. Nach den ersten beiden Fehlgriffen grabbschte er nur noch panisch und blind vor Schmerz um sich.
Qingu hingegen musste nicht einmal zu seinem Speer greifen, vermochte er doch seine gesamte Umgebung zu einer Waffe umzufunktionieren.
‚Kein Wunder, dass der Grünblaue den Ozean so gut kennt, wenn er ihm... ihr doch jede Nacht beiwohnt', schoss es Marduk durch den Kopf. Er fragte sich, was es mit Tag und Nacht auf sich hatte. Daheim im Apsu benutzen die Götter ein System der Zeitmessung, das Ea selbst entwickelt hatte. Es beruhte auf den Umlaufzeiten der die Leere durchziehenden Objekte, wobei Ubshu-ukkinakku als fester Punkt definiert wurde. Während seiner Reise durch Tiamat hatte Marduk Tag und Nacht erlebt. Wieso verdunkelte sich der Salzwasserozean in periodischen Abständen unabhängig davon, ob Tiamat gerade ruhte oder nicht? Ohne das Wissen um diese Zusammenhänge glaubte Marduk den Krieg nicht führen zu können. Während Irqingu und Dumu-Duku mit ihren Waffen spielten, versenkte sich ihr Anführer tiefer in seine ihm zunehmend existentieller erscheinenden Betrachtungen...

*

Der eine Manneslänge hinter seinem Kaiser schwimmende Kinma beobachtete, wie sich Irqingu unter einem weiteren Wasserschwall zusammenkrümmte. Er sah, wie Qingu seine Aufmerksamkeit Dumu-Duku zuwandte, nachdem er Marduk nur einen kurzen Blick gegönnt hatte. Und der Kaiser? Der hing einfach nur im Wasser, ohne irgendetwas zu tun.
Als er Annäherung seines Gefolgsmannes spürte, lächelte er ihm unsicher zu.

„Kinma", fragte Marduk, „wie ist das hier eigentlich mit dem Tageswechsel?"
Der Angesprochene stieß einen Fluch aus. Der kurze Blickkontakt zu Qingu hatte genügt, Marduk mit etwas zu infizieren, dass Eas Sohn viel wirksamer ausschaltete als es Waffengewalt vermocht hätte! Der Feind warf ihm die Macht der Tafeln entgegen, nein, er lockte ihn mit den Antworten, die sie enthielten, Antworten auf Fragen, die auf einem Schlachtfeld nichts zu suchen hatten! In dem vor ihm ausgebreiteten Wissen würde sich Marduk nach und nach verlieren. Oh, ja, der Grünblaue hatte eine Waffe gewählt, die exakt auf den wissbegierigen jungen Kaiser zugeschnitten war.
Qingu streckte nun seine Hand nach Dumu-Duku aus. Der Apsu-Krieger war bereits kampfunfähig, doch noch steckte ein kleiner Funken Leben in ihm. Qingu packte seinen wehrlosen Gegner...
„Lass ihn sofort los!" brüllte Kinma. „Lass ihn in Ruhe oder wir töten die Gefangenen!"
Qingu hielt in seiner Bewegung inne. Dann lachte er überlegen. Der Grünblaue bewegte sich einige Schwimmzüge weit auf den Zwischenrufer zu. Er ließ den weiter ohne jede Orientierung um sich schlagenden Irqingu und den bewusstlosen Dumu-Duku hinter sich, hielt auf Höhe des in seiner Innenwelt erstarrten Marduk inne und lehnte sich gegen den Kaiser, als handle es sich um eine günstig positionierte Säule.
Tränen der Wut und Demütigung schossen Kinma in Vertretung seines Heerführers in die Augen, als er mitansehen musste, wie Marduk dem Feind vage interessiert den Kopf zudrehte, „Oh, hallo Qingu", sagte und dann wieder grübelnd seine Stirn in Falten legte. Kinma presste seine Zahnreihen fest aufeinander.
„Die Gefangenen zu ermorden, drohst du mir, Kinma?" fragte Qingu, sich unbeeindruckt gebend. „Ihr seid nicht die einzigen, die welche gemacht haben!"
Auf einen Wink des Grünblauen hin erschienen eine gehörnte Schlange an seiner Seite. Sie schwamm eigenständig auf den Götterkönig zu, wobei dieser das Tier allerdings durch die Schaffung einer entsprechend ausgerichteten warmen Strömung unterstützte.

Die Meereskreatur umschlang Sirsirs Leib, ihr Kopf ruhte auf seiner Schulter, wobei Kinma meinte, eine gewisse Schadenfreude aus ihrer Miene herauslesen zu können. Mit der Schwanzspitze umklammerte das Tier ein Netz, in dessen Inneren Korallumbrocken, Dolche überwundener Krieger der Horde und abgetrennte buntschillernde Flossen getöteter Fische durcheinanderlagen.
„Ein geborener Sieger, euer sogenannter Fürst", bemerkte Qingu.
„Aber leider ein wenig zu gierig mit dem Einsammeln seiner Beute beschäftigt. Baschmus Kreaturen konnten ihn überrumpeln und nun ist er die Beute."
„Und er ist nicht der einzige", erwiderte Kinma. Es schmerzte, das auszusprechen, doch es fühlte sich immer noch besser an, als es sich aus Qingus Mund anhören zu müssen.
„Richtig."
Der Götterkönig forschte in Kinmas Gesicht. Er ließ seinem Gegner Zeit, bevor er seine Frage stellte: „Also? Was willst du nun tun?"

*

Andernorts hatten die Götter noch nichts von der Pattsituation vor den Toren Adurunnas mitbekommen. Bereits in fünfzig Metern Entfernung setzten die Krieger der Horde und Marduks Gefolgsleute ihren Kampf unverändert fort. Dazu gehörte auch, dass E-Sizkur sich wie bei so vielen Feindberührungen zuvor dazu bereiterklärte, seine Gegner ziehen zu lassen, wenn sie ihm Geschenke übergaben.
Gibil sah sich gezwungen, die von ihm geschmiedeten Waffen auch eigenhändig einzusetzen. Bei nur dreiundfünfzig Besatzungsmitgliedern der „Flügel" konnte sich keiner leisten, sich aus dem Kampf herauszuhalten. Die meisten Götter des Apsu verließen sich auf Gibils Handwerkskunst und schätzten sie hoch, die Person dahinter verstanden nur wenige. E-Sizkur konnte mit mehr Freunden aufwarten.
Der Wafenmeister schlug sich tapfer gegen Meereskreaturen, die ihm weder wie richtige Fische noch echte Schlangen vorkamen. Jede einzelne zog sich nach einem leichten Treffe zurück, so dieser sie nicht

sofort tötete. Doch in ihrer schieren Anzahl standen die Tiere bereits jetzt als die Sieger in diesem ungleichen Duell fest.
Gibil rollte sich zur Seite, als der Strahl einer Kanone ihn zu streifen drohte. Dann stutzte er. Der Schütze an Bord der „Flügel" hatte auf ein Geschoss verzichtet. Wie konnte das sein? Wie konnte ihnen denn bereits so kurz nach Eröffnung der Schlacht die Munition ausgehen?
Die Schlangenfische stoben auseinander. Sie flohen, als hätte jemand Apsus Hass gegen sie entfesselt.
Besorgt, aber dankbar für die Atempause, sah Gibil sich um. Hinter ihm stand Addu.
„Falls du dich wunderst, die ‚Kanone' gerade eben, das war ich", eröffnete er dem Kampfgefährten. „Ich kann Dinge mit dem Wasser anstellen, die mir bisher gar nicht bewusst waren. Meine Fähigkeiten flößen den Lebewesen Furcht ein, weil sie das nur von ihren thronräuberischen Herrschaften kennen. Aber ehrlich gesagt sind diese Talente noch extrem schwach ausgeprägt."
„Vom Reden werden sie nicht stärker", meinte Gibil. Er wies auf ein in der Nähe in den Kampf mit mächtigen Haifischen verstricktes Duo. „Komm! Lassen wir den beiden ein wenig Unterstützung zukommen!"

*

An Bord der „Flügel" luden die wahren Geschützmeister ihre Stücke wieder und wieder nach. Asharu empfand Erleichterung darüber, sich der Horde nicht persönlich stellen zu müssen. Er kannte noch jeden einzelnen vor dem Exodus geborenen Einheimischen beim Namen und fühlte sich den meisten in Freundschaft verbunden. Zugegeben, deren Kreaturenschöpfungsspiel hatte er ebenso langweilig gefunden wie Eas Konzerte im Palast und als er sich völlig überraschend in einem zu Säure Weltenozean wiedergefunden hatte, da waren ihm die Boote der Fliehenden als die sicherere Alternative im Vergleich dazu, sich am Hals eines Schlangendrachen festzuklammern erschienen. Doch wollte er deswegen jemand verltzen? Nein! So wählte Asharu bevorzugt die Kreaturen der Horde als seine Ziele aus. Er lichtete ihre Reihen systematisch und hörte dabei nicht die Schmerzensreie seiner einstigen Freunde, wenn deren sterbliche Verbündete in kochendem Wasser zuckten.

Neberu konzentrierte sich ein Deck tiefer darauf, eventuellen Flüchtlingen den Weg abzuschneiden. Er setzte seine Schüsse so, dass sie die Fliehenden immer wieder zurück aufs Schlachtfeld trieben.

*

Enkurkur hate sich leichten Herzens zu Marduks Einheit gemeldet. Sein Erzeuger Ellil war ihm stets ein zuverlässiger und hingebungsvoller Ausbilder gewesen. Und auch wenn sich der Heranwachsende oft gewünscht hatte, Ellil möge ein wenig mehr von einem Vater an sich haben, so verunsicherte ihn die „neue" Ausgabe des Gottes doch gehörig. So hatten sich die beiden in den Einvernehmen getrennt, dass jeder ersteinmal für sich allein mit der veränderten Situation ins Reine kommen sollte: Ellil mit seinen wiederentdeckten Gefühlen und Enkurkur mit dem Übergang vom Rekruten zum Krieger. Über Ellils Fortschritte hatte die Schwester Enkurkur während der Reise durch Tiamat immer wieder berichtet. Enkurkur jedoch hatte stets nur von den Heldentaten der anderen Krieger erzählen können. Selbst jene, die in seinem Alter standen, hatten sich bereits hervorgetan: Von Enbilulu stammte die Idee mit dem Portal im Weltenozean, Aranuna trauten die Älteren zu, den Kaiser selbst darzustellen und Marduk gebot über eine Macht, die seinem Alter spottete. Es wurde Zeit, dass auch er, immerhin des Kaisers Vetter, zeigte, was in ihm steckte!

Enkurkur kämpfte derzeit in Höhe des Kuppeldaches Adurunas. Keinen Boden unter den Füßen zu haben behinderte ihn dank des gründlichen Trainings durch seinen Vater nicht. Niemand musste sein Leben riskieren, um dem Jüngling zu Hilfe zu kommen. Doch das genügte Enkurkur nicht. Ein Sohn Ellils verlangte mehr vom Kriegerdasein als den Ruf eines zuverlässigen Kämpfers unter vielen! So fühlte der Jüngling auch keinen Triumph, als er seine derzeitigen Gegner, ein kampfschwaches Zwillingspaar ohne Unterstützung durch Bestien, in die Flucht schlug. Er nahm sich nicht einmal Zeit, sie zu verfolgen und gefangenzusetzen. Stattdessen lies er sich wieder tiefer sinken.

Auf der Suche nach einem würdigen Gegner passierte Enkurkur eine ausnehmend gutaussehende Göttin. Sie beobachtete die Schlacht von einem Balkon Adurunas aus. Es war anzunehmen, dass sie mit Kreaturen des Ozeans in Verbindung stand, doch die Frage danach, was die Göttin tat, verblasste gegen die Eindrücke ihrer Gestalt.
Schlank war diese Frau, ihre Glieder wohlgeformt und ihre Brüste... Enkurkur schluckte hart, was als Beschreibung genügte. Für den Bereich, der bei jedem Schritt der Göttin durch den Ozean entblöst wurde, kannte er viele Begriffe, doch erschien ihm plötzlich kein einziger mehr angemessen.
Enkurkurs Betrachtungen der Fremden gipfelten in der Erkenntis, dass er möglichst schnell wieder nach Hause wollte, zu seiner Schwester und mit dieser ins große Schwimmbad von Ubshu-ukkinakku. Kein anderer Ort als dieser erschien ihm mehr angemessen für seine erste Vereinigung. An keinem anderen Ort floss dermaßen Göttinnenhaar dermaßen verlockend...
Enkurkur presste seinen Lippen aufeinander, damit nicht seine Zunge darüber fahren konnte. Er atmete heftig durch seine Kiemen aus.
Gab es denn nicht auch andere Wege, sich als Mann hervorzutun, als anderen Göttern den Speerschaft über den Schädel zu ziehen? Wenn die Göttinnen im Salzwasserozean so freizügig zeigten, was sie besaßen, dann wäre es für sie sicher gar nichts Besonderes, dort berührt zu werden. Nicht anders als ein Händedruck. Natürlich würden ihre Brüder das anders sehen, aber wer sein Eigentum nicht vor anderen schützen konnte, hatte eben das Nachsehen.
Der Jüngling befestigte seinen Speer auf dem Rücken. Er würde auf andere Waffen zurückgreifen müssen.
Enkurkur ruderte mit seinen Füßen, bis er auf der Brüstung des Balkons landete. Dort hockte er sich auf das Geländer und grinste die Einheimische an.
Die Göttin löste den kleinsten Teil ihrer Aufmerksamkeit von ihrem Tun und widmete ihn dem fremden Krieger. Sie betrachtete ihn, als sei Enkurkur eine Scheibenputzerschnecke, die aus dem Hangar Ubshi-ukkinakkus irgendwie ihren Weg in die königlichen Gemächer gefunden hatte.

„Was willst du?"
Enkurkur breitete seine Arme aus. „Deine Kiemen küssen und dich an einen fernen Ort tragen, wenn es nach mir ginge", antwortete er. „Aber die Frage ist doch, was willst du? Sprich es aus und du wirst sehen, dass ich jeden Wunsch erfüllen kann!"
Die Augen der Göttin verengten sich zu schmalen Schlitzen.
„Bist du Eas Sohn?! Du siehst im ähnlich!"
Enkurkur wusste im Allgemeinen, dass es Fremden gegenüber förderlicher war, der Kaiser zu sein als Ellils Jünglingssohn. Im Speziellen fiel bemerkte er nicht die mühsam zurückgehaltene Wut, die in der Göttin auf dem Balkon brodelte, denn im Besonderen vermochte es nicht mehr zu ertragen, ständig im Schatten seines Vetters zu stehen. Daher rief er voller Inbrunst: „Nein, bin ich nicht! Ich heiße Enkurkur und ich bin der Sohn Ellils. Mein Name wird berühmt, jeder wird ihn kennen. Marduk ist der Kaiser. Der muss sich nicht anstrengen, der bekommt ohnehin immer alles. Der wäre gar nicht gut für dich!"
Die Göttin tätschelte dem jungen Krieger den Haarschopf und seinen Kamm.
„Du bist süß!" säuselte sie und meinte es ernst.
Enkurkurs Herz krampfte sich zusammen. „Süß" mochte ein Attribut sein, das der Scheibenputzerschnecke das Leben rettete, wenn man sie am falschen Ort ertappte, aber unter Garantie keines, das sich ein Krieger wünschte! Ellils Sohn wollte den Mund öffnen, um etwas zu erwidern, dich musste er feststellen, sich nicht bewegen zu können. Keine seiner Muskeln, noch nicht einmal die bis eben noch so aktive Lust, gehorchte seinen Bemühungen.
„Aber du bist Lahmusbrut und wirst daher zu einem Verbrecher heranwachsen", fuhr die Göttin fort. „Daher kann ich keine Rücksicht auf deine vorübergehende Unschuld nehmen."
Der paralysierte Enkurkur fühlte sich von der Brüstung gehoben. Die Göttin versetzte ihm einen leichten Schubbser, so dass er ins freie Wasser hinaustrieb, dann stieg sie in die Höhe, tauchte unten und riss den Jünglingsgott in einem Strudel mit sich, ohne ihn noch einmal zu berühren. Im Fallen fiel Enkurkur auf, dass die Kämpfe um den Palast

herum zum Stillstand gekommen waren, doch was dazu geführt hatte, konnte er sich nicht erklären.

*

Enkurkur sah eine Gruppe aus mehreren Göttern, Kriegern des Apsu und Kämpfer der Horde, unter sich auftauchen. Die Herrin des Palastes richtete sich auf, um mit den Füßen zuerst bei dieser Gruppe anzukommen. Enkurkur hingegen sank weiter, bis seine Bewegung durch einen Schlenker aus dem Handgelenk geberemst wurde. Die Kontrolle über seinen Körper gewann er dadurch allerdings nicht zurück, so dass sich noch nicht einmal seine Verstörung darüber, nur wenige Meter neben General Qingu im Wasser zu hängen, in seinem Mienespiel ausdrücken konnte.
Der grünblaue Urgeborene wandte seinen Kopf nach oben. Er schmunzelte der herabsteigenden Göttin zu.
„Liebling! Bringst du mir etwas mit?"
„Jemanden", korrigierte Tiamat. „Das sollten wir auch in unserer tiefsten Enttäuschung über die Lahmusbrut nie vergessen!"
Der kurze Wortwechsel zwischen den beiden Führern der Horde war das erste, das Marduk aufnahm, nachdem ihn Qingu aus seiner Trance befreit hatte. Gefasst und selbstsicher stand Eas Sohn den beiden gegenüber. Seine Haltung war nicht gerade die eines strahlenden Siegers, doch um einiges würdevoller als die seines Vetters Enkurkur.
„Eine Geisel mehr für uns, würde ich sagen", kommentierte Qingu Tiamats „Mitbringsel". „Ein Jemand, den ich gezwungen sein könnte, in ein Etwas zu verwandeln. Hast du meine Gattin gehört, Marduk? Verstanden, dass es ihr das Herz brechen würde, täte ich den Gefangenen etwas an? Aber du weißt, dass es notwendig ist. Dass ich es zu tun gezwungen sein werde. Was treibt euch dazu, immer wieder Leid auszulösen?"
„Leid entsteht nur dort, wo Unrechtmäßigkeit herrscht", konterte Marduk. „Im alten Aduruna, als mein Vater und du eure Grenzen nicht kanntet. Und im neuen, wo du dich als Herrscher aufspielst. Du bist selbst der Kummerbringer!"

Was immer Qingu durch den Kopf ging, er behielt es für sich und beschränkte sich darauf, dem Jünglingsgott eine einzige Frage zu stellen: „Sag, ist es rechtmäßig, den Mörder des alten zum neuen Herrscher zu erklären?"
Marduk schüttelte den Kopf. „Nein. Aber nach Apsu wären Lahmu, dann Anshar und schließlich Anu an die Reihe gekommen, uns zu regieren. Sie alle wollten die Bürde nicht. Sie fiel an Ea, der sie kürzlich an mich abtreten musste."
Eas Sohn fasste die Herrin des Palastes fest ins Auge. Weshalb zauderte er noch? Befand er sich nicht am Ziel? Gut, der Weg dorthin hatte nicht ganz seinen Erwartungen entsprochen, doch die Pattsituation angesichts der beiderseitigen Geiselnahmen führte zum selben Ergebnis wie eine gewonnene Schlacht: Die drei Heerführer sprachen miteinander. Daher öffnete Marduk seinen Mund und erklärte: „Mutter Tiamat, ich bin der neue Götterkaiser, Marduk, Sohn des Ea und der Damkina. Ich komme, um unsere Sippen wieder zu versöhnen."
„Das war dein Ziel?!" entfuhr es an Marduks Seite Kinma.
„Von Anfang an, mein Freund. Krieger des Salzwasserozeans - Ich bin bereit, euch zu vergeben. Wenn ihr Qingu als euren König wünscht, dann habe ich dem nichts entgegenzuhalten. Sobald er mir Treue geschworen und die Schicksalstafeln ausgeliefert hat, wird meine Armee jegliche Feindseligkeiten einstellen. Ich kann euch nicht gerade den gesamten Weltenozean überlassen, aber ich bin willens, als Entgegenkommen an die Horde auf den Palast zu verzichten. Aduruna und die umliegenden Ländereien sollen Qingus Lehen sein und wir werden Tiamat achten als sei sie seine legitime Schwester."
Aber Tiamat konnte nicht verzeihen. Zu viel war geschehen, auch durch Marduk selbst. Das erwiderte sie ihm, als der junge Kaiser am Ende seiner Rede angelangt war.
„Wärst du eine richtige Mutter, würdest du vergeben!"
Ein Raunen erhob sich im Weltenozean, ein Raunen, das zum Donner anschwoll. Marduk presste seine Handflächen gegen die Ohrenöffnungen.

Nach dem Donner erzitterte die Welt. Das Beben währte nur kurz, doch als es verebbte, stellte Marduk stellte fest, dass er noch immer zitterte.
Er begriff, nicht etwa Zeuge einer Machtdemonstration der Urgöttin geworden zu sein, sondern lediglich die physische Manifestation eines irritierten Blinzelns Tiamats miterlebt zu haben.
Qingu fand als erster seine Sprache wieder. „Wofür hältst du dich eigentlich?!" schrie er Marduk an. „Wofür hält sich deine ganze Sippe?!"
„Edel, gutaussehend und erfolgreich", konterte Marduk. „Aber darum geht es nicht. Es geht darum, was ich *bin*, nämlich dein Herrscher."
Qingu öffnete erneut seinen Mund. Marduk tat es ihm gleich. Aus der Kehle des Grünblauen stiegen Worte auf, im Schlund von Eas Sohn loderte das Feuer des Krieges. Qingu blickte in den Weltenbrand hinein. Eine Feuerlohe brach aus Marduks Mund hervor, die sogleich verdampfte und sich in Form einer kochendheißen Wasserlanze auf den General der Horde zubewegte. Qingu gelang es, im letzten Moment auszuweichen. Wie oft ihm das möglich sein würde, konnte er noch nicht einschätzen. Im Grunde seines Wesens war Qingu nicht für den Kampf geschaffen. Der Grünblaue war ein Planer, ein Redner und ein Schüler der Schicksaltafeln, keiner, den man in ein Duell schickte und schon gar nicht gegen den gegenerischen Champion.
Tiamat schwamm zwischen die beiden männlichen Götter.
„Wenn ich eines von Apsu gelernt habe", erklärte die Witwe, „dann, dass Männer in der Kindererziehung fehl am Platz sind. Ich kümmere mich selbst um dieses hier, mein Gemahl."
Erste Feindin im Kindesalter, an welcher der zukünftige Mann seine Selbstbeherrschung übte, dann Objekt zur Bestätigung der Manneswürde und schließlich treue Gefährten und Ratgeberin bis in alle Ewigkeit - Marduk wusste, dass seine Welt ohne die Göttinnen nicht funktionieren konnte. Aber dasselbe traf auch auf seinen Körper zu, der sich ohne zwei Füße nicht fortbewegen konnte. Doch fragte er deswegen seine Füße um Erlaubnis, wenn er einen Weg wählen musste? Nein! War es einer, der sie schmerzte, so spürte auch er die Pein und hüllte sie deshalb beim nächsten Mal in Stiefel, doch den

Pfad, den bestimmte er allein. Nicht nur allgemein ein männlicher Gott, sondern er, Eas Sohn. Marduk durfte nichts anderes zulassen, hatte er doch selbst erlebt, wie andere Götter herrschten. Ellils und Eas Beispiele standen ihm zu deutlich vor Augen. Wie sollte er Qingu vertrauen, besser zu sein? Nein, das Risiko für sein Volk war viel zu hoch! Die Tafeln mussten Marduks werden.

Tiamat schlug zurück, ihre Attacken gleichermaßen aus Wut und Schmerz geboren. „Es tut mir leid, Marduk", eröffnete sie ihrem Gegner. „Ich habe euch das Schlimmste angetan, das eine Mutter tun kann. Ich wollte einfach nicht sehen, wie anders als meine anderen Kinder die Lahmusabkömmlinge sind, dass ihre Bedürfnisse auch anders gelagert sind. Anstatt darauf zu warten, dass ihr eure Vernunft einsetzt und Rücksicht walten lasst, hätte ich mir früher eingestehen müssen, dass ihr zu keinem von beiden fähig seid. Dass ihr keine Anleitung braucht, sondern unverhandelbare Anweisungen. Es tut mir so leid... Aber ich kann es wieder gut machen!"

Marduk glaubte sich verhöhnt. Er spie erneut Feuer.

Tiamat glaubte sich von einem selbstsüchtigen Knaben erniedrigt. Sie antwortete mit roher Magie.

Qingu stand außen vor, in der Lage, jeden einzelnen Zug in diesem Duell analysieren, aber nicht eingreifen zu können.

*

Qingus Befreiung Marduks vom Einfluss der Schicksalstafeln hatte einen unbeabsichtigten Nebeneffekt ausgelöst. An Bord der „Flügel" kehrten auch Mummus Sinne wieder zurück. Als das geschehen war und nachdem sich der Urgeborene orientiert hatte, was um ihn herum vor sich ging, gab es für ihn kein Halten mehr. Er verließ das Schiff und niemand, sei es ein Gefolgsmann Marduks oder eine Kriegerin der Horde, vermochte ihm Einhalt zu gebieten. Niemand kam in den Sinn, es auch nur zu versuchen.

Einem Instinkt seiner Art folgend strebte Mummu beinahe blind auf sein Ziel zu. Da war der Palast und in seinem Inneren die Schwester. Hatte ihm dieses Wissen bereits als Neugeborenem die Kraft

verliehen, die trennende Membran der beiden Ozeane zu durchstoßen, erschienen ihm im Erwachsenenalter die Mauern Adurunas und zwei kampfbereite Armeen als kein mächtigeres Hindernis.
Das Portal des Palastes öffnete sich bereitwillig für den Ankömmling. Mummu strauchelte kurz im Wasser, als er das das Tor durchquerte, hatte er doch damit gerechnet, die Gänge Adurunas wie in seiner Jugend luftgefüllt vorzufinden. Dass dem nicht so war, dass es unnötig war, seine Fortbewegungsweise anzupassen, beemrkte er zu spät.
Peinlich berührt setzte der Urgeborene seinen Weg fort. Mummu ließ dabei äußerste Vorsicht walten. Im Wasser des alten Apsu hatte er aufgrund seiner Hautfärbung unsichtbar gewirkt, doch hier, im Tiamats grünen Wassern, stach er als Fremdling deutlich hervor.

*

Wind und Feuer gegen Zauber und Wasser.
Tiamat beherrschte ihre Domäne in Vollendung, doch etwas entzog sich ihrer Kontrolle: Die von Anu geschaffenen vier Winde. Ein einziger genügte, um Marduk in diesem Duell mit endloser Munition zu versorgen. Was als Unfall in seiner Kindheit begonnen hatte, war zu einer machtvollen Fähigkeit mutiert. Anus Enkel vermochte nun aus seinem Schlund heraus Feuerstürme zu erzeugen, die er Tiamats Magie entgegenwarf. Die Kräfte der beiden neutralisierten sich weitestgehend, doch die entfesselten Gewalten heizten den Salzwasserozean auf. Schon bald vermochte niemand mehr, sich in der Nähe der beiden Kontrahenten aufzuhalten. Qingu und Kinma zogen sich mit ihren Truppen zurück, bemüht, das Leben der eigenen Leute zu beschützen ohne dabei die wertvollen Geiseln zu gefährten.
Tiamat saugte ständig Essenz aus dem Ozean in ihren zerbrechlichen Avatarkörper. Ohne diese Regenerationsmöglichkeit wäre der Leib der Frau längst zerbrochen. Marduk sah sich auf verlorenem Posten stehend. Er bezog seinen Schutz durch Nordwind, welcher ihm als Schutzschild diente. Doch der treue Gefährte würde nicht ewig der Erschöpfung widerstehen könnten und Marduks Rüstung nahm sich

nun lächerlich gegen die Macht seiner Gegnerin aus. Selbst mit der Unterstützung sämtlicher Winde hätte Marduk nichts aufzubieten gehabt, das mit der unerschöpflichen Energiequelle der Urgöttin mithalten konnte. Zum ersten Mal in seiner Existenz verstand Eas Sohn, was es tatsächlich bedeutete, wenn es hieß, dass der Salzwasserozean endlos sei.
Tiamat stand die Waffe zur Verfügung, die sie benötigte, um Marduk in die Knie zu zwingen: Zeit.

*

Mummu sackte im verwaisten Thronsaal Adurunas zusammen. Sich im Zentrum der Macht der Urgöttin zu befinden, bedeutete ihm nichts. Jeder Ort war dem Urgeborenen gleich, wusste er ja nicht mehr, wohin er sich wenden sollte. Eas Berichten zufolge hielt sich seine Schwester dauerhaft im Inneren Adurunas auf, weil sie für dessen Verteidigung zuständig war. Doch obgleich er jeden Winkel des Palastes gründlichst durchsucht hatte, die Gesuchte hatte der Urgeborene nicht finden können.
Die Wand, an die sich der Urgeborene hatte lehnen wollen, war weder glattpoliert wie in den Kammern Ubshu-ukkinakkus, noch unbearbeitet wie in den ungenutzten Tunneln von Eas Festung. Stattdessen erinnerte ihre Form an die Wellen. Unbestritten sah das schön aus, doch bequem war Mummus Haltung nicht.
Kaum hatte der Urgeborene diesen Gedanken vollendet, als sein Körper in weiches, schaumartiges Material einsank, das sich dort befand, wo bis eben noch die gewellte Wand in die Höhe ragte. Die Raumbegrenzung umfing ihn und im selben Moment, in dem Mummu seine Augen schließen und sich in die Geborgenheit hineinfallen lassen wollte, erblickte er ein Relief, das jemand über dem Eingangsportal angebracht hatte. Künstlerisch überaus gekonnt ging dort das Gesicht einer Göttin in die Wände des Thronsaals über. Ihre Züge glichen nicht nur denen von Mummus Schwester, sondern entsprachen ihnen exakt. Apsu hatte derartige Kunstfertigkeit besessen, erinnerte sich Mummu. Er fragte sich, welcher Gott sich seinem Ahnen in dieser Hinsicht

ebenbürtig erwiesen haben mochte, während er als Gefangener der Lahmusbrut hatte ausharren müssen.

„Wer hat dich geschaffen?" fragte der Urgeborene des Portrain verträumt.

„Vater Apsu...", antwortete das Bild in derselben Weise.

‚Sehr alt. Alt und überdies verzaubert', dachte Mummu.

„...und Mutter Tiamat", sprach die Göttin.

Mummu sprang auf! Er schoss im Wasser auf das vermeintliche Relief zu, bis er in Augenhöhe mit dem Gesicht schwebte.

„Du? Bist du das, Schwester? Bist du es wirklich?"

Sie, die stets ebenso auf ihre Freiräume beharrt hatte wie er selbst, die oft monatelang eigene Wege gegangen war, um jedes Mal umso intensiver die Wiedervereinigung mit ihrem Bruder zu zelebrieren! Sie war eine Gefangene geworden, noch bevor der Krieg ausgebrochen war! Die Schwester als lebendige Erweiterung der Struktur des Palastes zu sehen, schmerzte Mummu schlimmer als die Leere. Doch wo Apsus Hass seiner Existenz ein schnelles Ende bereitet hätte, musste der Urgeborene mit dem weiterleben, was er erblickte. Mummu wusste, der Anblick würde ihn begleiten, selbst wenn sich eines Tages alles wieder ins rechte Lot gefügt hätte.

„Was habe ich dir angetan?" klagte er. „Was haben wir alle getan?"

„Was du getan hast? Du bist zu mir zurückgekehrt!"

„Ja!" lachte Mummu erleichtert. „Und wie ich sehe, kann Marduk dich nicht gefangen nehmen. Aber ich kann dich auch nicht holen. Lässt du mich dennoch an deiner Seite bleiben?"

Zwei dünne Fächer lösten sich aus der Wand. An fünf Stellen verdickten sie sich, bis Finger und endlich eine vollständige Hand ausgebildet waren. Der Hand folgte der Stumpf eines Armes. Kleinste ansätze der Armflossen sprossen daraus hervor.

Mummu ergriff die Hand.

„Ich teile dein Schicksal", erklärte er. „Ich werde ebenfalls Teil Adurunas."

Die Göttin akzeptierte Mummus Entscheidung. Sie erwiderte den Händedruck. Mummu zwang sich, seine augen offenzuhalten, während er auf die Schwester zugezogen wurde. Er fürchtete, sie nie sonst nie

wieder öffnen zu können, wäre er ersteinmal Bestandteil der Struktur geworden. Vor dem Übergang fürchtete er sich, doch nicht vor dem, was danach käme. Mit dem Palast zu verschmelzen bedeutete, auch mit der Schwester eins zu werden. Die beiden Urgeborenen würden sich in einer Weise verbinden, die nur den Urgöttern einst vergönnt gewesen war. Oder vielleicht sogar noch intensiver, hatten Tiamat und Apsu ja nur nebeneinander liegen können.
Mummus Leib berührte die Wand. Welcher Anteil davon Bauwerk und welcher die Schwester war, vermochte er noch nicht zu erkennen. Doch er sah das geliebte Gesicht vor sich und küsste die Lippen der so lange Entbehrten...

*

Ein vernehmliches Rumpeln im Palast und dann eine die gesamte Struktur durchziehende Erschütterung lenkten die Aufmerksamkeit der Duellanten auf sich. Doch wo Marduk lediglich sein Kinn ein wenig anheben musste, stand Tiamat mit dem Rücken zu Aduruna. Sie war gezwungen, sich umzudrehen...

*

Mummu und seine Gefährtin lagen auf dem Boden des Thronsaals und kein Beobachter hätte verwunderter sein können als die beiden selbst.
„Ups..." kicherte die Göttin und „Holla!" lachte der Gott befreit.
Mummus Schwester runzelte die Stirn. Wo einstmals das Gebälk Adurunas darauf reagiert hätte, blieb der der Palast nun stumm.
„Befreit? *Du* hältst dich für befreit?! Ich war es doch, die... oh! Es tut mir leid, Bruder. Ich hatte die ganze Zeit über meine Freunde um mich herum. Hier, bei uns zuhause."
„Ja", stimmte Mummu zu. „Das klingt besser. Aber ich glaube, du hast mehr gelitten als ich, egal, wessen Lage denn nun objektiv die Schlimmere war."
Die beiden Urgeborenen lagen einander in den Armen wie ein Paar, das zeugen wollte, doch sie taten es nicht. Ihre Wiedervereinigung

erfüllte sie mit tieferen Gefühlen als ihnen der Geschlechtsakt Ausdruck sein konnte. Doch ineinander versunken hörten die beiden nicht die Hilferufe von Qingus Schwester, ihr bei der Verteidigung Adurunas Unterstützung zu gewähren.

*

Unbemerkt von der Urgöttin hatte Marduk sein Netz in Wurfposition gebracht. Das Geflecht hatte den Kampf wider Erwarten ohne Beschädigung überstanden. Es lag einsatzbereit in Marduks Händen.
Tiamats Muskeln spannten sich für den Prozess des Umdrehens. Marduks verstärkten Augen entging es nicht.
„Nordwind!" schrie er und schleuderte das Netz auf seine Gegnerin zu. Diese warf sich herum, hielt ihre Hände vor den Körper, bereit, ein weiteres Beben im Weltenozean loszulassen, das Marduks ohnehin schin durcheinandergeschüttelte Innereien endgültig außer Funktion setzen würde. Der Nordwind aber trug Marduks Wurfgeschoss sicher ins Ziel. Tiamat zuckte zusammen, kaum, dass die erste Faser ihren Körper berührte. Noch einmal bließ Nordwind, bis der gesamte Körper der Göttin im Netz gefangen war.
Aus Tiamats wahrem Leib entstanden war das Netz Teil von ihr. Es vermochte die Urgöttin zu halten.
Marduk atmete auf. Der Akt brachte ihm keine Erleichterung. Stattdessen entlud sich seine Anspannung und verschaffte sich sein gebeutelter Körper solcherart Linderung, dass der Jüngslingsgott seinen Mageninhalt erbrach. Die nicht verdauten Reste von Zulums Antidot, geschluckes Salzwasser und Blut aus Rissen in seiner wunden Kehle verteilten sich auf dem Schalchtfeld. Marduks Körper zuckte, krümmte sich und spuckte erneut, bis der Jünsglingsgott meinte, alles Übel, das er erfahren hatte und das durch ihn geschehen war, losgeworden zu sein.
Tiamat erging es weitaus übler. Verstrickt in das Netz, dessen Material bereits ihren Kindern Schmerz zufügte, konnte sie nicht mehr klar denken. Jede Zelle ihres Avatarkörpers übertrug nur Schmerz und in ihrer Verwirrung meinte die Göttin, der einzige Weg zurück in ihren

eigentlichen Leib führ durch das Netz selbst. Auf ihrer Haut aufliegend fügte es ihr bereits Pein an der Grenze des Unerträglichen zu, es zu durchdringen würde sie töten, fürchtete die Urgöttin. Und der Schmerz würde nie enden, sie würde ihn von nun an immer spüren...
Marduk näherte sich seiner Gefangenen. Die Unsterbliche lag unschädlich gemacht in ihrem Gefängnis. Doch das Netzt selbst bestand lediglich aus vergänglichem Material. Es würde eines Tages ersetzt werden müssen. Netze wie dieses wurden aus dem Salzwasserozean heraus geschaffen. Der regelmäßig wiederkehrende Akt ihrer Schöpfung würde die Gefangene noch zusätzlich quälen.
Marduk verspürte Mitleid mit der Urgöttin. Er umklammerte seinen Dolch fest, richtete ihn auf die Kiemen seiner Ahnfrau, stieß zu und führte die Klinge durch die Atemschlitze.
In ihren letzten Momenten verdrängte tiefes Mitleid für den Jüngling den Schmerz der sterbenden Göttin.

*

Auch Qingus Hand hielt ein Messer. Die seine drückte es Enkurkur gegen den Hals. So hatte Marduk also damit angefangen, Gefangene zu töten, wie Qingu es nicht anders erwartet hatte. Dem Ultimatum entsprechend war es nun an dem Grünblauen, seine Drohung wahrzumachen. Enkurkur musste sterben.
Aber musste er das wirklich? Welches Gesetz zwang Qingu dazu, zu dem zu werden, was er verabscheute? Keines, das auf den Tafeln des Schicksals verzeichnet war.
Ea mochte mithilfe seines jungen Heerführers diesen Krieg für sich entschieden haben, doch solange er, Qingu, sich nicht von der Lebensweise der Lahmusbrut vereinnahmen ließ, würde deren Sieg niemals vollständig sein.
Der Urgeborene schleuderte sein Messer von sich.
Für die Krieger der beiden Armeen war es das Zeichen, dass der Krieg vorbei war - und Marduk gewonnen hatte.

*

Von dem Moment an, in dem die ersten Jubelrufe seiner Gefolgsleute erklangen, erholte sich der junge Kaiser zusehends.
„Nordwind!" rief er ausgelassen. „Mach dich auf den Weg in den Apsu und verkünde unseren Sieg in Ubshu-ukkinakku!"
„Sollte ich nicht lieber die anderen Familien in ihren Festungen aufsuchen? Nintu wird den Erfolg deiner Operation doch bereits in diesem Moment Ea verkünden?"
„Das mag sein", nickte Marduk. „Aber wir sollten es richtig machen. Uns an die Hierarchien der Fürstentümer halten. Herrscht denn nicht wieder Ordnung im Weltgefüge?"

*

Qingu lies seinen Körper im Salzwasserozean treiben. Marduks Bande hatte ihn außerhalb des Palastes in einen Käfig gesperrt, der dem entmachteten Götterkönig allerdings genügend Bewegungsspielraum lies.
Nach Marduks Zerstörung des Avatarkörpers der Urgöttin hatte Qingu für kurze Zeit Triumph empfunden, weil er sich als der moralisch Überlegenere betrachtete, doch war dieses Gefühl nicht imstande, den Verlustschmerz dauerhaft zu betäuben. Denn Tiamats Geist hatte sich in den Weltenozean zurückgezogen. An ihrer Liebe zu Qingu änderte das nichts, doch vermisste der Urgeborene die Ausdrucksformen dieser Liebe, die er bis vor kurzem als selbstverständlich, als alltäglich hingenommen hatte.
Aber auch in ihrer neuen/alten Form schien Mutter Tiamat ihren Geliebten nicht vergessen zu haben. Sie schickte ihm sogar ein neues Lebeswesen zum Trost.
Ein kleines Ding manifestierte sich in Qingus Käfig, ein aus sich selbst heraus glitzerndes, durchscheinendes Tierchen. Der Gefangene konnte keine inneren Organe erkennen, auch fehlte es der Kreatur an Augen oder einem Bewegungsapparat. Neugierig nahm er das kleine Ding in die Hände. Hatte ihm seine Gefährtin einen halbfertigen neuen

Bewohner ihrer Domäne gesandt, an dessen Fertigkstellung er sich beteiligen sollte?
Qingu betrachtete das Objekt in seiner Hand genauer. Es bestand aus Kohlenstoff, ohne dabei lebendig zu sein. Es war nichts weiter als ein Stein.
„Oh, nein... Nein, bitte nicht! Nicht auch noch das!"

Tafel 13

Namru liebte das Gefühl, wenn sein Körper aus einem luftgefüllten Raum ins Wasser eintauchte. Ein gesetzterer Gott konnte das zelebrieren, indem er so langsam und genussvoll in die Badewanne sinken ließ, für den Krieger hingegen gab es nichts Schöneres, als in einem Satz ins Becken zu hechten.
Seit Namru in der Wasserfestung lebte, hatte er sich diesbezüglich umgewöhnen müssen. Zwar wohnte er in einer wasserfreien Kammer, doch gab es kein Badebassin mehr, sondern nur noch den Weltenozean, der direkt vor der Tür begann. Das Wasser war gewissermaßen die Tür, eine einladend im von der Membran ausgesandten Licht funkelnde aufrecht stehende Fläche.
Unter normalen Umständen - und Namru empfand seine „Gefangenschaft" in Suhurmaschus Domäne längst als Normalität - war das dieses Funkeln das erste, was Namru nach dem Erwachsen erblickte. Heute aber lag der Gott bereits seit einer ganzen Weile wach, obwohl es draußen noch finster war. Nach mehreren ergebnislosen Versuchen, zumindest noch bis zum ersten Lichteinfall zu dösen, erhob sich Namru von seinem Ruhelager. Wozu sich selbst quälen, wenn doch schon die Feinde davon Abstand nahmen?
Namru lief quer durch den ganzen Raum an, stieß sich ab, legte seine Arme an die Körperseiten an und tauchte in den Salzwasserozean ein. Doch das wohlige Gefühl, das er sonst dabei empfunden hatte, wollte sich diesmal nicht einstellen. Ganz im Gegenteil krampfte sich sein Herz zusammen. Namrus Zahnreihen schlugen aufeinander als sein ganzer Körper von Zitteranfällen durchgeschüttelt wurde.
Namru zwang sich zu Schwimmzügen. Es schmerzte regelrecht, sich durch das eiskalte Wasser zu bewegen. Wann war eine Nacht jemals

so beängstigend gewesen? Namru versuchte sich zu erinnen und dabei auch seine im Salzwasserozean verbrachte Jugend einzubeziehen. Doch der einzige Vergleich, der ihm einfallen wollte, war die abweisende Leere des Apsu.
Von farbigen Schlieren durchzogener Schaum schwamm überall im Hof der Festung und außerhalb. Weiß, gelb, grün und braun. Wo die Schwaden ineinanderflossen verdichteten sie sich zu Körnchen. So hübsch das aussah, löste es doch eine unbestimmte Furcht in Namru aus.
Der Gott bewegte sich auf die Hofmitte zu.
„Ist schon jemand munter?"
„...ja." Der Antwort folgte ein allein über die Nasenlöcher artikuliertes „Tschie!" und dann ein klägliches „Hier."
Namru erkannte die Stimme als die des Festungskommandanten, wie er Suhurmaschu in Gedanken betitelte. Der Herr der Wasserfestung klammerte sich so eng wie möglich an einen Ziegenfischbock. Auch der Einheimische bibberte erbärmlich.
„Es ist kalt! Saukalt!"
„Dann komm wieder rein. Bring´ dein Vieh ruhig mit, in deiner eigenen Festung kannst du tun und lassen, was du möchtest!"
„Kann nicht. Alles steif..."
Fernes Rumoren unterbrach die beiden Götter. Die farbigen Schwaden erzitterten und ballten sich zu Klümpchen zusammen.
Im nächsten Augenblick schossen Asaruhi und Namtila aus den Behausungen heraus. Beide Krieger trugen wieder ihre Rüstungen, die ihnen auch als Schutzanzüge im Apsu dienten.
Erneut waren die Geräusche zu hören. Diesmal bibberten nicht nur die Götter - der ganze Salzwasserozean bebte!
Asaruhi deutete auf die Wölkchen und Kugeln. „Ionen verbinden sich, Moleküle fallen aus dem Wasser heraus. So begann der Untergang des Apsu! Genau so hat es Anshar beschrieben! Wir haben das aufgeschrieben!"
„Einen Urgott zu töten war mir auferlegt, doch nicht davon singe ich zu euch. Hört, was geschah, nachdem das Werk volbracht und schaudert..." zitierte Namru Eas erste Fassung seiner Historia. Die

neueren unterschieden sich lediglich im Grad der Kunstfertigkeit von ihren Vorgängern. Geblieben war die Betonung der Folgen des Mordes und der Schrecken der Leere, nicht das Lob von Eas Rettungstat selbst. Wenn nun also auch im Salzwasserozean dieselben Vorgänge zu beobachten waren, konnte das nur eines bedeuten: Tiamat hatte ebenfalls den Tod gefunden.
„Dann haben wir also gewonnen?"
Asarluhi fuhr mit seiner Hand durch einen der Schwaden. Salzkristalle blieben an seinem Handschuh kleben.
„Wenn du das gewonnen haben nennst, dass wir um unser Leben schwimmen müssen, ja, Namru, dann haben wir den Krieg natürlich gewonnen!"
Seinen Ziegenfisch loslassend ergriff Suhurmaschu Asarluhis Unterarm.
„Du und deine Freunde haben im Apsu überlebt. Nun behauptest du, dass es hier bei uns bald ebenso aussehen wird. Wenn ich das richtig verstehe, müssen wir die Wasserfestung gegen die tödliche Leere versiegeln. Zeigt uns, wie das geht!"
Asarluhi schüttelte den Kopf.
„Chitin bietet keinen ausreichenden Schutz, fürchte ich. Wir müssen diesen Ort verlassen, eine Region suchen, in es bereits kein Wasser mehr gibt. Dort werden wir Asteroiden aus massivem Fels finden..."
„Und es muss schnell gehen", mischte sich Namtila ein.
Das letzte, was der Gott zur Antwort erwartet hätte, war Suhurmschus Lächeln.
„Dreh dich um!" forderte der Festungskommandant den anderen auf.
Namtila gehorchte. In einiger Entfernung, aber viel näher, als sie den Erzählungen der Festungsbewohner ihrer Behausung jemand gekommen war, trieb sich wie stets die Riesenkrake herum. Was in ihn gefahren war, das Monster damals nach der Schlacht zu heilen, vermochte Namtila nicht zu verstehen. Aber seit er sich diese Arbeit aufgebürdet hatte, betrachtete sich die einst bestenfalls indifferente Bestie als Freundin der Götter.
„Schau, da erinnert sich jemand an dich!"

Namtila winkte der Riesenkrake und das Tier erwiderte den Gruß mit seinen Tentakeln. Die Geste hätte überaus niedlich gewirkt, wäre die Situation nicht so ernst gewesen.
Namtila schwamm auf das Tier zu, bis er direkt vor seinem Augen im Wasser stand.
„Ich habe dich geheilt, nun kannst du mir das Leben retten", flüsterte er. „Bitte trag´ uns in Sicherheit, aber warte, bis wirklich alle Festungsbewohner hier sind!"
Unter „wirklich alle", so begriffen die Götter des Salzwasserozeans, verstand ihr Gast ausschließlich die Zweibeinigen, doch unter diesen Freund und Feind.
Der Kopf des Monsters allein bot ihnen genügend Platz, ohne dass ihr Gewicht die Krake auch nur ansatzweise belastet hätte. Doch so manche auf den ersten Blick leichte Last stellte sich als untragbar heraus. Suhurmaschu erging es so. Der Gott richtete sich auf, um seine Ziegenfische nicht aus den Augen zu verlieren. Die Tiere folgten den fliehenden Göttern, ohne mit der Geschwindigkeit der Riesenkrake mithalten zu können.
Namru und Asarluhi ahnten, was der Herr der Wasserfestung vorhatte. Sie positionierten sich so, dass sie im Falle, der andere Gott versuche, von der Krake abzuspringen, ihn sofort daran zu greifen bekämen. Doch das Hordenmitglied machte den beiden Kriegern einen Strich durch ihre Rechnung. Zuerst ging er in die Hocke und als die Apsu-Krieger bereits erleichtert auftatmen wollten, stieß er sich ab, um die Krake nach oben zu verlassen. Asarluhis und Namrus Finger umschlossen lediglich Wasser. Verächtlich schnaubend stieß die Schwester des Gottes die beiden zur Seite und verließ ebenfalls das gemeinsame Reittier.
Namtila seufzte erleichtert. Seine Aufgabe als Vermittler zwischen den Göttern und dem Meeresungeheuer verschaffte ihm einen Vorwand, sich konzentriert zu geben und nicht beobachten zu müssen, wie die Geschwister zurückblieben um nach und nach gänzlich außer Sicht zu geraten.

*

Die Riesenkrake ignorierte die Differenzen ihrer Passagiere, so sie denn in der Lage war, sie überhaupt wahrzunehmen. Das Tier folgte unbeirrt Namtilas Anweisungen.
Namtila wiederum hielt sich an das, was ihm Namru zuflüsterte, welcher in schönster Selbstversändlichkeit wieder in seine alte Lotsenrolle zurückfiel. Das Leben mit der Horde hatte sein Gespür für den ihn umgebenden Weltenozean imens geschärft, so dass es dem Gott beinahe schon ein Leichtes war, eine Zone fortgeschrittener Zerstörung ausfindig zu machen. Namru schmunzelte zufrieden, als sich die Umrisse einer größeren Felsformation in der Ferne abzeichneten. Das Wasser in dieser Gegend wies bereits viele Fehlstellen auf, die man für Luftblasen hätte halten können. In Wirklichkeit enthielten sie noch nicht einmal Gas. Es handelte sich um Vorboten des Zustandes, der bald überall in der Domäne herrschen sollten.
Namru schenkte den Fehlstellen keine weitere Beachtung. Er deutete auf das Gestein.
„Da müssen wir hin!"
„Und dann?"
„Mit etwas Glück schaffen wir es schnell genug, um von drinnen zuzusehen, wie das Wasser verschwindet. Mit sehr viel Pech wird es schmerzhaft, weil wir dann die letzten Sekunden bereits durch die Leere zurücklegen müssen."
„Was wird aus deiner Krakenfreundin, Namtila? Sie kann weder im Inneren eines Felsens noch in der Leere überleben!"
Schulterzuckend erwiderte der Gott: „Sie wäre ohnehin gestorben. Kein höheres Lebewesen übersteht die Transformation, da ist es doch gut, wenn uns das eine oder andere vorher noch nützlich war!"
Namtila wartete keine Antwort ab. Stattdessen beeilte er sich, seine Rüstung abzulegen.
„Wir drei haben ein spezielles Training durchlaufen. Wir wissen um die Gefahren der Leere und respektieren sie, euch hingegen ist sie fremd. Daher wird sie euch Angst einjagen. Es ist besser, zwei von euch tragen die Schutzanzüge!"

Suhurmaschus Großmutter hielt Namtilas Handgelenke fest.
„Uns flößen andere Dinge Furcht ein, die ebenso unverständlich sind", erklärte sie. „Die Domäne Tiamat wird gleich eure Welt sein. Ihr habt gewonnen."
„Was hat das eine jetzt mit dem anderen zu tun?"
„Das musst du nicht verstehen. Nur soviel: Behaltet eure Anzüge!"
Asarluhi mischte sich ein: „Willst du womöglich auch umkehren?"
Seine Rede wurde von Namru unterbrochen, der weiterhin unverwandt die Umgebung überwacht hatte.
„Da ist etwas", murmelte der Lotse. „Keine Ahnung, was es ist...wird größer..."
Ein greller Lichtblitz im Ozean zwang die Götter, ihre Augen zu schließen. Das Wasser um sie herum begann zu brodeln. Hochgradig erhitzte Wellen schlugen über ihnen zusammen. Reflexartig zog die Krake ihre Tentakel ein, stieß sie in einem Ruck wieder von sich und katapultierte sich zusammen mit ihrer Fracht in die Leere hinein.

*

Marduk blickte durch eines der Bullaugen der „Flügel" und versuchte das, was er da draußen sehen musste, mit einem Namen zu versehen. Glühende Kugeln. Überall. Riesige glühende Kugeln. Umherschwirrend. Riesige glühende Kugeln, die ohne Sinn und Verstand, von einem Plan erst recht abgesehen, durch den Apsu... nein, durch den Salzwasserozean jagten.
Marduk seufzte. Was sollte es, seinen gedanklichen Versprecher zu korrigieren! Die Welt hinter der Grenze sah nun nicht anders aus als jene, aus der er gekommen war. Die Domäne Tiamat hatte sich in eine Erweiterung des Apsu verwandelt und die Membran bedeutete nichts mehr. Wo sich einst die Leiber der Urgötter berührt hatten befand sich nun nur noch Leere. Die Erinnerung an die Grenze durchzog diese neue Leere wie ein nicht greifbares Feld. Anziehung und Abstoßung funktionierten unverändert. Marduk presste die Tafeln des Schicksals fest an seine Brust, bevor er sie beiseie legte. Bald würde er alles verstehen, was es mit den Weltgesetzen auf sich hatte. Doch die

unmittelbar vor ihm liegenden aufgaben musste der Gott ohne diese Hilfe bewältigen.

‚Also gut. Womit haben wir es zu tun? Apsus eiskalte Verachtung für uns Götter ist schlimm genug, aber mit dieser Gefahr im Hinterkopf bin ich aufgewachsen. Das hier ist neu. Neu und fremd.'

Marduk kam zu dem Schluss, dass es sich bei den Glühenden Bällen um nichts anderes als Tiamats manifestierten Zorn handeln konnte. Nicht kühl, sondern heiß, rachsüchtig und überaus persönlich. Unter welchem Namen diese Objekte in den Tafeln aufgeführt waren, interessierte den Götterkönig nicht, denn am besten traf es eigentlich nur „Tödliche Geschosse". Das war alles, was es darüber zu wissen gab. Das, und dass die Asteroiden und Trümmer sich um die Feuerkugeln herum ballten wie eine Armee um ihren Heerführer.

Einige Flüchtlinge der Horde hatten im Palast Zuflucht gesucht, obwohl Marduks Gefolgsleute lautstark davon abrieten. Die verspielte Struktur würde ihren Bewohnern in einer dem Apsu gleichenden Umwelt nicht lange Schutz bieten. Gleiches galt allerdings auch für die mächtige „Flügel". Den Feuerkugeln hatte sie weder etwas entgegenzusetzen noch vermochte das Kampfschiff vor ihnen zu fliehen. Einmal in die Anziehungskraft eines solchen Monstrums zu geraten würde ihr Ende und das jeden an Bord befindlichen Gottes bedeuten.

In dieser Situation einen Beutesack auf die Decksplanken sinken zu lassen und gierig zu durchwühlen, war dermaßen töricht, dass Marduk laut lachen musste!

„Sirsir! Hast du schon wieder etwas eingesteckt?!"

Der Krieger nickte. Er streckte seinem Kaiser die Hand entgegen. Öffnete sie zögerlich.

Marduk nahm die ihm zugedachte Gabe entgegen. Es handelte sich um eine glatte Steinkugel von bläulicher Farbe. Weiße Schwaden zogen über die Oberfläche. Als der Gott das Objekt berührte, fand er es von einer dünnen Nääseschicht umgeben.

„Was ist das?"

Enkurkur trat näher heran. „Tiamats Herzkugel", antwortete er an Sirsirs Stelle, als dieser kein Wort herausbrachte. „Nicht wahr?"

Sirsir schwieg. Erst, als die Kugel aus seinen Händen in die des Kaisers gerollt war, fand der Gott seine Stimme wieder.

„Das ist alles, was wir noch haben", krächzte er.

Marduk wog das Herz gedankenverloren in seiner Rechten. Dann rief er Mummu zu sich.

„Apsus Herzkugel! Gib sie mir!" verlangte er. „Ich weiß, dass du sie aus dem Palast geholt hast!"

„Ach so?"

„Komm schon! An deiner Stelle hätte ich es getan."

Kommentarlos warf der Urgeborene Marduk das gewünschte Objekt zu. Marduk fing das Herz mit seiner linken Hand. Es war deutlich kleiner als jenes, das er bereits in der anderen Hand hielt.

„Wie..." Marduks Stimme erstickte. Er musste neu ansetzen: „Wie fühlt sich das an, die Überreste von jemand, den man kannte, als einen Gegenstand zu berühren, Mummu?"

Doch der Visier besaß weder Worte noch angemessene körpersprachliche Ausdrucksmöglichkeiten für das, was er in seinem Inneren spürte.

Marduk schob den unangenehmen Gedanken zur Seite. Forschte er länger, überdies in Mummus Geist, würde er sonst womöglich noch die Antwort erfahren.

Der Gott ließ Apsus Herz über seine Schwimmhäute rollen. Dieser Kugel fehlte die Nässeschicht der zweiten.

Vorsichtig brachte Marduk beide Kugeln zusammen. Sogleich nahm Apsus Herz eine Bahn im Tiamats ein. Tiamat begann, um sich selbst zu rotieren. Ihr Wille stieß den anderen Unrgott von sich, doch unwillig, den einstigen Gatten gänzlich gehen zu lassen, drückte Tiamat nicht mit ihrer ganzen Macht. Marduk allein konnte sehen, wo das Ganze enden würde. Für alle anderen schienen sich die Herzen auf eine stabile Partnerschaft einzurichten.

„Das ist alles, was wir noch haben", echote es in Marduks Kopf, ganz so, als habe seine Schwester Sirsirs Worte vorhin gehört und wiederholte sie nur. Und wieso nicht? Er hatte bereits einmal alle Götter des Apsu verbunden. Ein Teil von ihm schien zu wissen, was er da tat. Die Macht der älteren Götter lenkte ihn, beugte sich seinem

Herzen, ohne das Hirn einzubeziehen. Sicher würden die Tafeln des Schicksals auch einen Abschnitt über die unter dem Bewusstsein ablaufenden Prozesse beinhalten.

Marduk warf die beiden Kugeln in die Luft, wo sie hängenblieben. Er griff nach den Tafeln. Versenkte sich in sie.

„Das ist alles, was wir *brauchen*", korrigierte Marduk Nintu. Ausführlichere Zwiesprache durfte er sich jetzt nicht leisten, musste vom Bruder seiner Schwester zum Kaiser seines Volkes werden.

„*Ihr alle, egal, wo ihr seid... hört mir zu!*"

*

„Mama und Papa sind im Krieg!"

Das war schlimm genug, unfassbar schlimm, zumal sich die Erwachsenen nur vage darüber ausließen, was genau Mutter und Vater dabei erwartete. Aber in einem waren sich alle einig gewesen (wenn die Kinder sich in Hörweite befanden): Dass die Eltern eiens Tages zurückkehren würden und dann alles wieder gut sein. Bis dahin wäre das Leben eben ein wenig trauriger, einsamer. Zustoßen würde den Zwillingen nichts. Doch die Großen hatten sich geirrt!

Das Korallenriff, das Imduguds Familie ihre Heimat nannte, erbebte. Die Kinder sahen es von außen. Dann riss das unterseeische Beben auch sie von den Füßen. Das Brett, auf dem die Zwillinge gespielt hatten, trudelte durch das Wasser und wenn seine Schwester Imdugud nicht geistesgegenwärtig auf die Finger geschlagen hätte, so wäre er niemals bereit gewesen, sein Spielzeug loszulassen und in den aufgewühlten Ozean mitgezogen worden.

Weiter und weiter pflanzte sich die Druckwelle fort. In einiger Entfernung krümmte sich der Asagwurm unter dem Aufprall. Das mächtige Tier wurde von der Welle fortgerissen.

Intakte, vom Krieg unberührte Häuser wurden aus ihren Verankerungen gerissen. Innerhalb weniger Minuten war alles rettungslos zerstört, was der Krieg nicht hatte vernichten können.

„Was geschieht hier eigentlich?" ächzte Imdugud. Seine Schwester vermochte es ihm nicht zu sagen.

Nur einmal zuvor hatten die Zwillinge solche Angst verspürt: Als die Fruchtblase ihrer Mutter geplatzt war und ihre Welt der Zerstörung anheim zu fallen schien. Aber damals hatte es einen Ausweg gegeben. Diesmal wartete kein neuer Beginn auf sie, nicht einmal ein Ende. Diesmal veränderte sich bloß alles um sie herum.
Imdugud schaute sich hektisch um. Wohin sollen sich die Kinder wenden? Welcher Ort versprach ihnen Sicherheit, wenn schon die Riffe auseinanderbrachen? Vielleicht allein Tiamats Palast unter den Wellen, doch der war so unendlich fern.
„Da ist jemand in meinem Kopf! Jemand, der nicht ich ist, meine ich!" rief Imdugud plötzlich voller Verwunderung aus. Dann ergriff er die Hand seiner Schwester. „Und er sagt, er will uns retten!"
„Dann komm!" flüsterte das Mädchen.

*

Auch Suhurmaschu hörte Marduks Einladung in seinem Geist. Als er sie ausschlagen wollte, offenbarte sie sich ihm als ein Befehl. So eindringlich bestand diese Order darauf, befolgt zu werden, dass sie sich bereitwillig weitergeben ließ. Der Ziegenfischgott schloss seine Augen. Er sträubte sich nicht länger. Wo Marduks Anweisung bis zu diesem Moment gegen Mauern angerannt war, flossen die angestauten geistigen Energien nun ungebremst.
„Folgt... mir..."

*

Zuerst spürte Kulullu nichts weiter als das sanfte Ausrollen der Wellen über seinem Leib. Dann merkte der Gott, wie kalt das Wasser noch immer war – und dass sich sein gesamter Oberkörper außerhalb seines Lebenselements befand!
Ein merkwürdiges Geräusch ließ den Fischgott aufhorchen. Es glich dem, welches enstand, wenn ein Gott mit den Fußsohlen zuerst auf einem Dach aufkam, um sich gleich wieder abzustoßen. Wasserspritzer trafen Kulullus Kopf.

„Im Wasser sind *Dinge!*" hörte er seine Schwester außer sich vor Panik kreischen. „Was wollen die von uns?"

Kuliltus Worte hörten sich merkwürdig an. Sie weckten eine beinahe verdrängte Erinnerung in dem Fischgott. Hatten nicht ihrer aller Stimmen bei den Besuchen in Aduruna so geklungen? Bevor Tiamat den Palast wieder geflutet hatte?

„Dasselbe wie wir."

Marduks Stimme, unverkennbar. Und ebenfalls in einer wasserfreien Zone erklingend. Aber Kuliltu und Marduk erzeugten kein Echo, ganz so, als existierten weder Wände wie im Palast noch Wasser wie im Weltenozean außerhalb der Luftblasen.

Flatsch!

Ein Geräusch dem Patschen von Kuliltus Füßen nicht unähnlich erklang von einem Ort nahe Kulullus Fußflossen. Dann erhob erneut Marduk seine Stimme: „Fressen."

Völlig verwirrt öffnete Kulullu seine Augen. Er wünschte sich, es nicht getan zu haben, denn was er sehen musste, ließ sich mit dem Geist eines Wasserbewohners kaum fassen. Endlos in alle Richtungen erstreckte sich eine Fläche, für die Kulullu keinen Begriff kannte. Irgendwo zwischen Fels und Wasser war die glitschige Masse unter seinem Körper für das Geräusch verantwortlich, das die Schritte der Schwester verursachte hatten. Über dem Matsch und ebenfalls bis in die Unendlichkeit reichend spannte sich eine riesige Luftschicht. Weiße und Graue Schwaden durchzogen sie einem Muster folgend, das sich dem Fischgott nicht erschloss. Lächerlich winzig erschien nun eine der glühenden Kugeln, welche die sterbende Urgöttin hinterlassen hatte. Sie hing in der Luftschicht, als hätte sie sich darin verfangen.

In seinem Rücken begann das Wasser und Kulullu wünschte sich nichts weiter, als sich hineinzustürzen und den Albtraum einer Welt hinter sich zu lassen. Doch als er sich auf den Rücken drehte, aufrichtete und zum Sprung ansetzte, packte ihn jemand bei der Schulter.

„Nicht!" drohte Marduk dem Fischgott. Er deutete auf die Wasserfäche hinaus.

„Ich hätte mir denken müssen, dass die Horde meinen Befehl mir in diese Welt zu folgen in hinterhältiger Weise auslegt... Sieh, was ihr mitgebracht habt!"
Weiter draußen im Meer schnappten die Tentakel einer Riesenkrake unterschiedslos nach allem, was sich in ihrer Reichweite aufhielt, Marduks Krieger, Bewohner des Apsu und Tiamats Horde.
Kulullu begriff, dass Marduks Worte viel mehr eine Warnung als eine Drohung beinhalteten. Aber wie sollte man das in dieser fremdartigen Welt unterscheiden, wenn der Weltenozean nicht mehr die kleinsten Nuancen einer Rede bewahrte und übertrug?
Kulullu strauchelte. Sein Blick fiel auf einen im flachen Wasser in einer Blutlache treibenden Fischleib. Jemand hatte das Tier erschlagen.
„Das war ich", gestand Marduk dem Fischgott. „Kulullu, hör mir zu! Es war notwendig! Du warst bewusstlos, du hast nicht miterlebt, wie das Viehzeug bereits die ganze Zeit über nach uns schnappt! Der hier war kurz davor, sich an deinen Zehen gütlich zu tun, nachdem ihm deine Schwester entwischt war!"
„Dinge", wiederholte Kuliltu tonlos. „Keine Verbindung im Geist... stumm..."
Kulullu hielt seinen Blick noch immer gesenkt. Marduk zog an seiner Schulter in Richtung Ufer. „Komm mit!"
„Nein..."
„Nein? Das klingt reichlich frech für einen Besiegten. Ich bin dein Herrscher, Kulullu. Ich bin euer aller Herrscher. Ob ihr euch mir nun unterworfen habt wie die Götter des Apsu oder ich euch niederwerfen musste wie die Horde, es läuft auf dasselbe hinaus."
„Nein!" wiederholte Kulullu. Marduk sah genauer hin, worauf der Gefangene seine Augenmerk gerichtet hatte. In den Uferschlamm war Bewegung gekommen. Etwas wühlte sich aus der Tiefe hervor.
„Da kommen noch mehr Dinger!" schrie Kulullu.
„Rückzug!" befahl Marduk.

*

„Jetzt hast du... keuch... es ja auf einmal... keuch, keuch... ganz schön eilig..." Marduk rang nach Luft, während er so schnell lief, wie ihn seine Beine nur trugen. „Mit mir mitzukommen!"
Kulullu verzog das Gesicht. Wie Eas Sohn in ihrer verzweifelten Lage auch noch scherzen konnte, wollte sich ihm nicht erschließen. Ja, sie hatten das flache Wasser verlassen, hatten sich auf den Strand geflüchtet, aber gerettet waren sie deswegen noch lange nicht.
Die neuen Fische, die sich aus dem Schlamm erhoben hatten, gehörten zu einer unbekannten Art. Sie verfolgten die Götter. Sie waren rastlos. Sie benutzen sogar ihre Flossen zum Laufen und kamen unnatürlich schnell voran. Niemand konnte sich erinnern, derartige Kreaturen erschaffen zu haben.
Kulullu, Kuliltu und Marduk rannten nebeneinander. Irgendwann während der wilden Flucht hatte Marduk den kleinen Imdugud aufgehoben und trug ihn nun in den Armen. Doch auch ohne diese zusätzliche Last sanken die an seiner Seite laufenden Götter tief in den Boden ein. Der bei jedem Schritt aufgewühlte Sand behinderte ihr Vorwärtskommen. Weder die Horde noch die Götter des Apsu hatten sich jemals über ein Gelände fort bewegen müssen, das aus Milliarden und Abermilliarden von Steinen bestand! Schon bald verklebte der Sand den Göttern die Flossen und Marduk war sich nicht sicher, ob er nicht etwas davon eingeatmet hatte. Seine Kiemen fühlten sich wund und trocken an.
Doch der Sand war noch nicht das Schlimmste. Irgendwann hatten die Götter das Ende des Strands erreicht. An einigen Stellen mussten von dürrem Gras bewachsene Sandhügel erklommen werden, anderswo war der neue Schrecken sofort erkennbar: Pflanzen, wie sie die Götter noch nie zuvor gesehen hatten, wuchsen so dicht aneinander wie die Säulen Adurunas. An manchen Stellen passte nur ein einziger Gott zwischen ihnen hindurch. Ob in diesem Irrgarten das Äquivalent eines Raumes oder Saals existierte, ließ sich von außen nicht erkennen. Von innen erweckte die Angelegenheit keinen freundlicheren Eindruck. Es schien, als schlucke das Gebilde jedes Licht.
Analog zu den Wänden Adurunas nannte Marduk das Gebilde „Wälder".

„In den Wald!" schrie er den anderen zu.

*

Die Götter flüchteten in den Wald hinein.
Die meisten Fische brachen ihre Verfolgung der Flüchtenden ab, als der feuchte Untergrund des Strandes trockener Erde wich. Sie kehrten ins Meer zurück oder suchten sich Wasserlachen auf dem Strand, in denen sie ihre Kräfte regenerieren konnten.
Andere schlurften den Göttern weiter nach, doch ihre Bewegungen wurden langsamer und als die ersten umkippten, versuchten die anderen, umzukehren um diesem Schicksal zu entgehen.
Aus Richtung des Meeres kamen den Tieren die restlichen Flüchtlinge entgegen. Zwischen dem furchteinflößenden Wald, den angriffslustigen Kreaturen und den Schrecken des hiesigen Ozeans wusste Lahmu der Urgeborene nicht mehr ein noch aus. In blanker Panik trampelte er auf den Boden herum, traf einen Fisch, trat erneut zu und sprang über das Tier, als dieses leblos liegenblieb.
„Recht so", rief Ellil. „Oder sind wir vielleicht keine Krieger mehr?"
Als wäre ein Bann gebrochen, machten sich die Götter in seiner Nähe bewusst, wovor sie eigentlich davon liefen.
„Das ist nur die Schreckensaura, die Tiamat den Kreaturen der Horde mitgegeben hat", begriff Ellil. „Schaut euch die Biester an!" riet er seinen Kampfgefährten. „Es sind doch bloß Fische!"
Diesmal war kein Zauber vonnöten, um den Terror abzuschütteln, der von den Tieren ausging. Einmal aus ihrem Einfluss befreit konnten die Götter nicht wieder von der unnatürlichen Furcht befallen werden. Das Wasser des Weltenozeans, der seinen Teil zur Aufrechterhaltung des Effekts beigetragen hatte, umgab ja nun weder die Fische noch die Götter.
Die Flüchtlinge schöpften Hoffnung, das Ende dieses Kriegs doch noch überleben zu können. Sieger wie Besiegte stürzten weiter in den Wald hinein.

*

Um Kulullu herum brachen die Götter gleich den Fischen zusammen. Manche liefen weiter, ungeachtet der Gefahren, mit denen die neue Umgebung aufwarten mochte.
Einige von Marduks Kriegern ließen sich absichtlich zurückfallen. Sie sicherten nach hinten, riefen den nachströmenden Flüchtlingen Kommandos zu und stellten sich den hartnäckigsten der schuppigen Verfolger.
Hechelns krallte sich Kuliltu am Oberarm ihres Bruders fest.
„Reicht nicht!" presste sie hervor. „Im Wasser... vorhin... fast erstickt... Kullll...."
Die Fischgöttin brachte ein Gurgeln hervor. Etwas in ihrem Körper stellte sich um, das vermochte sie zu spüren. Auch während ihrer Schwnagerschaft hatten sich die Lebensprozesse im Inneren der Göttin verändert. Was sie gerade durchlebte fühlte sich völlig anders an.
Kulitlu hielt sich fester an ihrem Mann fest. Was geschah mit ihr?!
„Sind meine Kiemen verletzt?"
„Lass mal sehen!"
Das war Agakus Stimme, nicht Kulullus. Unschlüssig, ob er dem Gefolgsmann des selbsternannten Götterkönigs trauen konnte oder nicht legte Kulullu seine Arme um die Schwester.
Der Heiler hob seine Hände.
„Ich fasse sie nicht an. Ich will mir nur ein Bild von ihren Kiemen machen!"
Kulullu zog seine Schwester sanft nach unten.
„Ruhig, Liebling...."
Er setze sich auf den abstoßend kratzigen, aus tausenden, bei jeder Bewegung ihre Position wechselnden Klümpchen bestehenden, Untergrund und zog Kuliltu in seinen Schoß.
„Alles wird gut!"
Agaku bückte sich ebenfalls. Lugal-Durmah gesellte sich den drei Göttern hinzu und auch er beugte sich über die Geschwister.
„Lasst mich mal kurz hier ran!" forderte er. Dann schlang Marduks Gefolgsmann Stricke um die Füße der Geschwister. Er band Kultus und Kulullus Fußknöchel zusammen, nickte und meinte: „Schon fertig."

„Sag mal, musste das jetzt sein?!" empörte sich Agaku. „Ich versuche hier meine Arbeit zu tun!"
„Ich doch auch nur", erwiderte Lugal-Durmah. „Und je schneller wir damit fertig sind, die Gefangenen zu sichern, umso eher können wir etwas essen."
Kulullu wand seine Füße in den Fesseln. Er stellte fest, dass er sie noch bewegen konnte, ihm die Bande aber nur kleine Schritte erlauben würden. „Hast du ‚Essen' gesagt? Denkt ihr nur an euer Vergnügen?" zischte der Fischgott.
Lugal-Durmah schenkte dem Gefangenen einen verständnislosen Blick. „Bist du nicht hungrig?"
„Doch, ist er", antwortete Agaku für den Fischgott. „Er merkt es bloß nicht, solange er sich um seine Schwester sorgt. - Kulullu, zu Essen ist in dieser Luftwelt nicht nur ein Luxus, sondern eine Notwendigkeit, fürchte ich. Vielleicht irren wir uns, vielleicht handelt es sich um eine einmalige Erfordernis. Aber wie auch immer die Zukunft aussieht, um uns hier einzuleben, müssen wir etwas aus dieser Domäne in uns aufgenommen haben."
„Dann gib mir so einen laufenden Fisch zur Speise", bat Kulullu.
Lugal-Durmah klappten die Kiefer auseinander.
„Alle Achtung! Niemand soll der Horde nachsagen, nicht mutig zu sein! Bist du dir wirklich sicher, dass du das willst?"
Kulullu nickte. „Vielleicht verstehe ich nach der Mahlzeit, was im Kopf des Fisches vor sich gegangen ist", erklärte er. Doch obwohl die Worte des Gefangenen Sinn ergaben, waren es nur die Kühnsten der Götter, die sich im Laufe des Tages zum Verspeisen eines tierischen Lebewesens überwanden.

*

Agaku setzte indessen die Untersuchung seiner Patientin fort. Er fand, dass Kuliltus Kiemen nicht im mindesten geschädigt waren.
„Das bedeutet, unsere Umgebung muss sich verändert haben", murmelte der Heiler. Er wandte sich noch vielen Patienten mit

ähnlichen Leiden wie die Fischgöttin zu. Am Ende trug er seine Erkenntnisse dem Götterkönig vor.
Marduk hörte sich den Bericht aufmerksam an.
„Es liegt am Meer", meinte er dann. „An dieser riesigen Version unseres Wasserbeckens in Ubshu-ukkinakku. Das Wasser da draußen ist nur noch ein Abbild des Weltenozeans, der unsere Heimat war, eine Erinnerung an den Leib der Getöteten. Seine Zusammensetzung ist eine andere."
„Und was ist mit uns?" fragte Mummu. „Werden wir uns auch verändern?"
„Das befürchte ich. Unser Bedürfnis nach Nahrung muss damit in Zusammenhang stehen."
„Dann haben du und dein Vater es geschafft, alles zu zerstören, was unsere Welt ausgemacht hat", zischte der Urgeborene. „Aber etwas bleibt! Unser Wesen könnt ihr nicht von uns abschuppen, aus unseren Leibern herausreißen oder wie Gräten aus dem Leib der toten Fische ziehen!"
Nicht wenigen der Umstehenden drehte sich bei Mummus Vergleich der Magen um. Selbst Marduk wurde ein wenig grüner im Gesicht als er es als männlicher Abkömmling der Götter hätte sein dürfen.
„Ich beschreibe nur, was gerade an den Stellen vor sich geht, an denen Essen zubereitet wird", erklärte Mummu schroff. „Eine weitere Folge deiner Taten, mein König. Ich hielt dich für anderes als deinen Vater, aber ich bin es, der anders ist. Ich werde euch nie verstehen und ich wünsche das gar nicht mehr. Wie ich schon sagte, sind auch manche Dinge gleich geblieben. Ich gehe zu meiner Schwester zurück."
Mit diesen Worten legte Mummu seine Waffen vor dem Götterkönig ab.
„Mummu!" rief Marduk erschrocken aus. „Haben meine Männer etwa auch deine Schwester gefesselt? Ich hätte sie doch freigelassen! Nach dem Essen, spätestens morgen! Es gibt noch so viel zu tun und du hättest mich doch einfach darauf ansprechen können!"
„Ich spreche dich *jetzt* darauf an, dass ich nicht mehr zu deiner Streitmacht gehöre", erwiderte der Urgeborene. Aus freien Stücken begab er sich zu der Gruppe der Gefangenen, bei denen sich seine

Schwester befand. Er schloss sie in seine Arme, zog ihren Kopf auf seine Schulter, schloss seine Augen und merkte kaum, wie sich sein Kiefer hob uns senkte, als die Göttin ihm etwas essbares in den Mund schob.

Gleich neben dem Paar schleuderte Irqingu den entmachteten Götterkönig, den General der Horde, zu Boden. Auch Qingus Schwester näherte sich ihrem Bruder. Sie legte beschützend ihren Leib auf den seinen.

Irqingu löste eine Leine von seinem Gürtel, teilte sie in zwei Hälften und begann, Mummus und Qingus Füße zu umwickeln. Bemüht, seinem einstigen Kampfgefährten nicht wehzutun, schob er Mummus Fußflossen zur Seite, bevor die Fesseln anlegte. Qingu hingegen erhielt dieselbe Behandlung wie jedes Mitglied der Horde, das sich aufsässig gegen die Sieger gezeigt hatte. Bei ihm schnürte Marduks Gefolgsmann die Stricke fest um Unterschenkel und Flossen.

*

Die Ziegenfische hatten das Meer nicht verlassen. Weithin sichtbar tummelten sich die Rettiere der Horde im flachen Wasser, als wollten sie ihre Gegner verspotten. Marduks Anweisung an seine Krieger lautete, die Tiere vorerst in Ruhe zu lassen. Solange sie nicht von sich aus Übergriffe auf die Götter begannen, wollte er sie als weitere Bestandteile dieser Welt aus Luft und Erde betrachten.

Ea und Ellil beobachteten das Treiben der Tiere aus Beobachtungsposten in den Wipfeln der Bäume heraus. Die Götter des Apsu und des Salzwasserozeans hatten sich gleichermaßen als geschickte Kletterer herausgestellt. Auf einem Ast zwischen den Brüdern hockte eine Kreatur, deren Körper denen der Götter frappierend ähnelte. Er war allerdings von einem dichten Pelz bedeckt und wies einen Schwanz anstelle der fehlenden Flossen auf. Da die Kreatur nur über ein einziges, nach vorn gerichtetes Sichfeld verfügte, musste sie ihren Kopf ständig zwischen Ellil und Ea hin- und her wenden, um auch ja nichts zu verpassen. Schließlich gab sie es auf und ahmte einfach die beiden Fremdlinge in ihrem Tun nach. So starrten bald alle drei auf das Meer hinaus, ihren Gedanken nachhängend.

*

Am Boden verließ indessen Marduk die schützende Lichtung. Er hatte etwas erspäht, das er sich näher anschauen wollte. Noch bevor ihn der Wald schlucken konnte, hielt der Gott inne.
„Muschuschu! Zu mir!"
Der Gefangene stieß sich von dem Baum ab, gegen den gelehnt er gestanden hatte. Unendlich langsam kam er auf Marduk zu. Muschuschus von den Stricken umwundene Fußflossen scheuerten bei jedem Schritt gegen sein Bein und immer wieder stachen ihn ihre Spitzen.

Endlich stand der Gott neben seinem Herrscher. Muschuschu sprach kein Wort. Der Ausdruck des Trotzes auf seinem Gesicht wandelte sich in Sekundenschnelle in einen der Begeisterung, als Marduk ihn darauf aufmerksam machte, was der Kaiser die ganze Zeit über bereits gesehen hatte: Schlangendrachen waren den Göttern in den Wald gefolgt. Sie wanderten unter den Bäumen umher, scheuerten sich an ihren Stämmen das Salz des Meeres von den Leibern und scharrten zwischen den Nadeln auf dem Waldboden.

Muschuschu konzentrierte sich auf die Tiere. Immer angestrengter versuchte er, Kontakt zu ihnen aufzunehmen, bis er endlich einsehen musste, dass das, was er tat, nichts weiter als intensives Starren war.

„Das sind nicht mehr unsere Gefährten", flüsterte der Schlangendrachenreiter. „Es sind jetzt Wildtiere."

Niedergeschlagen blieb der Gott an Ort und Stelle stehen, während sich Marduk den Tieren näherte. Von seinem Rücken zog der Feldherr das Netz, das ihm bereits im Duell mit der Urgöttin gute Dienste geleistet hatte. Marduk pfiff leise, einmal, zweimal, dreimal, viermal. Der Kaiser rief seine Winde zu sich und die Konstrukte gehorchten. In der Luftwelt mussten sie sich außerordentlich wohlfühlen, doch hielt Marduk „Erde" für einen angemesseneren Ausdruck für die neue Welt. Immerhin bewegte er sich die ganze Zeit über darüber, während die Luft nur wenig zu ihrer Struktur beitrug. Wind nun wieder, grinste Marduk in sich hinein, Wind war eine ganz andere Sache...

Mithilfe der vier Winde hatte der junge Kaiser im Nu einen Schlangendrachenhengst eingefangen. Seine Hände umschlossen die kurzen Hörner des Tieres und Nordwind hiefte den Körper seines Herren auf den Rücken der Kreatur.

Der Schlangendrache züngelte nervös, dann stieg er!

Marduk klammerte sich mit seinen Beinen fest um den schuppigen Leib des Tieres. Er warf seinen Oberkörper nach vorn, bekam den Hals der Kreatur zu fassen um umschlang ihn ebenfalls. Das Wesen wand sich, vermochte seinen Angreifer aber nicht abzuschütteln.

Marduk entließ die Winde anhand eines einzigen Gedanken aus ihrer Pflicht. Diesen Kampf gedachte er allein zu führen!

Der Schlangendrache kam wieder mit seinen Vorderbeinen auf dem Waldboden auf. Er peitschte mit dem Schwanz. Seine Klauen konnte das tier nicht gegen den gegner einsetzen, befand sich dieser doch auf seinem Rücken. Eigentlich blieb ihm nichts anderes übrig, als zu toben.

„Roll dich", wisperte Muschuschu, dann wiederholte er die Aufforderung lauter: „Rollen! Wirf dich hin und zerquetsch den Kerl unter dir!"

Doch der Schlangendrache hatte sich noch nicht auf der Erde eingelebt. Das Schrauben um die eigene Achse, das oft einem Angriff mit den Klauen an seinen Hinterfüßen vorangegangen war, wollte dem Tier in seinem neuen Habitat noch nicht wieder zu Gebote stehen. Eine Welt, in der oben und unten so unerbittlich definiert waren, blieb dem Schlangendrachen vorerst unheimlich.

Marduk befand sich eindeutig im Vorteil. Es war nur eine Frage der Zeit, bis er das Tier unter seine Kontrolle zwang.

*

Stolz und sicher auf dem Rücken seines neuen Statusobjektes sitzend ritt Marduk wieder auf der Lichtung ein. Erst nach einer Weile trottete Muschuschu hinterher.

Dass der Kaiser vom Rücken des Schlangendrachenhengstes aus eine Ansprache hielt, bekam der besiegte Gott mit. Die konkreten Worte gingen über seinen Kopf hinweg. Lediglich ein einziger Satz prägte sich unauslöschlich in seinen Geist ein. Als der Gefangene nämlich aufgrund seiner wunden Gelenke zwischen Umu und Dabrutu zu Boden sackte, rief Marduk das offizielle Ende des Krieges zwischen den Göttern des Apsu und der Horde aus und fügte hinzu: „Wir sind frei!"

Tafel 14

Im Weltraum erhielt sich Apsus Hass auch lange nach dessen Tod. Im Meer herrschte nun der Hass Tiamats in derselben Weise. Die Götter konnten nicht mehr im Wasser leben. Selbst wenn sie einen Ort ausfindig machten, an den sie die Kreaturen nicht verfolgen konnte, so mussten sie bald feststellen, dass ihnen gewisse Tiefen für immer verschlossen blieben. Dort unten herrschte eine ähnliche Macht wie in der Leere, aber im Gegensatz zum Weltraum lebten selbst hier noch Wesen, die sich an die Gegebenheiten angepasst hatten und den Erkundern nachstellten.

An der Tödlichkeit der Tiefsee änderte sich auch nichts, als die Angriffslust der Wasserbewohner allmählich verebbte. In den ersten Monaten ihres Exils fiel es den Göttern kaum auf, doch danach wurde es offensichtlich, dass einem zeitweiligen Aufenthalt im Meer nichts mehr entgegenstand.

Doch für ein geselliges Spiel unter Wasser fehlte den Göttern und Göttinnen derzeit noch die Muße. Sie mussten sich nun regelmäßig ernähren, weil die Magie ihrer Eltern es nicht mehr für sie tat. In den Ruhephasen, die ihre Körper mehr denn je benötigten mussten sie geschützte Orte aufsuchen. Und schließlich befanden sich in ihrer Mitte noch die besiegten Anhänger Tiamats, auf die es ein Auge zu haben galt.

*

Unter schärfster Bewachung durch die Gefolgsleute des Götterkönigs mussten die Besiegten Steine sammeln, aus Felswänden brechen und übereinander stapeln. Was genau sie da taten, erschloss sich ihnen zuerst nicht. Sollte am Strand ein Bollwerk gegen die Wellen entstehen? Ein Kerker, der sie alle einschließen sollte? Nur selten einmal ließ sich jemand zu einer Erklärung an die Arbeiter herab, solange ein Befehl denselben Zweck erfüllte.

Doch schon bald formten sich Kammern und Gänge innerhalb der Struktur. Einige dieser Tunnel führten unter die Wasseroberfläche. Halb an Land und halb untermeerisch wuchs Daninna, Marduks Festung. Während der Arbeit lernten die Götter, mit weiteren Baumaterialien umzugehen. Immer wieder wurden bereits fertig gestellte Abschnitte des Baus wieder niedergerissen und durch neue ersetzt.

Wer sich nicht als Bauaufseher betätigte, verbrachte sein Zeit mit Jagen, Fallenstellen und Fischfang, als Handwerker oder Künstler. Sämtliche Aufgaben, die mit dem Tragen von Waffen einhergingen blieben denjenigen vorbehalten, die sich bereits im Apsu als Krieger bewiesen hatten. Unter den restlichen wählten die Zivilisten jene aus, die ihnen am meisten zusagten und überließen den Rest den gerade nicht mit der Schwerstarbeit an Daninna beschäftigten Gefangenen.

Mit Erlaubnis des Götterkönigs bauten sich die Arbeiter in einigem Abstand von Daninna Hütten aus Reisig. Marduk überschlug, wie sich das Dorf in den kommenden Jahren ausdehnen würde und wies die Bewohner an, einen Erdwall um das Areal zu errichten, der ihren Bewachern die Arbeit erleichtern würde.

Innerhalb des Dorfes durften sich die Gefangenen frei bewegen. Marduk erlaubte ihnen, ihre eigenen Gesetze festzulegen, solange sie den seinen nicht widersprachen und Weisungen aus dem Palast ohne Widerworte umgesetzt wurden.

Die schönsten und fügsamsten der Gefangenen wurden nach Daninna gebracht, wo sie von nun an als Knechte, Mägde und Diener an Marduks Hof leben würden.

In den Genuss ihrer Dienste kam allerdings nur die unmittelbare Familie des Götterkönigs. Marduks Eltern, seine Schwester, der Lieblingsonkel mit dessen Schwester lebten ständig am Hof und auch die Groß- und Ur- und Ururgroßeltern bezogen ihre eigenen Flügel im Palast. Allen anderen Göttern der siegreichen Fraktion errichteten die Gefangenen auf Marduks Weisung hin nach und nach eigene, weniger prächtige Wohnstätten.

Marduk ernannte Ellil und Ea zu seinen Beratern. Lahmu, Anu und Anshar hingegen nahmen selten am öffentlichen Leben teil. Wenn sie sich sehen ließen, dann, um die Gesellschaft ihrer Verwandten zu suchen, nicht, um sich an dem zu beteiligen, was Marduk als Politik bezeichnete. Schon bald fanden sich die Kriegsveteranen in den unterschiedlichsten Rollen wieder. Manche von ihnen waren beinahe täglich in Daninna zu Gast, andere lebten zwar in weitaus größerem Komfort als die Gefangenen, konnten sich aber keines größeren Einflusses auf den Götterkönig rühmen als die Dorfbewohner. An seine treusten Untertanen verlieh Marduk bisweilen Gefangene, die aber stets Eigentum des Königs blieben.

So ordnete Marduk seine Welt und als er zufrieden mit ihrem Zustand war, machte er sich daran, sie zu erweitern...

*

Iruga sog die harzige Waldluft ein. Er reckte seinen Kopf nach oben, dorthin, wo durch die Baumwipfel das Sonnenlicht einfiel. Gefiltert durch die aneinander gereihten Kronen der Waldherrscher ließ sich der Gott Tiamats Glut gefallen. Iruga schlenderte eine Weile auf diese Weise, bis er sich wieder seiner Aufgabe widmete, die darin bestand, die Gefangenen nicht aus den Augen zu lassen. Epadun hatte für sein Holzfällerlager zwölf weitere Arbeiter aus dem Dorf angefordert. Erstmalig befand sich auch Qingu darunter, denn Iruga hielt es für Verschwendung, die Arbeitskraft eines der kräftigsten und klügsten Gefangenen ungenutzt im Dorf verkommen zu lassen.

Der Gott warf einen raschen Blick auf die Reihe der ehemaligen Kriegsgegner. Ja, Qingu lief noch immer als letzter seinen Leuten nach. Als habe er gemerkt, dass Irugas Aufmerksamkeit auf ihm ruhe, wandte der Gefangene sich im Gehen um. Im selben Moment zuckte Iruga zusammen. Etwas hatte ihn am Hinterkopf getroffen. Ein leichter Stoß nur, aber nichtsdestotrotz eine spürbare Einwirkung.

„Huh...? Was?!"

Der Kriegsveteran holte Atem, spannte seine Glieder und vollführte einen Rückwärtssalto, der ihn hinter den Angreifer katapultiert hätte - hätte sich in seinem Rücken ein solcher befunden. Stattdessen blickte der Gott auf den Waldboden vor sich, an dem sich nichts verändert hatte.

Qingu lächelte amüsiert. Ein wenig tat ihm der andere leid. „Bloß ein Tannenzapfen, Iruga."

Iruga bückte sich. Beinahe andächtig hob er den Zapfen auf.

„Das tun unsere Jüngsten auch ganz gern", bemerkte Qingu.

Iruga nickte.

„Ja! Jetzt hindert uns nichts mehr daran, wie die Kinder interessante Dinge aufzuheben. Und wir können ohne Furcht in unserer Aufmerksamkeit nachlassen, weil es keine Gegner mehr gibt, die sich von allen Seiten auf uns stürzen. Wir haben Frieden, Qingu!"

Inzwischen war die Arbeiterkolonne zum Stehen gelangt. Immerhin zeigte ihr Bewacher keine Anstalten, sie zügig am Ziel abzuliefern. Der kleine Imdugud lehnte sich an seinen Vater an. Er schloss die Augen und döste im Stehen.

„Frieden", wiederholte Iruga. „Was immer sonst nicht in Ordnung ist, zumindest muss niemand von uns mehr um sein Leben fürchten."

Qingu verschränkte seine Arme.

„Und? Ist denn etwas nicht in Ordnung?"

Unwillkürlich senkte Iruga seinen Blick. Dass er dabei die Fesseln um die nackten Fußknöchel der Arbeiterkolonne umso deutlicher sah, motivierte ihn nicht gerade dazu, Marduks Ordnung zu loben.

„Gehen wir weiter", murmelte er lediglich.

*

Iruga lieferte die Arbeiter wie befohlen ab und kehrte dann sofort wieder um. Suhgurim übernahm die Männer. Zuerst teilte er sie in Vierergruppen, dann teilte er einem nach dem anderen Äxte und Sägen aus. „Wer sich benimmt und gute Leistungen bringt, kann seine Fesseln auch loswerden", erklärte er.

„Wenn ihr euch benehmt und gute Leistungen bringt, könnt ihr..." setzte einer von Qingus Leidensgenossen an. Doch Suhgurim war nicht daran interessiert, was der andere zu sagen hatte.

„Und wer seinen Aufseher verspottet, den erwartet noch etwas ganz anderes!" schrie er zurück. „Ist das klar, Vater?"
„Ja, mein Sohn."
„Dann fangt an! Was zu tun ist, wisst ihr. Ist ja nicht das erste Feld, für das wir jemals Land gerodet haben."

*

„Was Eapdun hier tut, ist mir klar, aber wieso ist Asare mit draußen?" wunderte sich Qingu.
„Er ist der Hauptmann der Dorfbüttel, kein Bauer."
Tiamats einstiger General war schlau genug, seine Frage erst loszuwerden, nachdem er bereits eine Weile stumm gearbeitet hatte - und während des Sprechens nicht in seiner Arbeit innezuhalten. Erwartungsgemäß gab Suhgurim Auskunft. Er erklärte Qingu, dass Asare die Stämme begutachte, um jene auszuwählen, die zur Verstärkung des Erdwalls verwendet werden sollten, welcher sich um Qingus Dorf erstreckte.
„Suhgurim, was soll das?! Es ist noch nie zu auch nur einem einzigen Fluchtversuch gekommen!" Das einzige, was Qingu noch für sein tun konnte, war, den Göttern und Göttinnen Adurunnas einzuschärfen, sich unter keinen Umständen gegen Marduks Schergen aufzulehnen. Bisher hatte er es geschafft, den Zorn des jungen Götterkönigs nicht noch einmal auf sich zu lenken. Nun dankte der es Qingu, indem er dessen Sippe ihr eigenes Gefängnis zimmern ließ?
„Ich weiß", antwortete Suhgurim. „Ich habe mich selbst gewundert und Asare danach befragt. Seine Antwort hat Sinn ergeben: Die Bewohner Daninnas fühlen sich durch den Anblick eurer schäbigen Hütten gestört."
Wie betäubt schwang Qingu weiter seine Axt. Was sollte er auch sagen? Dass er sich nicht im Mindesten vom Anblick des Meeres und des Waldes gestört gefühlt hatte, der ihm in Zukunft von einem übermannshohen Zaun versperrt würde? Wen interessierte das schon? Iruga vielleicht, doch der lebte selbst nicht am Hof von Daninna, sondern in einem einfachen Blockhaus, das sich auf einer

Plattform aus dem flachen Wasser erhob. Und Suhgurim? Der gehörte zu jenen Göttern, die sich schon für Qingus Leid interessierten, aber nur aus dem einen Grund, dass es ihnen Freude bereitete, die besiegten Feinde noch zusätzlich quälen zu können.

*

„Au! Aua!" rief Suhgurim aus. Seinem Tonfall nach zu schließen piesackte den Aufseher etwas anderes als ein leichter Tannenzapfen. Doch als Qingu von seiner Arbeit am Sägebock aufsah, musste er sich korrigieren: Das, was für die Klagelaute verantwortlich war, wog sogar noch weniger als ein Zapfen. Dafür war es allerdings wehrhafter. Wehrhaft und quicklebendig.
„Das war einer von euch!" beschuldigte Suhgurim Qingu, kaum, dass ihm dessen kurze Pause aufgefallen war.
„Nein."
„Aber..." Suhgurim schritt auf den Arbeiter zu und baute sich in seiner gesamten Breite vor diesem auf. Qingu war größer und athletischer als der andere, erschöpft und hungrig von der Arbeit des Tages nahm er sich dennoch erbärmlich gegen den gerüsteten Krieger Daninnas aus. „Aber du weißt, was hinter den Bissen und Stichen steckt, die uns aus heiterem Himmel treffen!"
„Das sind Mücken. Die plagen einen, weil sie Hunger haben, nicht, um sich überlegen zu fühlen."
„Mücken..." Suhgurim wiederholte Qingus Wort für das, was er bis dahin als Staubwolke wahrgenommen hatte. In Wirklichkeit handelte es sich um einen Schwarm winzigster Lebewesen. Bevor Qingu zur Holzfällerarbeit herangezogen worden war, hatte es keine solchen Tiere im Wald gegeben. Spielte der Gefangene also, indem er Tiere schuf, anstatt seine volle Arbeitskraft in König Marduks Dienste zu stellen! Suhgurim nahm sich vor, Qingu an diesem Tag nur die halbe Ration zukommen zu lassen.
„Und sind sie auch zu etwas gut, deine Mücken?" verlangte der zerstochene Aufseher zu wissen.

„Wenn ich mir dich so anschaue, ja", erwiderte Qingu. Suhgurims auf diese Worte hin in sein Gesicht einschlagende Faust machte ihm klar, dass er sie besser für sich behalten hätte.

*

„Warst du das wirklich?" fragte am nächsten Tag Epadun geradeheraus.
Suhgurim hatte Qingu zum Küchendienst eingeteilt und ihm bei Strafe verboten, zu naschen oder sich auch nur an den Abfällen zu bedienen. Epadun, der die Aufsicht über die gesamte Operation im Wald führte, tat der Gefangene zwar leid, aber andererseits war er auf den Aufseher angewiesen. Wenn es für Suhgurims Wohlbefinden notwendig war, ihn seinen Frust über den niedrigen Posten nach dem Krieg an Tiamats General ausleben zu lassen, dann nahm Epadun das in Kauf.
Qingu schien das ähnlich zu sehen. Bereits mehrfach im Verlauf des Vormittags hatte Epadun beobachtet, wie der Grünblaue den Aufseher stets dann mit unüberhörbaren Bemerkungen provozierte, wenn sich dessen Unmut auf einen der anderen Gefangenen zu richten drohte.
Epadun gegenüber war Qingu vergleichsweise offen. Er suchte nicht von sich den Kontakt, antwortete aber der Wahrheit entsprechend und ausführlicher als nötig auf dessen direkte Frage: „Die Insektenplage? Oder die Vogeltiere, die heute überall im Wald erschienen sind und hinter den kleinen Plagegeistern her jagen? Wie könnte ich sie denn geschaffen haben, wenn nicht einmal Marduk dazu in der Lage ist? Ich denke, wir beobachten denselben Prozess wie damals nach Apsus Ermordung, als sein Hass zurückblieb. Tiamat ist tot, ihre Zeugungskraft lebt weiter."
„Hm. Da könntest du Recht haben."
Epadun spießte ein weiteres Rebhuhn auf einen Bratspieß. Das wievielte es war, das er auf diese Weise zubereitete, wusste der Gott nicht mehr. Irgendwann hatte er aufgehört zu zählen. Sicher war nur, dass er, Suhgurim und Asare bereits eine ganze Menge der merkwürdigen Kreaturen verspeist hatten und keiner der drei noch

Platz für eine weitere im Magen aufwies. Daher legte Epadun nun ein Hühnchen für jeden der Gefangenen ins Feuer. Das erste ging an Qingu. Suhgurim beschwerte sich nicht darüber, hatte er doch erfahren, worin der Nutzen der Insekten lag: Sie gaben gutes Vogelfutter ab.

*

Tiamats erwachte Zeugungskraft unterschied nicht, ob ihre Resultate den Göttern Adurunas oder Ubshu-ukkinakkus zu Gute kamen. Ebensowenig achtete sie darauf, ob die beinahe täglich neu erscheinenden Tiere ihren Kindern Schaden zufügten. Die Kraft wirkte einfach nur und sie machte dabei selbst vor den Pflanzen nicht halt.

Aus Nadeln wurden Blätter. Wie ein weicher Teppichboden breiteten sie sich in jedem Herbst unter Qingus Füßen aus. Einer der neuen Bäume wuchs direkt neben der Hütte des Dorfoberhauptes und sein Mitbewohner Mummu liebte im bunten Laub darunter seine Schwester.

Den Winter hatten die meisten Dorfbewohner am liebsten. Im Winter verhinderte oft eine dicke Schneedecke, dass sie zum Holzfällen, Kanalausschachten oder in den Steinbruch gebracht wurden. Der Winter gehörte ganz ihnen und ihren Familien und wenn man einmal die Hütten verlassen konnte, dann rollten sich nicht nur die Jüngsten im Schnee.

„Das ist gefrorenes Wasser", erklärte Mummu dann jung und alt. „Süßwasser, das Apsu aus dem Himmel regnen lässt, damit wir darin ‚schwimmen' können. Spürt ihr, wie kalt es ist? Wie sich der Kontakt nicht lange ertragen lässt? So richtig mag uns der Alte nämlich noch immer nicht." Und schon sammelte sich eine Horde Kinder um Apsus Visier, der seine Geschichte zum Besten gab. Der Unterschied zwischen Mummus Geschichten und dem, was man im Allgemeinen unter Geschichte verstand, war meist fließend. Tiamat und Apsu wurden zu Figuren in Märchen. In den langen Winterwochen wiederholten die Dorfbewohner sie gern immer wieder aufs Neue.

Ihre Mythen schweißten die Gefangenen noch enger an einander, teilten sie diese doch nicht mit ihren Herren. Dieser immaterielle Besitz wurde bald zu ihrem wertvollsten und selbst Qingu ertappte sich bisweilen dabei, Mummus Version der Historie fehlerfreier wiedergeben zu können als seine eigenen Erinnerungen an den Krieg oder die Zeit davor.

*

Tiamats Wut brodelte im Inneren der steinernen Kugel weiter. Das Toben der besiegten Urgöttin manifestierte noch über die Kruste des jungen Planeten hinaus in Form eines machtvollen Magnetfeldes. Doch als die Hitze aus dem Kern die Erdoberfläche erreichte, war sie bereits soweit abgekühlt, dass sie den Göttern als wärmendes Herdfeuer dienen konnte. Dass das von ihnen besiedelte Land auf der Oberfläche eines Lavasees schwamm, bemerkten die Götter nicht einmal. Nur manchmal bahnten sich die Gewalten einen Weg nach oben, um aus Vulkanschlünden hervorzubrechen und Tod und Zerstörung zu bringen. An anderen Tagen bebte die Erde.

„Mutter Tiamat zürnt ihren Kindern, aber sie sorgt auch für sie", meinte Mummu. In der Beinahe-Finsternis der zugigen Reisighütte legte seine Schwester dem Urgeborenen einen neugeborenen Jungen und ein kleines Mädchen in die Arme. Noch kniffen die Säuglinge ihre Augen beim Schreien fest zu. Das Licht der wertvollen und daher den Gefangenen nur in Maßen zugestandenen Kerzen vermissten sie nicht. Was ihnen das Leben darüberhinaus vorenthalten und schenken würde, interessierte die Kinder noch nicht, solange diese ihre Welt allein aus ihren Eltern bestand.

Qingu hielt seine Hände schützend unter den Kopf des Knaben, als dieser allzu wild in den Armen seines Vaters zappelte. „Willkommen auf der Erde", flüsterte er.

*

Im Palast prostete Ea zur selben Zeit Ellil dem Krieger zu, dessen Frau an diesem Abend ebenfalls neugeborene Zwillinge präsentierte.
„Gut gemacht, Bruder!"

*

Weitere Kinder gesellten sich den Göttern hinzu. Ishtar und Ninurta, Tochter und Sohn Ellils, zählten zu den herausragendsten ihrer Generation und niemand zweifelte daran, dass diesen beiden Großes bestimmt war.

Vor den Hütten der Gefangenen matschten die Knaben Usmu und Kulla im Schlamm vom Regen der letzten Nacht, bis sie Zulums Rute eindringlich daran erinnerte, dass sie ihre kindlichen Spiele so bald wie möglich hinter sich zu lassen hatten.

Zulum und die anderen Aufseher waren Autoritäten im Dorf. Manche von ihnen hatten sogar „den Krieg" mitgemacht, jenes mysteriöse, oft angedeutete, aber nie genauer ausgeführte Ereignis, um das sich die Gedanken der Erwachsenen so oft drehten.

Also setzten die Söhne von Qingus Sippe im Alter von fünf Jahren alles daran, erwachsen zu werden und verkündeten lautstark, was sie dann alles für ihre Schwestern tun würden.

„Lernt erst mal früh aufstehen und arbeiten, bevor ihr hier große Töne spuckt!" ermahnten die Eltern ihre Kinder wieder und wieder.

Selten um eine freche Antwort, einen Witz oder einen altklugen Rat verlegen wandte sich Mummus kleiner Sohn Usmu eines Tages mit genau diesem Satz an seinen Altersgefährten Ninurta.

Für einen Herzschlag lang schien jedes Geräusch in seiner Umgebung zu verstummen. Dann griffen Männerhände nach Usmus Armen, schleiften ihn fort und noch bevor der Junge ermitteln konnte, ob es sich um den Griff Fremder oder seiner Verwandten handelte, prasselten Tritte und Hiebe auf ihn ein.

Ein aufkommendes Gewitter schluckte die Schreie des Kindes und das letzte, was es spürte, waren der einsetzende Regen und der Schlamm, der sich wie stets bei einem Wolkenbruch auf dem Dorfplatz bildete.

Qingu, Mummu und Zulum standen über dem bewusstlosen Knaben. Nur zwei der drei Männer hatten sich an Usmus Bestrafung beteiligt.

Qingu beugte sich über die verkrümmt liegende Gestalt, musste sich aber wieder erheben, als Zulum ihn mit seinem Stock daran hinderte, den Jungen aufzuheben.

„Er ist am Leben", beruhigte Mummu den Grünblauen. „Ich werde doch nicht mein eigenes Kind totschlagen!"

„Ich erinnere mich an eine Zeit, als du diesbezüglich weniger Skrupel hattest", erwiderte Zulum.

*

Usmu erwachte in der elterlichen Hütte, die auch von Qingu und dessen Frau bewohnt wurde.

Der Grünblaue vertrieb Mummus Sohn die Zeit bis zu dessen Genesung mit Geschichten aus alten Tagen. Wie er die allgegenwärtigen Aufseher dazu überreden hatte können, der Arbeit tagsüber fernbleiben zu dürfen, blieb Qingus Geheimnis. Eigene Kinder, die sie an seiner Stelle hätten ausführen können, besaß er nicht. Die Ehe des Dorfoberhauptes war stets kinderlos geblieben und nachdem der Knabe zum ersten Mal die volle Geschichte seines Volkes erfuhr, begann er auch zu begreifen, weshalb das so war. All die Namen aus den Erzählungen der Älteren, die Anspielungen und Redensarten, ergaben mit einem Mal ein großes, zusammenhängendes Bild.

Die stolze Festung, die in einiger Entfernung vom Dorf ins Wasser hinein ragte, war gar nicht, wie das Kind stets geglaubt hatte, Tiamats mythischer Palast unter den Wellen, sondern die Behausung einer anderen Göttersippe! Agaku der Heiler, ein Freund seines Vaters, der das Dorf manchmal besuchen kam, war einer dieser Götter und Ninurtas Vater sogar einer der mächtigsten unter ihnen.

Die weniger einflussreichen Angehörigen der anderen Sippe verdingten sich als Büttel. Bisher hatte Usmu sie für seine Freunde gehalten, Männer, die ihn und seine Familie vor im Wald beheimateten Raubtieren beschützten. Der Strand, den man ebenfalls nicht aufsuchen durfte, war ihm ähnlich bedrohlich vorgekommen, schlimmer eigentlich, weil man die Wölfe im Wald des Nachts jaulen hören konnte, das Meer aber so trügerisch friedlich, sogar einladend erschien.

In Wahrheit bestand die Aufgabe der Büttel darin, Qingu, Mummu, ihn selbst und all die anderen Dorfbewohner innerhalb der Einfriedung zu halten - und der große Holzzaun erfüllte denselben Zweck.

Auf der anderen Seite des Walls, in der Festung am Meer wohnten jene wie Ninurta, deren Eltern ihnen andere Ermahnungen und Ratschläge mit auf den Weg gaben. Wenn diese Knaben und Mädchen dereinst herangewachsen waren, würden sie von der Arbeit von Usmu und seinen Freunden leben, wie es ihre Eltern bereits heute auf Kosten Mummus, Qingus und der anderen Dorfbewohner taten.

Die Bewohner Daninnas musten sich die für ihre Weiterexistenz notwendige Nahrung nicht erst verdienen. Leben war keine Belohnung für sie, sondern Selbstzweck. Sie erhielten ihr Essen aus dem einen Grund, es zu benötigen.

Herauszufinden, was man wirklich wollte und dieses Ziel dann bis zur Verwirklichung zu verfolgen, war das Vorrecht der Kinder dieser fernen Götter. Qingu hingegen führte die Verlierer des Krieges an, die am Leben gelassen und geduldet wurden, solange sie ihren Herren nützlich waren. Aber sie schienen diese simple Tatsache vergessen zu haben und nun die Erwartungen, die von den Aufsehern an sie gestellt wurden, als ihren innigsten Wunsch und höchste Tugend zu verstehen.

„Arbeit gibt dem Tag Struktur", „Es ist wichtig, gebraucht zu werden" und all die anderen Sätze der Eltern ergaben nun einen viel düsteren Sinn für Usmu. Leerlauf im Tagesablauf führte nur dazu, dass sich der Arbeiter Gedanken über die Verteilung der Früchte seiner Arbeit machte und wer nicht gebraucht wurde, für den fiel nichts zu essen ab. Zu leben um geliebt zu werden und sich an seiner Existenz zu freuen war nicht mehr selbstverständlich wie einst. Diese Lebensweise stellte nun ein Privileg weniger dar und wer sie sich wünschte, ohne selbst zu den solcherart ausgezeichneten Göttern zu gehören, galt in beiden Sippen als verachtenswerter Faulenzer.

„Das ist die Ordnung, die uns allen ermöglicht zu überleben", ermahnte Qingu das Kind noch einmal eindringlich.

Usmu drehte seinen geschundenen Körper auf dem Strohlager, bis er mit seinem Gesicht zur Wand lag. Wenn er schon für den hochnäsigen Ninurta und die anderen Altersgefährten würde arbeiten müssen, dann wollte er wenigstens nicht die Wahrheit darum, weshalb das so war, vergessen oder sich gar vormachen, dass das Ganze irgendwie toll sei.

Qingu verlies die Hütte auf Zehenspitzen, als er begriff, hier nicht mehr erwünscht zu sein.

*

Zeit verstrich. Beginnend mit kleineren Handgriffen und Hilfsarbeiten wuchsen die Dorfkinder nach und nach in ihre Pflichten hinein. Für diese neuen Arbeiter, die nie jemand gefangengenommen hatte, benötigten die Götter eine andere Bezeichnung als „Gefangene" und fanden sie in „Sklave", einem Begriff, der nach und nach auch auf die ursprünglichen Gefangenen Anwendung fand.

Dem Knabenalter noch nicht entwachsen mussten die Sklavenkinder die Älteren bereits an weit entfernte Arbeitsplätze auf Feldern, in Erzgruben oder Handwerksbetrieben begleiten, die sich oft mehrere Tagereisen vom heimatlichen Dorf entfernt befanden.

In der neuen Ziegelei wurden die Bausteine nicht mehr nur geformt, sondern gebrannt. Für Kreaturen, die dem Wasser entstiegen waren, gestaltete sich die Arbeit hier noch qualvoller als im alten Steinbruch. Doch wie Zulum bemerkte, hatte Fortschritt noch nie auf die Schwachen Rücksicht genommen. Im Gegensatz zu Suhgurim zog dieser Gott keine Befriedigung daraus, die ihm unterstellten Arbeiter zu schikanieren. Er sah allerdings auch keinen Grund, ihnen in irgendeiner Weise, die über das vorgeschriebene Maß hinausging, entgegenzukommen.

„Es gibt einen Grund, warum der hier auf uns aufpasst und nicht bei Hofe sitzt", murrte Qingu. Natürlich hatte der Aufseher Recht, doch hatten die Götter früher auch kein Feuer benutzt und nun taten sie es.

Einst hatten überhaupt keine Lebewesen den Weltenozean bevölkert, nun krochen sie sogar daraus hervor oder hatten es zumindest einmal getan. Tatsache war, dass sich die Welt ständig änderte. Dinge konnten verändert werden, sobald man sie nicht nur in ihrer Erscheinung benannte, sondern sich zu ihnen in Beziehung setzte. Fortschritt, so fand der Grünblaue, konnte sehr wohl auf die Schwachen Rücksicht nehmen - er wollte bloß nicht.

„Ich wüsste zu gern, ob mir das hier eigentlich Spaß macht", überlegte Mummus Sohn laut, während er gerade half, die Tragekörbe zu befüllen, die von den Erwachsenen zur Baustelle an Enkurkurs Villa nahe Daninna gebracht werden sollten.

„Wie bitte?" entfuhr es einem der Träger. „Du hasst die Arbeit in der Ziegelei! Du hasst jede Art von Arbeit!"

„Ich hasse es, für unsere Herren zu arbeiten", widersprach der Junge. „Das ist was völlig anderes."

Qingu lächelte dem kleinen Arbeiter zu. „Ich verstehe, was du meinst", erklärte er. Weitere Worte konnten die beiden nicht wechseln. Auf ein Kommando hin setzte sich die Kolonne der Träger in Bewegung.

*

„Ich habe Hunger, Usmu", klagte Kulla, der neben Mummus Sohn in der Ziegelei beschäftigt war. Der andere hustete durch sein Mundtuch. Drei Streifen Leinen benötigte jeder Arbeiter: einen Lendenschurz, um die Lust bis zum Abend im Zaum zu halten, ein Stirnband um den Kopf, das Haar und aufrührerische Gedanken festhielt und ein Tuch vor dem Mund, um vor dem Ziegelstaub zu schützen und die Worte zurückzuhalten, die in einem ungebändigten Herzen Gestalt annahmen. So hatte es Mummu den Kindern erklärt. Aber die anderen Götter, die Angehörigen von Marduks Sippe, die schmückten sich mit Gewändern aus Wolle und Tuch, die über das Notwendigste hinausgingen. Sie legten Zierrat aus stumpfem Korallum an, wie sie die Außenskelette winziger Meereskreaturen nannten, als handle es sich dabei nur um einen schalen Abglanz einer Erscheinung, die sie früher einmal gekannt hatten. Doch nicht einmal diesen ach so minderwertigen Schmuck wollten die Götter Daninnas ihren Sklaven gönnen.

Sie verspeisten alles, was über das hinausging, was sie den Arbeitern als überlebensnotwendige Menge überlassen mussten. Und sie waren der Meinung, dass dieselbe Rationierung auch für das gesprochene Wort galt. Mit der eindringlichen Warnung, es helfe ihm nicht bei der Arbeit, über seinen Magen zu sprechen, erhielt Kulla einen Hieb mit der Peitsche von seinem Aufseher. Tränen schossen ihm in die Augen, doch waren die Hände des Jungen so geschickt, dass er auch ohne hinzusehen seine Arbeit ausführen konnte.

Zulum nickte zufrieden. Verängstigt und arbeitsam, so hatte er seine Untergebenen am liebsten.

*

„Ellil hat den Kornspeicher abgeschlossen", flüsterte Usmu Kulla während der Arbeit zu. „Niemand, nicht mal Asare, kommt ohne seine Erlaubnis hinein."

„Woher weißt du das?"

„Ich habe meine Augen überall."

„Ich bin lieber fleißig."

Usmu löste das Gewebe vor seinem Mund. Er spuckte aus.

„Wozu? Wir erhalten Ziegel für eine Feuerstelle pro Hütte. Alle, die du darüber hinaus anfertigst, bekommt Marduks Clan. Wozu also..."

Kulla unterbrach seinen Freund. „Und hast du deine Augen auch schon mal dort gehabt?"

Der Knabe deutete auf eine Besucherin in der Ziegelei, ein Mädchen in seinem Alter. Ishtar ging dort an der Seite ihres Bruders und lies sich staunend alles zeigen.

„Darauf kannst du..."

Usmu vollführte eine eindeutige Geste mit seinem Gesäß. Dann griff er in die Falten seines Schurzes, brachte eine am selben Morgen gepflückte Blüte daraus hervor und spurtete, noch bevor Zulum ihn aufhalten konnte, auf die beiden Ellilskinder zu.

„Halt!" rief der Aufseher noch, doch als seine Worten kein Gehör geschenkt wurde, ohrfeigte er stattdessen einen erwachsenen Arbeiter, der gerade in der Nähe stand.

Usmu hielt auf Ishtar zu. Die Hand mit der Blüte hielt er bereits nach vorn ausgestreckt.

„Halt!" befahl Ninurta.

Mummus Sohn gehorchte.

„Na?"

Auf Ninurtas forderndes Hochrecken seines Kinns hin verzog der Knabe sein Gesicht und ging widerwillig vor seinem Altersgenossen in die Knie, wie es von den Sklaven in der Gegenwart ihrer Herren erwartet wurde.

„Wie aufmerksam, mich mit einer Blume zu begrüßen!" meinte Ishtar in Usmus Richtung und dann, an ihren Bruder gewandt: „Wann hast du mir zum letzten Mal eine gebracht?"

Nun war es an Ninurta, das Gesicht zu verziehen. Doch dann stahl sich ein überlegenes Lächeln in seine Miene.

„Ziegeleijunge!" herrschte er Usmu an. „Wo du doch gerade nichts zu tun hast - besorge mir eine Blume und zwar schnell!"

Mummus Sohn umklammerte seine Blüte fest. Er wand sich noch, doch letzten Endes blieb ihm nichts übrig, als seinen Fund dem Angehörigen der herrschenden Götterfamilie auszuliefern.

Ninurta reichte die Gabe an Ishtar weiter.

„Du bist clever, mein Bruder!"

„Das sagt Onkel Ea ebenfalls. Und dass ich sein Minister werden könnte. Aber ich will viel lieber ein Krieger wie unser Vetter Marduk werden."

Ninurta umfasste die Hände seiner Schwester. Er führte sie nach oben, öffnete ihre Finger und war drauf und dran, Ishtar die Blüte ins Haar zu stecken, als ein Geschoss nur knapp an seinem Ohr vorbeisauste.

Die Geschwister fuhren herum. Hinter ihnen hockte noch immer der Ziegeleijunge. Usmu streckte seine Finger nach einem weiteren zerbrochenen Ziegelstein wie dem, den er gerade geworfen hatte, aus.

„Das wagst du kein zweites Mal!" zischte Ninurta.

„Und wenn doch?"
„Dann... dann..."
Usmu erhob sich, ohne die Erlaubnis dazu erhalten zu haben. Den halben Ziegel immer wieder in die Luft werfend und wieder auffangend, schritt er auf Ninurta zu.

Unterdessen war Zulum auf die Respektlosigkeit des jungen Arbeiters aufmerksam geworden. In der Hitze des auf den Mittag zugehenden Tages schnaufend näherte er sich den drei Kindern.

„Du hast recht", erklärte Usmu Ninurta. „Ich werde nicht schmeißen."

Der Junge wartete ab, bis Zulum ihn beinahe erreicht hatte, warf den Ziegel über seine Schulter hinweg, so dass er auf den in Sandalen steckenden Zehen des Aufsehers und Kriegsveteranen landete, und stürzte sich dann auf den Altersgenossen.

„Weil ich dich mit meinen eigenen Händen verdresche!" rief Mummus Sohn. „Das weißt du nicht, wie das ist, etwas mit den eigenen Händen zu tun, was?!"

*

Zum ersten Mal in seinem Leben betrat Qingu den Thronsaal Daninnas. An seiner Ausgestaltung hatte er nicht mitgewirkt, lediglich die Steine herbeigeholt und miteinander verbunden. Was Qingu hatte bauen helfen, war einfach nur ein großer Saal gewesen, zum Herrschersitz aber wurde dieser Raum erst durch seine prunkvolle Einrichtung und die Höflinge, die beständig schwer beschäftigt erscheinend hindurch wuselten.

Doch an diesem Abend standen sie samt und sonders in Grüppchen im Saal verteilt, ihre Aufmerksamkeit auf den König gerichtet. Qingu spürte ihre Blicke auf sich ruhen, während er den Saal durchmaß. Weit ausholende, selbstsichere Schritte vermittelten den Gaffern „Hier bin ich, ich bin gekommen, weil der da auf dem Thron nun einmal auch mein Herrscher ist, aber eigentlich habe ich Wichtigeres zu tun!"

Kurz bevor er den seinen Fuß vom grauen Steinfußboden auf das farbenprächtige Mosaik in der Mitte des Thronsaals setzen konnte, wurde Qingu von Namru aufgehalten. Wortlos drückte der Gott dem Ankömmling ein sauberes Leinentuch vor die Brust.

Der Grünblaue griff zu. Er hob seine Füße, fuhr sich über die Fußsohlen und rubbelte dann seine Beine frei von Feuchtigkeit und Erde. Als der Befehl, sich im Palast einzufinden, an ihn ergangen war, hatte er sich bis zu den Schultern in einer Ausschachtung für das Fundament einer neuen Villa befunden. Dementsprechend verdreckt sah der Arbeiter aus.

Die Säuberung diskret am Eingang des Saales, ja, am Tor Daninnas, anzuordnen, hätte die Höflinge vor keine Schwierigkeiten gestellt. Doch sie wollten es so, wollten dem ehemaligen General Tiamats seinen Status vor Augen führen und nicht zuletzt sich selbst wieder einmal daran ergötzen.

„Der Schmutz stört diese Wilden nicht", hörte Qingu jemand seinem Nachbarn zuflüstern. „Sie kennen das nicht anders aus ihren Hütten..."

‚Stimmt. Schämt ihr euch dafür eigentlich gar nicht?' Dieselben Worte, die sein Neffe Usmu den Versammelten an den Kopf geworfen hätte, gingen Qingu durch den Kopf, doch er hütete sich davor, sie auszusprechen. Stattdessen reichte er Namru manierlich das Tuch zurück, das dieser mit spitzen Fingern ergriff und davontrug. Jetzt erst fiel Qingu auf, dass sich kein einziger Sklave und keine Frau im Raum befanden. Das war ungewöhnlich. Doch Zeit, darüber nachzugrübeln, blieb dem Gott nicht.

Raschen Schritts brachte er das Mosaik hinter sich, registrierte dabei, dass es einen Kampf darstellte, in dem sich König Marduk mit einem Drachen maß, und warf sich dann wie es sich gehörte vor dem Herrscher zu Boden.

Als Qingu die Erlaubnis erhielt, sich zu erheben, richtete er sich vollständig auf, anstatt knien zu bleiben, wie es seinem Stand gebührte. Die Hände vor seinem Körper übereinander gelegt, sein Rumpf gerade und aufrecht stand der Urgeborene in der Haltung eines Fürsten vor dem Götterkönig.

Marduk schüttelte den Kopf. „Die Chance, euch auf diese Weise in mein Reich einzugliedern, habt ihr vertan, Qingu. Der Salzwasserozean hat sich nicht unterworfen, er wurde es."

„Das ist offene Rebellion!" rief jemand aus der Menge dazwischen, „Er hat die Sklaven dazu angestiftet!" ein anderer.

„Schicken wir die Soldaten ins Dorf!"

„Ja, wir sollten nicht zögern!"

„Alles niederbrennen, sage ich! Schlafen können die auch in unseren Kerkern!"

Zulums leise gestellte Frage, wie das Verlies unter Daninna wohl mehrere hundert Götter aufnehmen wollte, ging in der ganzen Aufregung unter.

„Alle wieder in Fesseln legen!"

„Und die Kinder müssen aus dem Dorf raus. Dort bekommen sie keine Erziehung."

„Genau! Das habe ich schon immer gesagt! Jetzt seht ihr ja..."

Marduk und Qingu ließen die Geräuschkulisse über ihre Köpfe hinwegrollen. Der Götterkönig verdrehte seine Augen und Qingu lachte freudlos.

„Ich habe nicht das Gefühl, dass es einen Unterschied machte, ob ich mich jetzt vor dich hinhocke oder nicht, Marduk", meinte er. „Die Leute fürchten sich. Was war los?"

„Ein Aufstand."

„Wie bitte?!"

„In der Ziegelei ist es heute zu einem Sklavenaufstand gekommen", präzisierte der neben Marduks Thron stehende Lugal-Dimmer-Ankinna.

Zulum, an der anderen Seite des Königs positioniert, nickte dazu.

Qingu konnte nicht fassen, was er da hörte. Hatte er nicht erst an diesem Morgen eine Lieferung Ziegelsteine für die Baustelle abgeholt? Und war nicht erst kurz bevor man ihn in den Palast zitierte eine zweite eingetroffen? Das ließ darauf schließen, dass in der Ziegelei alles in bester Ordnung war. Dennoch gebärdeten sich die Höflinge in einer Weise, die nahe legte, dass ein neuer Krieg bevorstünde!

Qingu ließ seinen Blick ungläubig über die versammelten Götter schweifen.

„Man könnte meinen, ein Heer habe sich vor Ellils Tor versammelt und der hohe Herr säße verängstigt unter seinem Schreibtisch, aber mir ist nichts aufgefallen, keine Brände, keine Schreie, keine verschlossenen Türen - außer die am Kornspeicher natürlich."

Der Götterkönig konnte sich ein Schmunzeln nicht verkneifen.

„Meinen Vater habe ich gleich im Anschluß an den Zwischenfall zur Ziegelei geschickt, damit er dort die Kontrolle übernimmt, Ellil tut dasselbe in deinem Dorf, Qingu."

Auf Marduks Anweisung hin setzte Zulum dem Sklaven auseinander, was sich an diesem Nachmittag ereignet hatte. Erneut konnte Qingu kaum fassen, was er zu hören bekam.

„Was?! All diese Aufregung wegen eines kleinen Jungen?!"

„Das war Rebellion!" mischte sich jemand ein.

„Ruhe!" brüllte Marduk. „Die Würde der Versammlung ist zu respektieren, sonst macht ihr euch ebenfalls eines Aktes der Rebellion schuldig!"

Das hatte gesessen. Die Höflinge schwiegen. Qingu vermutete stark, dass einige von ihnen es nur taten, weil sie sich gerade bemühten, Marduks Rede zu verstehen. Doch dann machte er sich bewusst, welch gefährlichen Gedanken er da hegte. Die Götter des Apsu widerten ihn in ihrer Selbstgefälligkeit an, aber so nah diese bisweilen an Dummheit grenzte, so kurzsichtig war es, gleich alle miteinander als dekandent und unfähig abzustempeln. Diejenigen, auf die dieses Etikett zutraf, mochten am lautesten brüllen, aber Männer wie Kinma und Aranuna standen aufmerksam in der Menge, sprachen nur nach vorheriger Abwägung ihrer Rede und wussten die lärmende Meute von dieser unbemerkt zu steuern. Sie waren noch immer ernstzunehmende Feinde.

Der Grünblaue wandte sich an seinen Herrscher:

„Wo ist mein Neffe jetzt? Marduk! Was habt ihr mit ihm gemacht?"

„Er sitzt im Verlies."

"Das dürfte ihm entgegenkommen, den ganzen Tag faul rumliegen und sich das Essen bringen zu lassen!" lachte Zulum.

Marduk schüttelte den Kopf. „Shazu lässt den Häftling in seiner Zelle Spielzeug schnitzen, für das der Junge sich zu alt fühlt."

‚Da hat Shazu genau die Art der Bestrafung gewählt, die den Delinquenten am härtesten trifft', begriff Qingu. Vorgeführt zu bekommen, was er nie besaß, zu wissen, dass sich Ninurta sein Leben lang an die Freude zurückerinnern würde, die er beim Spiel mit was auch immer Usmu da anfertigen musste, empfunden hatte... Der Sklavenjunge würde sich von nun an stets daran erinnern, ohne eigenes Verschulden niemals so etwas besessen zu haben.

Zulum studierte Qingus Miene. Die Sklaven verachtete der Gott weder noch trug er ihnen ihre Rolle im Krieg nach. Solange sie funktionierten, ließ er die Angehörigen der anderen Göttersippe in Ruhe. Tiamats Feldherrn aber hasste Zulum, wie es die meisten der Edelleute taten. Der Aufseher trieb die Klinge daher tiefer als er sah, wie seine Worte Qingu verletzt hatten: „Vorhin hat nicht viel gefehlt und er hätte geflennt, mittlerweile dürfte er so richtig heulen. Dein Neffe ist eingebildet und habgierig, Qingu, nie dankbar und wenn man ihn lobt, wirft er einem hasserfüllte Blicke zu, als sei Apsu in ihm wieder auferstanden und wandle unter uns!"

„Zulum!" rügte der König. „Damit treibt man keine Scherze!"

„Ja, Herr. Ich habe mich da wohl ein wenig zu sehr in Rage geredet."

„Schon gut." Marduk schnippte mit den Fingern.

„Ninurta! Ishtar! Kommt hinter dem Vorhang hervor, ihr Lauscher! Aus der Nähe bekommt ihr viel mehr von unserem Gespräch mit."

Ein ganz klein wenig beschämt, vermutlich eher über das Ertapptworden-sein als für ihre Tat, zeigten sich die Geschwister den Erwachsenen im Thronsaal.

„Ja, schon", erwiderte Ishtar mit einem Grinsen auf dem Gesicht. „Nur bekommst *du* dann mit, *dass* wir lauschen, Vetter Marduk!"

Der König winkte Ninurta an seine Seite. Er ergriff den Jungen bei dessen Schultern, drehte ihn in Qingus Richtung und strich das in die Stirn fallende Haar zur Seite.

Doch auch ohne das angeschwollene linke Auge des Knaben vorgeführt zu bekommen hatte Qingu bereits die blauen Flecken und Kratzer im Gesicht und auf den Unterarmen des Kindes gesehen. Die Gewandung würde der Edelknabe seit dem Zwischenfall in der Ziegelei gewechselt haben, aber mit Sicherheit verbargen sich darunter weitere Verletzungen. Usmu hatte ganze Arbeit geleistet - und würde selbst nicht viel besser aussehen.

Und obwohl die Jungen Qingu leid taten, zuckte er die Achseln.

„So kehren unsere Kinder beinahe jeden Tag von der Arbeit für euch heim. Entweder sie verletzen sich oder die Aufseher schlagen sie."

„Weil deine Brut nicht mit voller Leistung arbeitet", versetzte Zulum. „Die Bengels schwatzen miteinander und haben ihre Gedanken überall, bloß nicht bei ihrer Aufgabe!"

„Um in dieser neuen Welt zu überleben, sind wir aufeinander angewiesen, Qingu", beschwor Lugal-Dimmer-Ankinna den Grünblauen. „Das funktioniert nur, solange jeder seinen Platz kennt. Ninurta bereitet sich täglich auf die Verantwortung vor, die einmal auf seinen Schultern ruhen wird. Das ist kein leichtes Los, weshalb man ja wohl ein wenig Respekt seitens seiner Untertanen erwarten darf! Ein Kind sollte spielen, anstatt eine staubige Ziegelei inspizieren und einen Bericht darüber anfertigen zu müssen!"

Qingu schmunzelte unwillkürlich angesichts dieser Aussage. „Und?" erkundigte er sich. „War Ninurta voll auf sein hartes Schicksal konzentriert oder hat er sich ebenfalls ablenken lassen? Denn wenn er sich mit etwas anderem beschäftigt hätte, wäre ja eine Tracht Prügel laut Zulums Worten die angemessene Strafe gewesen. Usmu hat lediglich nachgeholt, was die Aufseher versäumten. Um der Ordnung der Welt willen..."

„Verdreh mir dir Worte nicht im Mund oder du wirst es bitter bereuen!" warnte Lugal-Dimmer-Ankinna den Arbeiter.

Marduk blieb ruhig, während alle andere durcheinander riefen. Er wartete, bis sich die Aufregung gelegt hatte, fragte sich kurz, ob es im alten Aduruna vor dem Krieg auch so zugegangen sein musste, bedauerte seine Ahnen die Urgötter dafür und hob dann seine Hand, um zu signalisieren, dass der König nach der Aufmerksamkeit seiner Untertanen verlangte.

„Welche unterschiedliche Haltung wir auch immer dazu einnehmen, stimmst du mir zu, dass es so wie bisher nicht weitergehen kann?" fragte er Qingu.

Der andere nickte.

„Gut! Denn ehrlich gesagt liegt mir viel daran, dass du damit einverstanden bist, was ich vorhabe."

„Und das wäre?"

„Eine Hinrichtung."

„Was?! Nein!"

Qingu vor, auf den Thron zu, bereit, sich auf Eas Sohn zu stürzen und ihm die Kiemen eigenhändig zu zerfetzen. Doch Lugal-Durmah und Irqingu umklammerten seine Arme, hielten ihn fest und hinderten den Anführer der Gefangenen daran, sich ihrem König zu nähern. Qingu trat aus und wand sich im Griff seiner Wärter, während Marduk sein Urteil verkündete:

„Usmu Mummus Sohn aus Qingus Dorf hat sich gegen die herrschende Ordnung aufgelehnt..."

Ninurta nickte heftig, doch dann suchte der Blick des Knaben den seiner Verwandten, des Götterkönigs und seiner Soldaten. Eine Hinrichtung hatte der Herrscher angekündigt! Nicht wenigen der im Saal Anwesenden war nicht wohl bei dem Gedanken. Wer würde sie vollstrecken? Und würde die Tötung eines Kindes aus Qingus Gefolge dessen Männer, Frauen und Kinder tatsächlich wieder unter Kontrolle bringen? Und was würde aus Usmus Schwester werden? War nicht auch Tiamat eine Frau ohne Gemahl gewesen? Wozu mochte sich das allein zurückbleibende Mädchen entwickeln? Am sichersten wäre es wohl, es ebenfalls zu exekutieren.

„Die Tat des Jungen geht auf mangelndes Verständnis dieser unserer Ordnung zurück", sprach Marduk weiter. „Deswegen..."

„Ja, verdammt!" schrie Qingu. „Er versteht es wirklich noch nicht! Marduk! Dein Vater war auch einmal so ein wildes Kind und sollte für seine Aufsässigkeit mit dem Tode büßen!"

Die beiden Wachen schlugen ihren Gefangenen mehrmals, zwangen ihn zu Boden und vermittelten Qingu durch Tritte, dass er dort zu bleiben hatte. Die Götter hielten den Atem an, wussten sie doch, wie Apsus Todesdrohung aufgelöst worden war: Ea war dem Urgott ganz einfach zuvor gekommen. Erinnerte Qingu nun an diese Tat, so drohte er in den Augen der anderen an, Marduk ebenfalls zuvorkommen zu wollen und den Götterkönig zu beseitigen, noch bevor er Hand an den Angeklagten legen würde können.

Doch das verstand Qingu erst, als er mehr schmerzende Knochen in seinem Körper zu spüren glaubte, als ein Karpfen Gräten besaß.

„Tiamat..." ächzte er. „Ich meinte unsere Herrin. Sie hat damals in Aduruna Gnade walten lassen und Apsus ersten Richtspruch rückgängig gemacht. Du kannst das ebenfalls, Marduk!"

Der Götterkönig neigte sein Haupt. „Sicher könnte ich das, Qingu. Mir ist nichts unmöglich. Aber ich bin mir meiner Sache sicher, denn ich verfüge über den Überblick, der anderen..."

Bei diesen Worten ließ Marduk seinen Blick über sämtliche der Anwesenden schweifen. Merkwürdigerweise nahm er ausgerechnet den zu seinen Füßen liegenden Gefangenen aus.

„...fehlt."

Lugal-Durmahs Fußspitze in seinem Nacken vermittelte Qingu, dass er diese Aussage besser unkommentiert ließ.

„Mummus Sohn wird seine Lektion lernen", eröffnete Marduk seinen Gefolgsleuten und Untertanen. „Und zwar dort, wo er die größte Einsicht in unser Staatswesen erhält: An meinem Hof. Mein Vater sucht seit einiger Zeit einen neuen Ratgeber und wer erschiene dafür angemessener als der Sohn des alten? Den kleinen Kulla, der Usmus rebellischen Einflüsterungen ausgesetzt war, entschädige ich für dieses Leid, indem ich ihn zum Vorarbeiter in der Ziegelei ernenne. Zulum, du wirst ihm dort so loyal zur Seite stehen als wäre ich es, der aus Kullas Mund spricht. Ninurta - ist dein Bericht fertig?"

Ellils Sohn fuhr völlig perplex zu seinem Vetter dem König herum.

„Natürlich nicht!" entfuhr es ihm.

„Er sollte es bis heute Abend aber sein, und das wird er auch, weil ich mir nicht vorstellen kann, dass du Wert auf *zwei* blaue Augen legst.

Zum einen passt dieses Blau nicht zu deiner Hautfarbe, was deiner Schwester übel aufstoßen könnte, und zum anderen erschwert eine doppelte Schwellung die dann immer noch offene Abfassung des Dokuments."

Zu Füßen des Götterkönigs erhob sich Gelächter. „Marduk!" nahm Qingu das Wort unaufgefordert an sich. „Man würde dir die Füße küssen mögen, wenn du das alles ernst meintest, aber ich fürchte, du wirst jeden deinen Sprüche zurücknehmen oder in garstiger Weise abändern, sobald ich den Palast verlassen habe."

„Du wirst meinen Palast aber nicht verlassen", erwiderte der Götterkönig kühl.

„Nicht?" fragte Lugal-Dimmer-Ankinna. „Dann bin ich gespannt, was Majestät für diesen Mann geplant haben."

„Was schon?" kicherte Ishtar, die das Ganze für einen großartigen Scherz hielt. „Er übergibt ihm natürlich seinen Thron!"

Das Mädchen drückte die Hand ihres Bruders fest, da erhob Marduk bereits wieder seine Stimme. „Wie angekündigt muss der Schuldige an den Ereignissen in der Ziegelei dafür mit seinem Leben bezahlen", sprach er. „Und das ist Qingu. Wie jedes Elternpaar für die Erziehung seiner Kinder verantwortlich ist, so liegt die Verantwortung für die Versäumnisse dieser Eltern bei Qingu, ihrem Anführer."

Anerkennendes Raunen ging durch die Götter, seien sie nun enge Verwandte des Königs, Höflinge, Soldaten oder Schaulustige, die sonst nicht im Palast lebten. Dass Tiamats General nun doch noch sterben sollte, schien den meisten von ihnen eine willkommene Nachricht.

„Beugst du dich diesem meinem Spruch über dich oder muss ich erst Gewalt anwenden?" verlangte Marduk von dem Verurteilten zu wissen.

„Ich wünschte, ich könnte mehr für mein Volk tun", antwortete Qingu. „Aber wie könnte ich auch nur einen einzigen von ihnen im Stich lassen? Ja, ich werde an Usmus Stelle sterben."

Irqingu hielt den Gefangenen unten, während Marduk vom Thron herabstieg und auf die drei zuschritt.

„Dein geliebter Rebell ist so tot wie du", zischte der Wärter Qingu zu.

Marduks Zehen erschienen im Gesichtsfeld des Verurteilten.

„Ich will sein Gesicht sehen!" verlangte der Herrscher.

Die beiden Wärter zerrten Qingu in knieende Haltung.

„In wenigen Jahren ist der Junge nämlich einer von uns", flüsterte Irqingu seinem Feind ins Ohr.

Marduk legte ihm die Hand auf die Schultern.

„Irqingu, mein Waffenbruder", sprach er den Mann an. „Würde es dir gefallen, wenn der Verurteilte diesen Tag, von dem du sprachst, noch miterlebte?"

„Du hast das gerade eben gehört?"

„Was glaubst du denn?"

Irqingu lachte: „Ich denke, du hast es nicht gehört. Früher hättest du es vermocht, aber auf der Erde sind auch deine Fähigkeiten eingeschränkt. Du kennst uns alle bloß gut genug, um zu wissen, was wir in jeder Lage sagen würden! Nicht umsonst nennen wir dich ‚Herzkenner'!"

„Haha! Nicht schlecht, mein Freund! Und erhalte ich auch eine Antwort auf meine erste Frage?"

„Ja, Herr", gestand Irqingu. „Das würde mir sogar sehr gut gefallen."

„Dann führt Qingu ins Verlies ab, ihr beiden!"

„Der Junge ist nicht zu brechen!" behauptete der Verurteilte, noch bevor der Befehl ausgeführt werden konnte. „Niemals!"

Ein Lächeln huschte über die Miene des Götterkönigs, ganz so, als vertraue der Herrscher auf genau diese Tatsache. Marduk beugte sich zu dem Gefangenen hinunter. „Wie du siehst, kümmere auch ich mich um meine Untertanen. Um alle meine Untertanen."

„Wer dich einen Kriegerkönig nennt, verkennt die volle Wahrheit", grinste Qingu zurück. „Du bist ganz Eas Sohn!"

Marduk schüttelte den Kopf.

„Ea ist ebenfalls ein Krieger. Ihr müsstet nur endlich einmal alle lernen, dass Kriege nur bedingt mit Waffengeklirr geführt werden."

Tafel 15

Zu überleben, aber nie zu vergessen, wer er war, schärfte Mummu seinem Kind ein, als er es an der Kerkertür in Empfang nahm, nur, um gleich wieder Abschied nehmen zu müssen. Eas Diener zu werden, später zum Minister des Anussohns aufsteigen zu dürfen, tröstete den Jungen nicht darüber hinweg, von seiner Familie fortgerissen zu werden und seine Freunde nie wieder sehen zu sollen.

„Es ist eine Strafe, kein Privileg!" knurrte er, auf den in den Innenhof von Marduks Palast führenden Treppenstufen sitzend, wo er Pfeilschäfte für Eas Jagdbogen zu schnitzen hatte.

„Wem sagst du das", entgegnete eine Kinderstimme.

Ninurta, sein geschwollenes Auge unter einer mit Edelsteinen besetzten Augenklappe verborgen, ließ sich neben dem Diener nieder. Er legte eine Tontafel auf seinen Knien ab und begann, ebenso lustlos Spitzen in Schreibgriffel zu schnitzen, wie Usmu die Pfeile bearbeitete.

Eine Weile arbeiteten die beiden Jungen schweigend nebeneinander. Dann hielten sie wie auf Verabredung inne. Ohne einander anzusehen schob jeder dem anderen die eigene Arbeit zu. Zaghaft griffen die Kinderhände zu, bemüht, sich nicht etwa während des Austausches zu berühren.

Ea und Ellil standen an einer breiten Fensterbank, auf der sie Schalen abgestellt hatten, aus denen sie getrocknete Früchte und eingelegte fleischige Insekten naschten.

„Sie müssen noch lernen, wo genau sich die toten Winkel des Palastes befinden, in denen sie ihre Streiche unbeobachtet planen können", kommentierte Ea das Geschehen im Hof. „Bestrafst du Usmu für seinen Ungehorsam?" erkundigte sich Ellil. Die Meinung seines Bruders war ihm wichtig, denn was der Ältere seinem Diener durchgehen ließ oder eben nicht, würde Ellil helfen, zu entscheiden, was er seinem Sohn erlauben sollte.

Ea schüttelte den Kopf. „Nein. Ich nehme ihn mit auf die Jagd und lobe ‚seine' Pfeile. Was meinst du wohl, wie schnell er mir dann bessere als Ninurta zu machen lernt! Im übrigen hat *dein* Junge mit der Tauscherei angefangen."
„Nein, das war eindeutig deiner!"
„Deiner!"
„Na, aber von wegen!"

*

Der kleine Bursche mit den gelben Augen avancierte bald zu Eas beinahe ständigem Begleiter. Keine Bootstour verging, ohne dass Mummus Sohn nicht am Bug gesessen und seinen Herrn auf diesen oder jenen bisher unbekannten Fisch oder ein neues Kraut aufmerksam gemacht hätte. Es schien den anderen Göttern, als hätte Usmu seine Augen überall. Seine Aufmerksamkeit und Neugier ermöglichten dem Knaben, sich die vielfältigen an Marduks Hof herrschenden Regeln rasch anzueignen, Lesen und Schreiben zu erlernen und schließlich sogar jene Situationen zu erkennen, in denen es die Edelleute gar nicht nach Lösungen ihrer Probleme, sondern nur danach, sich gegenseitig anzuschreien, verlangte.

Das Kind lernte schnell, denn wann immer es seine Herrn zufrieden stellte, durfte es mit einem Eimer voll Fisch oder Haut und Horn eines erlegten Wildes die Hütten der Sklaven aufsuchen. Konnte Eas Diener dort abseits von den Erwartungen der Höflinge er selbst sein? Usmu wusste es selbst nicht zu sagen. Er merkte nur, dass er sich nach und nach zwei Gesichter angewöhnte, eines, das er im Volk seiner alten Familie trug und ein anderes für seine neue. Die Hand, die Apsu getötet hatte, streichelte ihn ebenso liebevoll in den Schlaf, wie jene, die stillgehalten hatte, als der Urgott die jüngeren Götter hatte auslöschen wollen.

*

Auf diese Weise zogen sieben Jahre ins Land. Die Kinder der Götter reiften von Knaben zu jungen Burschen heran. In diesen Tagen feierten sie ihre Feste, als seien sie selbst die Herren in Marduks Palast, doch wusste Ellil jedes Mal die Ordnung wieder herzustellen.

Ea schlug sich wieder und wieder mit dem jungen Usmu in die Wälder, die Sümpfe oder bereiste die hohe See auf der Suche nach Erkenntnissen, die doch nur zu weiteren Fragen führen mussten.

„Du lebst jetzt wie einer von uns", meinte Marduk eines Tages zu dem neuen Familienmitglied, als dieser gerade die korrekte Beschilderung der Plätze für eines der schier endlos stattfindenden Bankette überprüfte.

Usmu schüttelte den Kopf.

„Nicht ganz, Herr. Ich habe noch nie einen von euch mit Geschenken ins Sklavendorf gehen sehen."

„Das sollte ich deiner Meinung nach tun?"

Erneutes Kopfschütteln des Jungen weckte die Neugier des Götterkönigs.

„Führ deine Gedanken aus!" forderte er, der Tiamat besiegt hatte.

Usmu fasste sich kurz: „Du sollst nichts tun, was nicht in dir drin ist, das ist alles. Weil mir sonst schlecht wird."

„Hinter deinen Frechheiten steckt ein weiser Junge", schmunzelte Marduk.

„Das sagt dein Vater ebenfalls. Aber hinter Ninurtas Arroganz steckt ein fröhlicher, unbeschwerter Junge und irgendwie wäre ich das lieber."

Marduk zog seinen Umhang eng um den Leib.

„Ich kann nichts versprechen", murmelte er und schritt von dannen.

Der Götterkönig hatte nur wenig Schritte zurückgelegt, als hinter ihm eine Knabenstimme ertönte: „Warte mal! Heißt das, du würdest etwas versprechen *wollen*? Marduk?"

Eas Sohn wedelte unverbindlich mit der rechten Hand.

„Ich bin dir keine Antwort schuldig!" rief er fröhlich.

Grimmig korrigierte der Diener die Verteilung der Tischkärtchen für den Abend.

*

Wenn man keine Zeit hatte, den Strand aufzusuchen, fand Ninurta Sohn des Ellil, erfüllte es denselben Zweck, ein Bankett zu besuchen und sich die Eröffnungsrede anzuhören. Gleich den Wellen schwappten die Worte seiner Mitadligen über Ninurta hinweg und wenn er die Augen schloss, wurden sie zum Rauschen der Wellen für den Jüngling. Seit sein Neffe gerlernt hatte, zu offiziellen Anlässen zumindest unterbewusst auf Schlüsselworte zu reagieren, erklärte ihn Ea für ehefähig.

Seine für einen Edelmann Daninnas unerlässliche Fertigkeit kam Ninurta auch an diesem Tag wieder zupass. Das entsprechende Signalwort lautete „Hinrichtung", löste einen vollständigen Halt sämtlicher gedanklicher und emotionaler Prozesse in dem jungen Gott aus und dann spulte sein Geist auch schon die letzten Sekunden noch einmal zurück. Marduk hatte eine Rede Rede gehalten. Was hatte er gesagt?

„Eine besonder Freude ist es mir, heute verkünden zu dürfen, dass sich Usmu vollständig unterworfen hat und keine aufrührerischen Worte mehr im Mund führt."

Usmu suchte den Blick Imduguds, der als sich als Diener um die Bedürfnisse von Ellils Familie in Daninna zu kümmern hatte. Doch dieser blinzelte ihm lediglich ein unverbindliches „Keine Ahnung, was die da wieder schwafeln" zurück. Usmu blieb misstrauisch.

Ja, natürlich konnte man seine Äußerung von heute Vormittag in dieser Weise interpretieren. Die Frage war nur, wieso tat Marduk es? Wieso gerade jetzt? Wieso vor den versammelten Bewohnern des Palastes?

„Das heißt ja", rief Ishtar über die Köpfe der anderen Götter hinweg aus, „dass du jetzt Qingu hinrichten kannst!"

In für Ninurtas Geschmack viel zu vielen Worten und von ausschweifenden Gesten untermalt setzte Ellils Tochter die an der Bankettafel Versammelten über den vor vielen Jahren gefällten Richtspruch in Kenntnis.

Ninurta erinnerte sich noch gut an jenen Tag, doch im Gegensatz zu der seiner Schwester hielt sich seine Begeisterung in Grenzen. Die Gabel auf Usmu gerichtet, wandte sich der Jünglingsgott an den König: „Ooch, Vetter! Musst du das echt tun? Er ist dann sicher eine ganze Woche unausstehlich!"

Ea hingegen legte sein Besteck gesittet vor sich ab, bevor er seinem Sohn signalisierte, gern das Wort an sich nehmen zu wollen. Erst nachdem Marduk sein Einverständnis gegeben hatte, erhob Ea seine Stimme: „Ist das wirklich nötig, mein S... mein König? Bin ich dir so ein falsches Vorbild gewesen? Alles, was ich in meiner Existenz getan habe, war darauf ausgerichtet, Leben zu bewahren!"

Ja, er hatte zum Krieg gegen den Salzwasserozean gedrängt, aber doch nur, weil er Tiamats Motive völlig falsch eingeschätzt hatte! Seine Erfahrungen mit den Urgöttern hatten doch nahegelegt, nichts anderes als Vernichtung von der anderen Seite der Grenze erwarten zu dürfen! So argumentierte Ea in gedanklich bereits gegen eine Anschuldigung, die er erwartete, die aber niemand gegen ihn erhob.

Im Nachhinein betrachtet war dies der Moment, in dem Ea begriff, anders zu sein als die anderen. Die Götter mochten vom „schrecklichen Krieg" sprechen, aber er war ein Mörder. Er allein wusste, was es bedeutete, worüber die anderen so leichtfertig plapperten.

Einen kurzen Moment lang fühlte Ea eine Überlegenheit, die es vermocht hätte, ihn ans andere Ende des Weltraums und wieder zurück zu tragen. Doch ein Blick in das Gesicht seines Dieners holte den Gott auf den Boden der Tatsachen zurück.

Usmu sah seinen Herrn flehentlich an. Ea richtete einen ähnlichen Blick auf seinen Sohn. Und Marduk schüttelte den Kopf.

„Es wird so und nicht anders geschehen, Ea. Dieser Fall wurde bereits vor vielen Jahren entschieden und muss heute wahrlich nicht noch einmal aufgerollt werden."

Die Schultern des Dieners sackten herab. Usmu wusste, dass sein Dienstherr ihm nicht helfen würde. Ea mochte sich winden wie ein Wurm an der Angel, würde es aber nicht fertig bringen, sich gegen seinen Sohn aufzulehnen.

„Usmu, ich... ich gebe dir für heute frei... und für morgen..."
Der Diener wirbelte herum und stürzte durch die Halle auf den Ausgang zu.

Ea stützte seinen Kopf in die Hände.

Im Festsaal erhoben sich Jubelrufe. Ein jeder wollte an diesem Abend dem anderen zuprosten und als die Reihe an ihm war, hob auch Ea seinen Kelch in die Höhe.

Er war ein Mörder und die einzige Möglichkeit, weitere Morde zu verhindern, bestand darin, den jungen Herrscher die Erfahrung seines Vaters wiederholen zu lassen.

*

Usmus Schwester stand an der gemauerten Herdstelle in ihrer Hütte und kochte das Abendessen für die zusammengeschrumpfte Familie, die nun nur noch aus ihr selbst, aus ihren Eltern und der Tante bestand. Besondere Sorgfalt ließ die junge Frau walten, wann immer ihr Bruder einen Besuch ankündigte. In Marduks Schloss erhielt Usmu die besten Speisen von der Tafel der Herrscher, keine zurückgegangenen Reste wie die anderen Diener, sondern seine eigenen Portionen. Viele dieser Gerichte konnte seine Schwester schon aufgrund fehlender Zutaten und Gewürze nicht zubereiten, aber sie versuchte, diesen Missstand durch besondere Hingabe auszugleichen. Ach, könnte sie doch nur ihre ganze Liebe nicht nur in die Arbeit, sondern in das Endprodukt hineinlegen! Doch diese Magie war den Bewohnern der Erde nicht mehr gegeben.

Vorbei waren die Tage, in denen sich die Götter auf mystische Weise von der Essenz ihrer Schwestern ernährt hatten. Im Apsu waren sie damals spazieren gegangen, geschützt von speziellen Rüstungen, so hatte es ihr der Vater berichtet. Von ihrer Mutter wusste die Göttin, dass der Weltenozean ihre eigentliche Heimat war, es sich aber um einen freundlicheren Ozean gehandelt hatte, als das Meer, an dessen Strand die Herrschaften gern lustwandelten. Über den schrecklichen Krieg, der alles verändert hatte, wollte Usmat jetzt nicht nachdenken.

Doch manchmal überraschte das Leben die junge Göttin auch mit Ereignissen erfreulicher Natur. Ein Blick aus dem Fenster ließ Usmats Herz höher schlagen: Völlig unangekündigt und in einem Tempo, als wolle er die Vier Heiligen Winde des Königs überholen, näherte sich ihr Bruder dem heimatlichen Dorf!

Usmu hielt nicht an, um die Dorfbewohner zu begrüßen. So schnell er konnte eilte er auf die elterliche Hütte zu. Er wischte den Ledervorhang beiseite, der die morsche Tür übergangsweise ersetzte, dann blieb er gleich hinter dem Eingang stehen, den Rumpf vornübergebeugt, die Hände auf seine Oberschenkle gestützt.

Außer Atem von seinem schnellen Lauf rang der Gast nach Luft und ächzte dann:

„Sie bringen ihn um! Die Götter Daninnas töten Qingu!"

Der Jugendliche keuchte erneut.

„Womöglich passiert es gerade in diesem Augenblick!" schrie er völlig außer sich.

Usmat schenkte ihrem Bruder einen verächtlichen Blick, als habe er nicht nur selbst diese Anordnung gegeben, sondern stieße auch noch höchstpersönlich einen Dolch in jedes Auge seines Onkels. Sie verließ die Hütte - und Qingus Schwester hatte es bereits vorher getan.

Usmu schluckte hart, als er begriff, was er getan hatte.

„Oh, nein!"

Am elnzlgen Ort auf der Welt, an dem er nicht jedes seiner Worte abwiegen musste, an dem er seinen Gefühlen freien Lauf lassen konnte, hatte er sich gehen lassen und dabei der Tante eine tiefe Wunde zugefügt.

„Usmu", sprach der Vater sanft auf seinen Jungen ein. „Erzähl' mir alles! Was du gehört hast, wie es dazu kam und ob du dir wirklich sicher bist!"

Der Jünglingsgott gehorchte. Ernst folgte Mummu seinen Ausführungen, bis sie in dem Ausruf kulminierten: „Ich wusste das doch nicht! Niemand hat mir gesagt, dass es in meiner Verantwortung läge, ob Onkel Qingu lebt oder stirbt!"

Mummu schüttelte den Kopf. „Es war von Anfang an so und nicht anders geplant und die lange Haft nur eine zusätzliche Folter", versuchte er seinen Sohn zu trösten.

Usmu kämpfte noch immer nur einen Schritt von der Tür entfernt stehend gegen seine Tränen. Es handelte sich um ein Erbe Tiamats, das zu offenbaren oder dem auch nur insgeheim zum Opfer zu fallen sich für einen Mann nicht schicke, hatte er im Palast gelernt.

„Nein! Ich will das nicht glauben, dass Marduk so ist!" stieß der Jünglingsgott hervor.

„Die Welt dreht sich nicht darum, was wir wollen", widersprach sein Vater. „Das hat sie noch nie. Und als wir sie zu zwingen versuchten, uns zu geben, was wir wollten, haben wir sie vernichtet."

„Richtig so!" zischte Usmu. „Nur, wenn sie wirklich so schlimm war, wieso habt ihr dann nicht eine Bessere erschaffen?"

Nachsichtig lächelnd erklärte Mummu seinem Sohn, dass er aufgewühlt sei und deswegen wie ein Kind rede. Daraufhin sprach Usmu an diesem Abend kein einziges Wort mehr.

*

Marduk, so verkündeten am nächsten Tag die Herolde vor jeder Heimstatt eines Gottes und im Sklavendorf, habe Qingu eigenhändig vom Leben zum Tode gebracht und seinen Leichnam vollständig zerstört.

Der König lies kundtun, sich auf eine mehrmonatige Reise begeben zu wollen, hinterließ den Tag seiner Rückkehr bei seinem Vater und widmete sich dann den eigenen Geschäften.

*

Neun Monate verstrichen bis zur Rückkehr des Götterkönigs.

Usmu, der mit seinem Herrn erst Vortag von einer Reise heimgekehrt, aber gründlich gereinigt und in Hofkleidung gewandet war, löste sich aus der Menge der Götter, um dem Herrscher ein Willkommensgeschenk zu übergeben.

„Vielen Dank, mein Junge", meinte Marduk, ohne die Gabe seiner Verwandten weiter zu beachten. „Aber in Wirklichkeit ich bin es, der dir etwas mitgebracht hat."

Usmu biss nervös auf seine Unterlippe. Wie sollte er sich jetzt verhalten? Es war völlig undenkbar, dass der Götterkönig ausgerechnet Mummus Sohn vor allen anderen Göttern auszeichnete! Andererseits sprach Marduk auch keine Lügen, was einen der Gründe darstellte, aus denen sein Herrscher dem Jugendlichen so sympathisch war.

„Ich habe dir vor neun Monaten nichts versprochen, um mein Versprechen im Falle eines Fehlschlages auch nicht brechen zu müssen. Ich weiß doch, wie wichtig dir solche Sachen sind", sprach Marduk kryptisch zu Usmu. „Aber darüber nachgedacht, wie deine Dorfkinder zu fröhlichen jungen Göttern heranwachsen, das habe ich und ich denke, ich habe etwas gefunden, das uns diesem Ziel näher bringt. Meine Gabe wird dir gefallen."

Marduk schlug seinen Umhang zurück. Darunter kam etwas zum Vorschein, das man für einen Rucksack hätte halten können, den sich der Götterkönig versehentlich anstatt auf den Rücken vor die Brust geschnallt hatte. Zwei Gurte liefen über seine Schultern und kamen unterhalb der Brust wieder zum Vorschein. Die verstärkten Lederbänder hielten ein bunt gemustertes Leinentuch und seinen Inhalt an Ort und Stelle. Neugierig streckte Usmu die Hand nach seines Herrn Schultern aus, um das Gepäckstück abzunehmen und seinen Inhalt zu überprüfen.

In die Trage kam Leben! Ein rundes Köpfchen erhob sich aus dem vermeintlichen Rucksack. Eine einzige, ungewöhnlich dunkle Locke saß auf dem Schädel. Zwei dunkelbraune Augen schauten liebevoll zu Marduk auf. Es handelte sich eindeutig um ein Lebewesen.

Das Wesen gab ein Geräusch von sich: „Glcks!" Und dann: „Ähe-ähe-ähe!"

„Das heißt entweder ‚Ea' oder ‚Ehe', aber für letzteres bist du noch zu klein, als nehme ich an, du meinst meinen Dienstherrn", knurrte Usmu. „Er steht da hinten neben dem Thron und wartet auf seinen

Sohn. Seinen Sohn, der mir übrigens ein Geschenk angekündigt hatte..."

Marduk löste das glucksende Etwas aus der ihm zugedachten Trage. Er hob es in Augenhöhe, näselte mit ihm, produzierte Töne, welche die des Kindes in ihrer in Peinlichkeit bei weitem den Schatten stellten und legte den Knaben dann in seinen Armen auf den Rücken, so dass dieser gleichzeitig den Götterkönig und den jungen Usmu sehen konnte.

„Bitte sehr!"

Usmu starrte auf das Kleinkind. Die Abscheu im Blick des Jünglings hätte seinem Ahn Apsu alle Ehre gemacht und die aufkeimende Panik hatte er zum letzten Mal so gefühlt, als der Aufseher in der Ziegelei seine Peitsche über den Arbeitern dort erhoben hatte.

„Äh... mein König... wie sage ich das jetzt am besten und auch noch weise? Also, ‚Herzkenner' ist vielleicht nicht mehr ganz der passende Titel für dich, weil... na ja, also *so was* habe ich mir echt noch nie gewünscht! Und meine Schwester auch nicht!!!"

Marduk lachte vergnügt. Sein Mitbringsel war sehr wohl eines, das den Arbeitern in seinem Reich zugute kommen sollte, doch konnte es auch nicht schaden, sich die Untertanen aus seiner eigenen Sippe gewogen zu stimmen, indem er einen Sohn aus Qingus Clan in eine derartig peinliche Situation brachte. Usmus zunehmende Verzweiflung angesichts des „Geschenks" seines Herrschers machte den Jugendlichen zum Gespött des versammelten Hofes!

Marduk hingegen wurde von allen Seiten begrüßt, mit Fragen und Geschenken überhäuft, die er durchweg ignorierte, und zu seinem Thronsessel geleitet.

Dort stand Ea an seiner Seite und winkte den Diener zu sich, der sich sogleich hinter seinen Herrn stellte. Aus dieser halbwegs sicheren Position heraus warf Usmu dem Kleinkind in Marduks Armen immer wieder misstrauische Blicke zu.

Marduk nahm einen gefüllten Kelch aus der Hand seiner Schwester entgegen. Mit der anderen Hand hielt er weiterhin das Kind.

Der König prostete seinem Vater zu. „Er kann es scheinbar gar nicht erwarten, sein Geschenk mit nach Hause zu nehmen", meinte er dabei, wiederum auf Usmu bezogen.

„Und im Ernst, mein Sohn?" hakte Ea nach. Seine Stimme klang ganz und gar nicht erfreut über die Rückkehr des Sohnes und den Scherz, sondern vorwurfsvoll. „Was bringst du uns da Schönes? Und wer..." Der ältere Gott baute sich vor drohend seinem Sohn auf. „Wer, bei Apsus steinernem Grab in den Himmeln, ist die Mutter deines Kindes?! Offenbar nicht deine Schwester! Hast du vergessen, was beim letzten Mal in Gang gesetzt wurde, als einer von uns sogar nur davon träumte, fremdzugehen? Möchtest du jetzt vielleicht ein zweiter Qingu werden?!"

Marduk leerte seinen Kelch, warf ihn zur Seite und winkte ab.

„Lediglich die Weltordnung wurde ein wenig umgestaltet, also nichts anderes, als ich ebenfalls vorhabe. Dir ist aufgefallen, dass der Kleine hier keine Schwester hat?"

Ea zuckte die Schultern. „Die werden wir wohl bei der Mutter finden."

„Und sonst? Sieh genau hin, Vater! Und dann sage mir, was dir sonst noch an dem Kind auffällt!"

Eas Blick fiel auf das Kind. Sofort wich die Strenge aus seiner Miene, ja, der ältere Gott musste unwillkürlich lächeln.

„So hast du ebenfalls einmal ausgesehen", meinte er.

Marduk runzelte die Stirn „Ich hoffe doch nicht!"

In der Tat unterscheid sich Marduks Mitbringsel stark von allen bis zu diesem Tag gezeugten Kindern, den Urgeborenen und Lahmusabkömmlingen.

Seine Haut war dunkel, was im ersten Moment darüber hinwegtäuschte, dass sie - Ea überzeugte sich durch vorsichtiges Streicheln davon - vollkommen frei von Schuppen war. Anstatt blaue, grüne oder gelbe Augen besaß dieses Kind so dunkle, dass die Farbe nur schwer von den Pupillen zu unterscheiden war. Dunkel, aber nicht düster, war alles an ihm.

„Ein Kind der Schatten, im Verborgenen gezeugt, aber vom Licht träumend", murmelte Ea. „Wie mein Usmu und vorher du selbst."

Mehr und mehr Details fielen dem aus dem Weltenozean gestiegenen Gott auf. So fehlten Marduks Kind die Kiemen, so dass man sich fragen musste, wie es sich ernährte, wenn es doch seine Kehle zum Atmen benötigte und ob es jemals würde sprechen lernen. Zumindest der Hörsinn schien aber zu funktionieren, denn Ea entdeckte zwei deutliche Ohrenöffnungen. Sie wurden von großen an Muscheln erinnernde Konstruktionen aus Haut und Knorpel umrahmt. Seine Nase war breit und vorstehend, aber der annähernd runde Schädel wies nichts stromlinienförmiger auf. An diesem Schädel saßen die Augen vorn, wodurch sich ein verwirrendes Bild aus zwei sich überlappenden Sichtfeldern ergeben musste. Affen sahen die Welt auf diese Weise und wie sie sich gebärdeten, wusste man ja. Kurz und gut, der Wahnsinn war dieser Schöpfung auf den Leib geschrieben.

„Du hast es selbst geschaffen", sagte Ea seinem Sohn auf den Kopf zu. „Ohne deine Schwester, ohne überhaupt irgendeine Frau. Du hast diesen einem Gott so ähnlichen Jungen gemacht, wie wir vor deiner Geburt die Meereslebewesen zu unsere Zerstreuung erfunden haben."

Selbstzufrieden lehnte sich Marduk in seinem Thronsessel zurück. „Stimmt genau, Vater."

„Wie hast du das gemacht?"

„Das ist schwer zu beschreiben."

„Dann lass mich zuerst wieder Platz nehmen, bevor wir uns deinen Bericht anhören. Ich muss sagen, dass ich äußerst gespannt darauf bin!"

Marduk holte aus, um seine Tat vor den anderen auszuführen. Er sprach vom Doppelstrang, der sich in jedem Lebewesen befand, davon, wie die Bauteile überall gleich waren und wie er diejenigen im Blut des getöteten Qingu ausfindig gemacht hatte, die für die überlegen Denkfähigkeit eines Gottes gegenüber den Tieren verantwortlich waren. Dann hatte er diese Werkstücke separiert und...

„Du hast Qingus Blut in einen Affen laufen lassen?" unterbrach Ellils Schwester die Erklärung angewidert. „Wie mit einer Schaumspritze aus der Küche?"

„Nein, ich habe Qingus Leib mit einem Lehmziegel zerquetscht und den dann dem Vieh an den Kopf geschmissen", entgegnete Marduk sarkastisch.

Die versammelten Götter wiegten zustimmend ihre Köpfe. Was ihr Herrscher sprach, ergab Sinn. „Lehm ist ein formbares Material", meinte auch Usmu. „Daraus kann man alles mögliche herstellen."

Marduk beugte sich in seinem Thon vor und konnte zuerst nicht fassen, was er hörte. Machten sich die anderen über ihn lustig?! Doch dann erinnerte er sich an die letzte Versammlung vor dem Krieg. Die Götter des Apsu hatten ihm ihre gesamte Macht freiwillig übertragen und die derer Tiamats hatte er mit der Eroberung der Schicksalstafeln in sich aufgenommen. Seine Untertanen waren tatsächlich so beschränkt, wie sie sich gaben. Sie vermochten nicht wie er, in ein Lebewesen hineinzusehen oder neue zu erschaffen, wie sie es vor Marduks Geburt zu ihrer Zerstreuung getan hatten.

„Es handelt sich um einen transgenen Organismus", hielt der Götterkönig abschließend fest. Die Benennung wurde akzeptiert, als erkläre sie alles. Die anwesenden Götter besaßen nun eine Bezeichnung, die sie ihren Verwandten weitersagen konnten, ohne dass sie verstehen mussten, was genau ein transgener Organismus denn nun genau war.

*

Die Feier zur Rückkehr des Götterkönigs war in vollem Gange. Wie stets bei solchen Anlässen vermisste Usmu seine Freunde aus dem Dorf in noch stärkerem Maße als an einem normalen Arbeitstag. Aber ein Ziegeleivorarbeiter und die Schwester eines Dieners hatten nun einmal nichts an Marduks Hof zu suchen. Oder irrte er sich da?

Perplex stand Usmu am Eingang des Festsaals, als ein später Gast Einlass begehrte. Auf der Schwelle wartete Qingus Schwester, in den Händen ein Tontäfelchen, das der Diener als offizielle Einladung erkannte. Um Fälschungen vorzubeugen ließ Marduk zu diesem Zweck ausschließlich gebrannte Tafeln verwenden, auf denen der festgehaltene Name des Gastes nicht mehr nachträglich geändert werden konnte.

Usmu führte die Frau vor den Götterkönig. Neun Monate nach dem Tod ihres Gatten sprach Qingus Schwester gefasst, bewegte sich wieder zielstrebig, wenngleich langsamer als ehedem und schien keinen Groll mehr gegen den Herrscher zu hegen, der sich nicht in seiner Präsenz im Zaum halten ließ. Sie fiel vor Eas Sohn auf die Knie und zog Usmu, der diese Geste öfter vergaß, als selbst den tolerantesten von Marduks Höflingen lieb war, gleich mit.

Auch der Götterkönig beugte sich herab. Er setzte das von ihm geschaffene Kind auf die Plattform zu seinen Füßen und versetzte ihm einen Klapps, um es dazu zu animieren, die Stufen hinunter auf die beiden Knieenden zuzukrabbeln.

Staunend wich Qingus Schwester vor dem Kleinkind zurück. Weniger staunend, dafür ein wenig eifriger, schloss sich Usmu der Rückwärtsbewegung an.

Ungefragt erhob die Witwe ihre Stimme.

„Was ist das für ein Wesen?" fragte sie. „Es ist kein Tier, aber auch kein richtiger Gott."

„Ich nenne ihn den Schwarzköpfigen", antwortete Marduk und wiederholte kurz, wie es zur Entstehung des Wesens gekommen war.

Qingus Schwester, die bereits die Hand nach dem Schwarzköpfigen ausgestreckt hatte, zuckte erschrocken zurück.

„Und viel wichtiger ist die Frage, was ich mit ihm vorhabe", schloss Marduk seine Erläuterung. „Usmu, Mummus Sohn, was würdest du mit dem Kind tun, wo dein Interesse an ihm ja nun nicht sonderlich ausgeprägt ist?"

Usmu warf der Tante einen kurzen Blick zu, dann spurtete er die Treppe hinauf. Im Gegensatz zu den Arbeitern ging Mummus Sohn nicht mehr barfüßig, sondern in Sandalen. Die Riemen seines Schuhwerks streiften Marduks Schwarzköpfigen, das Kind taumelte und mit einem erstickten Schrei griff Qingus Schwester instinktiv zu. Sie hob das Kleine in ihre Arme und schaukelte es sanft.

„Ich würde, mein König", antwortete Usmu, „mir einen kleinen Test erlauben, um zu erkennen, wie es um das Verhältnis meiner Tante zu diesem Kind steht, das aus dem Blut ihres Mannes erschaffen wurde."

„Zum Beispiel den Schwarzköpfigen zufällig mit dem Fuß treffen?"

„Ja, nur so als Beispiel", nickte der Jugendliche. „Und wenn die Prüfung zugunsten des Jungen ausfiele, würde ich ihn meiner Tante schenken. Denn sie hatte nie Kinder und wird ohne Mann auch nie mehr welche haben können."

„Ich hatte Qingu schon lange verloren, bevor die alte Welt unterging", ließ sich die Witwe vernehmen. Marduks Schöpfung hielt sie dabei fest in ihren Armen.

Der Götterkönig ging nicht auf diese Aussage ein. Stattdessen teilte er der Göttin mit, dass sie von nun an im Palast leben und sich um die Schwarzköpfigen kümmern solle.

„Ja, ich sage ‚die', weil es sich gewissermaßen um ein Modell handelt", sprach er weiter. „Du sollst mir weitere solche Wesen machen, Knaben und Mädchen. Wir bauen dir einen Tempel, in dem du sie groß ziehen wirst und in dessen Halle alle, Götter und Schwarzköpfige, meine Schöpfung preisen! Denn nun werdet ihr ja genügend Zeit dafür haben, nachdem keiner von euch mehr arbeiten muss."

„Wie bitte?" Usmu legte seine Stirn in Falten, während Qingus Schwester voll und ganz darin aufging, den Schwarzköpfigen zu liebkosen. An seiner Erschaffung hatte sie keinen Anteil gehabt, doch war er alles, was von ihrem Mann geblieben war.

Marduk rief nach mehr Wein. Er ließ drei Kelche füllen, von denen er einen selbst behielt und die anderen beiden Usmu und dem Mundschenk übergab.

„Der Schwarzköpfige und alle seiner Art, die nach ihm kommen, werden in Zukunft die Arbeit für uns tun. Mit dem Tag Vollendung des Tempelbaus setze Ich jeden Gefangenen, sei es ein ehemaliger Kriegsgegner aus dem Konflikt mit Tiamat oder ein Sklaverei geborenes Kind, auf freien Fuß! Die Schwarzköpfigen sollen meine Versöhnungsgabe an euch alle sein!"

Stolz hob Marduk seinen Kelch, begeistert tat der Mundschenk es ihm nach und völlig überrumpelt, seine Gedanken nicht in der Lage, seinen Gefühlen zu folgen und diese in unrettbarem Durcheinander, schloss sich auch Usmu der Geste an.

*

Am Ende dieses Tages sammelte Marduk seine unmittelbare Familie um sich, die aus seinen Eltern, seiner Schwester und Mummus Sohn bestand. Qingus Schwester musste einige Sachen aus dem Dorf holen und natürlich den Sklaven von dem befohlenen Tempelbau und der ihnen zugedachten Zukunft berichten und ehe er es sich versah, stand Usmu auch schon mit dem Kleinkind im Arm zwischen Ea und Damkina. Da sich der Götterkönig einige private Momente mit seiner Schwester gönnen wollte, blieben die drei und das Kleinkind allein im Thronsaals zurück.

Ea, der Marduks vermeintlichem Sohn zuerst so ablehnend gegenübergestanden hatte, konnte sich nun, da er deren wahre Herkunft erfahren hatte, gar nicht satt an der Kreatur sehen. Ein ums andere Mal wies er seinen Diener auf dieses oder jenes Detail hin, welches der Jugendliche seiner Meinung nach mindestens ebenso faszinierend finden musste wie er selbst.

„Sieh nur, Usmu, der Schwarzköpfige hat eine Fettschicht unter der Haut!" erklärte der experimentierfreudige Gott nachdem er ein Fingerchen gedrückt hatte, das ihm sein Studienobjekt kurz zuvor ins Auge hatte pieksen wollen.

„Nicht mehr lange, wenn er erst für euch arbeitet", erwiderte Mummus Sohn.

„Für uns, Usmu, für uns alle! Es wird keine Herren und Sklaven mehr geben, nur noch freie Götter. Und du, mein Freund, wirst diese wunderbare Geschichte aufschreiben."

„Ich hätte ein anderes Adjektiv als ‚wunderbar' gewählt", murmelte der Jugendliche, einmal ganz davon abgesehen, dass Eas Definition von Freundschaft bisweilen Züge annahm, nach denen Außenstehende ihn als den schlimmsten Feind seiner Freunde betrachtet hätten.

Laut sprach er: „So eine Fettschicht besitzen nur Lebewesen, die im Wasser zu Hause sind. So, wie es unsere Vorfahren einst waren. Die Schwarzköpfigen sind Landbewohner, aber selbst sie tragen noch die Erinnerung daran, dass wir hier eigentlich gar nicht hingehören. Und in ihnen fließt das Blut beider Göttersippen, Qingus und deiner, Ea. Das ist alles ein bisschen viel. Werden sie nicht dermaßen verwirrt aufwachsen, dass sie am Ende ihren Kindern mein von dir gewünschtes Preislied auf ihre Versklavung vorsingen?"

„Du erkennst dich in ihnen wieder?"

Usmu nickte. Ein dicker Kloß im Hals verleidete dem Jünglingsgott das Sprechen.

„Deine Zeit als Sklave neigt sich ihrem Ende zu."

„Aber für die Schwarzköpfigen beginnt sie gerade erst!" rief der Diener. „Und wird nie enden!"

„Dir kann man es wohl nie recht machen?" brüllte Ea zurück. „Dein Freund Kulla wird Arbeiter brauchen, um den von meinem Sohn gewünschten Tempel zu errichten! Bis du gelernt hast, Marduks Willen Respekt zu zollen, wirst du dich den Maurern anschließen!"

„Wenn das so ist, setze ich noch den Schlussstein oben drauf", knurrte Mummus Sohn.

*

Und so geschah es.

*

Ein Jahr und neun Monate nach Qingus Hinrichtung wurde der Tempelbau vollendet. Kulla und Zahrim als Bauleiter und Architekt übergaben das über einen überdachten Säulengang mit dem Palast verbundene Gebäude der Öffentlichkeit. Usmu hielt eine Rede und der älteste der Schwarzköpfigen, Marduks Modell, amüsierte alle, indem er einen leeren Eimer hinter sich her schleifte und „Guck guck, ich bin son groß!" krähte.

Und dann kehrte Alltag ein...

*

„Ninmah hat einen neuen Schwarzköpfigen geschaffen. Möchtest du ihn einmal halten?"
Usmu empfing in der zentralen Halle des Marduktempels ein kleines Bündel Leben von Damkina. Er stützte es unter den Achselhöhlen und hielt es auf Armeslänge Abstand. Die kleinen Extremitäten zappelten und der Jugendliche fürchtete, das Wesen würde sich innerhalb der nächsten Minuten nach oben oder unten entleeren, was seine Art beinahe ständig zu tun schien. Dennoch hielt er es fest und blickte ihm in die weit geöffneten, wenngleich noch unfokussiert blickenden Augen. Geduldig forschte Usmu darin nach einem Anklang des Grünblauen, doch er konnte keinen finden. Die Augen der Schwarzköpfigen blieben dunkel wie ihre Leiber.
„Suchst du Spuren von Qingus Blut in den Schwarzköpfigen, weil du fürchtest, er könne wiederkehren oder weil du ihn vermisst?"
Damkina erhielt keine Antwort auf ihre Frage, doch Usmu zügelte endlich seine Neugier, bückte sich und setzte das Kind zu den anderen, die bereits auf dem Tempelboden krabbelten.
„Ich bleibe noch ein Weilchen", eröffnete der Diener Eas Gattin. „Geh ruhig zu deinem Gemahl nach oben."
„Ist gut."
Usmu lehnte sich gegen die Wand, wartete, bis die Dame Damkina die oberen Etagen aufgesucht hatte und lies sich dann herunterrutschen, bis er auf den steinernen Fließen saß. Er zog die Knie an, schlang seine Arme darum und beobachtete das Treiben der Kleinkinder.

*

Wie lange Usmu so gesessen und den Schwarzköpfigen bei deren täppischen Versuchen, die Welt um sich herum zu erkunden, zugesehen hatte, wusste er nicht zu sagen. Der Gott spürte lediglich, dass er allmählich müde wurde, etwas, das Marduks für den Arbeitseinsatz gedachten Kreationen unbekannt zu sein schien.

„Du hast einmal gesagt", tönte Eas Stimme durch die Halle, „dass du dich den Schwarzköpfigen aufgrund ihrer Dualnatur verbunden fühlst."

Usmu hörte, wie die Stimme immer lauter wurde, wie sich die leichtfüßigen Schritte eines ehemaligen Wasserbewohners näherten und dann spürte er den Atem des Älteren in seinem Nacken, als dieser sich neben ihm in Hockstellung niederließ. Unverbindlich zuckte Usmu die Schultern.

„Nun, ich für meinen Teil mag sie", gestand Ea.

„Weil du mit deinen unteren Körperregionen denkst."

„Ausschließlich mit dem Herzen!"

„Na, klar..."

Ea versetzte dem vorlauten Diener eine Kopfnuss. Er wusste schon jetzt nicht mehr, was er ohne den vorlauten Jungen hätte anfangen sollen, aber Strafe musste sein. Auch als freier Mann blieb Mummus Sohn in der Hierarchie der Götter weit unter seinem Herrn stehend.

„Um deinetwillen, Usmu", erhob Ea das Wort, „werde ich die Schwarzköpfigen beschützen. Ich werde Marduks Modell wie meinen eigenen Sohn aufziehen."

„Kann ich dich irgendwie davon abbringen?"

„Was willst du damit sagen?!" fuhr Ea auf.

‚Dass sich deine beiden Versprechen, keinem Schwarzköpfigen etwas anzutun und einen von ihnen gleich Marduk und mir deiner Erziehung auszuliefern, gegenseitig ausschließen', dachte der Diener. Stattdessen antwortete er: „Nichts, Herr. Ich wollte nur sichergehen, wie ernst es dir mit diesem Entschluss ist. Im Rahmen meiner Pflichten als Ratgeber sehe ich bisweilen Dinge, die es gar nicht gibt, die aber geschehen könnten."

„Dann such gefälligst die Schlechten heraus, um uns rechtzeitig davor zu warnen!" blaffte Ea Mummus Sohn an. Versöhnlicher fügte er hinzu: „Und die Guten, um uns hinzuführen. Ich glaube an dich, mein Minister!"

„Dann bin ich verdammt."

„Das mag sein, aber du hast dabei gegrinst, also meinst du es nicht so. Gewöhn dir das übrigens ab!"
„Könnte schwer werden..."
Worte flogen zwischen den beiden Männern hin und her, Begriffe, hinter denen keine Dinge, sondern Konzepte standen. Usmu und Ea missbrauchten ihre Gabe der Sprachfähigkeit für zunehmend banaler werdende Blödeleien. Vom Wirken der Urgötter waren diese beiden so entfernt wie es nur irgend vorstellbar war, doch durch ihre Scherze wurden die Entfremdung und das Exil erträglich.

*

Epilog

Zeit verging...

Ishtar beobachtete die Ankunft einer Gruppe Nomaden in einer von sesshaften Schwarzköpfigen bewohnten Oase. Zwei der Männer fielen ihr besonders ins Auge. Ihre Namen lauteten Enkimdu und Dumuzi...

Usmu sprang aus dem Boot, das daraufhin bedenklich schwankte. Zielstrebig eilte er auf ein Beet zu, zückte sein Messer und benutzte es, um die Pflanzen mitsamt der Wurzel auszugraben...

Ninurta und Usmu kreuzten die Klingen. Sie schienen einander ebenbürtig, waren sie doch durch die Schule desselben Lehrmeisters gegangen, aber einer von beiden war noch durch seinen erst kurz zurückliegenden Kampf geschwächt...

„Du bist gar nicht so dumm, wie du aussiehst."
Der Gärtner lächelte - und Ellils Tochter explodierte.
„In Wirklichkeit bist du noch tausendmal dämlicher!"

„Schara, Sohn der Ishtar", spuckte der Jüngling verächtlich aus. „Das bedeutet doch nur: Vater unbekannt!"

„Ihr Vermehrung raubt mir den Schlaf!" brüllte Ellil.

„Wer als Ea könnte dies eingefädelt haben?" wiederholte der Gott die Frage. „Ja, wer denn wohl? Wenn euch das jetzt erst aufgeht..."

Ishtars Lachen hallte von den Wänden der Tempelkammer wieder: „Das ist alles wahr, aber diesmal wird es sich nicht wiederholen! Du lebst gar nicht lange genug, um mir langweilig zu werden! Dem König von Uruk kann ich treu sein!"

Nergal verneigte sich hastig vor Marduk. „Ich dachte ja nur, dass euch vielleicht der militärische Aspekt der Angelegenheit mehr liegen würde, Herr..."

Ea ließ seinen Blick über die zerschmolzenen Ruinen seiner Stadt schweifen. Er hatte alles verloren, wieso also noch an seinem Stolz als Fürst seines Volkes festhalten? Es wurde Zeit, die Wahrheit auszusprechen: „Südwind war der Aggressor. Nicht Adapa."

Die Winde fuhren über die Wüste. Wann immer menschliche Hartnäckigkeit versuchte, die uralten beschriebenen Tafeln aus dem Sand zu bergen, wehten sie sie wieder zu. Panzer rollten darüber hinweg. Irgendwo sehr tief unten träumten die Schalen der Meereslebewesen, mit denen dem Glauben der Menschen nach alles begonnen hatte.

Unwirsch wedelte der Gott mit den Händen. Der Steinschlag erstarrte über seinem Kopf in der Luft. Der Besucher verfluchte den Herrn der Bergfestung in Gedanken bei Qingus Blut, Tiamats Leib und Apsus Geist. War der andere denn nicht wie er eine Kreatur des Meeres? Das einzige Wasser, das hier oben existierte, war in Form von Schnee und Eis gebunden. Wenn jemand Steine dermaßen liebte, wieso siedelte er sich dann nicht gleich im Weltraum an?! Egal, es wurde Zeit, zum Geschäftlichen zu kommen.

„Anzu? Ist es korrekt, dass..."
„Ja. Ich weiß, wo sich die Mê befinden. Die Frage lautet nun, was dir diese Information wert ist?"
Der Jüngere seufzte.
„Nun ja", meinte er. „Zuallererst wäre ich schon dankbar dafür, wenn mir jemand erklärte, was diese Dinger eigentlich sein sollen."

Auf Anzus entgeisterten Blick hin hob der Jünglingsgott wie entschuldigend die Hände in die Höhe. Seinen Leib in die Gewänder der Menschen zu hüllen, wäre ihm lächerlich vorgekommen, doch als der weite Ärmel seiner Tunika herunterrutschte, kam dort eine Armbanduhr aus Schweizer Fertigung zum Vorschein.

„Tut mir leid, Anzu, aber die Zeiten ändern sich. Da, wo ich aufwuchs, hielten wir Geschichte für etwas für Langweiler und Verlierer."